MAXI

Título original: *Cruel and Unusual*
Traducción: Jordi Mustieles
1.ª edición: mayo, 2017

© Patricia D. Cornwell, 1993
© Ediciones B, S. A., 2017
   para el sello B de Bolsillo
   Consell de Cent, 425-427 - 08009 Barcelona (España)
   www.edicionesb.com

Printed in Spain
ISBN: 978-84-9070-367-0
DL B 4558-2017

Impreso por RODESA
      Pol. Ind. San Miguel, parcelas E7-E8
      31132 - Villatuerta-Estella, Navarra

Cruel y extraño

Patricia Cornwell

MAXI

Este libro es para
la inimitable doctora Marcella Fierro.
(Enseñó bien a Scarpetta.)

PRÓLOGO

(Reflexión del maldito en la calle Spring)

Faltan dos semanas para Navidad. Cuatro días para nada en absoluto. Tendido en la cama de hierro contemplo mis sucios pies descalzos y el retrete blanco sin asiento, y cuando las cucarachas se arrastran por el suelo ya no doy un salto. Las miro de la misma manera que ellas me miran a mí.

Cierro los ojos y respiro despacio.

Me acuerdo de cuando rastrillaba heno a pleno sol sin recibir ningún salario en comparación con la forma en que viven los blancos. Sueño que tuesto cacahuetes en una lata y cuando los tomates están maduros los devoro como manzanas. Me imagino conduciendo la camioneta, con el sudor brillándome en la cara en aquel lugar sin futuro que juré abandonar.

No puedo usar el váter, sonarme la nariz ni fumar sin que los guardias tomen nota. No hay reloj. Nunca sé qué tiempo hace. Abro los ojos y veo una pared vacía que no tiene fin. ¿Qué se supone que ha de sentir un hombre cuando está a punto de irse?

Como una canción muy triste. No sé la letra. No me acuerdo. Dicen que sucedió en septiembre, cuando el cielo era como un

huevo de tordo y las hojas estaban encendidas y caían a tierra. Dicen que una bestia andaba suelta por la ciudad. Ahora
hay un sonido menos.

Con matarme a mí no se mata a la
bestia. La oscuridad es su amiga, la carne y la sangre su fes-
tín. Cuando crees que ya no hay peligro en dejar de mirar es
cuando más te vale empezar a mirar, hermano.

Un pecado conduce a otro.

Ronnie Joe Waddell

1

El lunes que llevé la reflexión de Ronnie Joe Waddell en la cartera no vi el sol en todo el día. Estaba oscuro cuando fui a trabajar por la mañana. Volvía a estar oscuro cuando regresé a casa. Gotitas de lluvia giraban bajo el haz de los faros, la noche lóbrega de niebla y crudamente fría.

Encendí un fuego en la sala de estar y pensé en las tierras de cultivo de Virginia y en tomates madurando al sol. Me imaginé un joven negro en la calurosa cabina de una camioneta y me pregunté si ya entonces su cabeza estaba llena de asesinato. El *Richmond Times-Dispatch* había publicado la reflexión de Waddell y yo había llevado el recorte al trabajo para incluirlo en su cada vez más voluminoso expediente. Pero los asuntos del día me distrajeron y la reflexión se quedó en la cartera. La había leído varias veces. Suponía que nunca dejaría de intrigarme el que poesía y crueldad pudieran residir en el mismo corazón.

Pasé las horas siguientes saldando facturas y escribiendo felicitaciones de Navidad con el televisor conectado y sin volumen. Como los demás ciudadanos de Virginia, siempre que estaba prevista una ejecución averiguaba por los medios de comunicación si se habían agotado todas las apelaciones o bien si el gobernador había concedido clemencia. La noticia determinaba que yo fuera a acostarme o volviera a meterme en el coche para regresar a la morgue.

Casi a las diez de la noche sonó el teléfono. Lo descolgué creyendo que sería mi delegado o algún otro miembro de mi equipo cuya velada, como la mía, estaba en suspenso.

—¿Hola? —dijo una voz masculina que no reconocí—. Estoy intentando localizar a Kay Scarpetta. Esto..., la jefa de Medicina Forense, la doctora Scarpetta.

—Al aparato —respondí.

—Ah, bien. Soy el sargento Joe Trent, del condado de Henrico. Encontré su número en el listín —parecía excitado—. Perdone que la moleste en su casa, pero tenemos una situación en la que realmente necesitamos su ayuda.

—¿Cuál es el problema? —inquirí con voz tensa, mirando fijamente la pantalla del televisor. Estaban pasando un anuncio. Esperé que no fuera necesaria mi presencia en la escena de un crimen.

—Esta misma tarde un varón blanco de trece años de edad fue raptado a la salida de un supermercado en Northside. Le pegaron un tiro en la cabeza y es posible que haya también algunos componentes sexuales en el caso.

Se me cayó el alma a los pies.

—¿Dónde está el cuerpo? —pregunté, mientras buscaba papel y pluma.

—Lo encontraron detrás de una tienda de comestibles de la avenida Patterson, en el condado. No está muerto. Aún no ha recobrado la conciencia, pero en estos momentos nadie puede decir con certeza si vivirá o no. Me doy cuenta de que este caso no le corresponde a usted, ya que la víctima no ha muerto, pero presenta algunas lesiones desconcertantes. No se parecen a nada de lo que yo haya visto jamás. Sé que usted ve muchas clases de lesiones distintas, y se me ha ocurrido que quizá podría hacerse una idea de cómo fueron infligidas éstas y por qué.

—Descríbamelas —le pedí.

—Tenemos dos zonas. Una en la parte interior del muslo derecho, ya sabe, cerca de la ingle. La otra está en la zona del hombro derecho. Faltan trozos de carne, extirpados a punta de cuchillo, y en los bordes de las heridas hay cortes y rasguños extraños. Ahora está en el Centro Médico de Henrico.

—¿Han encontrado los tejidos escindidos? —Mi mente

repasaba velozmente otros casos, buscando algo semejante.

—De momento, no. Tenemos hombres allí que siguen buscando. Pero es posible que el asalto ocurriera dentro de un coche.

—¿Qué coche?

—El del atacante. El aparcamiento de la tienda de comestibles donde se encontró al muchacho queda de cinco a seis kilómetros del supermercado donde fue visto por última vez. Pudo subir al automóvil de alguien, quizá le obligaron.

—¿Tomaron fotografías de las lesiones antes de que los médicos empezaran a trabajar con él?

—Sí. Pero no le han hecho gran cosa. Debido a la superficie de piel que falta, tendrán que hacerle injertos; injertos totales, dijeron, si eso le dice algo.

Me decía que habían desbridado las heridas, que lo tenían con antibióticos intravenosos y estaban esperando para efectuar un injerto gluteal. Si, empero, no era éste el caso y habían rebajado el tejido alrededor de las lesiones y las habían suturado, no iba a quedar gran cosa que yo pudiera ver.

—No le han suturado las heridas —afirmé.

—Eso me han dicho.

—¿Quiere que vaya a echarle un vistazo?

—Sería estupendo —respondió con alivio—. Podrá ver perfectamente las lesiones.

—¿Cuándo desea usted que vaya?

—Mañana estaría bien.

—De acuerdo. ¿A qué hora? Cuanto más temprano, mejor.

—¿A las ocho en punto? La esperaré frente a la entrada de urgencias.

—Ahí estaré —le prometí mientras el presentador me miraba con expresión adusta. Colgué el auricular, cogí el control remoto y subí el volumen del sonido.

—¿... Eugenia? ¿Puedes informarnos de si el gobernador ha dicho algo?

La cámara pasó a la Penitenciaría del Estado de Virginia, donde hacía doscientos años que se almacenaba a los peores criminales de la Commonwealth,* en una franja rocosa del río James en las afueras de la ciudad. Manifestantes con pancartas y entusiastas de la pena capital se habían congregado en la oscuridad, sus facciones endurecidas por el fulgor de los focos de la televisión. Me heló el alma ver gente riendo. Una reportera joven y guapa, enfundada en un chaquetón rojo, llenó la pantalla.

—Como ya sabes, Bill —comenzó—, ayer se instaló una línea telefónica entre el despacho del gobernador Norring y la penitenciaría. Pero aún no ha dicho nada, y eso es muy significativo. Históricamente, cuando el gobernador no tiene intención de intervenir, guarda silencio.

—¿Cómo está la situación ahí? ¿Sigue relativamente tranquila, de momento?

—De momento, sí, Bill. Yo diría que debe de haber varios centenares de personas reunidas aquí en la calle. Y, naturalmente, la penitenciaría se halla casi vacía. Casi todos los internos, excepto algunas docenas, han sido trasladados ya al nuevo centro penitenciario de Greensville.

Apagué el televisor y al cabo de pocos minutos me hallaba conduciendo hacia el este con el seguro de las puertas puesto y la radio encendida. La fatiga se extendía por mi cuerpo como anestesia. Me sentía deprimida y entumecida. Temía las ejecuciones. Temía tener que esperar a que alguien muriera, y deslizar luego mi escalpelo sobre una carne tan tibia como la mía. Yo era una médico con un título en Derecho. Se me había enseñado a reconocer qué daba la vida y qué la quitaba, qué estaba bien y qué estaba mal. Más adelante, la experiencia se había convertido en mi maestra, limpiándose los pies en aquella prístina parte de mí que era idealista y analítica. Resulta desalentador que una persona reflexiva se vea obligada a admitir que muchos estereotipos son verdaderos. No hay justicia en la tierra. Nada podía reparar lo que Ronnie Joe Waddell había hecho.

---

* Designación oficial de cuatro estados de Estados Unidos, entre ellos el de Virginia. (N. del T.)

El reo llevaba nueve años en la galería de los condenados a muerte. Su víctima no había sido uno de mis casos porque la asesinó antes de que me nombraran jefa de Medicina Forense de Virginia y me mudara a Richmond. Pero había estudiado atentamente su expediente. Conocía bien hasta los más atroces detalles. La mañana del 4 de septiembre, diez años antes, Robyn Naismith telefoneó al Canal 8, del que era presentadora, para avisar que se encontraba indispuesta y no iría a trabajar. Salió a comprar medicamentos para el resfriado y volvió a su casa. Al día siguiente se encontró en la sala de estar su cuerpo desnudo y maltratado, apoyado contra el televisor. En el botiquín se halló la huella de un pulgar ensangrentado que posteriormente fue identificada como perteneciente a Ronnie Joe Waddell.

Cuando llegué había varios automóviles aparcados detrás de la morgue. Fielding, mi delegado, ya estaba allí, al igual que mi administrador, Ben Stevens, y la supervisora de la morgue, Susan Story. La puerta cochera estaba abierta, dejando ver las luces que iluminaban tenuemente el asfalto del interior, y un agente de policía del capitolio fumaba sentado en su coche oficial. Se apeó en cuanto aparqué.

—¿Cree que es seguro dejar abierta la puerta cochera? —le pregunté. Era un hombre alto y enjuto con una tupida cabellera blanca. Aunque ya había hablado con él en numerosas ocasiones, no logré recordar cómo se llamaba.

—Por el momento parece que sí, doctora Scarpetta —respondió mientras se abrochaba la cremallera de su gruesa chaqueta de nailon—. No he visto ningún alborotador por aquí. Pero cuando lleguen los de Instituciones Penitenciarias la cerraré y me aseguraré de que siga cerrada.

—Siempre y cuando permanezca aquí mientras tanto.

—Sí, señora. Puede contar con eso. Y vendrá una pareja de agentes uniformados por si acaso surge algún problema. Por lo visto hay muchas protestas. Supongo que ya habrá leído en el periódico lo de esa petición con tantas firmas que han presentado al gobernador. Y hoy mismo he oído decir que unos remilgados de California se han puesto en huelga de hambre.

Dirigí una mirada fugaz al aparcamiento vacío y a la acera opuesta de la calle Main. Pasó un automóvil sin aminorar la marcha, con un siseo de neumáticos sobre el pavimento mojado. Las farolas eran borrones en la niebla.

—Conmigo que no cuenten. Por Waddell, ni siquiera me perdería una taza de café. —El policía protegió con las manos un encendedor y empezó a aspirar bocanadas de humo—. Después de lo que le hizo a esa Naismith... Todavía me acuerdo de cuando la veía por la tele. A mí, las mujeres me gustan como el café: dulce y muy claro. Pero he de reconocer que era la negra más guapa que he visto en mi vida.

Hacía apenas dos meses que había dejado el tabaco, y ver fumar a alguien delante de mí aún me ponía frenética.

—Dios mío, debe de hacer casi diez años —prosiguió él—. Pero nunca olvidaré la conmoción que hubo. Uno de los peores casos que hemos tenido nunca. Se diría que un oso pardo la...

Le interrumpí.

—¿Nos hará saber lo que vaya ocurriendo?

—Sí, señora. Me lo dirán por radio y yo le pasaré la información. —Regresó hacia el refugio de su automóvil.

En el interior de la morgue, luces fluorescentes despojaban de color al pasillo, impregnado de olor a desodorante. Pasé ante el pequeño despacho donde las casas de pompas fúnebres firmaban la entrega de los cuerpos, y luego ante la sala de rayos X y el frigorífico, que era en realidad una amplia sala refrigerada con camillas de dos pisos y macizas puertas de acero. La luz del pabellón de autopsias estaba encendida, las mesas de acero inoxidable bruñidas hasta refulgir. Susan estaba afilando un cuchillo largo y Fielding etiquetando tubos que contenían sangre. Los dos parecían tan cansados y faltos de entusiasmo como yo misma.

—Ben está arriba en la biblioteca, mirando la tele —me informó Fielding—. Nos avisará si hay alguna novedad.

—¿Qué probabilidades hay de que ese tipo tuviera el

sida? —Susan se refirió a Waddell como si ya estuviera muerto.

—No lo sé —respondí—. Nos pondremos guantes dobles, todas las precauciones de costumbre.

—Espero que nos digan algo si lo tenía —insistió—. No me fío en absoluto cuando nos mandan estos presos. Creo que les da igual que sean VIH positivos, porque no es problema suyo. No son ellos los que han de hacer las autopsias y preocuparse por los pinchazos de aguja.

Susan se estaba volviendo cada vez más paranoica respecto a los riesgos profesionales, como la exposición a la radiación, a productos químicos y a contagios. No podía reprochárselo. Estaba embarazada de varios meses, aunque apenas se le notaba.

Después de enfundarme un delantal de plástico, volví al vestuario y me puse la bata verde, me cubrí los zapatos con polainas y cogí dos paquetes de guantes.

Inspeccioné el carrito quirúrgico colocado junto a la mesa tres. Todo estaba provisto de etiquetas con el nombre de Waddell, la fecha y el número de autopsia. Los envases y tubos etiquetados irían a parar a la basura si el gobernador Norring intercedía en el último momento. Se tacharía el nombre de Ronnie Waddell del registro de la morgue y su número de autopsia sería asignado al próximo que llegara.

A las once de la noche, Ben Stevens bajó meneando la cabeza. Todos miramos el reloj de pared. Nadie dijo nada. Fueron pasando los minutos.

Entró el policía municipal, radio portátil en mano. Por fin recordé que se llamaba Rankin.

—Lo han declarado muerto a las once y cinco —anunció—. Estará aquí en cosa de quince minutos.

La ambulancia emitió un pitido de advertencia mientras entraba en marcha atrás, y cuando se abrieron las portezuelas traseras saltaron de ella varios guardias del Departamento de Instituciones Penitenciarias, en cantidad suficiente para reducir un pequeño motín carcelario. Cuatro de ellos sacaron la camilla donde yacía el cuerpo de Ronnie Waddell. La transportaron rampa arriba hacia el interior de la morgue, con tintineos de metal, roce de pies contra el suelo y todos quitándonos de en medio. Tras depositar la camilla sobre el suelo de baldosas sin molestarse en desplegar las patas, la empujaron como un trineo sobre ruedas, su pasajero sujeto con correas y cubierto con una sábana ensangrentada.

—Una hemorragia nasal —me explicó uno de los guardias antes de que pudiera preguntárselo.

—¿Quién ha tenido una hemorragia nasal? —le pregunté, al advertir que las manos enguantadas del guardia estaban manchadas de sangre.

—El señor Waddell.

—¿En la ambulancia? —Estaba intrigada, porque Waddell ya no hubiera debido tener presión sanguínea cuando lo llevaron a la ambulancia.

Pero el guardia estaba pendiente de otros asuntos y no obtuve respuesta. Tendría que esperar.

Trasladamos el cadáver a la camilla situada sobre la báscula del piso. Manos afanosas se ocuparon en desabrochar correas y apartar la sábana.

La puerta del pabellón de autopsias se cerró sigilosamente cuando los guardias de Instituciones Penitenciarias se retiraron con tanta presteza como habían llegado.

Waddell llevaba exactamente veintidós minutos muerto. Podía oler su sudor, sus sucios pies descalzos y el leve hedor de la carne chamuscada. Le habían arremangado la pernera derecha del pantalón por encima de la rodilla, y llevaba la pantorrilla envuelta en gasa nueva aplicada *post mortem* a las quemaduras. Había sido un hombre corpulento y vigoroso. Los periódicos le habían puesto el mote de «el gigante apacible», el poético Ronnie de ojos melancólicos. Sin embargo, hubo un momento en el que utilizó las grandes manos, los robustos hombros y los brazos que ahora tenía ante mí para arrancar la vida de otro ser humano.

Desabroché los cierres de velcro de su camisa de dril

azul claro, registrándole los bolsillos mientras lo desvestía. Buscar efectos personales es un formalismo generalmente infructuoso. Se supone que los internos no llevan nada encima cuando van a la silla eléctrica, y quedé muy sorprendida al descubrir lo que parecía ser una carta en el bolsillo de atrás de sus tejanos. El sobre estaba sin abrir. En su anverso, escrito en grandes letras de molde, rezaba:

SUMAMENTE CONFIDENCIAL.
¡ENTIÉRRENLO CONMIGO, POR FAVOR!

—Haz una fotocopia del sobre y de lo que haya en su interior y deposita los originales junto con sus efectos personales —le encargué a Fielding, tendiéndole el sobre.

Lo prendió con sujetapapeles en una tablilla, bajo el protocolo de la autopsia, y farfulló:

—Jesús. Es más grande que yo.

—Me asombra que alguien pueda ser más grande que tú —le dijo Susan a mi delegado, practicante devoto del culturismo.

—Menos mal que no hace mucho que ha muerto —comentó éste—. De otro modo, habríamos necesitado las cizallas gigantes.

Cuando una persona musculosa lleva unas cuantas horas muerta, se muestra tan poco dócil como una estatua de mármol. La rigidez aún no había empezado a manifestarse. Waddell estaba tan flexible como cuando vivía. Se hubiera dicho que dormía.

Tuvimos que colaborar todos para pasarlo, boca abajo, a la mesa de autopsias. Pesaba ciento dieciséis kilos con cuatrocientos gramos. Los pies le sobresalían del borde de la mesa. Estaba midiendo las quemaduras de la pierna cuando sonó el timbre de la puerta cochera. Susan fue a ver quién era y al poco rato regresó con el teniente Pete Marino, la gabardina desabrochada, arrastrando un extremo del cinturón por el suelo de baldosas.

—La quemadura de la parte posterior de la pantorrilla

mide diez centímetros por tres —le dicté a Fielding—. Está seca, contraída y ampollada.

Marino encendió un cigarrillo; parecía agitado.

—Están armando jaleo con eso de la sangre —dijo.

—La temperatura rectal es de cuarenta grados centígrados —anunció Susan tras extraer el termómetro químico—. Esto es a las once cuarenta y nueve.

—¿Sabe por qué tiene sangre en la cara? —preguntó Marino.

—Uno de los guardias habló de una hemorragia nasal —le contesté, y añadí—: Tenemos que darle la vuelta.

—¿Ha visto esto en el haz interno del brazo izquierdo? —Susan me señaló una abrasión.

La examiné con lupa bajo una luz intensa.

—No sé. Quizá se la haya causado una de las correas.

—Hay otra igual en el brazo derecho.

Le eché un vistazo mientras Marino me observaba y fumaba. Volteamos el cadáver y le colocamos un tarugo bajo los hombros. Manó un hilillo de sangre de la ventanilla derecha de la nariz. Le habían afeitado descuidadamente la barba y la cabeza. Hice la incisión en forma de Y.

—Puede que aquí haya abrasiones —sugirió Susan, contemplando la lengua.

—Sácala. —Introduje el termómetro en el hígado.

—Jesús —masculló Marino entre dientes.

—¿Ahora? —Susan tenía el escalpelo a punto.

—No. Fotografía las quemaduras de la cabeza. Tenemos que medirlas. Luego extirpa la lengua.

—Mierda —protestó—. ¿Quién fue el último que usó la cámara?

—Lo siento —dijo Fielding—. No había carrete en la recámara. Lo olvidé. A propósito, te corresponde a ti reponer el rollo de película.

—Sería muy de agradecer que me avisaras cuando la recámara está vacía.

—Se supone que las mujeres son intuitivas. No creí que hiciera falta avisarte.

—Tengo las medidas de estas quemaduras de la cabeza —anunció Susan, haciendo caso omiso de su comentario.

—Adelante.

Susan le dictó las medidas y empezó a ocuparse de la lengua. Marino se apartó de la mesa.

—Jesús —repitió—. Esto siempre puede conmigo.

—La temperatura del hígado es de cuarenta grados y medio —le informé a Fielding.

Miré el reloj de soslayo. Waddell llevaba una hora muerto. No se había enfriado mucho. Era corpulento. La electrocución calienta el cuerpo. En autopsias que había hecho a individuos más pequeños, había encontrado temperaturas cerebrales de hasta más de cuarenta y tres. La pantorrilla derecha de Waddell estaba por lo menos a esa temperatura, caliente al tacto, el músculo en contracción tetánica total.

—Una pequeña abrasión en el borde. Pero nada importante —declaró Susan.

—¿Se mordió la lengua con tanta fuerza como para soltar toda esta sangre? —preguntó Marino.

—No —contesté.

—Bien, pues ya han empezado a armar follón al respecto —alzó la voz—. He creído que le interesaría saberlo.

De pronto caí en la cuenta. Hice una pausa y apoyé el escalpelo sobre el borde de la mesa.

—Usted ha presenciado la ejecución.

—Sí. Ya le dije que asistiría a ella.

Todos lo miraron.

—Ahí afuera se están cociendo problemas —prosiguió—. No quiero que nadie salga de aquí solo.

—¿Qué clase de problemas? —inquirió Susan.

—Un puñado de lunáticos religiosos anda merodeando por la calle Spring desde esta mañana. De alguna manera se enteraron de la hemorragia y cuando salió la ambulancia con el cuerpo empezaron a marchar en esta dirección como una banda de zombis.

—¿Vio usted cuándo empezaba a sangrar? —quiso saber Fielding.

—Ah, sí. Lo frieron dos veces. La primera vez se oyó un siseo fuerte, como un radiador con una fuga de vapor, y empezó a salirle sangre por debajo de la máscara. Ahora dicen que quizá la silla no funcionó bien.

Susan puso en marcha la sierra Stryker y nadie quiso competir con su potente zumbido mientras cortaba el cráneo. Seguí examinando los órganos. El corazón estaba bien, y las coronarias de maravilla. Cuando paró la sierra, volví a dictarle a Fielding.

—¿Tienes el peso? —me preguntó.

—El corazón pesa quinientos cuarenta, y se aprecia una sola adherencia del lóbulo superior del pulmón izquierdo al arco aórtico. Incluso he encontrado cuatro paratiroides, por si aún no lo tenías.

—Ya lo tenía.

Coloqué el estómago sobre la tabla de cortar.

—Es casi tubular.

—¿Estás segura? —Fielding se acercó a inspeccionarlo—. Es extraño. Un tipo tan grande necesita un mínimo de cuatro mil calorías diarias.

—Pues últimamente no las ingería —repliqué—. No tiene ningún contenido gástrico. El estómago está absolutamente limpio y vacío.

—¿No se comió la última cena? —me preguntó Marino.

—Por lo visto, no.

—Normalmente, ¿suelen comérsela?

—Sí —respondí—. Normalmente.

Terminamos alrededor de la una de la madrugada y seguimos a los empleados de la funeraria hacia la entrada de automóviles, donde esperaba el coche fúnebre. Cuando salimos del edificio, la oscuridad palpitaba de luces rojas y azules. Parásitos de radio crepitaban en el aire frío y húmedo, se oía zumbido de motores y, más allá de la cerca de tela metálica que rodeaba el aparcamiento, había un círculo de fuego. Hombres, mujeres y niños aguardaban en silencio, los rostros fluctuantes a la luz de las velas.

Los empleados de la funeraria depositaron el cuerpo de

Waddell en el vehículo sin pérdida de tiempo y cerraron la portezuela posterior de un golpe.

Alguien dijo algo que no entendí y desde el otro lado de la cerca cayó de pronto una lluvia de velas como una tempestad de estrellas fugaces que aterrizaban blandamente sobre el asfalto.

—¡Condenados pájaros! —exclamó Marino.

Los pabilos refulgían anaranjados y minúsculas llamas punteaban el asfalto. El coche fúnebre salió apresuradamente en marcha atrás. Hubo destellos de flashes. Vi la unidad móvil del Canal 8 aparcada en la calle Main. Alguien corría por la acera. Hombres de uniforme apagaban las velas a pisotones, se dirigían hacia la cerca, pedían a los manifestantes que se dispersaran.

—No queremos problemas —comentó uno de los agentes—. Y no los habrá a menos que algunos de ustedes quieran pasar la noche en el calabozo...

—¡Asesinos! —gritó una mujer.

Otras voces se le unieron y hubo manos que aferraron las mallas de la cerca y empezaron a sacudirlas.

Marino me acompañó a toda prisa hasta mi coche.

Se alzó un cántico de intensidad tribal: «Asesinos, asesinos, asesinos...»

Manoseé las llaves con torpeza, las dejé caer sobre la esterilla, las recogí precipitadamente y logré encontrar la adecuada.

—La sigo hasta su casa —dijo Marino.

Puse la calefacción al máximo, pero no me calentó. Por dos veces comprobé si tenía los seguros puestos. La noche adquirió una calidad surrealista, una extraña asimetría de ventanas oscuras e iluminadas, y había sombras moviéndose en las comisuras de mis ojos.

Tomamos escocés en la cocina porque se me había acabado el bourbon.

—No sé cómo puede beber esta porquería —comentó Marino, descortés.

—Sírvase usted mismo lo que le apetezca del bar —repliqué.

—Por una vez, haré el sacrificio.

No sabía cómo abordar el tema, y era evidente que Marino no pensaba facilitarme las cosas. Estaba tenso, con el rostro enrojecido. Mechones de cabello gris se le adherían al cráneo húmedo, cada vez más calvo, y fumaba sin parar un cigarrillo tras otro.

—¿Había estado antes presente en alguna ejecución? —le pregunté.

—Nunca sentí el impulso irresistible de asistir.

—Pero esta vez se ofreció voluntario, así que el impulso debió de ser bastante irresistible.

—Estoy seguro de que si le echara soda y un poco de limón a este brebaje no quedaría ni la mitad de malo.

—Si quiere que estropee un buen escocés, veré qué puedo hacer.

Empujó el vaso hacia mí y fui a abrir el frigorífico.

—Tengo zumo de lima embotellado, pero no hay limón.

Registré los anaqueles.

—Ya me va bien.

Vertí unas gotas de zumo de lima en el vaso y luego añadí la Schweppes. Sin prestar atención al extraño brebaje que ingería, Marino prosiguió:

—Quizá lo haya olvidado, pero el caso de Robyn Naismith lo llevé yo. Sonny Jones y yo.

—Yo aún no estaba aquí.

—Ah, sí. Es curioso, tengo la sensación de que ha estado aquí desde siempre. Pero sabe lo que ocurrió, ¿verdad?

Yo era jefa adjunta de Medicina Forense en el condado de Dade cuando Robyn Naismith fue asesinada, y recordaba haber seguido el caso en los periódicos, y haber visto posteriormente un pase de diapositivas en un congreso nacional. La antigua Miss Virginia tenía una belleza asombrosa y una atractiva voz de contralto. Era carismática y sabía expresarse ante las cámaras. Sólo tenía veintisiete años.

La defensa adujo que Ronnie Waddell había entrado con

la única intención de robar, y que Robyn tuvo la desgracia de encontrárselo en casa a su regreso de la farmacia. Se alegó que Waddell no veía la televisión y que cuando saqueó la residencia de su víctima y la atacó físicamente ignoraba por completo cómo se llamaba ésta y qué brillante futuro le esperaba. Estaba tan aturdido por las drogas, arguyó la defensa, que no sabía lo que hacía. El jurado rechazó la alegación de demencia temporal y propuso la pena de muerte.

—Sé que hubo una presión increíble para que se atrapara al asesino —le dije a Marino.

—Puñeteramente increíble. Teníamos una magnífica huella latente. Teníamos marcas de mordiscos. Teníamos tres hombres rebuscando en los archivos, mañana, tarde y noche. No sé cuántas horas dediqué a ese maldito caso. Y al final cogimos al cabrón porque iba circulando por Carolina del Norte con una pegatina de inspección técnica caducada. —Hizo una pausa y sus ojos se endurecieron cuando añadió—: Claro que entonces Jones ya no estaba con nosotros. Lástima que no haya podido ver cómo Waddell se llevaba su merecido.

—¿Cree usted que Waddell tuvo la culpa de lo que le ocurrió a Sonny Jones? —pregunté.

—¿A usted qué le parece?

—Eran amigos.

—Trabajamos en Homicidios, íbamos a pescar juntos, estábamos en el mismo equipo de bolos.

—Sé que su muerte fue un golpe para usted.

—Sí, bueno, el caso lo agotó. Trabajaba a todas horas, sin dormir, sin parar nunca en casa, y seguro que eso no contribuyó a arreglar las cosas con su mujer. Siempre me decía que no podía soportarlo más, hasta que dejó de decirme nada. Y una noche decidió comerse la pistola.

—Lo siento —dije con voz suave—. Pero no estoy segura de que pueda echarle la culpa a Waddell.

—Tenía una cuenta pendiente con él.

—¿Y quedó saldada cuando fue testigo de su ejecución?

Al principio, Marino no contestó. Miraba fijamente hacia el otro lado de la cocina, la mandíbula rígidamente apretada. Le vi fumar y apurar su bebida.

—¿Puedo tomar otro de lo mismo?

—Claro. ¿Por qué no?

Me puse en pie y repetí la misma operación mientras pensaba en las injusticias y daños que habían contribuido a formar a Marino. Había sobrevivido a una infancia mísera y sin amor en la peor zona de Nueva Jersey, y albergaba una perenne desconfianza hacia cualquiera que hubiese tenido mejor suerte. No hacía mucho que su esposa lo había dejado tras treinta años de matrimonio, y tenía un hijo del que por lo visto nadie sabía nada. A pesar de su lealtad hacia la ley y el orden y su excelente historial de servicio en la policía, no estaba en su código genético llevarse bien con la jerarquía. Al parecer, el viaje de su vida lo había llevado por un camino difícil. Temí que lo que esperaba hallar al final no fuera sabiduría y serenidad, sino ajustes de cuentas. Marino siempre estaba enfadado por algo.

—Permítame una pregunta, doctora —dijo cuando regresé a la mesa—. ¿Cómo se sentiría si atraparan a los gilipollas que mataron a Mark?

Su pregunta me cogió por sorpresa. No quería pensar en aquella gente.

—¿No hay una parte de usted que desea ver colgados a esos cabrones? —prosiguió—. ¿No hay una parte de usted que desea ofrecerse voluntaria para el pelotón de fusilamiento y apretar personalmente el gatillo?

Mark había muerto porque una bomba colocada en una papelera de la estación Victoria de Londres tuvo que estallar en el momento en que él pasaba por allí. El pesar y la conmoción me habían catapultado más allá de la venganza.

—Para mí, sería un ejercicio de futilidad proponerme castigar a un grupo de terroristas —contesté.

Marino me dirigió una mirada penetrante.

—Eso es lo que se llama una de sus famosas respuestas de mierda. Si usted pudiera, les haría la autopsia gratis. Y querría que estuvieran vivos y los rajaría muy despacio. ¿Le he contado alguna vez qué pasó con la familia de Robyn Naismith?

Cogí mi vaso.

—Su padre era médico en el norte de Virginia, una excelente persona —me explicó—. A los seis meses del juicio le diagnosticaron un cáncer, y dos meses después estaba muerto. Robyn era hija única. La madre se muda a Texas, se ve mezclada en un accidente de tráfico y se pasa la vida en una silla de ruedas sin nada más que recuerdos. Waddell mató a toda la familia de Robyn Naismith. Envenenaba todas las vidas que tocaba.

Pensé en la vida que Waddell había llevado en la granja, y me pasaron por la mente imágenes de su reflexión. Me lo figuré sentado en los peldaños de un porche, mordiendo un tomate que sabía a sol. Me pregunté qué le habría pasado por la cabeza durante su último segundo de vida. Me pregunté si habría rezado.

Marino apagó un cigarrillo. Estaba pensando en marcharse.

—¿Conoce al sargento Trent, de Henrico? —le pregunté.

—Joe Trent. Antes estaba en K-Nine y fue transferido a la división de investigación cuando lo ascendieron a sargento, hace un par de meses. Un poco tímido, pero está bien.

—Me ha llamado a propósito de un chico...

—¿Eddie Heath? —me interrumpió.

—No sé cómo se llama.

—Un varón blanco de unos trece años de edad. Estamos trabajando en ello. Lucky's está en la ciudad.

—¿Lucky's?

—El supermercado donde fue visto por última vez. Está en la avenida Chamberlayne, en Northside. ¿Qué quería Trent? —Marino se puso ceñudo—. ¿Le han anunciado que Heath no va a salir de ésta y quería concertar una cita con usted por adelantado?

—Quiere que examine unas lesiones insólitas, posible mutilación.

—Cristo. Cuando se trata de niños, no lo soporto. —Marino echó la silla hacia atrás y se frotó las sienes—. Maldita sea. Cada vez que te libras de un sapo, aparece otro para ocupar su lugar.

Cuando Marino se fue, me senté junto a la chimenea y contemplé el brillo cambiante de las brasas en el hogar. Estaba fatigada y me invadía una tristeza opaca e implacable que no me veía capaz de expulsar. La muerte de Mark me había dejado un desgarrón en el alma. Había llegado a darme cuenta, de un modo que me pareció increíble, de hasta qué punto mi identidad estaba ligada al amor que sentía por él.

La última vez que lo vi fue el día en que partió hacia Londres y conseguimos organizarnos para compartir un almuerzo rápido en el centro antes de que él se dirigiera al aeropuerto Dulles. Lo que con mayor claridad recordaba de nuestra última hora juntos era el modo en que ambos consultábamos nuestros relojes de pulsera mientras se acumulaban nubes de tormenta y la lluvia empezaba a escupir sobre el cristal de la ventana. Mark tenía un corte en la barbilla que se había hecho al afeitarse, y más tarde, cuando conjuraba mentalmente su rostro, la imagen de aquella heridita me causaba una inexplicable desazón.

Murió en febrero, cuando terminaba la Guerra del Golfo, y, resuelta a dejar atrás el dolor, vendí la casa y me mudé a otro vecindario. Lo único que conseguí fue desarraigarme a cambio de nada, y el paisaje familiar y los vecinos que antes me ofrecían algún consuelo desaparecieron de mi vida. Redecorar la vivienda y cambiar el diseño del patio sólo sirvió para aumentar mi estrés. Todo lo que hacía conllevaba complicaciones para las que no tenía tiempo, y a veces me imaginaba a Mark meneando la cabeza.

«Para ser una persona tan lógica...», decía él con una sonrisa.

«¿Y qué harías tú? —replicaba yo mentalmente algunas

noches en las que no lograba conciliar el sueño—. ¿Qué coño harías tú si estuvieras aquí en mi lugar?»

Regresé a la cocina, enjuagué el vaso y pasé al estudio para escuchar los mensajes del contestador automático. Habían llamado varios periodistas, además de mi madre y Lucy, mi sobrina. Otras tres personas habían colgado sin decir nada.

Me habría encantado tener un número que no figurase en la guía, pero no era posible. La policía, los fiscales de la Commonwealth y los cuatrocientos y pico médicos forenses de todo el Estado podían tener motivos legítimos para llamarme fuera de horas. A fin de contrarrestar esta pérdida de intimidad, utilizaba el contestador para filtrar las llamadas, y cualquiera que telefonease para dejar mensajes amenazadores u obscenos se arriesgaba a ser localizado mediante el dispositivo de Identificación de Llamadas.

Pulsé el botón de Identificación y empecé a examinar los números que se materializaban en la estrecha pantalla. Cuando encontré las tres llamadas que me interesaban, quedé perpleja y algo molesta. A aquellas alturas, el número me resultaba curiosamente familiar. En los últimos tiempos venía apareciendo en la pantalla varias veces por semana, cuando la persona que llamaba colgaba sin dejar ningún mensaje. Una vez había probado a marcar el número para ver quién contestaba y me respondió el tono agudo de lo que parecía ser un fax o un módem de ordenador. Por la razón que fuera, aquel individuo o cosa me había telefoneado tres veces entre las diez y veinte y las once de la noche, mientras yo estaba en la morgue esperando el cadáver de Waddell. No tenía ningún sentido. Las llamadas de publicidad informatizada no deberían ser tan frecuentes ni realizarse a hora tan avanzada, y si era un módem que intentaba comunicarse con otro, ¿no hubiera debido darse cuenta alguien, después de tantos intentos, de que su ordenador estaba marcando un número equivocado?

Desperté varias veces durante las escasas horas de madrugada que quedaban. Cualquier crujido o ruidito que sonara en la casa me aceleraba el pulso. Las luces rojas del cuadro de mandos de la alarma situado frente a la cama brillaban siniestras, y cuando me volvía o arreglaba las mantas, detectores de movimiento que no conectaba cuando estaba en casa me observaban en silencio con sus centelleantes ojos encarnados. Mis sueños eran extraños. A las cinco y media, encendí las luces y me vestí.

El cielo estaba oscuro y me crucé con muy poco tráfico mientras conducía hacia la oficina. El aparcamiento situado junto a la entrada de vehículos estaba vacío y sembrado de docenas de velitas de cera que me hicieron pensar en las fiestas de amor moravas y otras celebraciones religiosas. Pero aquellas velas se habían usado para protestar. Horas antes, se habían usado como armas. Ya en la planta superior, me preparé café y empecé a revisar los papeles que Fielding me había dejado preparados, con la curiosidad de averiguar qué había en el sobre que encontré en el bolsillo de Waddell. Esperaba un poema, quizás otra reflexión o una carta de su capellán.

En cambio, descubrí que lo que Waddell consideraba «sumamente confidencial» y quería que fuera enterrado con él eran recibos de caja registradora. De un modo inexplicable, cinco correspondían a peajes y otros tres a comidas, entre ellas una cena a base de pollo frito encargada en Shoney's dos semanas atrás.

2

El sargento Joe Trent habría presentado un aspecto muy juvenil de no ser por la barba y por la rala cabellera rubia que empezaba a volverse gris. Era alto y delgado, con una impecable gabardina muy ceñida a la cintura y zapatos perfectamente lustrados. Parpadeó con nerviosismo cuando nos estrechamos la mano y nos presentamos en la acera ante la entrada de urgencias del Centro Médico de Henrico. Me di cuenta de que el caso de Eddie Heath lo tenía preocupado.

—¿Le importa que hablemos aquí un minuto? —preguntó. El aliento se le condensaba ante la boca—. Es por razones de discreción.

Temblando de frío, apreté los codos contra el cuerpo mientras un helicóptero Medflight se elevaba con estrépito desde el helipuerto situado sobre un talud herboso no lejos de donde estábamos. La luna era una viruta de hielo que se derretía en el firmamento gris pizarra, y los coches del aparcamiento estaban sucios por la sal de las carreteras y las heladas lluvias de invierno. La mañana era gris y desabrida, el viento agresivo como una bofetada, y la naturaleza del asunto que me había llevado allí hacía que percibiera todo esto intensamente. Si la temperatura aumentara de pronto en veinte grados y el sol comenzara a brillar, no creo que hubiera podido sentir calor.

—Este asunto es muy preocupante, doctora Scarpetta —dijo parpadeando—. Creo que estará de acuerdo conmigo en que no deben divulgarse los detalles.

—¿Qué puede decirme del muchacho? —le pregunté.

—He hablado con su familia y con varias personas que lo conocen. Por lo que he podido averiguar, Eddie Heath es un muchacho de lo más normal: le gustan los deportes, reparte periódicos, nunca ha tenido problemas con la policía. Su padre trabaja en la compañía telefónica y su madre cose por encargo en su propia casa. Anoche, por lo visto, su madre necesitaba una lata de crema de champiñones para un guiso que estaba preparando para la cena y le pidió a Eddie que fuera a comprarla al supermercado Lucky's.

—Ese supermercado, ¿está lejos de su casa? —quise saber.

—A un par de calles, y Eddie ha ido a comprar allí muchas veces. Los dependientes lo conocen por su nombre.

—¿A qué hora fue visto por última vez?

—Hacia las cinco y media de la tarde. Estuvo en la tienda unos minutos y se marchó.

—Ya debía de haber oscurecido —observé.

—Sí, había oscurecido. —Trent se quedó mirando el helicóptero al que la distancia convertía en una libélula blanca que palpitaba suavemente entre las nubes—. Aproximadamente a las ocho y media, un policía que hacía la ronda por el callejón que bordea por detrás los edificios de la avenida Patterson encontró al muchacho recostado contra un contenedor de basuras.

—¿Tiene alguna fotografía?

—No, señora. Cuando el agente comprobó que el muchacho aún vivía, su máxima prioridad fue buscar ayuda. No hay fotos. Pero tengo una descripción bastante minuciosa basada en las observaciones del agente. El chico estaba desnudo, sentado con la espalda erguida, las piernas extendidas, los brazos a los lados y la cabeza caída hacia delante. La ropa estaba en el suelo a su lado, en un montón relativamente ordenado, junto con una bolsa que contenía una lata de crema de champiñones y una barra de Snickers. La temperatura exterior era de dos grados bajo cero. Creemos que cuando lo encontraron debía de llevar allí entre unos minutos y media hora.

Una ambulancia se detuvo junto a nosotros. Hubo ruido de portazos y chirridos de metal mientras los enfermeros desplegaban apresuradamente las patas de una camilla sobre la que yacía un anciano y la empujaban hacia las puertas de cristal. Los seguimos y anduvimos en silencio por un luminoso pasillo aséptico lleno de ajetreado personal médico y pacientes aturdidos por las desgracias que los habían llevado allí. Mientras el ascensor nos conducía al tercer piso, me pregunté qué residuos de evidencia habrían sido lavados del cuerpo y arrojados a la basura.

—¿Y la ropa? ¿Se encontró alguna bala? —le pregunté a Trent cuando se abrieron las puertas del ascensor.

—Tengo la ropa en el coche y la dejaré esta tarde en el laboratorio. La bala sigue en el cerebro. Aún no han empezado con eso. Espero que lo hayan desinfectado bien.

La unidad pediátrica de cuidados intensivos estaba al final de un pasillo inmaculado, los paneles de cristal de las dobles puertas de madera cubiertos con un simpático papel de dinosaurios. En el interior, arco iris decoraban las paredes azul celeste, y había móviles con figuras de animales sobre las camas hidráulicas de las ocho habitaciones dispuestas en semicírculo en torno al puesto de las enfermeras. Tras los monitores de ordenador había tres mujeres jóvenes, una de ellas escribiendo algo en el teclado, otra hablando por teléfono. Una morena esbelta vestida con una chaqueta de pana roja y un jersey de cuello alto se identificó como enfermera jefe cuando Trent explicó por qué estábamos allí.

—El médico que lo atiende todavía no ha llegado —se disculpó.

—Sólo queremos examinar las lesiones de Eddie. No tardaremos mucho —dijo Trent—. ¿La familia sigue con él? Han estado con él toda la noche.

La seguimos bajo la suave luz artificial, pasando ante camillas con ruedas y bombonas verdes de oxígeno que no estarían aparcadas ante las habitaciones de niños y niñas si el mundo fuera como debería ser. Cuando llegamos al cuarto de Eddie, únicamente entró la enfermera, que cerró la puerta tras de sí casi por completo.

—Solamente serán unos minutos —oí que les decía a los Heath—. Mientras lo examinamos.

—¿Qué clase de especialista es esta vez? —preguntó el padre con voz insegura.

—Una doctora que sabe mucho de heridas. Es una especie de cirujano de la policía. —La enfermera se abstuvo diplomáticamente de decirles que era una forense, o peor aún, una especialista en autopsias.

Tras una pausa, el padre observó en voz baja:

—Ah. Es por las pruebas judiciales.

—Sí. ¿No les apetece un café? ¿Quizás algo de comer?

Los padres de Eddie Heath salieron de la habitación, los dos considerablemente obesos y con la ropa muy arrugada por haber dormido con ella puesta. Tenían el aire acongojado de personas sencillas e inocentes a las que les han dicho que el mundo está a punto de acabarse, y cuando nos miraron de soslayo con ojos fatigados deseé poder decirles algo que lo desmintiera o, al menos, que los consolara un poco. Las palabras de condolencia murieron en mi garganta mientras la pareja se alejaba con paso lento.

Eddie Heath yacía inmóvil, la cabeza envuelta en vendas, con un respirador que enviaba aire a sus pulmones mientras fluidos diversos goteaban hacia sus venas. Tenía la tez lechosa y lampiña, y, a la escasa luz de la habitación, la fina membrana de sus párpados era de un leve azul magullado. Deduje el color de sus cabellos por las cejas de un rubio rojizo. Aún no había dejado atrás esa frágil etapa, justo antes de la pubertad, en la que los muchachos tienen labios carnosos, son bellos y cantan con mayor dulzura que sus hermanas. Los antebrazos eran delgados, y pequeño el cuerpo cubierto por la sábana. Sólo las manos quietas y desproporcionadamente grandes, sujetas por sondas intravenosas, correspondían a su incipiente género. Parecía menor de trece años.

—La doctora necesita ver las superficies del hombro y la pierna —le indicó Trent a la enfermera en voz baja.

Ésta cogió dos paquetes de guantes, uno para ella y otro para mí, y nos los pusimos. El chico estaba desnudo bajo la sábana, con mugre en los pliegues de la piel y suciedad bajo las uñas. A los pacientes inestables no se los puede lavar a fondo.

Trent se puso en tensión cuando la enfermera retiró el vendaje de las heridas.

—¡Dios! —exclamó entre dientes—. Aún parece peor que anoche. ¡Jesús! —Meneó la cabeza y retrocedió un paso.

Si alguien me hubiera dicho que al muchacho lo había atacado un tiburón, habría podido creerlo de no ser por la limpieza de los cortes, que obviamente habían sido infligidos con un instrumento agudo y rectilíneo, como un cuchillo o una navaja de afeitar. Del hombro derecho y de la parte interior del muslo derecho le habían extirpado pedazos de carne del tamaño de unas coderas. Abrí mi maletín, saqué una regla y medí las heridas sin tocarlas, y a continuación tomé fotografías.

—¿Ve los cortes y arañazos de los bordes? —señaló Trent—. Es lo que le decía. Es como si le hubieran grabado una especie de dibujo en la piel y luego lo hubieran arrancado todo.

—¿Ha encontrado desgarros anales? —le pregunté a la enfermera.

—Cuando le tomé la temperatura rectal no advertí ningún desgarro, y nadie le vio nada extraño en la boca ni en la garganta cuando lo intubaron. También comprobé si había fracturas antiguas o magulladuras.

—¿Y tatuajes?

—¿Tatuajes? —preguntó, como si nunca hubiera visto ninguno.

—Tatuajes, marcas de nacimiento, cicatrices. Cualquier cosa que alguien haya podido extirpar por el motivo que fuera.

—No tengo ni idea —le dijo la enfermera, dubitativa.

—Iré a preguntárselo a sus padres. —Trent se enjugó el sudor de la frente.

—Puede que estén en la cafetería.

—Los encontraré —aseguró, dirigiéndose hacia la puerta.

—¿Qué dicen los médicos? —le pregunté a la enfermera.

—Su estado es crítico, y no responde. —Declaró lo evidente sin muestras de emoción.

—¿Puedo ver por dónde entró la bala?

Aflojó los extremos de la venda que le cubría la cabeza y apartó las gasas hasta dejar al descubierto un minúsculo agujero negro con el borde chamuscado. La herida estaba en el parietal derecho, ligeramente inclinada hacia delante.

—¿Le atraviesa el lóbulo frontal? —inquirí.

—Sí.

—¿Han hecho una angiografía?

—No hay circulación en el cerebro, debido a la inflamación. No hay actividad electroencefálica, y cuando le pusimos agua fría en los oídos no hubo actividad calórica. No manifestó ningún potencial cerebral.

Permanecía de pie al otro lado de la cama, con las manos enguantadas colgando a los costados mientras me narraba con expresión desapasionada las diversas pruebas realizadas y maniobras inducidas para reducir la presión intracraneal. Yo había pasado lo mío en salas de urgencias y unidades de cuidados intensivos y sabía muy bien que es más fácil mostrar frialdad clínica con un paciente al que nunca has visto despierto. Y Eddie Heath no lo volvería a estar jamás. Había perdido el córtex. Había perdido aquello que lo hacía humano, que le hacía pensar y sentir, y no lo recobraría nunca. Permanecían sus funciones vitales, tenía el cerebelo. Era un cuerpo que respiraba, con un corazón que latía, mantenido de momento por máquinas.

Empecé a buscar lesiones defensivas. Con la atención concentrada en esquivar las sondas, no me di cuenta de que le cogía la mano hasta que me sobresaltó al darme un apretón. Esta clase de movimientos reflejos no es infrecuente en personas corticalmente muertas. Es el equivalente del bebé que te aprieta el dedo; un reflejo que no implica en absoluto ningún proceso mental. Le solté la mano con suavidad y respiré hondo, esperando que pasara la aflicción.

—¿Ha encontrado algo? —quiso saber la enfermera.

—Es difícil mirar con todas estas sondas —respondí.

Volvió a colocar los vendajes y alzó la sábana hasta la barbilla del muchacho. Yo me quité los guantes y los eché al cubo de los desperdicios al tiempo que entraba el sargento Trent, con ojos algo desencajados.

—No tenía tatuajes —anunció casi sin aliento, como si hubiera ido a la cafetería y regresado a todo correr—. Ni tampoco marcas de nacimiento o cicatrices.

A los pocos minutos caminábamos hacia el aparcamiento. El sol asomaba y se ocultaba, y en el aire flotaban diminutos copos de nieve. Entornando los ojos, me giré de cara al viento y contemplé el intenso tráfico de la avenida Forest. Algunos de los coches llevaban coronas de Navidad colgadas en la rejilla del radiador.

—Creo que haría bien en prepararse para la posibilidad de que muera —le aconsejé.

—Si lo hubiera sabido, no la habría molestado haciéndola venir hasta aquí. ¡Qué frío hace, maldita sea!

—Hizo usted exactamente lo que debía. Dentro de unos días, las heridas habrán cambiado.

—Dicen que todo diciembre va a ser así. Frío polar y mucha nieve. —Bajó la mirada hacia el suelo—. ¿Tiene usted hijos?

—Tengo una sobrina —respondí.

—Yo tengo dos chicos. Uno de ellos tiene trece años. —Saqué las llaves.

—He dejado el coche allí —le indiqué.

Trent asintió con un gesto y me siguió. Se quedó mirando en silencio cómo abría el Mercedes. Sus ojos estudiaron todos los detalles del interior de cuero mientras yo me instalaba ante el volante y me abrochaba el cinturón. Contempló el automóvil de arriba abajo como si estuviera admirando a una mujer hermosa.

—¿Y la piel que falta? —preguntó—. ¿Había visto alguna vez una cosa parecida?

—Es posible que tengamos que vérnoslas con alguien inclinado al canibalismo —contesté.

Regresé a la oficina y examiné el contenido del buzón, marqué con mis iniciales un fajo de informes de laboratorio, llené una taza con el alquitrán líquido que quedaba al fondo de la cafetera y no hablé con nadie. Rose apareció tan sigilosamente cuando me sentaba ante el escritorio que habría tardado en advertir su presencia si no hubiera dejado un recorte de prensa sobre otros varios que ya había colocado antes en el centro del secante.

—Parece cansada —observó—. ¿A qué hora ha venido esta mañana? Al llegar he encontrado café hecho y ya se había marchado usted a alguna parte.

—En Henrico tienen un caso duro —le expliqué—. Un chico que seguramente acabará aquí.

—Eddie Heath.

—Sí —reconocí, perpleja—. ¿Cómo lo sabes?

—Sale en el periódico —respondió Rose, y me di cuenta de que se había cambiado las gafas por unas nuevas que conferían a su rostro patricio una expresión menos altanera.

—Me gustan tus gafas —le dije—. Te quedan mucho mejor que aquella montura Ben Franklin apoyada en la punta de la nariz. ¿Qué dice de él el periódico?

—No mucho. El artículo sólo decía que lo encontraron cerca de la avenida Patterson y que le habían pegado un tiro. Si mi hijo aún fuera joven, no le dejaría que saliera a repartir periódicos.

—Eddie Heath no estaba repartiendo periódicos cuando lo atacaron.

—Da lo mismo. No se lo permitiría, tal como está el mundo. Vamos a ver... —Se apoyó un dedo en un lado de la nariz—. Fielding está abajo haciendo una autopsia y Susan ha salido a entregar unos cerebros a la Facultad de Medicina para que los examinen. Aparte de eso, no ha habido ninguna novedad mientras estaba fuera, excepto que se nos ha estropeado el ordenador.

—¿Sigue parado?

—Me parece que Margaret está en ello y ya casi ha terminado —dijo Rose.

—Bien. Cuando vuelva a funcionar, quiero que me haga una búsqueda. Los códigos a localizar deben ser *corte, mutilación, canibalismo, marcas de mordeduras*. Quizás una búsqueda en formato libre de las palabras *excisión, piel, carne*, en cualquier variedad de combinaciones. Podría probar también con *descuartizamiento*, pero en realidad no creo que sea eso lo que estamos buscando.

—¿En qué parte del Estado y en qué período de tiempo?

—Rose iba tomando notas.

—Todo el Estado en los últimos cinco años. Me interesan sobre todo los casos relacionados con niños, pero no nos limitemos exclusivamente a ellos. Y pídele a Margaret que mire qué tienen en el Registro de Traumatismos. El mes pasado hablé con su director en una reunión y parecía más que dispuesto a intercambiar datos.

—¿Quiere decir que también debemos comprobar las víctimas que sobrevivieron?

—Si podemos, Rose. Comprobémoslo todo y veamos si aparece algún caso similar al de Eddie Heath.

—Se lo diré a Margaret ahora mismo, a ver si puede empezar ya —dijo mi secretaria de camino hacia la puerta.

Empecé a examinar los artículos que había recortado de diversos periódicos de la mañana. No me sorprendió en absoluto constatar que se concedía una gran importancia a la hemorragia que Ronnie Waddell había sufrido, supuestamente por «los ojos, la nariz y la boca». La sección local de Amnistía Internacional proclamaba que su ejecución no había sido menos inhumana que cualquier otro homicidio. Un portavoz de la Asociación Pro Derechos Civiles apuntaba la posibilidad de que la silla eléctrica «hubiera funcionado de un modo incorrecto, haciendo sufrir horriblemente a Waddell», y a continuación comparaba el incidente con aquella ejecución realizada en Florida en la que unas esponjas sintéticas que se utilizaban por primera vez habían hecho que se le quemara el cabello al reo. Guardé los recortes en la carpeta del expediente de Waddell y traté de imaginar qué conejos pugilistas se sacaría esta vez del sombrero su abogado, Nicholas Grueman. Nuestras confrontaciones, aunque infrecuentes, se habían vuelto previsibles. Su verdadero objetivo, casi había llegado a creérmelo, consistía en impugnar mi competencia profesional y, en general, hacerme sentir como una estúpida. Pero lo que más me molestaba era que Grueman no parecía recordar que había sido alumna suya en Georgetown. Por su culpa había detestado mi primer curso en la Facultad de Derecho, había obtenido mi único notable y me había quedado fuera de la *Revista de leyes*. Nunca olvidaría a Nicholas Grueman por mucho que viviera, y no parecía justo que él se hubiera olvidado de mí.

Tuve noticias suyas el jueves, no mucho después de saber que Eddie Heath había muerto.

—¿Kay Scarpetta? —sonó la voz de Grueman en el auricular.

—Sí. —Cerré los ojos y, por la presión que se acumulaba tras ellos, supe que se acercaba rápidamente una borrasca.

—Nicholas Grueman al habla. He estado examinando el informe provisional sobre la autopsia del señor Waddell y tengo unas cuantas preguntas.

No dije nada.

—Me refiero a Ronnie Joe Waddell.

—¿En qué puedo ayudarle?

—Empecemos por su estómago, al que califica de «casi tubular». Una descripción interesante. ¿Se trata de una expresión coloquial o de un término médico aceptado? ¿Me equivoco al suponer que el señor Waddell no comía?

—No puedo decir que no comiera nada en absoluto. Pero se le había encogido el estómago. Estaba limpio y vacío.

—¿Se le informó acaso de que el señor Waddell estuviera en huelga de hambre?

—No se me informó de nada semejante. —Alcé la mirada hacia el reloj y la luz me apuñaló los ojos. Se habían terminado las aspirinas y me había dejado el anticongestivo en casa.

Oí rumor de páginas.

—Dice aquí que encontró usted abrasiones en los brazos, en el haz interno de ambos brazos —prosiguió Grueman.

—Es correcto.

—¿Y qué es, exactamente, el «haz interno»?

—La parte interior del brazo sobre la fosa antecubital.

Una pausa.

—La fosa antecubital —repitió en tono de asombro—. Bien, déjeme ver: tengo el brazo vuelto con la palma hacia arriba y estoy mirando la parte interior del codo. El lugar por donde se dobla el brazo, en realidad. Sería correcto, ¿no?, decir que el haz interno es la parte sobre la que se dobla el brazo, y que la fosa antecubital, por consiguiente, es el lugar por donde se dobla el brazo.

—Sería correcto.

—Bien, bien, muy bien. ¿Y a qué atribuye estas lesiones en los haces internos de los brazos del señor Waddell?

—Posiblemente a ataduras —dije con irritación.

—¿Ataduras?

—Sí, como las correas de cuero que forman parte de la silla eléctrica.

—Ha dicho usted «posiblemente». ¿Posiblemente ataduras?

—Eso he dicho.

—¿Significa eso que no puede asegurarlo con certeza, doctora Scarpetta?

—Hay muy pocas cosas en la vida que puedan asegurarse con certeza, señor Grueman.

—¿Significa eso que sería razonable admitir la posibilidad de que las ataduras que causaron las abrasiones fueran de distinta naturaleza? ¿De naturaleza humana, por ejemplo? ¿Marcas producidas por manos humanas?

—Las abrasiones que encontré no corresponden a lesiones infligidas por manos humanas —respondí.

—¿Y podrían corresponder a las lesiones infligidas por la silla eléctrica, por las correas que forman parte de ella?

—Tal es mi opinión.

—¿Su opinión, doctora Scarpetta?

—No he tenido ocasión de examinar la silla eléctrica —dije secamente.

Mi respuesta fue seguida de una larga pausa, por las que Grueman era famoso en el aula cuando quería que la insuficiencia patente de un alumno quedara suspendida en el aire. Me lo imaginé cerniéndose sobre mí, con las manos unidas a la espalda y el rostro inexpresivo mientras el reloj de pared desgranaba ruidosamente los segundos. Una vez había soportado su escrutinio silencioso durante más de dos minutos mientras mis ojos recorrían precipitadamente las páginas del manual de jurisprudencia abierto ante mí. Y sentada ante mi sólido escritorio de castaño, unos veinte años más tarde, una jefa de Medicina Forense de edad madura con suficientes títulos y diplomas para empapelar una pared, sentí que empezaba a arderme la cara. Sentí la antigua cólera y humillación.

Susan entró en mi despacho justo cuando Grueman terminaba bruscamente la conversación con un «Buenos días» y colgaba el teléfono.

—Han traído el cuerpo de Eddie Heath. —Llevaba la bata quirúrgica limpia y desabrochada por la espalda, y la expresión de su rostro era abstraída—. ¿Puede esperar hasta mañana?

—No —repliqué—. No puede.

Tendido en la fría mesa de acero, el muchacho parecía aún más pequeño que entre las níveas sábanas de su cama de hospital. No había arco iris en esta habitación, ni paredes o ventanas decoradas con dinosaurios y colores para alegrar el corazón de los niños. Eddie Heath había llegado desnudo, con agujas intravenosas, catéteres y vendajes todavía en su lugar. Parecían tristes restos de lo que le había retenido en este mundo y luego lo había desconectado de él, como el cordel de un globo que flotara abandonado en el aire vacío. Durante casi una hora clasifiqué lesiones y marcas de terapia mientras Susan tomaba fotografías y contestaba al teléfono.

Habíamos cerrado por dentro las puertas que daban acceso al pabellón de autopsias, y tras ellas oía el rumor de gente que bajaba en el ascensor y se dirigía hacia su casa bajo la luz menguante del crepúsculo. Por dos veces sonó el timbre de la puerta cochera, cuando llegaban los empleados de la funeraria para traernos un cadáver o llevárselo. Las heridas del hombro y el muslo de Eddie estaban secas y de un reluciente rojo oscuro.

—Dios mío —exclamó Susan, mirándolas fijamente—. Dios mío. ¿Quién puede ser capaz de hacer una cosa así? Fíjese en esos cortecitos de los bordes. Es como si hubieran hecho una maraña de cortes en todas direcciones y luego le hubieran arrancado todo el fragmento de piel.

—Eso es exactamente lo que creo que sucedió.

—¿Cree que alguien le grabó a cuchillo una especie de dibujo?

—Creo que alguien trató de tachar algo. Y cuando vio que no lo conseguía, arrancó la piel.

—¿Tachar qué?

—Nada que ya estuviera antes —respondí—. El chico no tenía tatuajes, marcas de nacimiento ni cicatrices en esas zonas. Si no había nada, quizás el asesino añadió algo y tuvo que eliminarlo para que no pudiera utilizarse como prueba.

—Algo así como marcas de mordiscos.

—Sí —concedí.

El cuerpo aún no estaba rígido por completo y se conservaba ligeramente tibio. Empecé a pasar una torunda por todas las zonas que una esponja hubiera podido pasar por alto, como axilas, pliegues glúteos, la parte posterior de los pabellones auriculares y su interior, el interior del ombligo. Recorté uñas y las guardé en sobres blancos y limpios y busqué fibras y otros residuos entre el cabello.

Susan seguía mirándome de reojo, y percibí su tensión. Finalmente, me preguntó:

—¿Está buscando algo en particular?

—Fluido seminal seco, por ejemplo.

—¿En la axila?

—Ahí, en cualquier pliegue de la piel, en cualquier orificio, donde sea.

—Normalmente no suele buscar en esos lugares.

—Normalmente no suelo buscar cebras.

—¿Qué?

—En la Facultad de Medicina teníamos un dicho: si oyes ruido de cascos, busca caballos. Pero en un caso como éste, sé que debo buscar cebras —le expliqué.

Empecé a examinar con una lupa hasta el último centímetro del cuerpo. Cuando llegué a las muñecas, le volví lentamente las manos a uno y otro lado, estudiándolas durante tanto tiempo que Susan interrumpió lo que estaba haciendo.

Consulté los diagramas prendidos en la tablilla, comparando todas las marcas del cuerpo con las que yo había señalado.

—¿Dónde están sus gráficas? —Paseé la mirada en derredor.

—Aquí. —Susan recogió unos impresos de encima de un mostrador.

Empecé a hojear las gráficas, concentrándome particularmente en los registros del departamento de urgencias y en el informe presentado por la patrulla de rescate. En ningún lugar se decía que Eddie Heath hubiera sido maniatado. Traté de recordar qué había dicho exactamente el sargento Trent cuando me describió lo que había visto cuando encontró el cuerpo del muchacho. ¿No había dicho que le colgaban las manos a los lados?

—¿Ha encontrado algo? —dijo Susan por fin.

—Hay que mirar con lupa para verlo. Ahí. La parte interior de las muñecas, y ahí en la izquierda, a la izquierda del hueso de la muñeca. ¿Ves el residuo gomoso? ¿Los restos de adhesivo? Parecen manchas de suciedad grisácea.

—Casi no se ve. Y parece que hay como unas fibras pegadas —se asombró Susan, apretando el hombro contra el mío mientras miraba a través de la lente.

—Y la piel está lisa. Hay menos vello en esta zona que aquí y aquí.

—Porque al despegar el esparadrapo debió de arrancar el vello.

—Exactamente. Tomaremos vello de las muñecas como muestra. El adhesivo y las fibras pueden hacerse concordar con los trozos de esparadrapo, si es que éstos llegan a aparecer. Y si aparecen los trozos de esparadrapo que utilizaron para atarlo, pueden hacerse concordar con el rollo.

—No comprendo. —Se irguió y me miró—. Las sondas intravenosas estaban sujetas con esparadrapo. ¿Está segura de que no es ésta la explicación?

—No hay marcas de agujas en esta parte de la muñeca que puedan identificarse como marcas de terapia —observé—. Y ya viste lo que llevaba sujeto con cinta cuando lo trajeron. Nada que explique este adhesivo.

—Es verdad.

—Vamos a tomar unas fotografías y luego recogeré los residuos de adhesivo, a ver qué encuentran en el laboratorio.

—El cuerpo estaba en la calle, junto a un contenedor de basuras. Será una pesadilla para el laboratorio.

—Eso dependerá de si el residuo de las muñecas estuvo en contacto con el suelo o no. —Empecé a raspar suavemente los residuos con el filo de un escalpelo.

—Supongo que no debieron de pasar una aspiradora por allí.

—No, estoy segura de que no lo hicieron. Pero creo que todavía podemos conseguir muestras si lo pedimos cortésmente. Por probar no se pierde nada.

Seguí examinando los delgados antebrazos y muñecas de

Eddie Heath, buscando contusiones o abrasiones que hubiera podido pasar por alto, pero no hallé ninguna.

—Parece que los tobillos están bien —dijo Susan desde el otro extremo de la mesa—. No veo rastros de adhesivo ni zonas en que haya desaparecido el vello. No hay lesiones. No parece que le ataran los tobillos con esparadrapo. Sólo las muñecas.

Podía recordar muy pocos casos en los que las ataduras de la víctima no le hubieran dejado marcas en la piel. Era evidente que el esparadrapo había estado en contacto directo con la piel de Eddie. Hubiera debido mover las manos, agitarlas, a medida que la incomodidad iba en aumento y se restringía la circulación. Pero no se había resistido. No se había debatido, ni retorcido, ni tratado de escapar.

Pensé en las gotas de sangre que había en la hombrera de la chaqueta y en el hollín y las marcas del cuello. Volví a examinar los alrededores de la boca, le miré la lengua y consulté de nuevo los informes. Si lo habían amordazado, no quedaba ninguna indicación de ello; ni abrasiones o magulladuras, ni restos de adhesivo. Me lo imaginé recostado contra el contenedor de basuras, desnudo en el intenso frío del anochecer, con la ropa amontonada a su lado, de un modo ni pulcro ni desordenado, sino despreocupado, a juzgar por la descripción que me habían dado. Cuando traté de percibir la emoción del crimen, no detecté furor, pánico ni temor.

—Le disparó antes, ¿verdad? —Los ojos de Susan estaban alerta, como los de un desconocido receloso con el que nos cruzamos en una calle oscura y solitaria—. Quien hizo esto le ató las muñecas con esparadrapo después de matarlo.

—Eso pienso.

—Pero es muy extraño —comentó—. No hay necesidad de maniatar a una persona a la que acaban de pegarle un tiro en la cabeza.

—No sabemos cuáles son las fantasías de este individuo.

—La sinusitis se había presentado ya y yo había caído como una ciudad sitiada. Me lloraban los ojos, y el cráneo me quedaba dos tallas pequeño.

Susan desenrolló el grueso cable eléctrico y enchufó la sierra Stryker. Insertó hojas nuevas en los escalpelos y examinó los cuchillos del carrito de quirófano. Luego desapareció en la sala de rayos X y volvió con las radiografías de Eddie, que fijó sobre la pantalla luminosa. Se afanaba de un lado a otro frenéticamente, y de pronto hizo algo que no le había ocurrido nunca: chocó violentamente con el carrito de quirófano que había estado ordenando e hizo caer dos frascos de litro llenos de formalina que se rompieron contra el suelo.

Corrí hacia ella, que retrocedió de un salto resollando, gesticulando para disipar los vapores que le envolvían la cara y esparciendo trozos de cristal por el piso a consecuencia de un resbalón que casi la hizo caer.

—¿Te ha salpicado la cara? —La cogí del brazo y la conduje precipitadamente al vestuario.

—Creo que no. No. Oh, Dios mío. Me ha mojado los pies y las piernas. Y me parece que el brazo también.

—¿Estás segura de que no te ha entrado en los ojos ni en la boca? —pregunté mientras la ayudaba a quitarse la bata verde.

—Estoy segura.

Me metí en la ducha y abrí el grifo mientras ella prácticamente se arrancaba el resto de la ropa.

La hice permanecer bajo un chorro de agua tibia durante un rato muy largo mientras yo me protegía con mascarilla, gafas de seguridad y gruesos guantes de goma. Absorbí el producto peligroso con las almohadillas para formalina que el Estado nos suministraba para emergencias bioquímicas como aquélla. Recogí los vidrios rotos, lo metí todo en bolsas de plástico doble y las até cuidadosamente. Luego regué el suelo con una manguera, me lavé y me puse una bata limpia. Al cabo de algún rato Susan salió de la ducha, enrojecida y asustada.

—Lo siento muchísimo, doctora Scarpetta —se disculpó.

—Lo único que me preocupa eres tú. ¿Te encuentras bien?

—Me siento débil y un poco mareada. Aún sigo oliendo ese vapor.

—Ya me encargaré yo de acabar el trabajo —le dije—. ¿Por qué no te vas a casa?

—Creo que antes descansaré un ratito. Será mejor que vaya arriba, si le parece.

Mi bata de laboratorio estaba doblada sobre el respaldo de una silla. Metí la mano en el bolsillo y saqué unas llaves.

—Toma —le ofrecí—. Puedes echarte en el sofá de mi despacho. Llámame inmediatamente por el interfono si no se te pasa el mareo o si te encuentras peor.

Reapareció al cabo de una hora, con el abrigo puesto y abrochado hasta la barbilla.

—¿Cómo estás? —le pregunté mientras suturaba la incisión en forma de Y.

—Un poco temblorosa, pero bien. —Me observó en silencio durante unos instantes y añadió—: Mientras estaba arriba he pensado en algo. Creo que no debería hacerme constar como testigo en este caso.

Alcé la mirada con sorpresa. Era rutinario que todos los que se hallaban presentes durante una autopsia constaran como testigos en el informe oficial. La solicitud de Susan no era muy trascendente, pero sí peculiar.

—No he participado en la autopsia —prosiguió—. Quiero decir que he colaborado en el examen externo, pero no estaba presente cuando usted hacía el *post mortem*. Y sé que éste va a ser un caso importante, si algún día detienen a alguien, y si llega a los tribunales. Y creo que es mejor que yo no conste, porque, como ya le he dicho, en realidad no he estado presente.

—Bien —accedí—. No hay ningún problema.

Dejó mis llaves sobre una mesa y se marchó.

Marino estaba en casa cuando lo llamé desde el teléfono del coche mientras hacía cola en un peaje, alrededor de una hora más tarde.

—¿Conoce al alcaide de la calle Spring? —le pregunté.

—Frank Donahue. ¿Desde dónde me llama?

—Desde el coche.

—Lo suponía. Seguramente, la mitad de los camioneros de Virginia nos están escuchando con sus radios CB.

—No van a oír mucho.

—He sabido lo del chico —me dijo—. ¿Ya ha terminado con él?

—Sí. Le llamaré cuando llegue a casa. Mientras tanto, necesito que me haga un favor. Quiero echarle un vistazo a la prisión lo antes posible.

—Lo malo de echarle un vistazo a la prisión es que te lo devuelve.

—Por eso va a venir usted conmigo —repliqué.

Si no otra cosa, después de dos desdichados semestres bajo la tutela de mi antiguo profesor había aprendido a estar preparada. Por eso el sábado por la tarde Marino y yo nos pusimos en camino hacia la Penitenciaría del Estado.

El cielo estaba plomizo, y un fuerte viento sacudía los árboles que bordeaban la carretera. Todo el universo se hallaba sumido en una fría agitación, como si reflejara mi estado de ánimo.

—Si quiere mi opinión personal —dijo Marino mientras circulábamos—, creo que está consintiéndole a Grueman que la haga ir de culo.

—De ninguna manera.

—Entonces, ¿cómo es que cada vez que hay una ejecución y él tiene algo que ver en el asunto da usted toda la impresión de ir de culo?

—¿Y cómo manejaría usted la situación?

Accionó el encendedor del coche.

—Igual que usted. Iría a echarle un maldito vistazo a la galería de la muerte y la silla eléctrica, lo documentaría todo y luego le diría que es un bocazas que no sabe de qué habla. O mejor aún, le diría a la prensa que es un bocazas que no sabe de qué habla.

El periódico de la mañana citaba unas declaraciones de

Grueman en el sentido de que Waddell no había recibido una alimentación adecuada y que su cuerpo presentaba lesiones que yo no podía explicar satisfactoriamente.

—Después de todo, ¿a él qué le importa? —prosiguió Marino—. ¿Defendía ya a esos pájaros cuando usted estudiaba Derecho?

—No. Hace varios años le pidieron que dirigiera el Centro de Justicia Criminal de Georgetown. Fue entonces cuando empezó a llevar casos de pena capital *pro bono*.

—A ese tipo debe de faltarle un tornillo.

—Es abiertamente contrario a la pena capital y ha conseguido convertir en una *cause célèbre* a todos sus representados. En particular a Waddell.

—Ya. San Nick, el santo patrón de los canallas. Qué conmovedor —se burló Marino—. ¿Por qué no le manda unas fotos en color de Eddie Heath y le pregunta si querría hablar con la familia del chico? A ver qué opina del cerdo que ha cometido este asesinato.

—Nada le hará cambiar de opinión.

—¿Tiene hijos? ¿Esposa? ¿Alguien que le importe?

—Eso no influye en sus ideas, Marino. Supongo que no tendrá nada nuevo sobre Eddie.

—No, y en Henrico tampoco. Tenemos la ropa y una bala del veintidós. Si hay suerte, quizás el laboratorio pueda sacar algo de las cosas que usted les mandó.

—¿Y el VICAP? —pregunté, refiriéndome al Programa de Captura de Criminales Violentos, en el que Marino y el agente especial del FBI Benton Wesley formaban un equipo regional.

—Trent está preparando los impresos y los enviará en un par de días —respondió Marino—. Y anoche puse a Benton al corriente del caso.

—¿Cree que Eddie habría subido al coche de un desconocido?

—Según sus padres, no. Tenemos que vérnoslas con un ataque relámpago o bien con alguien que se ganó la confianza del niño durante el tiempo suficiente para raptarlo.

—¿Tiene hermanos o hermanas?

—Uno de cada, y los dos le llevan más de diez años. Supongo que Eddie fue un accidente —opinó Marino cuando llegábamos a la vista de la penitenciaría.

Años de dejadez habían descolorido su capa de estuco hasta dejarla de un color rosa sucio y diluido. Las ventanas estaban oscuras y cubiertas de un plástico grueso que el viento agitaba y desgarraba. Tomamos la salida de Belvedere y giramos hacia la izquierda por la calle Spring, una lastimosa franja de asfalto que conectaba dos entidades que no pertenecían al mismo mapa. Se prolongaba varias manzanas más allá de la penitenciaría, hasta que acababa en Gambles Hill, donde la sede central de la Ethyl Corporation, un edificio de ladrillo blanco, se pavoneaba sobre una elevación cubierta de césped inmaculado, como una hermosa garza blanca en el borde de un vertedero.

La llovizna se había convertido en nevisca cuando aparcamos y salimos del coche. Siguiendo a Marino, pasé ante un contenedor de basuras y subí por una rampa que conducía a un muelle de carga ocupado por un grupo de gatos, cuya despreocupación coexistía con la cautela propia de los animales salvajes. La entrada principal consistía en una sola puerta de cristal, y al entrar en lo que figuraba ser el vestíbulo nos encontramos entre rejas. No había sillas, y el aire, muy frío, estaba estancado. A nuestra derecha, el centro de comunicaciones era accesible a través de una pequeña ventanilla, que una mujer robusta con uniforme de vigilante abrió cuando le vino en gana.

—¿En qué puedo servirles?

Marino le enseñó la placa y anunció lacónicamente que estábamos citados con Frank Donahue, el alcaide. La mujer nos pidió que esperásemos. La ventanilla volvió a cerrarse.

—Es Helen la Bárbara —me explicó Marino—. He estado aquí más veces de las que recuerdo, y siempre finge que no me conoce. Claro que no soy su tipo. Dentro de un minuto podrá conocerla mejor.

Al otro lado de una cancela enrejada se veía un deslustrado corredor de baldosas pardas y ladrillos de hormigón, y una serie de despachos que parecían jaulas. La vista terminaba con el primer bloque de celdas, compuesto por varios pisos pintados de un verde institucional y manchados de óxido. Las celdas estaban vacías.

—¿Cuándo trasladarán al resto de los internos? —le pregunté.

—Antes del fin de semana.

—¿Quién queda?

—Algunos auténticos caballeros de Virginia, los pájaros en régimen de aislamiento. Están todos bien encerrados y encadenados a sus camas en la galería C, que está hacia allí. —Apuntó hacia el oeste—. No hemos de pasar por allí, así que no empiece a ponerse nerviosa. No la sometería a esa prueba. Algunos de esos gilipollas no han visto una mujer desde hace años, y Helen la Bárbara no cuenta.

Un joven de complexión fornida y vestido con el uniforme azul del Departamento de Instituciones Penitenciarias apareció al fondo del pasillo y avanzó hacia nosotros. Nos escrutó por entre los barrotes, el rostro atractivo pero duro, con una mandíbula fuerte y fríos ojos grises. El bigote rojo oscuro ocultaba un labio superior que, sospeché, podía volverse cruel.

Marino nos presentó, y añadió:

—Hemos venido a ver la silla.

—Sí; me llamo Roberts y estoy aquí para hacerles los honores. —Hubo un tintineo de llaves contra metal cuando abrió la pesada cancela—. Donahue está enfermo y no ha podido venir hoy. —El estrépito de la puerta al cerrarse detrás de nosotros resonó en las paredes—. Me temo que antes hemos de cachearlos. Si hace el favor de venir por aquí, señora.

Empezó a pasar un detector de metales sobre el cuerpo de Marino mientras se abría otra puerta enrejada y «Helen» emergía del centro de comunicaciones. Era una mujer adusta con la complexión de una iglesia baptista; su reluciente cinturón Sam Browne constituía el único indicio de que tuviera cintura. Llevaba el cabello corto, peinado de un modo masculino y teñido de negro betún, y su mirada era intensa cuando se cruzó brevemente con la mía. La tarjeta de identificación prendida sobre un pecho formidable rezaba «Grimes».

—El maletín —me ordenó.

Se lo entregué. Hurgó en su interior y luego me hizo girar con brusquedad a uno y otro lado para someterme a una serie de exploraciones y cacheos con el detector y con las manos. En total, el registro no pudo durar más de veinte segundos, pero se las arregló para familiarizarse con cada centímetro de mi carne, aplastándome contra su seno rígidamente acorazado como una araña de amplias dimensiones, mientras sus dedos rollizos se demoraban sobre mí y respiraba ruidosamente por la boca. Por fin, hizo una seca inclinación de cabeza para indicar que todo estaba en orden y regresó a su cubil de hierro y hormigón.

Marino y yo seguimos a Roberts entre rejas y más rejas, cruzando una serie de puertas que él abría con sus llaves y volvía a cerrar, el aire frío y resonante con un opaco campanilleo de metal hostil. No nos preguntó nada sobre nosotros ni hizo comentario alguno que pudiera considerarse remotamente amistoso. Su única preocupación parecía ser su función, que aquella tarde era de guía turístico o perro guardián, no hubiera sabido decir cuál.

Un giro a la derecha y entramos en la primera galería de celdas, un enorme espacio lleno de corrientes de aire hecho de hormigón verde y ventanas rotas, con cuatro pisos de celdas que se alzaban hasta un falso techo recubierto con rollos de alambre de púas. Había docenas de colchones estrechos con fundas de hule amontonados de cualquier modo en el centro del suelo de baldosas marrones, y escobas, bayetas y desvencijados sillones de barbería de color rojo esparcidos por todas partes. Zapatillas deportivas, tejanos y diversos efectos personales llenaban los altos alféizares, y en muchas de las celdas quedaban televisores, libros y cajas. Por lo visto, cuando se trasladó a los internos no se les permitió llevar consigo todas sus pertenencias, cosa que quizás explicaba las obscenidades garabateadas con rotulador en las paredes.

Se abrieron más puertas y nos encontramos al aire libre, en el patio, un cuadrilátero de hierba pardusca rodeado por feos bloques de celdas. No había árboles. En cada una de las esquinas se alzaba una atalaya, ocupada por hombres enfundados en gruesos chaquetones y provistos de fusiles. Avanzamos deprisa y en silencio bajo la nevisca que nos azotaba las mejillas. Después de bajar algunos escalones, pasamos por otra abertura que conducía a una puerta de hierro más sólida que cualquiera de las que habíamos visto hasta entonces.

—El sótano este —anunció Roberts mientras introducía una llave en la cerradura—. El sitio donde nadie quiere estar.

Entramos en la galería de la muerte.

A lo largo de la pared este se abrían cinco celdas, con una cama de hierro, un retrete y un lavabo de loza blanca en cada una. En el centro de la sala había un escritorio grande y varias sillas para los guardias que permanecían allí sin interrupción cuando la galería de la muerte estaba ocupada.

—Waddell estaba en la celda número dos —nos informó Roberts—. Según las leyes de la Commonwealth, el interno debe ser trasladado aquí quince días antes de su ejecución. Waddell fue conducido desde Mecklenburg el veinticuatro de noviembre.

—¿Quién tuvo acceso a él mientras estuvo aquí? —preguntó Marino.

—Las personas que siempre tienen acceso a la galería de la muerte: representantes legales, clérigos y los miembros del equipo de la muerte.

—¿El equipo de la muerte? —repetí.

—Se compone de funcionarios y supervisores de Instituciones Penitenciarias, cuya identidad se mantiene en secreto. El equipo interviene cuando nos mandan un interno desde Mecklenburg. Lo vigilan y lo organizan todo de principio a fin.

—No parece un deber muy agradable —comentó Marino.

—No es un deber, sino una elección —replicó Roberts con el machismo y la inescrutabilidad de los entrenadores cuando los entrevistan tras el gran partido.

—¿Y no le disgusta? —quiso saber Marino—. Venga, hombre, yo vi cómo llevaban a Waddell a la silla. Tiene que incomodarle.

—No me incomoda en lo más mínimo. Luego me voy a casa, me tomo unas cervezas y me acuesto. —Hundió la mano en el bolsillo de la pechera de su uniforme y sacó un paquete de cigarrillos—. Bueno, Donahue me ha dicho que quieren saber todo lo que ocurrió. Se lo explicaré paso a paso. —Se sentó en el escritorio y empezó a fumar—. El día de la ejecución, el trece de diciembre, a Waddell se le autorizó una visita de dos horas con miembros de su familia inmediata, que en este caso fue su madre. Le pusimos cadenas en la cintura, grilletes en las piernas y esposas, y lo condujimos a la sección de visitas hacia la una del mediodía.

»A las cinco de la tarde le sirvieron la última comida. Pidió solomillo, ensalada, una patata al horno y tarta de nueces pacanas, que le fue preparado en la Bonanza Steak House. No pudo elegir el restaurante; a los internos no se les permite eso. Y, como siempre, se encargaron dos cenas idénticas. El interno se come una y un miembro del equipo de la muerte se come la otra. Esto se hace para evitar que un cocinero demasiado entusiasta decida acelerar el viaje del interno al Más Allá condimentando su comida con algún ingrediente especial, como por ejemplo arsénico.

—¿Se comió toda la cena? —pregunté, pensando en su estómago vacío.

—No tenía mucha hambre. Nos pidió que se la guardáramos para el día siguiente.

—Debía de creer que el gobernador Norring iba a concederle el perdón —conjeturó Marino.

—No sé qué pensaba. Me limito a repetir lo que dijo Waddell cuando le sirvieron la cena. Más tarde, a las siete y media, fueron a su celda unos funcionarios de efectos personales para hacer inventario de sus posesiones y preguntarle qué quería que hicieran con ellas. Estamos hablando de un reloj de pulsera, un anillo, varias prendas de vestir y correo, libros, poesía. A las ocho lo sacaron de la celda. Le afeitaron la cara, la cabeza y el tobillo derecho. Lo pesaron, ducharon y vistieron con la ropa que llevaría a la silla. Luego fue devuelto a su celda.

»A las diez cuarenta y cinco se le leyó la sentencia de muerte, en presencia del equipo. —Roberts se levantó del escritorio—. A continuación fue conducido, sin cadenas, al cuarto contiguo.

—¿Cuál era su actitud en esos momentos? —preguntó Marino mientras Roberts abría otra puerta cerrada con llave.

—Digamos simplemente que su afiliación racial no le permitía estar tan blanco como una sábana. De otro modo, lo habría estado.

El cuarto era más pequeño de lo que yo imaginaba. A un par de metros de la pared del fondo y centrada sobre el piso de reluciente cemento marrón estaba la silla, un severo y rígido trono de roble oscuro pulido. El alto respaldo de listones, las dos patas delanteras y los brazos estaban provistos de gruesas correas de cuero.

—Waddell se sentó y la primera correa que le abrocharon fue la del pecho —prosiguió Roberts en el mismo tono indiferente—. Luego las dos de los brazos, la del vientre y las correas de las piernas. —Fue tironeando de cada correa mientras hablaba—. En total, ponerle las correas fue cosa de un minuto. Le cubrieron la cara con la máscara de cuero que enseguida le enseñaré. Le colocaron el casco en la cabeza y le conectaron la argolla del electrodo a la pierna derecha.

Saqué la cámara, una regla y fotocopias de los diagramas corporales de Waddell.

—Exactamente a las once y dos minutos recibió la primera descarga, de dos mil quinientos voltios y seis amperios y medio. Para su información, basta con dos amperios para matar a una persona.

Las lesiones señaladas en los diagramas corporales de Waddell concordaban a la perfección con la estructura de la silla y sus sujeciones.

—El casco va conectado aquí. —Roberts señaló un tubo que descendía desde el techo y terminaba en una palomilla de cobre justo encima de la silla.

Empecé a fotografiar la silla desde todos los ángulos.

—Y la pieza de la pierna se conecta a esta palomilla.

Los destellos del flash me producían una sensación extraña. Empezaba a sentirme nerviosa.

—En realidad, el hombre no era más que un gran disyuntor eléctrico.

—¿Cuándo empezó a sangrar? —pregunté.

—En cuanto recibió la primera descarga, señora. Y no paró hasta que hubo terminado todo. Entonces corrieron una cortina que lo ocultó de la vista de los testigos. Tres miembros del equipo de la muerte le desabrocharon la camisa y el médico lo auscultó con su estetoscopio, le palpó la carótida y lo declaró muerto. Entonces colocaron a Waddell en una camilla y lo llevaron a la sala de enfriamiento, que es donde iremos a continuación.

—¿Y esa teoría de que la silla no funcionó correctamente?

—Pura mierda. Waddell medía un metro noventa y tres y pesaba ciento diecisiete kilos y medio. Estaba cociéndose mucho antes de sentarse en la silla y seguramente tenía la presión sanguínea por las nubes. Después de que lo declararan muerto, y a causa de la hemorragia, el director adjunto se acercó a echarle un vistazo. No se le habían reventado los ojos. No se le habían reventado los tímpanos.

»Waddell tenía una puñetera hemorragia nasal, lo mismo que le pasa a la gente que hace demasiada fuerza en el retrete.

No dije nada, pero interiormente le di la razón. La hemorragia nasal de Waddell se había debido a la maniobra de Valsalva, un brusco aumento de la presión intratorácica. Nicholas Grueman no quedaría complacido con el informe que pensaba enviarle.

—¿Qué pruebas hicieron para asegurarse de que la silla funcionaba correctamente? —preguntó Marino.

—Las de siempre. Primero, la compañía eléctrica examina el material y lo comprueba. —Señaló una gran caja de circuitos con puertas de acero gris situada en la pared de detrás de la silla—. Ahí dentro hay veinte bombillas de doscientos vatios montadas sobre un tablero para hacer pruebas. Lo probamos durante toda la semana anterior a la ejecución, tres veces el día previsto y, por fin, una vez más delante de los testigos cuando se han reunido.

—Sí, ya lo recuerdo —asintió Marino, contemplando la cabina acristalada de los testigos a no más de cinco metros de distancia. En su interior había doce sillas de plástico negro dispuestas ordenadamente en tres hileras.

—Todo funcionó perfectamente —concluyó Roberts.

—¿Siempre ha sido así?

—Que yo sepa, sí, señora.

—¿Y el interruptor? ¿Dónde está?

Dirigió mi atención hacia una caja empotrada en la pared a la derecha de la cabina de los testigos.

—Se da la corriente con una llave. Pero el botón está en la sala de control. El alcaide o alguien designado al efecto hace girar la llave y aprieta el botón. ¿Quiere verlo?

—Creo que será mejor que lo vea.

No había mucho que ver, apenas un cubículo situado justo detrás de la pared trasera del cuarto de la silla. Dentro había un gran cuadro de mandos de la General Electric con diversos controles para subir y bajar el voltaje, que podía llegar hasta tres mil voltios. Varias hileras de lucecitas afirmaban que todo estaba en orden o advertían si fallaba algo.

—En Greensville irá todo por ordenador —añadió Roberts.

En el interior de un armario de madera estaban el casco, la pernera y dos gruesos cables que, según nos explicó mientras nos los mostraba, «se conectan a las palomillas que hay encima y a un lado de la silla, y luego a la palomilla del casco y a la de la pierna». Nos dio la explicación sin el menor esfuerzo, y añadió:

—Es como conectar un vídeo.

El casco y el electrodo de la pierna eran de cobre y estaban cubiertos de agujeros, por los que se enhebraba un cordel de algodón para sujetar el forro de esponja en el interior. El casco era asombrosamente ligero, con una pátina de cardenillo en los bordes de las placas de conexión. No pude imaginarme con una cosa así puesta en la cabeza. La máscara de cuero negro no era más que un cinturón ancho y tosco que se abrochaba por medio de una hebilla sobre la nuca del interno, con un pequeño orificio triangular para la nariz. Hubieran podido exhibirlo en la Torre de Londres y no se me habría ocurrido dudar de su autenticidad.

Pasamos ante un transformador con bobinas que llegaban hasta el techo y Roberts abrió otra puerta. Entramos en otra habitación.

—Ésta es la sala de enfriamiento —anunció—. Trajimos a Waddell aquí y lo colocamos sobre esta mesa.

Era de acero, con rastros de óxido en las junturas.

—Lo dejamos enfriar unos diez minutos y le pusimos bolsas de arena sobre la pierna. Son ésas de ahí.

Las bolsas de arena estaban apiladas en el suelo, al pie de la mesa.

—Cinco kilos cada una. Será una reacción refleja de la rodilla, pero las piernas quedan considerablemente dobladas. Las bolsas de arena las enderezan. Y si las quemaduras son fuertes, como en el caso de Waddell, las cubrimos con gasa. Hecho esto, volvimos a poner a Waddell en la camilla y lo sacamos por el mismo camino que han entrado ustedes. Sólo que no usamos las escaleras. No vale la pena que se hernie nadie. Lo metimos en el montacargas de la comida, lo sacamos por la puerta delantera y lo cargamos en la ambulancia. Y entonces se lo llevamos directamente a usted, como hacemos siempre cuando uno de nuestros chicos monta en la Chisposa.

Sonaron ruidosos portazos; un tintineo de llaves; chasquido de cerrojos. Roberts siguió hablando animadamente mientras nos conducía de vuelta al vestíbulo. Yo apenas le escuchaba y Marino no dijo ni una palabra. Una nevisca mezclada con lluvia cubría la hierba y las paredes con gotitas de hielo. La acera estaba mojada, y hacía un frío cortante. Me sentía mareada. Anhelaba desesperadamente darme una larga ducha caliente y cambiarme de ropa.

—Las sabandijas como Roberts sólo están un escalón por encima de los internos —comentó Marino mientras ponía el coche en marcha—. De hecho, algunos de ellos no son mejores que los zánganos que tienen encerrados.

Al poco rato se detuvo ante un semáforo en rojo. Las gotas de agua temblaban sobre el cristal como si fueran sangre, eran barridas por el limpiaparabrisas y reemplazadas por otras mil. El hielo recubría los árboles como cristal.

—¿Tiene tiempo para que le enseñe una cosa? —Marino limpió el vaho del parabrisas con la manga de la chaqueta.

—Depende de lo importante que sea, supongo que podría tener tiempo. —Esperé que mi evidente desgana lo indujera a llevarme directamente a casa.

—Quiero que conozca los últimos pasos de Eddie Heath. —Accionó el intermitente—. En particular, creo que le interesa ver dónde fue encontrado su cuerpo.

Los Heath vivían al este de la avenida Chamberlayne, del lado malo, en palabras de Marino. Su pequeña casa de ladrillo quedaba a pocas manzanas de un restaurante de pollo frito Golden Skillet y del supermercado donde Eddie había entrado a comprar una lata de sopa para su madre. En el camino de acceso a la vivienda de los Heath había aparcados varios coches americanos, y de la chimenea se elevaba una columna de humo que desaparecía en el brumoso cielo gris. Hubo un apagado destello de aluminio cuando se abrió la verja de entrada y una anciana envuelta en un abrigo negro salió al umbral e hizo una pausa para hablar con alguien del interior. Aferrada a la barandilla como si la tarde amenazara arrojarla por la borda, bajó los escalones dirigiendo una ausente mirada de soslayo a un Ford LTD blanco que pasó sin detenerse.

Si hubiéramos seguido hacia el este dos o tres kilómetros más, habríamos entrado en el polígono de viviendas federales.

—Antes en este barrio sólo residían blancos —observó Marino—. Recuerdo que, cuando llegué a Richmond, era un buen sitio para vivir. Lleno de gente honrada y trabajadora que tenía los jardines bien cuidados e iba a misa los domingos. Los tiempos cambian. Yo, si tuviera un hijo, no le dejaría andar por aquí después de oscurecido. Pero cuando se vive en un sitio, se siente uno cómodo. Eddie se sentía cómodo paseando por ahí, repartiendo periódicos y haciéndole recados a su madre.

»La noche que ocurrió, salió por la puerta delantera de su nido, tomó por Azalea y giró a la derecha como estamos haciendo nosotros ahora mismo. Ahí está Lucky's, a la izquierda, justo al lado de la gasolinera. —Señaló un supermercado con una herradura verde en el rótulo luminoso—. Aquella esquina de allí es un punto de encuentro para los drogadictos. Cambian crack por dinero y se pierden de vista. Detenemos a esas cucarachas, y al cabo de dos días vuelven a estar en otra esquina haciendo lo mismo.

—¿Alguna posibilidad de que Eddie estuviera metido en las drogas? —La pregunta habría sido bastante descabellada en la época en que empecé mi carrera, pero ya no. Ahora, los menores representaban aproximadamente el diez por ciento de todas las detenciones por tráfico de drogas que se practicaban en el estado de Virginia.

—Hasta el momento, no existe ninguna indicación. El instinto me dice que no —respondió Marino.

Entró en el aparcamiento del supermercado y nos quedamos sentados en el coche, mirando los anuncios pegados al cristal con cinta adhesiva y el brillo chillón de las luces a través de la niebla. Había una larga cola de clientes esperando ante la caja registradora y el agobiado dependiente trabajaba afanosamente sin alzar la vista. Un joven negro con zapatos de suela ancha y chaqueta de cuero salió de la tienda con una cerveza de litro y contempló con insolencia nuestro automóvil al tiempo que arrojaba unas monedas en un teléfono público situado junto a la puerta. Un hombre de faz rojiza y con los tejanos salpicados de pintura arrancó el celofán de un paquete de cigarrillos mientras se dirigía al trote hacia su camión.

—Estoy dispuesto a apostar a que fue aquí donde se encontró con su atacante —dijo Marino.

—¿Cómo? —le interrogué.

—Creo que fue todo muy sencillo. Creo que salió de la tienda y ese animal lo abordó y le largó un cuento para ganarse su confianza. Le dijo cualquier cosa y Eddie se fue con él y subió a su coche.

—Ciertamente, los hallazgos físicos tienden a confirmarlo —asentí—. No presentaba lesiones defensivas, ni nada que hiciera pensar en una lucha. ¿No hubo nadie que lo viera hablar con alguien desde el interior del supermercado?

—Nadie con quien yo haya hablado hasta ahora. Pero ya ve lo lleno que está siempre este sitio, y fuera estaba oscuro. Si alguien se fijó en algo, seguramente sería un cliente que iba o venía del coche. Pienso recurrir a la prensa para que publique una llamada a cualquiera que pudo haber estado aquí entre las cinco y las seis de aquella tarde. Y también saldrá en el programa Crime Stoppers.

—¿Y Eddie? ¿Sabía andar solo por la calle?

—Si el asesino es un pájaro astuto, hasta los chicos más listos pueden tragarse la bola. Recuerdo un caso que tuve en Nueva York. Una niña de diez años fue al colmado a comprar un kilo de azúcar. Al salir, se le acerca un pedófilo y le dice que lo ha enviado su padre, que acaban de ingresar a su madre en el hospital y que él ha bajado a recogerla para llevarla allí. La niña sube a su coche y acaba convertida en estadística. —Me miró de reojo—. Muy bien: ¿blanco o negro?

—¿A qué caso se refiere?

—Al de Eddie Heath.

—En base a lo que me ha contado, el atacante es blanco.

Marino hizo una maniobra con el coche y esperó a que hubiera un hueco en el tráfico.

—No hay duda de que el *modus operandi* corresponde a un blanco. Al padre de Eddie no le gustan los negros y Eddie recelaba de ellos, así que no es probable que un negro se ganara su confianza. Y si la gente ve a un chico blanco con un hombre blanco, aunque el chico parezca triste o asustado, suponen que son dos hermanos o padre e hijo. —Giró hacia la derecha, en dirección oeste—. Adelante, doctora. ¿Qué más?

A Marino le encantaba este juego. Se sentía tan complacido cuando me oía dar voz a sus pensamientos como cuando me creía completamente equivocada.

—Si el atacante es blanco, podemos deducir que no vive en el polígono de viviendas federales, a pesar de la cercanía.

—Dejando aparte la raza, ¿por qué más se puede deducir que el culpable no es del polígono?

—Otra vez por el *modus operandi* —le respondí sencillamente—. Pegarle un tiro en la cabeza a alguien, aunque sea a un niño de trece años, no es nada insólito en un asesinato callejero, pero, aparte de eso, no encaja nada. A Eddie le dispararon con un veintidós, no con una pistola de nueve o diez milímetros o con un revólver de gran calibre. Estaba desnudo y mutilado, lo que permite suponer que la violencia tuvo un móvil sexual. Por lo que sabemos, no tenía con él nada que valiera la pena robarle y no parecía llevar una clase de vida que lo pusiera en peligro.

Se había puesto a llover con fuerza, y la presencia de coches que viajaban a velocidades imprudentes con los faros encendidos hacía que la circulación fuera peligrosa. Supuse que mucha gente debía encaminarse a centros comerciales, y se me ocurrió que apenas había hecho ningún preparativo para la Navidad.

La tienda de comestibles de la avenida Patterson se hallaba justo enfrente, a nuestra izquierda. No pude recordar su antiguo nombre, y habían retirado los rótulos, sin dejar más que un desnudo cascarón de ladrillo con varias ventanas cegadas con tablones. El espacio que ocupaba estaba mal iluminado, y sospeché que el policía no se habría molestado en inspeccionar la parte posterior del edificio de no ser por la hilera de comercios que había a su izquierda. Conté cinco: una farmacia, el taller de un zapatero remendón, una tintorería, una ferretería y un restaurante italiano, todos cerrados y desiertos la noche que Eddie Heath fue conducido allí y dejado por muerto.

—¿Recuerda cuándo cerró esta tienda?

—Más o menos cuando cerraron muchas otras. Cuando empezó la Guerra del Golfo —dijo Marino.

Se internó por un callejón. Los haces de los faros lamían paredes de ladrillo y se bamboleaban sobre los baches del camino sin asfaltar. Detrás de la tienda, una cerca de malla metálica separaba un retazo de asfalto agrietado de una zona boscosa que se agitaba oscuramente bajo el viento. Por entre las ramas de los árboles desnudos vi farolas lejanas y el anuncio luminoso de un Burger King.

Marino detuvo el automóvil y los faros taladraron un contenedor de basuras marrón, canceroso de óxido y pintura descascarillada, por cuyos flancos rezumaban hilos de agua. La lluvia azotaba el cristal y tamborileaba sobre el techo, y por la radio los agentes de la centralita estaban atareados despachando coches hacia las escenas de accidentes.

Marino cerró las manos sobre el volante y encorvó los hombros. Después se dio un masaje en la nuca.

—Me estoy haciendo viejo, puñeta —se quejó—. Tengo un impermeable en el maletero.

—Usted lo necesita más que yo. No voy a disolverme —repliqué, y abrí la portezuela.

Marino recogió su impermeable policial azul marino y yo me subí el cuello del abrigo hasta las orejas. La lluvia me asaeteó la cara y me golpeó fríamente la cabeza. Casi al instante, empezaron a aterírseme las orejas. El contenedor estaba junto a la cerca, en el límite exterior del asfalto, a unos veinte metros de la pared posterior de la tienda. Advertí que el contenedor se abría por arriba, no por el lado.

—Cuando llegó el policía, ¿el contenedor estaba abierto o cerrado? —le pregunté a Marino.

—Cerrado. —La capucha del impermeable le impedía mirarme sin girar el torso—. Ya ve que no hay nada en que subirse. —Paseó el haz de una linterna en torno al contenedor—. Además, estaba vacío. No había ni una maldita cosa dentro, excepto óxido y el cadáver de una rata lo bastante grande como para ensillarla y montar.

—¿Puede levantar la tapa?

—Sólo unos cinco centímetros. Casi todos los contenedores de este tipo tienen un pasador a cada lado. Si eres lo bastante alto, puedes levantar la tapa unos centímetros y deslizar la mano bajo el borde, y luego sigues levantando la tapa dándole a los pasadores para que vayan corriendo poco a poco. Al final, consigues abrirla lo suficiente para echar dentro la bolsa de la basura. El problema es que en este contenedor los pasadores no se sujetan. Habría que abrir la tapa del todo y dejarla caer hacia el otro lado, y eso no hay manera de hacerlo sin subirse encima de algo.

—¿Cuánto mide usted? ¿Un metro ochenta y cinco, un metro ochenta y ocho?

—Sí. Si yo no puedo abrir el contenedor, él tampoco. En estos momentos, la teoría favorita es que sacó al chico del coche y lo dejó apoyado contra el contenedor mientras intentaba abrir la tapa, como quien deja la bolsa de basura en el suelo por unos instantes para tener las manos libres. Cuando vio que no podía abrir la tapa, se largó a toda prisa dejando al chico y sus cosas tirados en el suelo.

—Hubiera podido arrastrarlo hasta el bosque.

—Hay una valla.

—No es muy alta; metro y medio más o menos —observé—. Como mínimo, hubiera podido dejar el cuerpo detrás del contenedor. Tal como ocurrió, cualquiera que pasara tenía que verlo.

Marino se quedó callado y contempló los alrededores, enfocando la linterna hacia la cerca de alambre. Las gotas de lluvia atravesaban el estrecho haz de luz como un millón de clavos impulsados desde el cielo. Yo apenas podía doblar los dedos. Tenía el cabello empapado y me entraba agua helada por el cuello. Volvimos al coche y Marino puso la calefacción a tope.

—Trent y sus hombres están obsesionados con la teoría del contenedor, la situación de la tapa y todo eso —comentó—. Mi opinión personal es que el único papel del contenedor en todo esto fue el de un maldito caballete para que el pájaro pudiera exponer su obra de arte.

Miré a través de la lluvia.

—La cuestión —prosiguió con voz dura— es que no trajo al chico hasta aquí para esconder el cuerpo, sino para asegurarse de que lo encontraban. Pero los muchachos de Henrico no quieren verlo así. Yo no sólo lo veo, sino que lo siento tan claramente como si algo me respirara sobre el cogote.

Seguí mirando el contenedor, y la imagen del pequeño cuerpo de Eddie Heath apoyado contra él era tan vívida como si hubiera estado presente cuando lo encontraron. La idea me asaltó de súbito y con fuerza.

—¿Cuándo repasó por última vez el caso de Robyn Naismith? —le pregunté.

—No importa. Lo recuerdo muy bien —respondió Marino, con la mirada fija al frente—. Estaba esperando a ver si usted pensaba en ello. A mí se me ocurrió la primera vez que estuve aquí.

3

Aquella noche encendí la chimenea y tomé una sopa de verduras junto al fuego mientras, fuera, la lluvia helada se mezclaba con nieve. Había apagado las luces y abierto las cortinas de la puerta corredera de cristal. La hierba estaba blanca de escarcha, las hojas de rododendro completamente enroscadas, y las desnudas ramas de los árboles se recortaban contra la luz de la luna. El día me había agotado, como si una fuerza oscura y glotona hubiera absorbido toda la luz de mi ser. Sentí las manos invasoras de una guardia de prisiones llamada Helen y olí el hedor rancio de los cuchitriles que habían albergado a hombres empedernidos y llenos de odio. Recordé haber sostenido diapositivas ante la luz en el bar de un hotel de Nueva Orleans durante el congreso anual de la Asociación Norteamericana de Ciencias Forenses. El homicidio de Robyn Naismith estaba aún por resolver, y comentar lo que le habían hecho mientras no cesaban de pasar los tumultuosos juerguistas del martes de carnaval se me antojó en cierto modo horrible.

Había sido golpeada, maltratada y apuñalada a muerte, se creía, en su propia sala de estar. Pero lo que más conmocionó al público fue la actitud de Waddell después de matarla, su desacostumbrado y siniestro ritual. Después de muerta la desnudó. Si la violó, no quedaba constancia de ello. Sus preferencias, por lo visto, consistían en morder y penetrar repetidamente con un cuchillo las partes más carnosas del cuerpo. Cuando una compañera de trabajo fue a verla, encontró el cuerpo torturado de Robyn apoyado contra el televisor, la cabeza caída hacia delante, los brazos a los lados, las piernas extendidas y la ropa apilada a su lado. Parecía una sanguinolenta muñeca de tamaño natural devuelta a su lugar tras una sesión de juego y fantasía que se había convertido en un horror.

Según la opinión de un psiquiatra que declaró ante el tribunal, después de asesinarla Waddell se sintió abrumado de remordimiento y permaneció sentado, acaso durante horas, hablándole a su cadáver. Un psicólogo forense de la Commonwealth conjeturó todo lo contrario, que Waddell sabía que Robyn era un personaje de la televisión y que el acto de apoyar su cuerpo contra el televisor era simbólico. Volvía a verla por televisión y fantaseaba. La devolvía al medio que se la había presentado, y eso, naturalmente, implicaba premeditación. Con el paso del tiempo, los matices y sutilezas de interminables análisis sólo fueron haciéndose más complicados.

La grotesca exhibición del cuerpo de aquella presentadora de veintisiete años era la firma particular de Waddell. Diez años más tarde, un niño moría asesinado y alguien —la víspera de la ejecución de Waddell— firmaba su trabajo de la misma manera.

Preparé café, lo eché en un termo y me lo llevé al estudio. Sentada ante el escritorio, conecté el ordenador y marqué el número del que tenía en la oficina. Aún no había visto los resultados de la búsqueda que le había encargado a Margaret, aunque sospechaba que era uno de los informes que componían el deprimente montón de papel que se acumulaba en mi bandeja la tarde del viernes. El fichero de salida, no obstante, aún debía de estar en el disco duro. Cuando apareció el símbolo de UNIX, tecleé mi nombre de usuario y mi contraseña y al instante me saludó la palabra «correo» en letras parpadeantes. Margaret, mi analista informática, me había dejado un mensaje.

«Consulte el fichero Carne», leí.

—Qué horrible —masullé, como si Margaret pudiera oírme.

Pasé al directorio llamado Principal, al que Margaret dirigía rutinariamente los datos y en el que copiaba los ficheros que yo le solicitaba, e hice salir el fichero llamado Carne.

Era bastante extenso, porque Margaret había seleccionado datos de toda clase de muertes y luego los había combinado con los que obtuvo del Registro de Traumatismos. Como era de esperar, la mayor parte de los datos seleccionados por el ordenador se componía de accidentes en los que se habían perdido miembros y tejido a consecuencia de accidentes de circulación y otras desventuras en las que intervenían máquinas. Cuatro casos eran de homicidios en los que los cadáveres mostraban marcas de mordeduras. Dos de estas víctimas habían muerto apuñaladas, y las otras dos estranguladas. Una de las víctimas era un hombre; dos, mujeres, y la última una niña de sólo seis años. Anoté los números de expediente y los códigos ICD-9.

Acto seguido, empecé a estudiar los historiales del Registro de Traumatismos, pantalla tras pantalla de datos sobre víctimas que habían sobrevivido el tiempo suficiente para ser ingresadas en un hospital. Esperaba que esta información fuera un problema, y lo fue. Los hospitales sólo proporcionaban información sobre sus pacientes después de haberla esterilizado y despersonalizado como un quirófano. Para mantener la confidencialidad, se suprimían los nombres, los números de la Seguridad Social y cualquier otro dato revelador. No había ningún lazo común mientras la persona recorría el laberinto de papeleo de los equipos de rescate, salas de urgencias, diversos departamentos policiales y otros organismos. La triste consecuencia era que los datos de una misma víctima podían estar dispersos en las bases de datos de seis agencias distintas sin relacionarse jamás entre sí, sobre todo si se había producido algún error en la introducción de datos en cualquier fase del procedimiento. Así pues, podía encontrar un caso que suscitara mi interés y no tener medio alguno de averiguar quién era el paciente ni si finalmente había sobrevivido o no.

Tras anotar los historiales del Registro de Traumatismos que juzgué más interesantes, salí del fichero. Antes de terminar, extraje un listado para ver qué antiguos ficheros de datos, informes o anotaciones podía eliminar de mi directorio para dejar más espacio libre en el disco duro.

Fue entonces cuando descubrí un fichero que no me sonaba.

Se llamaba tty07. Su tamaño era de sólo dieciséis bytes, y la fecha y hora correspondían al 16 de diciembre, el jueves pasado, a las 4.26 de la tarde. Su contenido era una sola frase inquietante:

No lo encuentro.

Descolgué el teléfono y empecé a marcar el número particular de Margaret, pero me detuve. El directorio Principal y sus ficheros estaban protegidos. Aunque cualquiera podía pasar a mi directorio, si no introducía mi nombre de usuario y la contraseña, en teoría no debería serle posible listar ni abrir los ficheros que contenía.

Aparte de mí, Margaret debería ser la única persona que conocía mi contraseña. Si había entrado en mi directorio, ¿qué era lo que no encontraba y a quién se lo decía?

No podía haber sido Margaret, me dije, contemplando fijamente la breve frase de la pantalla.

Pero no estaba segura, y pensé en mi sobrina. Quizá Lucy supiera desenvolverse en UNIX. Consulté mi reloj. Eran más de las ocho de una noche de sábado, y, en cierto modo, si encontraba a Lucy en casa me llevaría un disgusto. Tendría que haber salido con algún chico o con amigos. No era así.

—Hola, tía Kay. —Su voz denotaba sorpresa, lo cual me recordó que hacía tiempo que no la llamaba.

—¿Cómo está mi sobrina preferida?

—Soy tu única sobrina. Estoy muy bien.

—¿Qué estás haciendo en casa un sábado por la noche? —le pregunté.

—Terminando un trabajo del curso. ¿Qué estás haciendo en casa un sábado por la noche?

Por un instante, no supe qué contestar. Mi sobrina de diecisiete años tenía una habilidad especial para ponerme en mi lugar.

—Estoy atascada con un problema de ordenador —le dije al fin.

—Entonces, desde luego, has llamado al departamento adecuado —respondió Lucy, que no era propensa a sufrir arrebatos de modestia—. Espera un momento a que aparte todos estos libros y papeles y deje sitio para el teclado.

—No es un problema de PC —le advertí—. Supongo que no conocerás un sistema operativo que se llama UNIX, ¿verdad?

—Yo no diría que UNIX sea un sistema operativo, tía Kay. Es como si hablaras del clima cuando en realidad te refieres al entorno, que se compone del clima y todos los demás elementos y los edificios. ¿Utilizas AT&T?

—Dios mío, Lucy. No lo sé.

—Bueno, ¿qué aparato tienes?

—Es un mini NCR.

—Entonces es AT&T.

—Creo que alguien ha violado la seguridad —le expliqué.

—A veces ocurre. Pero ¿qué te lo hace suponer?

—He encontrado un fichero extraño en mi directorio, Lucy. El directorio y los ficheros son seguros; nadie debería poder leer nada sin conocer la contraseña.

—Error. Si tienes privilegios de raíz, eres un superusuario y puedes hacer todo lo que quieras y leer todo lo que quieras.

—Mi analista es la única superusuario.

—Quizá sí. Pero puede que existan otros usuarios con privilegios de raíz que venían con el software, usuarios que ni siquiera sabes que existen. Eso podemos comprobarlo fácilmente, pero antes háblame de ese fichero extraño. ¿Cómo se llama y qué contiene?

—Se llama t-t-y-cero-siete y contiene una sola frase: «No lo encuentro.»

Oí tabletear su teclado.

—¿Qué estás haciendo? —le pregunté.

—Voy anotando todo lo que decimos. Muy bien. Empecemos por lo evidente. El nombre del fichero, t-t-y-cero-siete, nos da una buena pista. Se trata de un periférico. Dicho de otro modo, lo más probable es que t-t-y-cero-siete sea el terminal de alguien de tu oficina. También podría ser una impresora, pero yo diría que la persona que accedió a tu directorio quería enviar una nota al dispositivo llamado t-t-y-cero-siete. Pero esa persona metió la pata y en lugar de enviar una nota creó un fichero.

—Cuando escribes una nota, ¿no creas siempre un fichero? —pregunté, desconcertada.

—No si te limitas a enviar caracteres del teclado.

—¿Cómo?

—Es fácil. ¿Estás en UNIX ahora?

—Sí.

—Escribe cat redirect t-t-y-q...

—Espera un poco.

—Y no te preocupes por barra dev.

—Más despacio, Lucy.

—Prescindimos deliberadamente del directorio dev, que es lo que estoy segura que hizo esa persona...

—¿Qué viene después de cat?

—De acuerdo. Cat redirect y el periférico...

—Más despacio, por favor.

—Tu aparato tendría que llevar un procesador cuatro ochenta y seis, tía Kay. ¿Cómo es que va tan lento?

—¡Lo que va lento no es el maldito procesador!

—Oh, lo siento —se disculpó Lucy sinceramente—. No me acordaba.

¿De qué no se acordaba?

—Volvamos al problema —prosiguió—. A propósito, doy por supuesto que no tienes ningún periférico que se llame t-t-y-q. ¿Por dónde vas?

—Aún sigo en cat —respondí, con frustración—. Luego viene redirect... Maldita sea. ¿Es el signo «mayor que»?

—Sí. Ahora pulsa Intro y el cursor pasará a la línea siguiente, que está en blanco. Entonces escribes el mensaje que quieres enviar a la pantalla de t-t-y-q.

«Mira cómo corre el perro», escribí.

—Dale a Intro y luego control C —me indicó Lucy—. Y ahora puedes hacer un ls menos uno y dirigirlo a p-g y verás el fichero.

Me limité a teclear «ls» y vislumbré un destello de algo que pasó fugazmente por la pantalla.

—Te diré lo que creo que ocurrió —dijo Lucy—. Alguien accedió a tu directorio, y enseguida llegaremos a eso. Quizás estuvo buscando algo en tus ficheros y no logró encontrarlo, así que envió un mensaje, o lo intentó, al dispositivo llamado t-t-y-cero-siete. Pero debía de tener prisa y en vez de escribir cat redirect barra d-e-v barra t-t-y-cero-siete se olvidó del directorio dev y sólo escribió cat redirect t-t-y-cero-siete. O sea que el mensaje no llegó a la pantalla de t-t-y-cero-siete. Dicho de otro modo, en vez de enviar un mensaje a t-t-y-cero-siete, lo que hizo esa persona fue crear sin darse cuenta un fichero llamado t-t-y-cero-siete.

—Si ese alguien hubiera escrito la orden correcta y enviado los caracteres, ¿habría quedado grabado el mensaje? —le pregunté.

—No. Habrían aparecido los caracteres en la pantalla de t-t-y-cero-siete y habrían permanecido allí hasta que el usuario los borrase. Pero tú no habrías encontrado ningún indicio de ello en tu directorio ni en ninguna otra parte. No se habría creado ningún fichero.

—Lo cual quiere decir que no sabemos cuántas veces pueden haber enviado mensajes desde mi directorio, suponiendo que lo hicieran correctamente.

—Exacto.

—¿Cómo es posible que alguien haya podido leer algo de mi directorio? —Repetí la pregunta fundamental.

—¿Estás segura de que nadie más conoce tu contraseña?

—Sólo Margaret.

—¿Es tu analista informática?

—Sí.

—¿Crees que puede habérsela dado a alguien?

—Lo encuentro inconcebible —respondí.

—Muy bien. Un usuario con privilegios de raíz podría entrar sin contraseña —prosiguió Lucy—. Vamos a comprobarlo ahora mismo. Cambia al directorio, etc., consulta el fichero llamado Grupo y busca grupo raíz; eso es r-o-o-t-g-r-p. Mira a ver qué usuarios vienen listados a continuación.

Empecé a escribir.

—¿Qué ves?

—Aún no he terminado —repliqué, incapaz de suprimir la impaciencia de mi voz.

Lucy repitió las instrucciones lentamente.

—Veo tres nombres inscritos en el grupo raíz —le dije.

—Bien. Anótalos. Ahora marca punto y coma, q, bang y ya has salido de Grupo.

—¿Bang? —repetí, confundida.

—Un signo de exclamación. Ahora tienes que pasar al fichero contraseña, que es p-a-s-s-w-d, y comprobar si alguno de los usuarios con privilegios de raíz no tiene contraseña.

—Lucy —dije apartando las manos del teclado.

—Es fácil darse cuenta porque en el segundo campo verás la forma codificada de la contraseña del usuario, si es que la tiene. Si en el segundo campo sólo hay dos signos de dos puntos, es que ese usuario no tiene contraseña.

—Lucy.

—Lo siento, tía Kay. ¿Otra vez voy demasiado deprisa?

—No soy una programadora de UNIX. Para mí, es como si hablaras en swahili.

—Podrías aprender. Te aseguro que UNIX es muy divertido.

—Gracias, pero el problema es que en estos momentos no tengo tiempo para aprender. Alguien se ha metido en mi directorio, donde tengo informes y documentos muy confidenciales. Además, si alguien está leyendo mis ficheros privados, ¿qué más debe de estar mirando, quién lo hace y por qué?

—El quién resulta fácil, a no ser que el intruso se comunique por módem desde el exterior.

—Pero la nota la enviaron a alguien de mi oficina, a un dispositivo de mi oficina.

—Eso no significa que alguien de dentro no recurriese a alguien de fuera para infiltrarse, tía Kay. Quizás el fisgón no sabe UNIX y necesita ayuda para acceder a tu directorio, de modo que utiliza a un programador del exterior.

—Esto es grave —observé.

—Podría serlo. Por lo menos, me da la impresión de que tu sistema no es muy seguro.

—¿Cuándo debes presentar ese trabajo de curso? —pregunté.

—Después de las vacaciones.

—¿Lo has terminado?

—Casi.

—¿Cuándo empiezan las vacaciones de Navidad?

—El lunes.

—¿Te gustaría venir a pasar unos días aquí conmigo, y me ayudas a resolver esto? —le pregunté.

—Estás de broma.

—Lo digo muy en serio. Pero no esperes gran cosa. Por lo general, no suelo tomarme muchas molestias con la decoración. Unas cuantas flores de la Pascua y velas en las ventanas. Ahora bien, te prometo que yo cocinaré.

—¿No pones árbol?

—¿Es eso un problema?

—Supongo que no. ¿Está nevando?

—A decir verdad, sí.

—Nunca he visto la nieve. No en vivo.

—Será mejor que me dejes hablar con tu madre.

Dorothy, mi única hermana, se mostró de lo más solícita cuando finalmente se puso al teléfono, varios minutos más tarde.

—¿Aún sigues trabajando tanto, Kay? Eres la persona más trabajadora que jamás he conocido. La gente se queda impresionada cuando les digo que somos hermanas. ¿Qué tiempo hace en Richmond?

—Hay muchas probabilidades de que tengamos unas Navidades blancas.

—Qué entrañable. Lucy tendría que ver unas Navidades blancas al menos una vez en la vida. Yo no las he visto nunca. Bueno, retiro lo dicho. Una Navidad fui a esquiar con Bradley al oeste.

No pude recordar quién era Bradley. Los maridos y acompañantes de mi hermana menor componían un interminable desfile que yo había dejado de observar desde hacía años.

—Me gustaría muchísimo que Lucy viniera a pasar la Navidad conmigo —le anuncié—. ¿Podría ser?

—¿No puedes venir a Miami?

—No, Dorothy. Este año, no. Estoy metida de pleno en varios casos muy difíciles y tendré que estar en los tribunales prácticamente hasta Nochebuena.

—No puedo imaginarme una Navidad sin Lucy —objetó con mucha renuencia.

—Ya la has pasado sin ella otras veces. Cuando fuiste a esquiar con Bradley al oeste, por ejemplo.

—Es verdad. Pero resultó duro —respondió sin inmutarse—. Y cada vez que he pasado unas vacaciones sin ella, he hecho el voto de no repetirlo nunca más.

—Comprendo. Otra vez será —concedí, harta de los juegos que se traía mi hermana. Sabía muy bien que no veía la hora de deshacerse de Lucy.

—Por otra parte, se me está echando encima el plazo de entrega de mi último libro y voy a pasarme casi todas las fiestas pegada al ordenador —se apresuró a reconsiderar—. Puede que Lucy esté mejor contigo. Mi compañía no va a ser muy divertida. ¿Te he dicho que ahora tengo un agente en Hollywood? Es fantástico y conoce a todos los que son alguien allí. Está negociando un contrato con Disney.

—Eso es magnífico. Estoy segura de que pueden hacer películas estupendas con tus libros. —Dorothy escribía excelentes libros infantiles y había ganado varios premios prestigiosos. Donde fracasaba era como ser humano.

—Mamá está aquí —dijo mi hermana—. Quiere decirte algo. Escucha, me he alegrado mucho de hablar contigo. Tendríamos que hacerlo más a menudo. Procura que Lucy coma algo además de ensaladas, y te advierto que se dedicará a hacer ejercicio hasta volverte loca. Me preocupa que empiece a parecer demasiado masculina.

Antes de que pudiera decir nada, se puso mi madre.

—¿Por qué no puedes venir aquí, Katie? Hace sol, y tendrías que ver los pomelos.

—No puedo, mamá. De veras que lo siento.

—¿Y ahora Lucy también se marcha? ¿Es eso lo que he oído? ¿Qué tengo que hacer, comerme un pavo yo sola?

—Estarás con Dorothy.

—¿Qué? ¿Estás de guasa? Dorothy estará con Fred, y no puedo soportarlo.

Dorothy había vuelto a divorciarse el verano anterior. No pregunté quién era Fred.

—Creo que es iraní o algo por el estilo. Es capaz de exprimir un centavo hasta que la moneda se ponga a gritar y le salga pelo en las orejas. Sé que no es católico, y últimamente Dorothy ya no lleva a Lucy a la iglesia. Si quieres saber mi opinión, esta niña se va a ir al infierno de cabeza.

—Van a oírte, mamá.

—Qué va. Estoy sola en la cocina, mirando un fregadero lleno de platos sucios que Dorothy espera que lave yo, aprovechando que estoy aquí. Es igual que cuando viene a casa, porque no ha hecho nada para cenar y está esperando que cocine yo. ¿Se ofrece alguna vez para traer algo? ¿Le importa que yo sea una anciana prácticamente inválida? Quizá tú puedas hacer entrar a Lucy en razón.

—¿En qué aspecto le falta razón a Lucy? —quise saber.

—No tiene amigos, excepto una chica que da qué pensar. Tendrías que ver el cuarto de Lucy: parece algo sacado de una película de ciencia ficción, con tantos ordenadores e impresoras y cacharros y aparatos. No es normal que una adolescente viva todo el rato dentro de su cabeza y no salga con gente de su edad. Me preocupa lo mismo que me preocupabas tú.

—Yo al final he salido bien —apunté.

—Bueno, pasabas demasiado tiempo con tus libros de ciencia, Katie. Ya ves cómo acabó tu matrimonio.

—Mamá, me gustaría que Lucy tomara el avión mañana, si puede ser. Haré las reservas desde aquí y me encargaré de los pasajes. Asegúrate de que lleva ropa de abrigo. Lo que no tenga, como un chaquetón de invierno, podemos comprarlo aquí.

—Seguramente podrá utilizar tu ropa. ¿Cuándo fue la última vez que la viste? ¿La Navidad pasada?

—Creo que hace todo ese tiempo, sí.

—Pues déjame que te diga una cosa: le han crecido los pechos, desde entonces. ¡Si vieras cómo se viste! ¿Y crees que se molestó en consultar con su abuela antes de cortarse su hermosa cabellera? No. ¿Por qué habría de molestarse en decirme que...?

—Tengo que llamar a las líneas aéreas.

—Me gustaría que vinieras tú aquí. Podríamos estar todas juntas. —Su voz empezaba a sonar de un modo extraño. Mi madre estaba a punto de llorar.

—A mí también me gustaría —respondí.

El domingo salí a media mañana hacia el aeropuerto, conduciendo por calzadas oscuras y mojadas que cruzaban un deslumbrante mundo vitrificado. Fragmentos de hielo aflojados por el sol se desprendían de cables telefónicos, tejados y árboles y se estrellaban contra el suelo como proyectiles de cristal arrojados desde el cielo. El parte meteorológico pronosticaba otra tormenta, y me sentí profundamente complacida, a pesar de las molestias. Quería momentos de tranquilidad ante el hogar en compañía de mi sobrina. Lucy estaba creciendo.

No parecía que hubiera pasado tanto tiempo desde que nació. Nunca olvidaría los ojos grandes y fijos que seguían todos mis movimientos en casa de su madre, ni los desconcertantes arrebatos de ira y pesar cuando le fallaba en alguna menudencia. La patente adoración de Lucy me conmovía tan profundamente como me asustaba. Me había hecho experimentar una intensidad de sentimiento que no había conocido hasta entonces.

Conseguí que los guardias de seguridad me franquearan el paso y esperé ante la puerta examinando ansiosa a los pasajeros que emergían del túnel de embarque. Buscaba a una adolescente regordeta con una larga cabellera rojo oscuro y un alambre de ortodoncia en la boca cuando una joven impresionante se plantó ante mí y sonrió.

—¡Lucy! —exclamé, y la estreché entre mis brazos—. Dios mío. Casi no te conocía.

El pelo, corto y deliberadamente alborotado, acentuaba el efecto de los ojos verde claro y de una buena estructura ósea que yo no sabía que tuviera. No llevaba ni rastro de metal en los dientes, y había cambiado sus gruesas gafas por una leve montura de carey que le confería la apariencia de una seria, pero atractiva estudiante de Harvard. Sin embargo, lo que más me sorprendió fue el cambio que se había producido en su cuerpo, pues desde la última vez que la vi había dejado de ser una adolescente rolliza para convertirse en una esbelta deportista de largas piernas vestida con unos cómodos tejanos descoloridos y varios centímetros demasiado cortos, una blusa blanca, un cinturón rojo de cuero trenzado y mocasines sin calcetines. Llevaba una bolsa para libros, y vislumbré el destello de una fina pulsera de oro en el tobillo. Me fijé en que no llevaba maquillaje ni sostenes.

—¿Dónde tienes el abrigo? —le pregunté mientras íbamos en busca del equipaje.

—Esta mañana, cuando he salido de Miami, estábamos a veintisiete grados.

—Te congelarás antes de llegar al coche.

—Es físicamente imposible que me congele antes de llegar al coche, a no ser que lo tengas aparcado en Chicago.

—¿No llevas ningún jersey en la maleta? —inquirí.

—¿Te has dado cuenta de que me hablas igual que la abuela te habla a ti? Por cierto, dice que parezco una vagabunda rockera. Es su despropósito del mes.

—Tengo un par de chaquetas de esquí, pantalones de pana, gorros, guantes... Puedes usar lo que quieras.

Deslizó su mano en la mía y me olfateó el cabello.

—Sigues sin fumar.

—Sigo sin fumar y no soporto que me recuerden que sigo sin fumar porque entonces pienso en fumar.

—Estás mucho mejor y no apestas a tabaco. Y no has engordado. Desde luego, este aeropuerto es muy cochambroso —observó Lucy, cuyo cerebro de ordenador tenía bastantes lagunas en los sectores de la diplomacia—. ¿Por qué lo llaman Richmond «internacional»?

—Porque hay vuelos a Miami.

—¿Por qué la abuela nunca viene a verte?

—No le gusta viajar y se niega a ir en avión.

—Es más seguro que el coche. La cadera se le está poniendo mal de veras, tía Kay.

—Ya lo sé. Ve recogiendo tus cosas mientras yo voy a buscar el coche —le dije cuando llegamos a la sala de equipajes—. Pero antes hemos de ver por cuál de las cintas sale.

—Sólo hay tres cintas. Seguro que soy capaz de descubrirlo.

Salí al aire frío y radiante, agradecida por disponer de unos instantes para pensar. Los cambios que había experimentado mi sobrina me habían cogido desprevenida y, de pronto, me sentía más insegura que nunca respecto a cómo tratarla. Lucy nunca había sido fácil.

Desde el primer día había presentado un prodigioso intelecto de adulta gobernado por emociones infantiles, una volatilidad que accidentalmente cobró forma cuando su madre se casó con Armando. Mis únicas ventajas habían sido el tamaño y la edad. Ahora Lucy era tan alta como yo y me hablaba con la voz baja y serena de una igual. No correría a refugiarse en su habitación y encerrarse de un portazo. Ya no zanjaría una desavenencia chillando que me odiaba o que se alegraba de que yo no fuera su madre.

Imaginé estados de ánimo imprevisibles y discusiones que yo no podría ganar. Imaginé a Lucy abandonando fríamente la casa y alejándose en mi coche.

Hablamos poco durante el trayecto, pues Lucy parecía fascinada por el clima invernal.

El mundo se derretía como una estatua de hielo mientras un nuevo frente frío se cernía sobre el horizonte en una amenazadora franja gris.

Cuando llegamos al vecindario en el que me había instalado tras su última visita, contempló atentamente los lujosos jardines y viviendas, los adornos de Navidad coloniales y las aceras de ladrillo. Un hombre vestido como un esquimal paseaba su perro viejo y obeso, y un Jaguar negro que la sal de las carreteras había manchado de gris pasó flotando lentamente entre salpicaduras de agua.

—Es domingo. ¿Dónde están los niños? ¿O es que no hay ninguno? —preguntó Lucy, como si la observación me incriminara de alguna manera.

—Hay unos cuantos. —Giré hacia mi calle.

—No veo bicicletas en los patios, ni trineos o casas en los árboles. ¿Es que nunca sale nadie?

—Es un barrio muy tranquilo.

—¿Lo elegiste por eso?

—En parte. También es muy seguro, y es de esperar que una casa aquí resulte una buena inversión.

—¿Seguridad privada?

—Sí —respondí con creciente inquietud.

Lucy siguió contemplando las espaciosas casas que íbamos dejando atrás.

—Apuesto a que puedes meterte completamente dentro y cerrar la puerta y no oír nada de nadie, ni ver a nadie fuera a no ser que esté paseando al perro. Pero tú no tienes perro. ¿Cuántos niños llamaron a tu puerta en Halloween, la noche de los disfraces?

—Tuvimos un Halloween bastante tranquilo —le contesté con una evasiva.

A decir verdad, el timbre sólo había sonado una vez, mientras yo estaba trabajando en el estudio.

Vi en la pantalla del monitor a los cuatro chiquillos que esperaban en el porche y, tras descolgar el auricular, me disponía a decirles que abría enseguida cuando alcancé a oír lo que estaban comentando:

«No, seguro que no tiene ningún muerto ahí dentro», decía la minúscula animadora universitaria.

«Sí que lo tiene —replicó Spiderman—. Siempre está saliendo en la tele porque corta a los muertos y guarda los pedazos en botes. Me lo dijo mi papá.»

Metí el coche en el garaje y después me volví hacia Lucy.

—Te instalaremos en tu cuarto y a continuación encenderé la chimenea de la sala y prepararé un par de tazas de chocolate caliente. Luego pensaremos en el almuerzo.

—No tomo chocolate caliente. ¿Tienes una cafetera exprés?

—Desde luego.

—Eso sería perfecto, sobre todo si tienes torrefacto francés descafeinado. ¿Conoces a los vecinos?

—Sé quiénes son. Vamos, pásame esa bolsa y coge tú ésta para que pueda abrir la puerta y desactivar la alarma. Dios mío, cómo pesa.

—La abuela insistió en que trajera pomelos. Son bastante buenos, pero están llenos de semillas. —Lucy entró en casa y paseó lentamente la mirada a su alrededor—. ¡Ahí va! ¡Claraboyas! ¿Cómo se llama este estilo arquitectónico, aparte de recargado?

Quizá su actitud se corregiría por sí sola si fingía no darme cuenta.

—El cuarto de los invitados está por ahí —le indiqué—. Puedes instalarte arriba, si quieres, pero he supuesto que preferirías estar aquí abajo, cerca de mí.

—Aquí abajo me va bien. Siempre y cuando también esté cerca del ordenador.

—Lo tengo en el estudio, que está al lado de tu habitación.

—He traído libros y notas sobre UNIX, y algunas otras cosas. —Se detuvo unos instantes ante las puertas cristaleras de la sala—. El jardín no es tan bonito como el que tenías antes. No hay rosas. —Lo dijo como si yo hubiera decepcionado a todos los que me conocían.

—Tengo muchos años por delante para arreglar el jardín. Me proporciona algo por lo que esperar.

Lucy examinó el entorno con lentitud y finalmente posó la mirada en mí.

—Tienes cámaras en las puertas, detectores de movimiento, una cerca, puertas blindadas ¿y qué más? ¿Nidos de ametralladoras?

—No hay nidos de ametralladoras.

Esto es tu Fuerte Apache, ¿verdad, tía Kay? Te mudaste aquí porque Mark ha muerto y en el mundo ya sólo queda gente mala.

El comentario me golpeó con una fuerza terrible, y al instante se me llenaron los ojos de lágrimas. Fui al dormitorio de los invitados, dejé la maleta y comprobé que hubiera toallas, jabón y dentífrico en el cuarto de baño.

De nuevo en el dormitorio, descorrí las cortinas, revisé los cajones de la cómoda, arreglé el armario y regulé la calefacción mientras mi sobrina permanecía sentada en el borde de la cama, pendiente de todos mis gestos.

Al cabo de unos minutos estuve en condiciones de volver a afrontar su mirada.

—Cuando hayas deshecho el equipaje, te enseñaré un armario lleno de cosas de invierno para que escojas lo que quieras —dije.

—Nunca viste a Mark como el resto de la gente lo veía.

—Lucy, es mejor que hablemos de otra cosa.

Enchufé una lámpara y comprobé que el teléfono estuviera conectado.

—Estás mejor sin él —añadió con convicción.

—Lucy...

—Mark no estaba disponible para ti como habría debido estarlo. No habría estado nunca disponible porque ésa era su forma de ser. Y cada vez que las cosas no iban bien, tú cambiabas.

Me paré ante la ventana y contemplé las latentes clemátides y rosas congeladas sobre las espalderas.

—Lucy, has de adquirir un poco de delicadeza y tacto. No puedes decir exactamente lo que piensas.

—Es curioso oírte eso a ti. Siempre me has dicho cuánto detestas la hipocresía y la falsedad.

—Las personas tienen sentimientos.

—Es verdad. Incluida yo —replicó.

—¿Te he lastimado de algún modo?

—¿Cómo crees que me sentía?

—No sé si comprendo.

—Porque no pensabas en mí para nada. Por eso no comprendes.

—Pienso en ti constantemente.

—Eso es como decir que eres realmente rica, pero nunca me das ni un centavo. ¿Qué me importa a mí lo que tienes escondido?

No supe qué decir.

—Ya no me llamas nunca. No has venido a verme ni una sola vez desde que lo mataron. —El dolor de su voz llevaba mucho tiempo contenido—. Te escribí y no me contestaste. Y de repente me llamas y me pides que venga a visitarte porque necesitas algo de mí.

—No lo hice con esa intención.

—Es lo mismo que hace mamá.

Cerré los ojos y apoyé la frente sobre el frío cristal.

—Esperas demasiado de mí, Lucy. No soy perfecta.

—No espero que seas perfecta. Pero creía que eras distinta.

—No sé cómo defenderme cuando haces una observación así.

—¡No puedes defenderte!

Vi una ardilla gris que avanzaba a saltos por el borde

superior de la cerca del jardín. Había pájaros picando semillas de la hierba.

—¿Tía Kay?

Me volví hacia ella y nunca había visto en sus ojos una expresión tan abatida.

—¿Por qué los hombres son siempre más importantes que yo?

—No lo son, Lucy —musité—. Te lo juro.

Mi sobrina quiso almorzar ensalada de atún y café con leche, y mientras yo me sentaba ante el fuego a revisar un artículo para una revista profesional, ella se puso a hurgar en el armario y en los cajones de la cómoda. Procuré no pensar que otro ser humano estaba tocando mi ropa, doblando una prenda como yo no lo haría o devolviendo una chaqueta a la percha que no le correspondía.

Lucy tenía el don de hacer que me sintiera como el Hombre de Lata oxidándose en el bosque. ¿Estaba convirtiéndome en la adulta rígida y seria que tanto me habría disgustado cuando yo tenía su edad?

—¿Qué te parece? —preguntó al salir de mi dormitorio, a la una y media. Llevaba uno de mis chándales para el tenis.

—Me parece que has estado mucho rato para salir sólo con eso. Y, sí, te queda perfecto.

—He encontrado unas cuantas cosas que están bien, pero la mayoría son demasiado serias. Todos esos trajes de abogada en negro y azul-noche, seda gris con rayas finísimas, caqui y cachemir, y blusas blancas. Debes de tener al menos veinte blusas blancas, y otras tantas chalinas. A propósito, no tendrías que ir de marrón. No he visto nada en rojo, y te quedaría muy bien el rojo, con tus ojos azules y tu cabello rubio grisáceo.

—Rubio ceniza —le corregí.

—La ceniza es gris o blanca. Mira el fuego, si no. No calzamos el mismo número, pero tampoco es que me tiren mucho los Cole-Haan o los Ferragamo. Y he encontrado una cazadora de cuero negro estupenda. ¿Fuiste motorista en otra vida?

—Es piel de cordero y puedes usarla si te gusta.

—¿Y las perlas y el perfume Fendi? ¿Tienes unos tejanos?

—Sírvete tú misma. —Me eché a reír—. En efecto, tengo unos tejanos por alguna parte. Quizás en el garaje.

—Quiero encargarme de las compras, tía Kay.

—Tendría que estar loca.

—Por favor.

—Ya veremos —respondí.

—Si no es un problema, me gustaría ir a tu club para hacer un poco de ejercicio. Me he quedado anquilosada en el avión.

—Si quieres jugar a tenis mientras estés aquí, miraré a ver si Ted tiene un momento libre para jugar contigo. Las raquetas están en el armario, a la izquierda. Acabo de comprarme una Wilson nueva. Puedes enviar la pelota a cien kilómetros por hora. Te encantará.

—No, gracias. Preferiría utilizar la StairMaster y las pesas o salir a correr. ¿Por qué no juegas tú con Ted mientras yo hago ejercicio, y así vamos juntas?

Obediente, descolgué el teléfono y marqué el número del club de Westwood. Ted no tenía ningún hueco hasta las diez de la noche.

Le di a Lucy las llaves del coche, le expliqué cómo llegar allí y, cuando se fue, me puse a leer ante el fuego y me quedé dormida.

Cuando abrí los ojos oí desmoronarse las brasas en la chimenea y el viento que tañía suavemente las campanillas de peltre colgadas tras las puertas correderas de cristal. La nieve descendía en copos grandes y lentos, y el cielo había tomado el color de una pizarra polvorienta. Se habían encendido las luces del patio, y en la casa reinaba un silencio tal que se podía oír el tictac del reloj de pared. Eran poco más de las cuatro y Lucy aún no había vuelto del club. Marqué el número del teléfono del coche y no contestó nadie. Lucy nunca había conducido por carreteras nevadas, pensé con inquietud. Además, tenía que ir a la tienda a recoger el pescado de la cena. Podía telefonear al club y pedir que la buscaran. Me dije que sería una ridiculez. Lucy apenas llevaba dos horas fuera. Ya no era una niña. Cuando dieron las cuatro y media, volví a marcar el número del coche. A las cinco llamé al club y no pudieron encontrarla. Empecé a sentir pánico.

—¿Seguro que no está en la StairMaster o en el vestuario de mujeres tomando una ducha? ¿No puede ser que se haya detenido en la cafetería? —le pregunté una vez más a la joven del club.

—La hemos llamado cuatro veces, doctora Scarpetta. Y yo misma he ido a buscarla. Lo intentaré otra vez. Si la encuentro, haré que la llame inmediatamente.

—¿Sabe usted si realmente ha estado en el club? Habría debido llegar hacia las dos.

—Caramba. No lo sé. Yo he llegado a las cuatro.

Seguí llamando al teléfono del coche.

«El número del abonado de Richmond Cellular que acaba de marcar no contesta...»

Intenté llamar a Marino y no estaba en casa ni en jefatura. A las seis, marqué el número de su buscapersonas y me quedé de pie en la cocina mirando por la ventana. La nieve seguía cayendo bajo el resplandor calizo de las farolas. El corazón me latía con fuerza mientras paseaba de habitación en habitación y seguía llamando a mi coche.

A las seis y media decidí llamar a la policía para dar aviso al departamento de personas desaparecidas, pero justo entonces sonó el teléfono.

Regresé corriendo al estudio y estaba a punto de descolgar el auricular cuando me fijé en el número conocido que acababa de materializarse en la pantalla de Identificación de Llamadas. Las llamadas habían cesado después de la ejecución de Waddell, y no había vuelto a pensar en ellas. Perpleja, contuve el gesto y esperé a que se cortara la comunicación después de sonar el mensaje grabado en el contestador. Me llevé un verdadero sobresalto cuando reconocí la voz que empezó a hablar.

—No me gusta tener que hacerle esto, doctora...

Descolgué precipitadamente el auricular, carraspeé y pregunté con incredulidad:

—¿Marino?

—Sí —respondió—. Tengo malas noticias.

4

—¿Dónde está? —reclamé, con los ojos clavados en la pantalla.

—En el East End, y hace un tiempo de perros —contestó Marino—. Tenemos un cadáver. Mujer blanca. A primera vista parece el típico suicidio por inhalación de monóxido de carbono, el coche encerrado en el garaje, la manguera conectada al tubo de escape. Pero las circunstancias son un poco extrañas. Creo que debería venir.

—¿Desde dónde me llama? —insistí, con tanta energía que Marino vaciló. Pude percibir su sorpresa.

—Desde la casa de la víctima. Acabo de llegar. Ésa es otra cosa. No estaba cerrada. La puerta de atrás estaba abierta.

Oí la puerta de mi garaje.

—Oh, gracias a Dios. Espere un momento, Marino —le rogué, sintiendo un gran alivio.

Hubo un crujir de bolsas de papel mientras se cerraba la puerta de la cocina.

Posé la mano sobre el auricular y grité:

—¿Eres tú, Lucy?

—No, soy el Hombre de las Nieves. ¡Tendrías que ver lo que está cayendo! ¡Es impresionante!

Busqué papel y lápiz y me dirigí a Marino.

—¿Nombre y dirección de la víctima?

—Jennifer Deighton. Ewing, dos uno siete.

El nombre no me dijo nada. Ewing era una travesía de

Williamsburg Road, no muy lejos del aeropuerto, en un barrio que apenas conocía.

Lucy entró en el estudio cuando colgaba el teléfono. Tenía la tez rosada a causa del frío, y los ojos chispeantes.

—¿Se puede saber dónde has estado, en nombre de Dios? —salté yo.

Su sonrisa se esfumó.

—De compras.

—Bien, ya hablaremos de esto más tarde. Tengo que ir a la escena de un crimen.

Se encogió de hombros y me devolvió la irritación.

—¿No hay ninguna otra novedad?

—Lo siento. No tengo control sobre la muerte de la gente.

Cogí el abrigo y los guantes al pasar y me precipité hacia el garaje. Puse el motor en marcha, me abroché el cinturón de seguridad, regulé la calefacción y estudié el mapa antes de recordar el dispositivo de apertura automática de la puerta que llevaba adherido al visor. Es asombroso lo poco que tarda en llenarse de humo un espacio cerrado.

—¡Santo Dios! —exclamé con severidad, sin dirigirme a nadie más que a mi propio carácter distraído, mientras me apresuraba a abrir la puerta del garaje.

La intoxicación por gases de escape de un vehículo de motor es una forma fácil de morir. Parejas de jóvenes que se acarician en el asiento de atrás, con el motor en marcha y la calefacción conectada, pierden la conciencia sin dejar de abrazarse y ya no despiertan más. Los suicidas convierten el automóvil en una pequeña cámara de gas y dejan sus problemas para que los resuelvan otros. Había olvidado preguntarle a Marino si Jennifer Deighton vivía sola.

La capa de nieve tenía ya varios centímetros de espesor, y la noche estaba iluminada por ella. No había circulación en mi barrio, y muy poca cuando tomé la vía rápida hacia el centro. Música de Navidad sonaba sin cesar en la radio mientras mis pensamientos volaban en un tumulto de perplejidad y aterrizaban, uno por uno, en el miedo. Jennifer

Deighton o alguien que utilizaba su teléfono había estado llamando a mi casa y colgando inmediatamente. Ahora ella estaba muerta. El paso elevado se curvaba sobre la zona este del centro, donde las vías de tren surcaban la tierra como heridas suturadas y los aparcamientos de hormigón tenían más pisos que muchos edificios. La estación de la calle Main se destacaba sobre el firmamento lechoso, con la cubierta de tejas blanqueada por la nieve y el reloj de la torre como un nublado ojo de cíclope.

Una vez en Williamsburg Road, conduje muy despacio mientras pasaba ante un centro comercial desierto y, justo antes de que la ciudad se convirtiera en el condado de Henrico, localicé la avenida Ewing. Las casas eran pequeñas, con camionetas descubiertas y viejos coches americanos aparcados ante ellas. Cuando llegué al 217, vi coches de la policía en la entrada y a ambos lados de la calle. Aparqué tras el Ford de Marino, bajé con mi maletín médico y anduve por el camino de acceso sin asfaltar que conducía a un garaje de una sola plaza, iluminado como un belén navideño. La puerta metálica estaba levantada, y en el interior un grupo de policías se apiñaba en torno a un destartalado Chevrolet beige. Encontré a Marino acuclillado junto a la portezuela trasera del lado del conductor, examinando un fragmento de manguera de jardín de color verde que iba desde el tubo de escape hasta una ventanilla parcialmente abierta. El interior del coche estaba sucio de carbonilla, y el olor de los gases de escape impregnaba aún el aire frío y húmedo.

—El encendido sigue conectado —observó Marino—. Se acabó la gasolina.

La difunta parecía tener cincuenta y pico o sesenta años. Estaba ante el volante, encogida sobre su costado derecho, y la carne desnuda del cuello y las manos eran de un rosa vivo. Un líquido sanguinolento, seco ya, manchaba la tapicería color canela debajo de su cabeza. Desde donde me hallaba no alcanzaba a verle el rostro. Abrí el maletín, saqué un termómetro químico para tomar la temperatura del garaje y me enfundé unos guantes quirúrgicos. A continuación, le pregunté a un policía joven si podía abrir las portezuelas delanteras del automóvil.

—Íbamos a espolvorearlo —objetó.

—Esperaré.

—Johnson, ¿qué tal si espolvoreamos los tiradores de las puertas para que así la doctora pueda entrar en el coche? —Fijó en mí sus oscuros ojos latinos—. A propósito, soy Tom Lucero. Lo que tenemos aquí es una situación que no acaba de cuadrar. Para empezar, me molesta que haya sangre en el asiento delantero.

—Hay varias explicaciones posibles —señalé—. Por ejemplo, una evacuación *post mortem*.

Entornó un poco los párpados.

—Cuando la presión de los pulmones expulsa fluido sanguinolento por la boca y la nariz —le aclaré.

—Ah. Por lo general, eso no suele ocurrir hasta que el cuerpo empieza a descomponerse, ¿verdad?

—Por lo general.

—Según lo que sabemos, esta señora lleva muerta unas veinticuatro horas, y aquí hace tanto frío como en el frigorífico de la morgue.

—Es cierto —asentí—. Pero si tenía la calefacción conectada, más los gases calientes del escape que entraban por la manguera, en el interior del coche debía de haber una temperatura bastante elevada hasta que se acabó la gasolina.

Marino atisbó por una ventanilla sucia de hollín y observó:

—Parece que la calefacción está puesta al máximo.

—Otra posibilidad —añadí— es que al perder la conciencia se desplomara hacia delante y se golpeara la cara contra el volante, el salpicadero o el asiento. Tal vez le sangró la nariz. Pudo morderse la lengua o partirse un labio. No lo sabré hasta que la haya examinado.

—De acuerdo, pero ¿qué me dice de la ropa? —preguntó Lucero—. ¿No le parece extraño que saliera al frío de la calle, entrase en un garaje frío, conectara la manguera y se metiera en un coche frío sin llevar nada más que una bata?

La bata, azul celeste y de manga larga, le llegaba hasta los tobillos y estaba hecha de lo que parecía ser un delgado tejido sintético. No existe ningún código de etiqueta para suicidas. Habría sido lógico que Jennifer Deighton se pusiera abrigo y zapatos antes de salir a la gélida noche invernal, pero si estaba pensando en quitarse la vida debía de saber que no padecería frío durante mucho tiempo.

El oficial de policía terminó de empolvar las portezuelas del coche. Consulté el termómetro. Dentro del garaje estábamos a un grado y medio bajo cero.

—¿Cuándo llegó aquí? —le pregunté a Lucero.

—Hará cosa de una hora y media. Naturalmente, el garaje estaba más caliente antes de que abriéramos la puerta, pero no mucho más. Aquí no hay calefacción. Además, el motor estaba frío. Imagino que el coche se quedó sin gasolina y la batería se agotó varias horas antes de que llegáramos.

Abrieron las portezuelas del automóvil y tomé una serie de fotografías antes de acercarme al lado del pasajero para examinar la cabeza de la víctima. Me preparé para reconocerla, para vislumbrar un detalle que pudiera activar un recuerdo largo tiempo enterrado. Pero no hubo ni el más leve destello. No conocía a Jennifer Deighton. No la había visto en mi vida.

Los cabellos, blanqueados con agua oxigenada y oscuros en la raíz, estaban apretadamente enroscados en pequeños rulos de color rosa, varios de los cuales se habían desplazado. La víctima era sumamente obesa, aunque los finos rasgos me hicieron pensar que debió de haber sido bastante hermosa en sus tiempos de juventud y esbeltez. Le palpé la cabeza y el cuello y no percibí ninguna fractura. Coloqué el dorso de la mano sobre su mejilla y luego traté de girarla. Estaba fría y rígida, y el lado de la cara que había quedado apoyado sobre el asiento aparecía pálido y ampollado por el calor. No parecía que hubieran movido el cuerpo después de la muerte, y la piel no palidecía al apretarla. Llevaba al menos doce horas muerta.

Hasta que no me dispuse a enfundarle las manos no me di cuenta de que tenía algo bajo la uña del índice derecho. Saqué una linterna a fin de verlo mejor y a continuación cogí un sobre de plástico para muestras y unas pinzas. La minúscula mota de color verde metálico estaba incrustada en la piel debajo de la uña. Decoración navideña, pensé. También hallé fibras de un tono dorado, y cuando le examiné los restantes dedos fui encontrando más. Tras enfundarle las manos en sendas bolsas de papel marrón, sujetas con bandas de goma a la altura de las muñecas, pasé al otro lado del coche. Quería verle los pies. Las piernas estaban completamente rígidas y ofrecieron resistencia cuando las desplacé bajo el volante y las coloqué sobre el asiento. Al examinar las plantas de los gruesos calcetines oscuros, vi fibras adheridas a la lana semejantes a las que había encontrado bajo las uñas de las manos. No había indicios de tierra, barro ni hierba. En el fondo de mi mente empezó a sonar una alarma.

—¿Ha descubierto algo interesante? —preguntó Marino.

—¿No han encontrado por aquí cerca zapatillas de estar por casa ni zapatos? —pregunté a mi vez.

—Nada —contestó Lucero—. Como ya le he dicho, me parece muy extraño que saliera descalza en una noche tan fría, pero...

Le interrumpí.

—Tenemos un problema. Los calcetines están demasiado limpios.

—Mierda —dijo Marino.

—Hay que trasladarla al centro. —Me aparté del coche.

—Se lo diré a la brigada —se ofreció Lucero.

—Quiero ver la casa por dentro —le dije a Marino.

—Sí. —Se había quitado los guantes y estaba echándose el aliento sobre las manos—. Yo también quiero que la vea.

Mientras esperaba a la brigada, me paseé por el garaje, atenta a donde pisaba y procurando no estorbar. No había mucho que ver; sólo la acostumbrada confusión de artículos necesarios para el jardín y objetos dispares que carecían de otro lugar más adecuado en la casa. Vi montones de periódicos atrasados, cestas de mimbre, polvorientos botes de pintura y una barbacoa oxidada que daba la impresión de no haber sido utilizada en varios años. Enrollada al descuido en un rincón, como una culebra verde sin cabeza, estaba la manguera de la que parecían haber cortado el fragmento conectado al tubo de escape. Me arrodillé junto al extremo seccionado, sin tocarlo. El borde de plástico no parecía aserrado, sino seccionado oblicuamente de un solo golpe, y descubrí un corte rectilíneo en el suelo de cemento cerca de la manguera. Volví a levantarme y examiné las herramientas que colgaban de un tablero. Había una hacha y una maza de hierro, ambas oxidadas y festoneadas de telarañas.

Llegó la brigada de rescate con una camilla y una bolsa de plástico para el cuerpo.

—¿Han encontrado algo en la casa que hubiera podido servir para cortar la manguera? —le pregunté a Lucero.

—No.

Jennifer Deighton no quería salir del coche; la muerte se resistía a las manos de la vida. Me acerqué por el lado del pasajero para ayudar y la sujetamos entre tres por las axilas y la cintura mientras un ayudante le empujaba las piernas. Cuando quedó envuelta y abrochada, la sacaron a la nivosa noche y yo avancé penosamente por el camino de acceso al lado de Lucero, lamentando no haberme detenido a calzarme botas antes de salir de casa. Entramos en la casa de ladrillo estilo rancho por una puerta trasera que daba a la cocina.

La cocina parecía recién renovada, aparatos negros, superficies y armarios blancos, el papel mural con un diseño oriental de flores con tonos pastel sobre un azul delicado. Dirigiéndonos hacia el sonido de las voces, Lucero y yo cruzamos un angosto pasillo con suelo de madera y nos paramos ante la puerta de un dormitorio en cuyo interior Marino y un agente de policía estaban registrando los cajones de la cómoda. Durante un largo instante contemplé las peculiares manifestaciones de la personalidad de Jennifer Deighton. Era como si su dormitorio fuese una célula solar con la que capturaba energía radiante y la convertía en magia. Volví a pensar en las llamadas que había estado recibiendo, con una sensación de paranoia que crecía a pasos agigantados.

Paredes, cortinas, alfombra, ropa de cama y muebles de mimbre eran de color blanco. Curiosamente, sobre la cama deshecha, no lejos de las dos almohadas apoyadas contra la cabecera, una pirámide de cristal sujetaba una sola hoja de papel de escribir en blanco. Sobre el tocador y la mesita de noche había más cristales, y de los marcos de las ventanas colgaban otros más pequeños. Me imaginé un arco iris danzando por la habitación y reflejos de luz en los prismas de cristal cuando entraba el sol.

—Es fantástico, ¿eh? —comentó Lucero.

—¿Era una especie de vidente? —pregunté.

—Digámoslo así: tenía su propio negocio y, en su mayor parte, lo llevaba desde aquí. —Lucero se acercó a un contestador automático situado sobre una mesa próxima a la cama. La luz indicadora de mensajes estaba parpadeando, y el número treinta y ocho resplandecía en rojo—. Treinta y ocho llamadas desde las ocho de ayer tarde —prosiguió Lucero—. He escuchado por encima unas cuantas. La señora se dedicaba a los horóscopos. Por lo visto, la gente la llamaba para saber si iban a tener un día bueno, si les iba a tocar la lotería o si podrían pagar las tarjetas de crédito después de Navidad.

Marino abrió la tapa del contestador y utilizó su navajita de bolsillo para extraer la cinta, que guardó en un sobre de plástico. En la mesita había otros objetos que despertaron mi interés, y me acerqué para observarlos. Junto a un bloc de notas y una pluma había un vaso que contenía un par de centímetros de un líquido transparente. Me agaché, pero no olí nada. Agua, pensé. Al lado había dos libros en rústica: *Paris Trout*, de Pete Dexter, y *Seth Speaks*, de Jane Roberts. No vi más libros en el dormitorio.

—Me gustaría echarles una ojeada —le dije a Marino.

—*Paris Trout* —musitó—. ¿De qué trata? ¿De la pesca en Francia?

Por desgracia, hablaba en serio.

—Tal vez me indiquen algo sobre el estado mental en que se hallaba antes de morir —añadí.

—Ningún problema. Haré que Documentos compruebe si hay huellas y luego se los entregaré a usted. Y creo que Documentos también debería echarle un vistazo al papel —decidió, señalando la hoja de papel en blanco que había sobre la cama.

—Exacto —apuntó Lucero en tono de chanza—. Quizás escribió una nota de suicidio con tinta invisible.

—Venga —me dijo Marino—. Quiero enseñarle un par de cosas.

Me condujo a la sala de estar, donde un árbol de Navidad artificial se acurrucaba en un rincón, doblado por la abundancia de vistosos adornos y estrangulado por cintas, luces e hilos de oro y plata. Agrupadas al pie había cajas de dulces y quesos, sales de baño, un frasco de cristal lleno de lo que parecía té aromatizado y un unicornio de cerámica con resplandecientes ojos azules y cuerno dorado. La alfombra de pelo dorado, sospeché, explicaba la procedencia de las fibras que había descubierto en la planta de los calcetines que Jennifer Deighton llevaba puestos y debajo de las uñas.

Marino se sacó del bolsillo una linterna pequeña y se puso en cuclillas.

—Fíjese —me invitó.

Me agazapé a su lado y vi que el haz de luz iluminaba minúsculas lentejuelas metálicas y un trozo de fino cordón dorado enterrado entre el espeso pelo de la alfombra junto a la base del árbol.

—Cuando llegué, lo primero que hice fue mirar si tenía regalos bajo el árbol —explicó Marino, apagando la linterna—. Es obvio que los abrió anticipadamente. Y el papel de envolver y las tarjetas fueron a parar directamente a la chimenea. Está llena de cenizas de papel, y aún quedan algunos pedazos de papel metálico sin quemar. La señora de la casa de enfrente dice que anoche vio salir humo por la chimenea justo antes de que oscureciera.

—¿Es la misma vecina que avisó a la policía? —quise saber.

—Sí.

—¿Por qué?

—Eso no lo tengo claro. He de hablar con ella.

—Cuando lo haga, trate de averiguar algo sobre el historial médico de la difunta, si tenía problemas psiquiátricos, etcétera. Me gustaría saber quién es su médico.

—Iré a verla dentro de unos minutos. Puede venir conmigo y preguntárselo usted misma.

Pensé en Lucy, que me esperaba en casa, y seguí absorbiendo detalles. En el centro de la sala, mis ojos se posaron sobre cuatro pequeñas hendiduras cuadradas en la alfombra.

—Yo también me he fijado —dijo Marino—. Parece que alguien trajo aquí una silla, probablemente del comedor. Alrededor de la mesa del comedor hay cuatro sillas, todas con las patas cuadradas.

—Otra cosa que podría hacer —reflexioné en voz alta— es examinar el vídeo. Ver si lo había programado para grabar algo. Eso podría decirnos algo más sobre la víctima.

—Buena idea.

Abandonamos la sala y pasamos al comedor, de reducidas dimensiones, con una mesa de roble y cuatro sillas de respaldo recto. La alfombra extendida sobre el suelo de madera era nueva, o bien se pisaba muy rara vez.

—Por lo visto, la habitación donde más vida hacía era ésta —comentó Marino mientras cruzábamos un pasillo y entrábamos en lo que a todas luces era una oficina.

El cuarto estaba atestado con todos los aparatos y accesorios necesarios para llevar un pequeño negocio, incluso un fax, que examiné de inmediato. Estaba apagado, conectado por un solo cable a un enchufe de pared. Observé la habitación con más detenimiento mientras crecía mi perplejidad. Un ordenador personal, una máquina de franquear cartas, impresos varios y sobres cubrían por completo una mesa y el escritorio. Enciclopedias y libros sobre parapsicología, astrología, signos del zodíaco y religiones orientales y occidentales llenaban las estanterías. Advertí varias traducciones distintas de la Biblia y docenas de libros de contabilidad con fechas inscritas en el lomo.

Junto a la máquina de franquear había un montón de lo que parecían formularios de suscripción, y cogí uno de ellos. Por trescientos dólares anuales, el suscriptor podía telefonear hasta una vez al día y Jennifer Deighton dedicaría hasta tres minutos a leerle su horóscopo, «basado en detalles personales, como la alineación de los planetas en el momento del nacimiento». Por doscientos dólares más, se tenía derecho a «una lectura semanal». Contra el pago del importe, el suscriptor recibiría una tarjeta con un código de identificación que sólo sería válido mientras siguiera pagando las cuotas anuales.

—Vaya mierda —me dijo Marino.

—Supongo que vivía sola.

—Eso parece, de momento. Una mujer sola metida en un negocio como éste... Una manera condenadamente buena de atraer la atención de quien no debía.

—Marino, ¿sabe cuántas líneas de teléfono tenía?

—No. ¿Por qué?

Le hablé de las extrañas llamadas que había estado recibiendo. Él me miraba fijamente y mientras me escuchaba contraía los músculos de las mandíbulas.

—He de saber si el fax y el teléfono están en la misma línea —concluí.

—¡Caray!

—Si es así, y si tenía el fax conectado la noche que marqué el número que apareció en la pantalla de Identificación de Llamadas —añadí—, eso explicaría los sonidos que oí.

—¡Carajo! —exclamó, mientras se apresuraba a sacar la radio portátil del bolsillo de su chaquetón—. ¿Por qué diablos no me lo dijo antes?

—No quería mencionarlo delante de otras personas.

Se acercó la radio a los labios.

—Siete-diez. —A continuación, se volvió hacia mí—. Si le preocupaban las llamadas, ¿por qué ha esperado todas estas semanas para decírmelo?

—Entonces no me preocupaban tanto.

—Siete-diez —crepitó la voz del agente por la radio.

—Diez-cinco ocho-veintiuno.

El agente encargado de los mensajes envió una llamada general al 821, el código del inspector.

—Necesito que marque el número que voy a darle —dijo Marino cuando se puso en contacto el inspector.

—Adelante.

Marino le dictó el número de Jennifer Deighton y conectó el fax. A los pocos instantes, el aparato empezó a emitir una serie de timbrazos, pitidos y otros lamentos.

—¿Responde eso a su pregunta? —quiso saber Marino.

—Responde a una pregunta, pero no a la pregunta más importante —contesté.

La vecina de enfrente que había avisado a la policía se llamaba Myra Clary. Acompañé a Marino hasta una casa pequeña de paredes de aluminio, con un Santa Claus de plástico iluminado en el jardín delantero y lucecitas colgadas de los bojes. Marino acababa apenas de pulsar el timbre cuando se abrió la puerta y la señora Clary nos invitó a pasar sin preguntar quiénes éramos. Se me ocurrió que seguramente nos había estado observando desde una ventana.

Nos condujo a una salita deprimente donde encontramos a su marido encogido ante el fuego eléctrico, una manta de viaje sobre sus piernas larguiruchas, la vacua mirada fija en un hombre que se lavaba con jabón desodorante en la pantalla del televisor. El penoso efecto de los años se manifestaba en todos los detalles. La tapicería estaba raída y sucia allí donde había entrado repetidamente en contacto con la carne humana. La madera estaba deslustrada por incontables capas de cera, los grabados de las paredes amarilleaban tras cristales polvorientos. El olor aceitoso de un millón de comidas preparadas en la cocina y consumidas en bandeja ante el televisor impregnaba el aire.

Marino explicó por qué estábamos allí mientras la señora

Clary se movía nerviosa de un lado a otro, quitaba periódicos del sofá, bajaba el volumen del televisor y llevaba a la cocina los platos sucios de la cena.

Su marido, la cabeza temblorosa sobre un cuello como un tallo vegetal, no se aventuró a salir de su mundo interior. La enfermedad de Parkinson hace que la máquina se sacuda con violencia justo antes de fallar, como si supiese lo que le espera y protestase de la única forma a su alcance.

—No, no necesitamos nada —respondió Marino cuando la señora Clary nos ofreció comida y bebida—. Siéntese y procure tranquilizarse. Sé que hoy ha sido un día muy duro para usted.

—Me dijeron que estaba en el coche respirando todos esos gases. Oh, Dios —exclamó—. El cristal de la ventana quedó completamente ahumado, como si se hubiera incendiado el garaje. Cuando lo vi, supe que había pasado lo peor.

—¿Quién se lo dijo? —preguntó Marino.

—La policía. Después de llamarles, estuve mirando si venían. Cuando llegaron, salí enseguida para ver si Jenny estaba bien.

La señora Clary no podía sentarse quieta en el sillón de orejas situado frente al sofá en que Marino y yo nos habíamos acomodado. Los cabellos grises se le escapaban del moño que llevaba en lo alto de la cabeza, el rostro tan arrugado como una manzana seca, los ojos hambrientos de información y encendidos de miedo.

—Sé que ya ha hablado antes con la policía —dijo Marino, acercándose el cenicero—, pero quiero que nos lo cuente todo, con pelos y señales. Para empezar, ¿cuándo vio a Jennifer Deighton por última vez?

—La vi el otro día...

Marino la interrumpió.

—¿Qué día?

—El viernes. Recuerdo que sonó el teléfono y fui a la cocina a contestarlo y la vi por la ventana. Venía con el coche.

—¿Aparcaba siempre en el garaje? —pregunté yo.

—Siempre, sí.

—¿Y ayer? —dijo Marino—. ¿La vio ayer en el coche?

—No, no la vi. Pero salí a recoger el correo. Era tarde; en esta época del año siempre suele ocurrir. Dan las tres y las cuatro de la tarde y aún no han repartido el correo. Supongo que sería cerca de las cinco y media, quizás un poco más, cuando se me ocurrió ir a ver si ya había pasado el cartero. Estaba oscureciendo y vi que salía humo por la chimenea de Jenny.

—¿Está segura de eso? —insistió Marino.

La mujer asintió con la cabeza.

—Oh, sí. Recuerdo que pensé que era una buena noche para encender un fuego. Pero los fuegos eran tarea de Jimmy. Nunca me explicó cómo se hacía, comprendan. Cuando algo se le daba bien, era cosa suya. Así que renuncié a hacer fuego e hice instalar una de esas estufas eléctricas que imitan unos leños encendidos.

Jimmy Clary estaba mirándola. Me pregunté si entendería lo que ella estaba diciendo.

—Me gusta cocinar —prosiguió la señora Clary—. En esta época del año hago mucha repostería. Hago pasteles dulces y se los doy a los vecinos. Ayer quería llevarle uno a Jenny, pero me gusta llamar antes. Es difícil saber si alguien está en casa, sobre todo cuando guardan el coche en el garaje. Y si dejas el pastel en la puerta, seguro que se lo come alguno de los perros que hay en el barrio. Así que la llamé por teléfono y me contestó una cinta grabada. Estuve probando todo el día, pero no pude hablar con ella y, si quieren que les diga la verdad, estaba un poco preocupada.

—¿Por qué? —pregunté—. ¿Tenía problemas de salud o de otra índole, que usted supiera?

—El colesterol alto. Mucho más de doscientos, me dijo una vez. Y la presión también alta. Me dijo que le venía de familia.

Yo no había visto ningún medicamento en casa de Jennifer Deighton.

—¿Sabe quién era su médico?

—No me acuerdo. De todas formas, Jenny creía en la

medicina natural. Me dijo que cuando no se encontraba bien solía meditar.

—Parece que se llevaban ustedes muy bien —observó Marino.

La señora Clary se estiraba la falda, las manos como niños hiperactivos.

—Me paso todo el día en casa menos cuando salgo a comprar. —Miró de soslayo a su marido, que estaba de nuevo absorto en el televisor—. De vez en cuando voy a verla, ya comprenden, como buena vecina, quizá para llevarle algo que acabo de preparar.

—¿Era una persona sociable? —quiso saber Marino—. ¿Recibía muchas visitas?

—Bueno, ya saben que trabajaba en casa. Creo que llevaba casi todos sus asuntos por teléfono. Pero a veces veía entrar a alguien.

—¿Alguien a quien usted conociera?

—No, que yo recuerde.

—¿Vio si anoche recibió alguna visita? —preguntó Marino.

—No vi nada.

—¿Y cuando salió a buscar el correo y vio salir humo por la chimenea? ¿Tuvo la sensación de que la señora Deighton podía estar acompañada?

—No vi ningún coche. Nada que hiciera suponer que podía tener compañía.

Jimmy Clary se había quedado dormido. Estaba babeando.

—Ha dicho que trabajaba en casa —intervine—. ¿Sabe a qué se dedicaba?

La señora Clary fijó en mí sus grandes ojos. Se inclinó hacia delante y bajó la voz.

—Sé qué decía la gente.

—¿Y qué decía la gente? —insistí.

Ella frunció los labios y meneó la cabeza.

—Señora Clary —dijo Marino—. Todo lo que diga puede servirnos de ayuda. Sé que quiere colaborar.

—Un par de calles más allá hay una iglesia metodista. Se ve de lejos. El campanario está iluminado de noche, lo ha estado siempre desde que construyeron la iglesia hace tres o cuatro años.

—Vi la iglesia al pasar —reconoció Marino—. Pero, ¿qué tiene eso que ver con...?

—Bueno —le interrumpió—. Jenny se instaló aquí creo que a principios de septiembre. Y nunca he podido explicármelo. La luz del campanario. Fíjense cuando vuelvan a casa. Naturalmente... —Hizo una pausa, con expresión decepcionada—. Puede que ya no lo haga más.

—Que no haga, ¿qué? —le interrogó Marino.

—Apagarse y volverse a encender. La cosa más extraña que he visto nunca. En un momento dado está encendida y cuando vuelves a mirar por la ventana está todo tan oscuro como si la iglesia no existiera. Luego, al cabo de un momento vuelves a mirar, la luz está encendida como siempre. Lo he comprobado. Un minuto encendida, dos apagada, tres encendida otra vez. Aunque a veces está una hora seguida sin apagarse. Es completamente imprevisible.

—¿Y qué tiene eso que ver con Jennifer Deighton? —pregunté.

—Recuerdo que la cosa empezó no mucho después de que ella llegara aquí, unas semanas antes de que a Jimmy le diera el ataque. Era una noche fría, así que fue a encender la chimenea. Yo estaba en la cocina fregando los platos y desde la ventana veía el campanario iluminado como siempre. Jimmy entró a prepararse una bebida y yo le dije: «Ya sabes lo que dice la Biblia de embriagarse con el Espíritu y no con vino.» Él me contestó: «No es vino, sino bourbon. La Biblia no dice ni una palabra sobre el bourbon.» Y apenas lo había dicho cuando se apagaron las luces del campanario. Fue como si la iglesia hubiera desaparecido de golpe, y le dije: «Ya lo ves. La Palabra del Señor. Eso es lo que opina de ti y de tu bourbon.»

»Él se echó a reír como si acabara de decir la mayor tontería, pero no volvió a beber ni una gota. Todas las noches se pasaba un buen rato delante del fregadero mirando el campanario. Ahora se encendía y al cabo de un momento se apagaba. Yo le dejaba creer que era obra del Señor, cualquier cosa con tal de que no tocara la botella. La iglesia nunca había hecho una cosa así antes de que la señora Deighton se instalara en esta calle.

—¿Y últimamente sigue encendiéndose y apagándose la luz? —quise saber.

—Anoche aún lo hacía. No sé ahora. Si quieren que les diga la verdad, no me he fijado.

—Así que quiere usted decir que la señora Deighton influía de algún modo en las luces del campanario —resumió Marino con voz suave.

—Quiero decir que más de un vecino de esta calle se formó una opinión sobre ella hace tiempo.

—¿Qué opinión?

—Que era una bruja —respondió ella.

Su marido había empezado a roncar, y emitía unos horribles ruidos que su esposa no daba muestras de advertir.

—Según nos ha contado, parece que la salud de su esposo empezó a empeorar hacia la época en que la señora Deighton se mudó aquí y las luces empezaron a hacer cosas raras —señaló Marino.

La señora Clary tuvo un sobresalto.

—Bueno, es verdad. Tuvo el ataque a finales de septiembre —admitió.

—¿Ha pensado alguna vez que podría haber una relación? ¿Que quizá Jennifer Deighton tuvo algo que ver en ello, tal como cree que tenía que ver con las luces de la iglesia?

—Jimmy no le tenía mucho apego. —La señora Clary hablaba cada vez más deprisa.

—Está usted diciendo que no se llevaban bien —observó Marino.

—Cuando Jenny se mudó aquí, vino un par de veces a pedirle que la ayudara en algunos trabajos de la casa, cosas de hombre. Recuerdo una vez que el timbre de su puerta hacía unos zumbidos horribles y vino toda asustada porque temía que se incendiara. Así que Jimmy fue a echarle una mano. Me parece que un día también tuvo un escape de agua en el lavavajillas, al poco de llegar. Jimmy siempre ha sido muy mañoso. —Dirigió una mirada furtiva a su marido, que seguía roncando.

—Aún no nos ha explicado por qué no se llevaba bien con ella —le recordó Marino.

—Decía que no le gustaba ir allí —respondió ella—. No le gustaba cómo tenía la casa por dentro, con esos cristales por todas partes. Y el teléfono sonando todo el rato. Pero lo que de verdad le fastidió fue cuando Jenny le dijo que leía el futuro de la gente y que a él se lo leería gratis si seguía arreglando las cosas que se le estropeaban en la casa. Él le contestó, y me acuerdo como si fuera ayer: «No, gracias, señorita Deighton. De mi futuro se encarga Myra, y lo tiene organizado hasta el último minuto.»

—Me gustaría saber si conoce usted a alguien que tuviera con Jennifer Deighton una desavenencia lo bastante importante como para desearle algún mal, para perjudicarla de alguna manera —dijo Marino.

—¿Cree que la han asesinado?

—Por ahora hay mucho que no sabemos. Debemos contemplar todas las posibilidades.

La señora Clary cruzó los brazos bajo sus fláccidos pechos y se abrazó el cuerpo.

—¿Qué puede decirnos de su estado emocional? —pregunté—. ¿Le dio alguna vez la impresión de que estuviera deprimida? ¿Sabe si tenía algún problema que no pudiera resolver, en especial últimamente?

—No la conocía tan bien. —Esquivó mi mirada.

—¿Sabe si acudía a algún médico?

—No lo sé.

—¿Y parientes? ¿Tenía familia?

—Ni idea.

—¿Y el teléfono? —pregunté a continuación—. ¿Solía responder personalmente cuando estaba en casa o dejaba que lo hiciera el contestador?

—Por lo que yo sé, cuando estaba en casa respondía ella misma.

—¿Y por eso se ha preocupado usted hasta el punto de avisar a la policía, al ver que no atendía el teléfono cuando la llamaba? —dijo Marino.

—Exactamente por eso.

Myra Clary se dio cuenta demasiado tarde de lo que acababa de decir.

—Muy interesante —comentó Marino.

Una oleada de rubor le subió por el cuello y las manos se quedaron quietas.

—¿Cómo sabía que hoy estaba en casa? —preguntó Marino.

La mujer no respondió. La respiración de su marido se volvió más ronca y acabó con una tos que le hizo abrir los ojos en un parpadeo.

—Supongo que me lo he imaginado. Como no la había visto salir... en el coche... —La señora Clary dejó la frase en el aire.

—Quizá fue usted a su casa —apuntó Marino, como si quisiera mostrarse solícito—. Para llevarle el pastel y saludarla, y le pareció que el coche estaba en el garaje...

Ella se enjugó unas lágrimas.

—Me he pasado toda la mañana en la cocina y no la he visto salir a recoger el periódico ni marcharse en el coche. Así que, a media mañana, fui hasta su casa y llamé a la puerta. Como no contestaba, eché una mirada al garaje.

—¿Quiere usted decir que vio las ventanas ahumadas y no se le ocurrió que algo andaba mal? —preguntó Marino.

—No sabía qué significaba ni qué podía hacer yo. —El tono de su voz ascendió varias octavas—. Señor, Señor. Ojalá hubiera avisado a alguien en aquel momento. Quizá todavía estaba...

Marino la interrumpió.

—No nos consta que aún estuviera viva, que pudiera estarlo —me miró con fijeza.

—Cuando se acercó al garaje, ¿pudo oír si el motor estaba en marcha? —le pregunté yo.

Ella movió la cabeza y se sonó la nariz.

Marino se puso en pie y se guardó la libreta de notas en el bolsillo del chaquetón. Parecía desalentado, como si la cobardía de la señora Clary y su falta de exactitud le hubieran decepcionado profundamente. A aquellas alturas, ninguno de los papeles que interpretaba me resultaba desconocido.

—Hubiera debido llamar antes —dijo Myra Clary con voz temblorosa, dirigiéndose a mí.

No respondí. Marino tenía la mirada fija en la alfombra.

—No me encuentro bien. He de acostarme.

Marino sacó una tarjeta de la cartera y se la entregó.

—Si recuerda algo más que debamos saber, llámeme a este número.

—Sí, señor —respondió con voz débil—. Se lo prometo.

—¿Va a hacer la autopsia esta noche? —me preguntó Marino en cuanto se hubo cerrado la puerta de la calle.

La nieve depositada ya llegaba hasta los tobillos, y seguía cayendo.

—Por la mañana —contesté, buscando las llaves en el bolsillo del abrigo.

—¿Qué opina?

—Opino que su desacostumbrada profesión la ponía en gran peligro de encontrarse con la persona menos indicada. También opino que su existencia solitaria, según nos la ha descrito la señora Clary, y el hecho de que abriera los regalos de Navidad anticipadamente, como parece que lo hizo, convierten el suicidio en un supuesto verosímil. Pero los calcetines limpios constituyen un problema importante.

—Ahí no se equivoca —asintió.

La casa de Jennifer Deighton estaba iluminada, y una camioneta descubierta, con cadenas en las ruedas, había aparcado en el camino de acceso al garaje. Las voces de hombres trabajando quedaban sofocadas por la nieve, y todos los coches de la calle estaban completamente blancos y con las formas redondeadas. Seguí la mirada de Marino por encima del tejado de la casa de la señorita Deighton. A varias calles de distancia, la silueta de la iglesia parecía grabada sobre un cielo gris perla, y la forma puntiaguda de la torre me recordó incómodamente un sombrero de bruja.

La arcada de la iglesia nos devolvió la mirada con lastimeros ojos vacíos cuando de súbito se encendió la luz, llenando espacios y pintando superficies de un ocre luminiscente. La arcada era un rostro serio pero afable que flotaba en la noche.

Miré de soslayo hacia la vivienda de los Clary y capté un movimiento de visillos en la ventana de la cocina.

—¡Jesús! Yo me marcho. —Marino empezó a cruzar la calle.

—¿Quiere que avise a Neils para que se haga cargo del coche de la señora Deighton? —le pregunté mientras se alejaba.

—Sí —gritó—. Estaría bien.

Cuando llegué a casa, las luces estaban encendidas y de la cocina salían buenos olores. Había leños ardiendo en la chimenea y dos servicios de mesa preparados en un carrito ante el fuego. Dejé el maletín de médico sobre el sofá, miré en derredor y escuché. En el estudio, al otro lado del vestíbulo, sonaba ligeramente un rápido tecleo.

—¿Lucy? —llamé en voz alta mientras me quitaba los guantes y me desabrochaba el abrigo.

—Estoy aquí. —Oí que seguía tecleando.

—¿Qué has estado haciendo?

—La cena.

Pasé al estudio, donde encontré a mi sobrina sentada ante el escritorio contemplando fijamente el monitor del ordenador. Me quedé atónita al descubrir en la pantalla el signo de la libra esterlina, símbolo de UNIX. De un modo u otro, se las había arreglado para conectarse con el ordenador de mi oficina.

—¿Cómo lo has hecho? —le pregunté—. No te he dicho cuál es la clave que hay que marcar, el nombre de usuario, la contraseña ni nada.

—No hacía falta que me lo dijeras. Encontré el fichero que me indicó cuál es la clave, «bat». Además, tienes aquí algunos programas que llevan codificados el nombre de usuario y la contraseña, para no tener que escribirlos cada vez. Es un buen atajo, pero arriesgado. Tu nombre de usuario es Marley, y la contraseña es «cerebro».

—Eres peligrosa. —Acerqué una silla.

—¿Quién es Marley? —Siguió tecleando.

—En la Facultad de Medicina nos asignaban los asientos. Marley Scates se sentó a mi lado en los laboratorios durante dos años. Ahora es neurocirujano en alguna parte.

—¿Estabas enamorada de él?

—Nunca salimos juntos.

—¿Estaba enamorado de ti?

—Haces demasiadas preguntas, Lucy. No puedes preguntarle a la gente todo lo que se te ocurra.

—Sí que puedo. Y ellos pueden no contestar.

—Es ofensivo.

—Creo que he descubierto cómo han podido acceder a tu directorio, tía Kay. ¿Recuerdas que te hablé de usuarios que venían con el software?

—Sí.

—Hay uno llamado demo que tiene privilegios básicos pero sin ninguna contraseña asignada. Sospecho que entraron por ahí, y te mostraré lo que seguramente ocurrió. —Mientras hablaba, sus dedos no cesaban de volar sin pausa sobre el teclado—. Lo que ahora estoy haciendo es abrir el menú de administración del sistema para comprobar el registro de accesos. Vamos a buscar un usuario específico. En este caso, raíz. Y ahora pulsamos la g de «go» y adelante. Aquí está. —Deslizó el dedo sobre una línea que había aparecido en la pantalla.

»El dieciséis de diciembre a las cinco y seis minutos de la tarde, alguien accedió desde un dispositivo llamado t-t-y-catorce. Esa persona tenía privilegios básicos y vamos a suponer que es la persona que entró en tu directorio. No sé qué estuvo mirando, pero al cabo de veinte minutos, a las cinco y veintiséis, intentó enviar el mensaje "No lo encuentro" a t-t-y-cero-siete y lo que hizo en realidad fue crear un fichero sin darse cuenta. Terminó a las cinco treinta y dos, con lo que el tiempo total de la sesión fue de veintiséis minutos. Y, a propósito, no parece que imprimiera nada. Le he echado una mirada al registro de tareas de la impresora, que muestra qué ficheros se han impreso. No vi nada que me llamara la atención.

—A ver si lo he entendido bien. Alguien intentó enviar un mensaje de t-t-y-catorce a t-t-y-cero-siete —resumí.

—Sí. Y lo he comprobado. Son dos terminales.

—¿Cómo podemos averiguar en qué despachos están esos terminales? —pregunté.

—Me sorprende que no haya una lista por aquí, en alguna parte, pero aún no la he encontrado. Si todo lo demás falla, puedes examinar los cables que van conectados a los terminales. Por lo general suelen estar marcados. Y si te interesa mi opinión particular, no creo que tu analista informática sea la espía. En primer lugar, conoce tu nombre de usuario y tu contraseña, y no habría necesitado acceder con demo. Además, como supongo que el mini está en su despacho, considero en consecuencia que utiliza el terminal del sistema.

—Así es.

—El nombre de dispositivo del terminal de tu sistema es t-t-y-b.

—Bien.

—Otra manera de averiguar quién hizo esto sería entrar a investigar en los despachos de la gente cuando no haya nadie pero el ordenador esté conectado a la red. Sólo tienes que ir a UNIX y escribir «¿Quién soy?», y el sistema te lo dirá.

Echó la silla hacia atrás y se levantó.

—Espero que vengas con hambre. Tenemos pechugas de

pollo y una ensalada fría de arroz silvestre con anacardos, pimiento y aceite de sésamo. Y hay pan. ¿Funciona bien el horno?

—Son más de las once y fuera está nevando.

—No he propuesto que salgamos a cenar fuera. Sencillamente, me gustaría asar el pollo en el horno.

—¿Dónde has aprendido a cocinar? —le pregunté mientras íbamos andando hacia la cocina.

—No con mamá. ¿Por qué crees que de pequeña estaba tan gorda? Por la basura que me hacía comer. Porquerías, refrescos y pizza que sabe a cartón. Gracias a mamá tengo células grasas que me fastidiarán mientras viva. Nunca se lo perdonaré.

—Tenemos que hablar de lo de esta tarde, Lucy. Si hubieras tardado un poco más en llegar a casa, la policía habría empezado a buscarte.

—Me pasé una hora y media haciendo ejercicio y luego me di una ducha.

—Estuviste fuera cuatro horas y media.

—Tenía que comprar comestibles y alguna otra cosa.

—¿Por qué no cogías el teléfono del coche?

—Suponía que era alguien que intentaba localizarte. Además, nunca he utilizado un teléfono móvil. Ya no tengo doce años, tía Kay.

—Ya lo sé. Pero no vives aquí ni has conducido nunca por aquí. Estaba preocupada.

—Lo siento —se disculpó.

Comimos a la luz del hogar, las dos sentadas en el suelo junto al carrito. Había apagado las luces. Las llamas saltaban y las sombras danzaban como si estuvieran celebrando un momento mágico en mi vida y en la de mi sobrina.

—¿Qué quieres por Navidad? —le pregunté, y cogí el vaso de vino.

—Lecciones de tiro —respondió.

5

Lucy se quedó levantada hasta muy tarde, trabajando con el ordenador, y no la oí rebullir cuando el despertador me arrancó del sueño el lunes por la mañana temprano. Al abrir las cortinas de la ventana de mi habitación, vi plumosos copos que se arremolinaban bajo las luces del patio. Había una gruesa capa de nieve y en el vecindario no se movía nada. Tras el café y una rápida ojeada al periódico, me vestí y estaba casi en la puerta cuando volví sobre mis pasos. Daba igual que Lucy no tuviera ya doce años; no me iría sin comprobar cómo estaba. Deslizándome sigilosamente a su habitación, encontré a Lucy durmiendo de costado entre un lío de sábanas, el edredón de pluma caído en el suelo. Me conmovió ver que llevaba un chándal que había sacado de alguno de mis cajones. Ningún ser humano había deseado nunca dormir con nada mío, y le arreglé las sábanas con cuidado de no despertarla.

El trayecto hasta el centro resultó horrible, y envidié a los trabajadores cuyas oficinas estaban cerradas a causa de la nieve. Los que no habíamos recibido unas vacaciones inesperadas nos arrastrábamos lentamente por la autopista, patinando a la menor presión sobre el pedal del freno y esforzándonos por divisar algo a través de un parabrisas que las escobillas no alcanzaban a mantener limpio. Traté de imaginar cómo le explicaría a Margaret que mi sobrina adolescente creía que nuestro sistema informático no era seguro. ¿Quién había entrado en mi directorio y por qué Jennifer

Deighton se había dedicado a marcar mi número y colgar acto seguido?

No llegué a la oficina hasta las ocho y media, y al entrar en el depósito me paré, intrigada, en mitad del corredor. Abandonada de cualquier manera ante la puerta de acero inoxidable del frigorífico había una camilla con un cadáver cubierto por una sábana. Comprobé la etiqueta que le colgaba del dedo gordo del pie, leí el nombre de Jennifer Deighton y miré a mi alrededor. No había nadie en el despacho ni en la sala de rayos X. Abrí la puerta del pabellón de autopsias y encontré a Susan vestida con ropa de trabajo, marcando un número en el teléfono. Al verme, se apresuró a colgar y me saludó con un nervioso «Buenos días».

—Me alegro de que hayas podido llegar. —Me desabroché el abrigo mientras la contemplaba con curiosidad.

—Me ha traído Ben —me explicó, refiriéndose a mi administrador, que tenía un Jeep con tracción en las cuatro ruedas—. Por ahora, sólo estamos nosotros tres.

—¿Hay noticias de Fielding?

—Ha llamado hace unos minutos para decir que no podía salir del garaje. Le he dicho que de momento sólo tenemos un caso, pero si nos llegan más Ben puede ir a buscarlo.

—¿Sabes que nuestro caso está abandonado en el pasillo?

Antes de responder, vaciló y se ruborizó.

—La llevaba a rayos X cuando ha sonado el teléfono. Lo siento.

—¿La has pesado y medido ya?

—No.

—Empecemos por eso.

Salió a toda prisa del pabellón de autopsias antes de que yo pudiera añadir ningún otro comentario. Los oficinistas y científicos que trabajaban en los laboratorios del piso de arriba a menudo solían entrar y salir del edificio por la puerta del depósito, porque daba al aparcamiento. Los empleados de mantenimiento también entraban y salían por allí. Dejar un cadáver desatendido en mitad de un corredor era un fallo grave e incluso podía hacer peligrar el caso si en el Tribunal examinaban la concatenación de las pruebas.

Susan regresó empujando la camilla y, entre un nauseabundo hedor de carne en descomposición, nos pusimos a trabajar. Cogí guantes y un delantal plástico de un estante y coloqué varios formularios en una tablilla con sujetapapeles. Susan estaba callada y tensa. Cuando alzó el brazo hacia el cuadro de mandos para regular la balanza de suelo informatizada, advertí que le temblaba la mano. Quizá sufría de mareos matutinos.

—¿Te encuentras bien? —pregunté.

—Sólo un poco cansada.

—¿Estás segura?

—Del todo. Pesa exactamente ochenta y uno seiscientos.

Me enfundé la bata verde y entre Susan y yo trasladamos el cuerpo a la sala de rayos X, al otro lado del pasillo, y lo pasamos de la camilla a la mesa. Aparté la sábana y le encajé un tope bajo el cuello para impedir que se ladeara la cabeza. La carne de la garganta estaba limpia, libre de carbonilla y quemaduras porque mientras la mujer se hallaba en el interior del coche con el motor en marcha le había quedado la barbilla pegada al pecho. No encontré lesiones evidentes, magulladuras ni uñas rotas. La nariz no estaba fracturada. No había cortes en el interior de los labios y no se había mordido la lengua.

Susan hizo radiografías y las metió en la reveladora mientras yo examinaba la parte frontal del cuerpo con una lupa. Recogí cierto número de fibras blancuzcas, apenas visibles, que posiblemente procedían de la sábana o de su ropa de cama, y encontré otras semejantes a las que había visto en las plantas de los calcetines. Recordé su cama con el cobertor arrugado, las almohadas apoyadas sobre la cabecera y un vaso de agua en la mesita. La noche de su muerte se había puesto rulos en el pelo, se había desvestido y, en un momento determinado, quizás había leído en la cama.

Susan salió del cuarto de revelado y se recostó contra la pared, sujetándose la región lumbar con ambas manos.

—¿Qué historia tiene esta señora? —preguntó—. ¿Estaba casada?

—Parece que vivía sola.

—¿Trabajaba?

—Llevaba un negocio desde su propia casa. —Vi algo que me llamó la atención.

—¿Qué clase de negocio?

—Posiblemente algo relacionado con la adivinación del futuro. —La pluma, adherida a la bata de Jennifer Deighton en la zona de la cadera izquierda, era muy pequeña y estaba sucia de hollín. Cogí una bolsa de plástico pequeña y traté de recordar si había visto otras plumas en algún lugar de su casa. Quizá las almohadas que había sobre la cama estaban rellenas de pluma.

—¿Encontró algún indicio de que estuviera relacionada con el ocultismo?

—Por lo visto, algunos vecinos creían que era una bruja —respondí.

—¿Por qué razón?

—Cerca de su casa hay una iglesia. Al parecer, las luces del campanario empezaron a encenderse y apagarse cuando ella se mudó allí, hace unos meses.

—Está bromeando.

—Yo misma vi cómo se encendían cuando me marchaba de la escena del crimen. El campanario estaba oscuro y de pronto se iluminó.

—Qué raro.

—Sí, fue raro.

—Puede que lo controle algún aparato.

—No es probable. Dejar las luces encendiéndose y apagándose durante toda la noche es un derroche de energía. En el caso de que sea cierto que se encienden y se apagan durante toda la noche. Yo sólo lo vi una vez.

Susan no dijo nada.

—Seguramente debe de haber un mal contacto en la instalación eléctrica. —De hecho, pensé mientras reanudaba el trabajo, sería conveniente telefonear a la iglesia. Quizá no estuvieran al corriente de la situación.

—¿Encontró cosas extrañas en su casa?

—Cristales. Algunos libros insólitos.

Silencio.

Finalmente, Susan comentó:

—Ojalá me lo hubiera dicho antes.

—¿Perdón? —Levanté la mirada. Susan estaba contemplando el cadáver con desasosiego. Había palidecido—. ¿Seguro que te encuentras bien? —insistí.

—No me gustan estas cosas.

—¿Qué cosas?

—Es como si alguien tiene sida o algo así. Debería decírmelo desde el primer momento. Y más ahora.

—Es improbable que esta mujer tenga sida o...

—Habría tenido que decírmelo antes de que la tocara.

—Susan...

—Fui a la escuela con una chica que era bruja.

Dejé lo que estaba haciendo. Susan estaba rígida contra la pared, apretándose el vientre con las manos.

—Se llamaba Doreen. Pertenecía a una asamblea de brujas y en el último curso le echó una maldición a mi hermana gemela, Judy. Judy se mató en un accidente de tráfico dos semanas antes de graduarse.

Me la quedé mirando, perpleja.

—¡Ya sabe que no soporto estas cosas de ocultismo! Como aquella lengua de vaca con agujas clavadas que nos trajo la policía hace un par de meses. La que iba envuelta en un papel con una lista de nombres de personas muertas. La habían dejado sobre una tumba.

—Aquello fue una broma —le recordé con calma—. La lengua salió de una carnicería, y los nombres no tenían ningún sentido. Los habían copiado de las lápidas del cementerio.

—No hay que inmiscuirse con lo satánico, ni siquiera en broma. —Le temblaba la voz—. Yo me tomo el mal tan en serio como a Dios.

Susan era hija de un pastor y había abandonado la religión hacía mucho tiempo. Nunca le había oído aludir siquiera a Satán ni mencionar a Dios como no fuera de un modo profano. Nunca había imaginado que fuera supersticiosa en lo más mínimo ni se asustara por nada. Estaba a punto de echarse a llorar.

—Te diré qué vamos a hacer —le dije con voz queda—. Puesto que hoy parece que voy a estar corta de personal, si te quedas arriba y atiendes los teléfonos yo me ocuparé de todo aquí abajo.

Se le llenaron los ojos de lágrimas, y me acerqué a ella de inmediato.

—Está bien. —Le pasé un brazo sobre los hombros y la hice salir de la sala—. Vamos, vamos —dije con suavidad mientras ella se apoyaba en mí y empezaba a sollozar—. ¿Quieres que Ben te acompañe a casa?

Asintió con la cabeza y susurró:

—Lo siento, lo siento.

—Lo único que necesitas es un poco de descanso. —La senté en una silla en el despacho del depósito y descolgué el teléfono.

Jennifer Deighton no había inhalado monóxido de carbono ni carbonilla porque en el momento en que la colocaron dentro de su coche ya no respiraba. Su muerte era un homicidio, sin lugar a dudas, y a lo largo de la tarde fui dejándole, impaciente, mensajes a Marino para que se pusiera en contacto conmigo. Intenté varias veces hablar con Susan para comprobar cómo se encontraba, pero su teléfono sólo sonaba y sonaba.

—Estoy preocupada —le confesé a Ben Stevens—. Susan no contesta al teléfono. Cuando la has llevado a casa, ¿te ha dicho si pensaba ir a alguna parte?

—Me dijo que iba a acostarse.

Estaba sentado ante su escritorio, revisando pliegos de listados de ordenador. En la radio colocada sobre una estantería sonaba suavemente música de rock and roll, y Ben bebía agua mineral con sabor a mandarina. Era inteligente, apuesto y juvenil. Trabajaba tanto como se divertía en los bares para solteros, según me habían contado. Estaba completamente segura de que su cargo como administrador de mi oficina sólo resultaría un breve paso en su carrera hacia algo mejor.

—Quizás ha desconectado el teléfono para poder dormir —sugirió, volviéndose hacia la calculadora.

—Quizá sea eso.

Se lanzó animosamente a la tarea de actualizar nuestros infortunios presupuestarios.

Bien entrada la tarde, cuando empezaba a oscurecer, Stevens me llamó desde su despacho.

—Ha telefoneado Susan. Dice que no vendrá mañana. Y tengo a un tal John Deighton esperando al aparato. Dice que es hermano de Jennifer Deighton.

Stevens me pasó la llamada.

—Hola. Me han dicho que ha hecho usted la autopsia de mi hermana —farfulló un hombre—. Ah, soy el hermano de Jennifer Deighton.

—¿Su nombre, por favor?

—John Deighton. Vivo en Columbia, Carolina del Sur.

Miré de soslayo hacia Marino, que acababa de entrar en el despacho, y le indiqué por gestos que tomara asiento.

—Dicen que enchufó una manguera al tubo de escape y se mató.

—¿Quién le ha dicho eso? —pregunté—. ¿Y no podría hablar más alto, por favor?

El hombre vaciló.

—No recuerdo cómo se llamaba. Habría debido anotarlo, pero estaba demasiado afectado.

A juzgar por la voz, no parecía muy afectado. Hablaba tan entre dientes que me resultaba difícil entender lo que decía.

—Lo siento mucho, señor Deighton —comencé—, pero cualquier información relativa a la muerte de su hermana deberá solicitarla por escrito. Junto con la solicitud escrita, necesitaré también algo que demuestre que es pariente de ella.

No respondió.

—¿Oiga? —dije—. ¿Oiga?

Me contestó la señal de marcar.

—Es extraño —le dije a Marino—. ¿Le resulta conocido un tal John Deighton que dice ser hermano de Jennifer Deighton?

—¿Hablaba con él? Mierda. Estamos intentando localizarlo.

—Ha dicho que alguien le ha notificado ya la muerte.

—¿Sabe desde dónde llamaba?

—Supuestamente, desde Columbia, Carolina del Sur. Me ha colgado.

Marino no dio muestras de interés.

—Acabo de estar en la oficina de Vander —me anunció, refiriéndose a Neils Vander, el examinador jefe de huellas dactilares—. Ha revisado el coche de Jennifer Deighton, más los libros que tenía en la mesita de noche y un poema que estaba metido en uno de ellos. En cuanto a la hoja de papel en blanco que había sobre la cama, todavía no la ha examinado.

—¿Ha encontrado huellas, hasta ahora?

—Unas cuantas. Las pasará por el ordenador si hace falta. Seguramente casi todas las huellas son de la víctima. Tenga. —Depositó una bolsa de papel sobre mi escritorio—. Que disfrute de la lectura.

—Tengo la impresión de que va usted a querer que pasen esas huellas por el ordenador lo antes posible —vaticiné con expresión severa.

Una sombra cruzó por sus ojos. Se dio masaje en las sienes.

—Está descartado que Jennifer Deighton cometiera suicidio —le informé—. Su nivel de monóxido de carbono era inferior al siete por ciento. No tenía rastros de humo ni carbonilla en las vías respiratorias. El tono rosado de la piel se debía a la exposición al frío, no a una intoxicación por monóxido de carbono.

—Cristo —masculló.

Hurgué entre los papeles que tenía delante y le entregué

un diagrama corporal. A continuación, abrí un sobre y saqué varias fotografías Polaroid del cuello de Jennifer Deighton.

—Como puede ver —proseguí—, no hay lesiones externas.

—¿Y la sangre que había en el asiento del coche?

—Debida a una evacuación *post mortem*. El cuerpo empezaba a descomponerse. No encontré abrasiones ni contusiones, ni hematomas en las puntas de los dedos. Pero fíjese. —Le mostré una fotografía del cuello tomada durante la autopsia—. Tiene hemorragias irregulares bilaterales en los músculos esternocleidomastoideos. Tiene también una fractura de la apófisis derecha del hioides. La causa de la muerte fue asfixia por compresión del cuello...

Marino me interrumpió agitado.

—¿Pretende decir que la estrangularon?

Le enseñé otra fotografía.

—Tiene también algunas petequias faciales, o hemorragias puntuales. Estos hallazgos concuerdan con la hipótesis de una estrangulación, sí. Es un homicidio, y le sugeriría que se lo ocultáramos a la prensa el mayor tiempo posible.

—Esto no me hacía ninguna falta. —Alzó la vista y me miró con ojos inyectados en sangre—. En este mismo instante tengo ocho homicidios por resolver esperándome encima de la mesa. El condado de Henrico no ha averiguado una mierda sobre Eddie Heath, y su viejo me telefonea casi todos los días. Y eso sin hablar de la maldita guerra por las drogas que se han montado en Mosby Court. Feliz Navidad, y una mierda. Esto no me hacía ninguna falta.

—A Jennifer Deighton tampoco le hacía ninguna falta, Marino.

—Siga hablando. ¿Qué más ha encontrado?

—Tenía la presión alta, como ya nos indicó su vecina, la señora Clary.

—Ah —exclamó, desviando la mirada—. ¿Cómo lo ha sabido?

—Tenía hipertrofia ventricular izquierda, es decir, un engrosamiento del lado izquierdo del corazón.

—¿Y la presión alta hace eso?

—Sí. Probablemente encontraré cambios fibrinoides en la microvasculatura renal, o nefroesclerosis temprana, y sospecho que el cerebro también presentará cambios hipertensivos en las arteriolas cerebrales, pero no podré afirmarlo con certeza hasta que pueda echar una mirada por el microscopio.

—¿Está usted diciendo que la presión alta mata las células de los riñones y el cerebro?

—Podría decirlo así.

—¿Algo más?

—Nada significativo.

—¿Qué me dice del contenido gástrico? —insistió Marino.

—Carne, algunas verduras, todo parcialmente digerido.

—¿Alcohol o drogas?

—No había alcohol. Los análisis para detectar drogas aún no están terminados.

—¿Algún indicio de violación?

—No hay lesiones ni otras muestras de agresión sexual. Tomé muestras para ver si hay líquido seminal, pero todavía tardaré algún tiempo en recibir esos informes. Y aun teniéndolos, no siempre se puede estar seguro.

La expresión de Marino era inescrutable.

—¿Qué anda buscando? —pregunté al fin.

—Bueno, estoy pensando en cómo organizaron todo este asunto. Alguien se tomó muchas molestias para hacernos creer que la víctima se había suicidado, pero resulta que la señora ya estaba muerta antes de que la metieran en el coche. Lo que me ronda por la cabeza es que el atacante no pretendía liquidarla dentro de la casa. Ya me entiende: le aplica una presa en el cuello, hace demasiada fuerza y la mata. Quizá no sabía que la mujer estaba mal de salud y fue así como sucedió.

Empecé a menear la cabeza.

—La presión sanguínea alta no tuvo nada que ver.

—Explíqueme cómo murió, pues.

—Digamos que el atacante era diestro. Le pasó el brazo izquierdo en torno al cuello y utilizó la mano derecha para tirar de la muñeca izquierda hacia la derecha. —Le hice una demostración—. Eso aplicó sobre el cuello una presión excéntrica que resultó en la fractura de la apófisis mayor derecha del hueso hioides. La presión bloqueó las vías respiratorias superiores y oprimió las arterias carótidas. La víctima debió de sufrir hipoxia, o falta de aire. A veces, la presión en el cuello produce bradicardia, un descenso del ritmo cardíaco, y la víctima presenta arritmia.

—¿Los resultados de la autopsia le permiten averiguar si el atacante empezó aplicando una presa de cuello que acabó convirtiéndose en estrangulación? O dicho de otro modo, si sólo pretendía someterla y utilizó demasiada fuerza.

—En base a los hallazgos médicos, no podría decírselo.

—Pero pudo ocurrir así.

—Entra en el campo de lo posible.

—Vamos, doctora —saltó Marino, exasperado—. Baje por unos instantes del estrado de los testigos, ¿quiere? ¿Hay alguien más aquí, aparte de usted y yo? —preguntó.

No había nadie más. Pero me sentía intranquila. La mayor parte de mi personal no había acudido a trabajar, y Susan se había comportado de un modo desconcertante.

Según las apariencias, Jennifer Deighton, una desconocida, había intentado telefonearme, y luego había sido asesinada, y un hombre que aseguraba ser su hermano me había colgado el teléfono. Además, Marino estaba de un humor de perros. Cuando tenía la sensación de estar perdiendo el control, me volvía muy analítica.

—Mire —respondí—, es muy posible que el atacante intentara dominarla con una presa de cuello y acabara aplicando demasiada fuerza, estrangulándola por error. De hecho, me atrevería incluso a sugerir que creyó que sólo estaba desvanecida y que cuando la metió en el coche no sabía que estuviera muerta.

—Así que tenemos que vérnoslas con un tonto del culo.

—Yo en su lugar no llegaría a esta conclusión. Pero si el

individuo se levanta mañana por la mañana y lee en el periódico que Jennifer Deighton fue asesinada, puede llevarse la sorpresa de su vida. Empezará a preguntarse qué hizo mal. Por eso le he recomendado que mantengamos a la prensa al margen de todo esto.

—No tengo nada que objetar. A propósito, el hecho de que usted no conociera a Jennifer Deighton no implica forzosamente que ella no la conociera a usted.

Esperé a que se explicara.

—He estado pensando en las llamadas de que me habló. Sale usted en la televisión y en los periódicos. Tal vez ella sabía que alguien quería matarla, no sabía a quién recurrir y acudió a usted en busca de ayuda. Pero estaba demasiado paranoica para dejar un mensaje en el contestador.

—Ésa es una idea muy deprimente.

—Casi todo lo que pensamos en este tugurio es deprimente. —Se levantó de la silla.

—Hágame un favor —le pedí—. Examine su casa. Avíseme si encuentra almohadas de plumas, chaquetas rellenas de plumón, plumeros para el polvo, cualquier cosa relacionada con plumas.

—¿Por qué?

—He encontrado una pluma pequeña en la bata que llevaba puesta.

—Pierda cuidado. Ya le diré algo. ¿Se marcha a casa?

Levanté la mirada al oír que se abrían y se cerraban las puertas del ascensor.

—¿Ha sido Stevens? —pregunté.

—Sí.

—Tengo unas cuantas cosas que hacer antes de irme a casa —dije.

Cuando Marino se hubo metido en el ascensor, me acerqué a una ventana en el extremo del pasillo que daba al aparcamiento de atrás. Quería asegurarme de que el Jeep de Ben Stevens ya no estaba. Así era, y me quedé mirando a Marino cuando salió del edificio avanzando cautelosamente entre la nieve aplastada iluminada por las farolas de la calle. Al llegar a su automóvil, se detuvo para sacudirse vigorosamente la nieve de los pies, como un gato que ha pisado agua, antes de sentarse al volante. No quisiera Dios que nada violara su santuario interior. Me pregunté qué planes tendría para la Navidad, y me dolió no haber pensado en invitarlo a cenar. Iba a ser su primera Navidad desde que Doris y él se habían divorciado. Al regresar por el pasillo desierto, fui metiéndome en todos los despachos que había por el camino para examinar los terminales de ordenador. Por desgracia, ninguno se hallaba conectado a la red, y el único que estaba marcado con un número de dispositivo era el de Fielding. No era ni el tty07 ni el tty14. Frustrada, abrí la puerta del despacho de Margaret y encendí la luz.

Como siempre, parecía que un huracán hubiera pasado por allí, dispersando papeles sobre el escritorio, volcando algunos libros de la estantería y haciendo caer otros al suelo. Pilas de listados en papel continuo se abrían como acordeones, y en las paredes y las pantallas de los monitores había pegadas notas indescifrables y números de teléfono. El miniordenador zumbaba como un insecto electrónico y los indicadores luminosos de una hilera de módems dispuesta sobre un anaquel no cesaban de danzar. Me senté en su silla ante el terminal del sistema, abrí uno de los cajones de la derecha y empecé a deslizar rápidamente los dedos por un montón de etiquetas de ficheros. Encontré varios con nombres prometedores, como «usuarios» y «trabajo en red», pero nada de lo que leí me dijo lo que necesitaba saber. Paseé la mirada a mi alrededor mientras reflexionaba y me fijé en un grueso manojo de cables que ascendía por la pared, por detrás del ordenador, y desaparecía en el cielo raso. Todos los cables estaban marcados.

Tanto el tty07 como el tty14 estaban conectados directamente al ordenador. Desenchufé primero el tty07 y pasé a toda prisa de terminal en terminal para ver cuál se había apagado. El terminal del despacho de Ben Stevens estaba desconectado, y volvió a funcionar cuando enchufé de nuevo el cable. A continuación, procedí a hacer lo mismo con el tty14, y quedé perpleja al comprobar que su desconexión no producía ningún resultado. Los terminales que había sobre los escritorios de los miembros de mi personal seguían trabajando sin pausa. Entonces me acordé de Susan. Su despacho estaba abajo, en el depósito.

Abrí la puerta y, nada más entrar en su oficina, advertí dos detalles. No había efectos personales a la vista, como fotografías o baratijas, y en un estante sobre el escritorio había varios manuales de referencia sobre UNIX, SQL y WordPerfect. Recordé vagamente que la primavera anterior Susan se había matriculado en varios cursos de informática. Accioné el interruptor de su monitor, intenté acceder a la red y me desconcertó descubrir que el sistema respondía. Su terminal seguía conectado; no podía ser tty14. Y entonces caí en algo tan evidente que habría podido echarme a reír de no haber quedado horrorizada.

De nuevo en el piso superior, me detuve en el umbral de mi despacho y lo examiné como si allí trabajara una completa desconocida. Amontonados sobre mi escritorio, alrededor de la estación de trabajo, había informes de laboratorio, hojas de llamada, certificados de defunción y las pruebas de imprenta de un libro sobre patología forense que estaba corrigiendo, y la repisa que sostenía el microscopio no ofrecía mejor aspecto. Junto a una pared había tres grandes archivadores, y frente a ellos un sofá lo bastante apartado de las estanterías como para que se pudiera pasar tras él y sacar los libros de los estantes más bajos.

Justo detrás de mi silla tenía un aparador de roble que había encontrado años antes en un almacén de excedentes del Estado. Sus cajones tenían cerradura, lo cual lo convertía en un lugar perfecto para guardar mi agenda y aquellos casos en curso que eran desusadamente delicados. La llave estaba siempre debajo del teléfono, y volví a pensar en el jueves anterior, cuando Susan había roto los frascos de formalina mientras yo le hacía la autopsia a Eddie Heath.

No conocía el número de dispositivo de mi terminal, porque nunca se había dado el caso de que necesitara saberlo. Me senté ante el escritorio, extraje el teclado e intenté conectarme a la red, pero mis órdenes no surtieron efecto. Al desconectar tty14 me había desconectado a mí.

—Maldita sea —susurré, notando que se me helaba la sangre—. ¡Maldita sea!

Yo no había enviado ningún mensaje al terminal de mi administrador. No era yo quien había escrito «No lo encuentro». En verdad, cuando se creó accidentalmente el fichero, el jueves por la tarde, yo estaba en el depósito. Pero Susan no. Le di las llaves y le dije que se echara en el sofá de mi oficina hasta que se le pasara el efecto de los vapores de formalina. ¿Podía ser que no sólo hubiera accedido a mi directorio, sino que hubiera examinado también los ficheros y los papeles de mi escritorio? ¿Que hubiera intentado enviar un mensaje a Ben Stevens porque no podía encontrar lo que les interesaba?

Uno de los examinadores de evidencias residuales apareció de pronto en el umbral, provocándome un sobresalto.

—Hola —masculló, sin apartar la mirada de sus papeles, la bata de laboratorio abrochada hasta la barbilla. Tras elegir un informe de varias páginas, entró en el despacho y me lo tendió—. Venía a dejar esto en su bandeja, pero ya que la encuentro se lo daré en persona. He terminado de examinar los residuos de adhesivo que encontró en las muñecas de Eddie Heath.

—¿Materiales de construcción? —pregunté, extrañada, tras echar una ojeada a la primera página del informe.

—Exacto. Pintura, yeso, madera, hormigón, amianto, vidrio. Por lo general encontramos esta clase de residuos en los casos de robo con fractura, a menudo en la ropa del sospechoso: dobladillos, bolsillos, calzado y demás.

—¿Y la ropa de Eddie Heath?

—En su ropa había algunos residuos idénticos.

—¿Y las pinturas? Dígame algo de ellas.

—Encontré restos de pintura de cinco procedencias distintas. Tres de ellos venían en capas, lo cual quiere decir que algo fue pintado y repintado varias veces.

—¿Pertenecen a un vehículo o a un edificio? —pregunté.

—Sólo uno pertenece a un vehículo, una laca acrílica normalmente utilizada como revestimiento exterior en los automóviles fabricados por General Motors.

Podía proceder del vehículo empleado para raptar a Eddie Heath, pensé. Y podía proceder de cualquier otro lugar.

—¿Color?

—Azul.

—¿En capas?

—No.

—¿Y los residuos de la zona pavimentada donde se encontró el cuerpo? Le pedí a Marino que les llevara barreduras, y me aseguró que lo haría.

—Arena, tierra, pequeños fragmentos de pavimento, más los residuos variados que pueden encontrarse junto a un contenedor de basuras: vidrio, papel, ceniza, polen, óxido, materias orgánicas.

—¿Y esos residuos son distintos a los que llevaba adheridos en las muñecas? —pregunté.

—Sí. Yo diría que le aplicaron la cinta y se la quitaron de las muñecas en un lugar donde había residuos de materiales de construcción y aves.

—¿Aves?

—En la tercera página del informe —me indicó—. He encontrado muchos residuos de plumas.

Cuando llegué a casa, Lucy estaba desasosegada y bastante irritable. Estaba claro que no se había entretenido lo suficiente durante el día, puesto que se había encomendado la tarea de reorganizarme el estudio. La impresora láser había cambiado de lugar, al igual que el módem y todos mis manuales informáticos de consulta.

—¿Por qué lo has hecho? —quise saber.

Sentada en mi silla, de espaldas a mí, respondió sin

volverse ni reducir la velocidad de sus dedos sobre el teclado.

—Está mejor así.

—Lucy, no puedes entrar en el despacho de otra persona y cambiarlo todo de sitio. ¿Qué te parecería si te lo hiciera yo a ti?

—En mi caso, no habría motivos para cambiar nada de sitio. Está todo ordenado del modo más lógico. —Dejó de teclear e hizo girar la silla—. Ya lo ves, ahora puedes llegar a la impresora sin levantarte de la silla. Tienes los libros a tu alcance y el módem está en un lugar donde no estorba para nada. No se debe dejar libros, tazas de café y otras cosas encima de un módem.

—¿Has estado aquí todo el día?

—¿Dónde iba a estar, si no? Te has llevado el coche. He salido a correr por el barrio. ¿Has intentado alguna vez correr sobre nieve?

Acerqué una silla, abrí el maletín y saqué la bolsa de papel que me había dado Marino.

—Lo que estás diciendo es que necesitas un coche.

—Me siento como varada.

—¿Adónde te gustaría ir?

—A tu club. No conozco otro lugar. Sencillamente, me gustaría tener la posibilidad. ¿Qué hay en esa bolsa?

—Un par de libros y un poema que me ha dado Marino.

—¿Desde cuándo pertenece al gremio de los literatos? —Se puso en pie y se desperezó—. Voy a prepararme una infusión de hierbas. ¿Te apetece?

—Para mí un café, por favor.

—No te hace ningún bien —me advirtió mientras salía del cuarto.

—Oh, diablos —refunfuñé, irritada. Saqué los libros y el poema de la bolsa y las manos y la ropa se me llenaron de un polvo rojo fluorescente.

Neils Vander había realizado uno de sus habituales exámenes a fondo, y yo me había olvidado de la pasión que sentía por su nuevo juguete. Varios meses antes había adquirido una fuente de luz alterna y había relegado el láser a la chatarra. La Luma-Lite, con su «lámpara de arco de vapor metálico en azul realzado de alta intensidad, con trescientos cincuenta vatios de potencia y tecnología de vanguardia», como la describía amorosamente Vander cada vez que surgía la ocasión, teñía cabellos y fibras virtualmente invisibles de un naranja llameante. Los restos de semen y los residuos de drogas callejeras resaltaban como manchas solares, y, lo mejor de todo, la luz ponía de manifiesto huellas dactilares que hasta entonces no había manera de ver.

Vander se había empleado a fondo con las novelas de Jennifer Deighton. Las colocó en el depósito de vidrio y las expuso a los vapores de Super Glue, un éster de cianoacrilato que reacciona a los componentes de la transpiración segregada por la piel humana. A continuación, Vander espolvoreó las cubiertas de los libros con aquel polvo rojo fluorescente que acababa de desparramarse sobre mí. Para terminar, sometió los libros al frío escrutinio azul de la Luma-Lite y dejó sus páginas moradas de ninhidrina. Esperé que tanto esfuerzo tuviera su recompensa. La mía fue ir al cuarto de baño y limpiarme con un paño mojado.

Hojear *Paris Trout* no me reveló nada. La novela contaba la historia del depravado asesinato de una muchacha negra, y si eso tenía alguna relación con la historia de Jennifer Deighton yo no podía imaginar cuál. *Seth Speaks* era un relato espeluznante de alguien que supuestamente en otra vida se comunicaba por medio del autor. No me extrañó demasiado que la señorita Deighton, con sus inclinaciones ultramundanas, pudiera leer tales cosas. Lo que más me interesó fue el poema. Estaba mecanografiado en una hoja de papel blanco con manchas moradas de ninhidrina, envuelto en una bolsa de plástico:

JENNY

De Jenny los muchos besos
entibiaban el penique
que llevaba atado al cuello
con un cordón de algodón.
Fue en primavera
cuando él lo encontró
en la carretera polvorienta
al lado del prado
y se lo regaló.
No sonaron
palabras de pasión.
Él la amó
con una prenda.
Ahora el prado está agostado
y cubierto de zarzales.
Él se fue.
La moneda adormecida
está fría
en lo más hondo
de un pozo de los deseos
allá en el bosque.

No estaba fechado, ni firmado. El papel mostraba señales de haber sido doblado en cuatro. Me levanté y pasé a la sala de estar, donde Lucy había dejado té y café sobre la mesa y estaba atizando el fuego.

—¿No tienes hambre? —me preguntó.

—A decir verdad, sí —contesté, mientras releía una vez más el poema y trataba de imaginar cuál podía ser su sentido. Aquella «Jenny», ¿sería Jennifer Deighton?—. ¿Qué te apetece comer?

—Lo creas o no, un bistec. Pero sólo si es bueno y no han engordado a las vacas con un montón de productos químicos —dijo Lucy—. ¿Podrías utilizar un coche del trabajo para que yo pueda usar el tuyo esta semana?

—Por lo general no suelo traerme a casa el coche oficial si no estoy de servicio.

—Anoche tuviste que salir y en teoría no estabas de servicio. Tú siempre estás de servicio, tía Kay.

—Muy bien —accedí—. A ver qué te parece esto. Vamos a donde sirvan los mejores bistecs de la ciudad. Luego pasamos por la oficina y recojo el coche, y tú vuelves con el mío. Todavía queda algo de hielo en la carretera, en según qué sitios; has de prometerme que conducirás con un cuidado especial.

—Nunca he visto tu oficina.

—Te la enseñaré, si quieres.

—Ah, no. De noche, no.

—Los muertos no pueden hacerte ningún daño.

—Sí que pueden —protestó Lucy—. Papá me hizo daño cuando se murió. Me dejó a cargo de mamá.

—Vamos a buscar los abrigos.

—¿Cómo es que cada vez que saco a colación algo relacionado con nuestra extravagante familia tú cambias de tema?

Me dirigí hacia el dormitorio en busca de mi abrigo.

—¿Quieres que yo te preste la chaqueta de cuero negro?

—¿Lo ves? ¡Ya has vuelto a hacerlo! —gritó ella.

Durante todo el trayecto hasta Ruth's Chris Steak House no paramos de discutir, y cuando por fin aparqué el coche me dolía la cabeza y estaba completamente disgustada conmigo misma. Lucy me había hecho perder los estribos, y la única persona aparte de ella que lo conseguía de manera habitual era mi madre.

—¿Por qué eres tan difícil? —le dije al oído mientras nos conducían a una mesa.

—Quiero hablar contigo y tú te niegas —le respondió.

Al instante apareció un camarero para tomar nota de las bebidas.

—Dewar's con soda —le pedí yo.

—Agua mineral con gas y una rodaja de limón —encargó Lucy—. Si conduces, no tendrías que beber.

—Sólo tomaré uno. Pero tienes razón. Sería mejor no tomar ninguno. Y otra vez estás criticando. ¿Cómo pretendes tener amigos si le hablas así a la gente?

—No pretendo tener amigos. —Desvió la mirada—. Son los demás los que pretenden que tenga amigos. Puede que no quiera tener amigos porque la mayoría de la gente me resulta aburrida.

La desesperanza me oprimió el corazón.

—Creo que necesitas amigos más que ninguna otra persona que yo conozca, Lucy.

—Estoy segura de que lo crees. Y probablemente también crees que debería casarme en un par de años o así.

—De ninguna manera. En realidad, espero sinceramente que no lo hagas.

—Esta tarde, mientras estaba jugueteando en tu ordenador, he visto un fichero llamado Carne. ¿Por qué tienes un fichero con ese nombre? —quiso saber mi sobrina.

—Porque estoy en mitad de un caso muy difícil.

—¿El de ese chico llamado Eddie Heath? Vi su expediente en el fichero del caso. Lo encontraron desnudo al lado de un contenedor de basura. Alguien le había arrancado trozos de piel.

—No deberías leer los expedientes de mis casos, Lucy —la regañé, y justo entonces sonó mi busca personas. Lo desprendí de la cintura de la falda y miré el número que indicaba—. Perdona un momento. —Me puse en pie cuando llegaban las bebidas.

Busqué un teléfono público. Eran casi las ocho de la tarde.

—Tengo que hablar con usted —dijo Neils Vander, que aún estaba en su oficina—. Quizá le interese pasarse por aquí y traer las tarjetas con las diez huellas de Ronnie Waddell.

—¿Por qué?

—Tenemos un problema sin precedentes. Ahora mismo voy a llamar a Marino.

—Muy bien. Dígale que me espere en la morgue dentro de media hora.

Cuando volví a la mesa, Lucy comprendió por mi expresión que me disponía a estropear otra velada.

—Lo siento muchísimo —me disculpé.

—¿Adónde vamos?

—A mi oficina, y de ahí al edificio Seaboard. —Saqué el billetero.

—¿Qué hay en el edificio Seaboard?

—Es donde se trasladaron no hace mucho los laboratorios de serología, ADN y huellas dactilares. Marino se reunirá con nosotras allí —le expliqué—. Hace mucho que no lo ves.

—Los gilipollas como él no cambian ni mejoran con el tiempo.

—Eso no ha estado bien, Lucy. Marino no es un gilipollas.

—Lo era la última vez que estuve por aquí.

—Tú tampoco estuviste muy amable con él, precisamente.

—Yo no lo traté de mocoso malcriado.

—Pero recuerdo que le aplicaste algunos otros nombres, y constantemente le corregías la gramática.

Media hora más tarde dejé a Lucy en la oficina de la morgue y me precipité hacia el piso de arriba. Abrí el archivador, saqué la carpeta con el expediente de Waddell y apenas acababa de meterme en el ascensor cuando sonó el timbre de la puerta del garaje. Marino vestía tejanos y una parka azul marino, y se cubría la incipiente calvicie con una gorra de béisbol de los Richmond Braves.

—Ya se conocen los dos, ¿verdad? —pregunté—. Lucy ha venido a visitarme y me está echando una mano con un problema del ordenador —le expliqué a Marino mientras salíamos al frío aire de la noche.

El edificio Seaboard quedaba enfrente del aparcamiento de la morgue, y hacía esquina con la fachada de la estación de la calle Main, donde se habían instalado provisionalmente las oficinas administrativas del Departamento de Sanidad mientras eliminaban todo el amianto de su antigua sede. El reloj de la torre de la estación flotaba en lo alto como una luna llena, y en la cúspide de los edificios más elevados parpadeaban lentas luces rojas como advertencia a los aviones en vuelo bajo. En algún lugar de la oscuridad, un tren se arrastraba pesadamente por las vías, haciendo que la tierra temblara y crujiera como un buque en alta mar.

Marino marchaba por delante de nosotras, la brasa del cigarrillo refulgiendo a intervalos. Le disgustaba que Lucy estuviera allí, y yo sabía que ella se daba cuenta. Cuando llegó al edificio Seaboard, en el que se habían cargado vagones de suministros en la época de la guerra civil, llamé al timbre de la puerta. Vander nos abrió casi inmediatamente.

No saludó a Marino ni preguntó quién era Lucy. Si alguien de su confianza llegara acompañado por un ser del espacio exterior, Vander no le haría preguntas ni esperaría ser presentado. Lo seguimos por un tramo de escaleras hasta llegar al primer piso, donde los viejos pasillos y despachos habían sido repintados en tonos gris metálico y provistos de escritorios y librerías con acabados de cerezo y de butacas con tapicería azul verdosa.

—¿En qué está trabajando hasta tan tarde? —le pregunté cuando entramos en la sala que albergaba el sistema de identificación automática de huellas dactilares, conocido por las siglas AFIS.

—En el caso de Jennifer Deighton —respondió.

—Entonces, ¿para qué quiere las huellas dactilares de Waddell? —pregunté, perpleja.

—Quiero asegurarme de que la persona a la que le hizo usted la autopsia la semana pasada era realmente Waddell —dijo Vander sin andarse con rodeos.

—¿Qué diablos quiere decir con eso? —Marino se lo quedó mirando atónito.

—Ahora mismo se lo enseño. —Vander tomó asiento ante el terminal de acceso remoto, que parecía un ordenador personal corriente. El terminal estaba conectado por módem con el ordenador de la policía estatal, en el que residía una base de datos con más de seis millones de huellas dactilares. Vander pulsó varias teclas y activó la impresora láser.

—Las impresiones perfectas son muy escasas, pero aquí tenemos una. —Vander empezó a teclear, y una huella dactilar de un blanco luminoso llenó la pantalla—. Dedo índice derecho, verticilo sencillo. —Señaló el vórtice de líneas que se arremolinaban tras el cristal—. Una huella parcial condenadamente buena encontrada en la casa de Jennifer Deighton.

—¿En qué lugar de la casa? —quise saber.

—En una silla del comedor. Al principio pensé que debía tratarse de un error, pero parece que no. —Vander siguió mirando fijamente la pantalla, y luego volvió a teclear mientras hablaba—. La identificación corresponde a Ronnie Joe Waddell.

—No es posible —protesté sobresaltada.

—Eso se diría —replicó Vander en tono abstraído.

—¿Encontraron algo en casa de Jennifer Deighton que pudiera indicar que Waddell y ella se conocían? —le pregunté a Marino mientras abría la carpeta de Waddell.

—No.

—Si le tomaron las huellas a Waddell en la morgue —dijo Vander dirigiéndose a mí—, podremos compararlas con las que hay en el AFIS.

Saqué dos sobres de papel marrón y al instante me pareció extraño que los dos fueran gruesos y pesados. Los abrí y me sentí enrojecer al descubrir que sólo contenían las fotografías habituales. No había ningún sobre con las diez huellas de Waddell. Cuando alcé la vista, todos estaban mirándome.

—No lo entiendo —confesé, notando la mirada inquieta de Lucy fija en mí.

—¿No tiene las huellas? —preguntó Marino con incredulidad.

Volví a examinar la carpeta.

—Aquí no están.

—Normalmente, Susan suele tomarlas, ¿no?

—Sí. Siempre. En principio, tenía que sacar dos juegos. Uno para Instituciones Penitenciarias y otro para nosotros.

Puede que se las entregara a Fielding y él no se acordara de dármelas.

Saqué la libreta de direcciones y descolgué el teléfono. Fielding estaba en casa y no sabía nada de las tarjetas con las huellas.

—No, no vi si le tomaba las huellas, pero no veo ni la mitad de lo que se hace allí —respondió—. Supuse que te las había dado a ti.

Mientras marcaba el número de Susan intenté recordar si le había visto sacar las tarjetas o presionar los dedos de Waddell sobre el tampón.

—¿Recuerda si vio que Susan le tomara las huellas a Waddell? —le pregunté a Marino mientras el teléfono de Susan sonaba una y otra vez.

—No lo hizo delante mío. De lo contrario, me habría ofrecido a ayudarla.

—No contestan. —Colgué el auricular.

—Waddell fue incinerado —señaló Vander.

—Sí —confirmé.

Quedamos unos instantes en silencio.

A continuación, Marino se dirigió a Lucy con innecesaria brusquedad.

—¿Le importaría salir un momento? Tenemos que hablar a solas.

—Puede esperar en mi despacho —le dijo Vander—. Siguiendo el pasillo, el último a la derecha.

Cuando se hubo marchado, Marino comentó:

—Se supone que Waddell llevaba diez años entre rejas, y es imposible que la huella que encontramos en la silla de Jennifer Deighton la hubieran dejado hace diez años. Sólo hace unos meses que se instaló en su casa de Southside, y los muebles del comedor parecen recién estrenados. Además, en la alfombra de la sala encontramos unas marcas que nos hicieron suponer que alguien había llevado allí una silla del comedor, quizá la misma noche en que murió. Por eso pedí que espolvorearan las sillas, para empezar.

—Una posibilidad extraordinaria —le dijo Vander—. En

estos momentos, no podemos demostrar que el hombre que fue ajusticiado la semana pasada fuese Ronnie Joe Waddell.

—Tal vez exista alguna otra explicación para el hecho de que se haya encontrado una huella de Waddell en una silla de Jennifer Deighton —sugerí—. Por ejemplo, en la penitenciaría hay un taller de carpintería en el que hacen muebles.

—Eso es imposible —replicó Marino—. En primer lugar, no se trabaja la madera ni se hacen placas de matrícula en la galería de la muerte. Y aunque fuera así, la mayoría de los civiles no tiene en casa muebles hechos en la cárcel.

—De todos modos —intervino Vander—, sería interesante que pudiera averiguar dónde compró los muebles del comedor.

—No se preocupe —dijo Marino—. Eso tiene máxima prioridad.

—El FBI debe tener un expediente con los antecedentes completos de Waddell, incluyendo las huellas dactilares —prosiguió Vander—. Sacaré una copia de su tarjeta de huellas y buscaré la fotografía de la huella de pulgar que se encontró en el caso de Robyn Naismith. ¿Dónde más fue detenido Waddell?

—En ningún otro sitio —dijo Marino—. La única jurisdicción que debe tener su expediente es la de Richmond.

—¿Y esa huella encontrada en una silla del comedor es la única que han identificado? —le pregunté a Vander.

—Se encontraron unas cuantas que pertenecían a Jennifer Deighton, naturalmente —contestó—. Sobre todo en los libros que tenía junto a la cama y en esa hoja de papel doblada, el poema. Y un par de huellas parciales no identificadas en el coche, como era de esperar, quizá dejadas por quien le cargaba la compra en el maletero o le llenaba el depósito de gasolina. Eso es todo, por ahora.

—¿Y no ha habido suerte con Eddie Heath? —pregunté.

—No había mucho que examinar. Una bolsa de papel, una lata de sopa, una barra de caramelo. Pasé la Luma-Lite por la ropa y los zapatos. Nada.

Después nos hizo salir por el almacén, donde una serie

de neveras cerradas con llave contenía la sangre de tantos delincuentes condenados como para llenar una pequeña ciudad, muestras de ADN pendientes de introducción en el banco de datos de la Commonwealth.

El automóvil de Jennifer Deighton estaba aparcado ante la puerta, y se me antojó más patético de lo que yo recordaba, como si hubiera sufrido una espectacular decadencia tras el asesinato de su propietaria. La plancha de los costados estaba abollada de tanto ser golpeada por las puertas de otros coches. La pintura estaba oxidada en algunos puntos y rayada y desconchada en otros, y la capota de vinilo empezaba a descascarillarse. Lucy se detuvo para echar una ojeada a través de la mugrienta ventanilla.

—Eh, no toque nada —le advirtió Marino.

Ella lo miró a los ojos sin decir palabra, y salimos todos afuera.

Lucy subió a mi coche y se fue directamente a casa sin esperarnos a Marino ni a mí. Cuando llegamos, ya estaba en el estudio con la puerta cerrada.

—Veo que sigue siendo Miss Simpatía —comentó Marino.

—Usted tampoco habría ganado ningún premio esta noche. —Abrí la pantalla protectora de la chimenea y añadí varios troncos.

—¿Sabrá guardar en secreto lo que hemos estado hablando?

—Sí —aseguré con voz cansada—. Por supuesto.

—Sí, bueno, ya sé que usted confía en ella, porque es su tía. Pero no sé si ha sido una buena idea que oyera todo eso, doctora.

—Confío en Lucy. Significa mucho para mí. Usted significa mucho para mí. Espero que lleguen a ser amigos. El bar está abierto, o si lo prefiere tendré mucho gusto en preparar una cafetera.

—El café está bien.

Se sentó en el borde de la chimenea y sacó su navajita del ejército suizo. Mientras yo preparaba el café, se recortó las uñas y echó los restos al fuego. Volví a marcar el número de Susan, pero no hubo respuesta.

—No creo que Susan le tomara las huellas —dijo Marino cuando deposité la bandeja del café sobre la mesita—. He estado pensando un poco mientras estaba usted en la cocina. Sé que no lo hizo mientras estaba yo en la morgue, y aquella noche estuve casi todo el rato. O sea que, si no las tomó justo cuando les trajeron el cuerpo, ya puede irse olvidando del asunto.

—No las tomó entonces —respondí, cada vez más nerviosa—. Los de Instituciones Penitenciarias salieron de allí en diez minutos. Toda la escena fue muy confusa. Era tarde y estábamos todos cansados. Susan se olvidó, y yo estaba demasiado atareada para darme cuenta.

—Eso es lo que usted espera, que fuese un olvido. —Cogí la taza de café—. Por lo que me ha estado contando, creo que a esa chica le pasa algo. Yo no me fiaría de ella ni un pelo.

En aquellos momentos, yo tampoco.

—Tenemos que hablar con Benton —añadió.

—Usted mismo vio a Waddell en la mesa, Marino. Vio cómo lo ejecutaban. No puedo creer que no podamos asegurar que era él.

—No podemos asegurarlo. Podríamos comparar las fotos de la ficha policial con las fotos de la morgue y seguiríamos sin poder asegurarlo. Yo no había vuelto a verlo desde que lo trincaron, hace diez años. El tipo que llevaron a la silla debía de pesar unos cuarenta kilos más. Le habían afeitado el bigote, la barba y la cabeza. Se parecía lo suficiente para que no se me ocurriera dudar de su identidad. Pero no podría jurar que fuera él.

Recordé la llegada de Lucy al aeropuerto, la otra noche. Era mi sobrina. Sólo hacía un año que no la veía, y aun así me había costado reconocerla. Sabía muy bien lo poco digna de confianza que puede ser una identificación visual.

—Si alguien cambió un preso por otro —dije—, y si

Waddell está libre y otra persona fue ejecutada en su nombre, dígame usted por qué.

Marino se echó más azúcar en el café.

—Un motivo, por el amor de Dios. ¿Qué motivo podría haber, Marino?

Alzó la mirada.

—No lo sé.

Justo entonces se abrió la puerta del estudio y nos giramos los dos al tiempo que salía Lucy. Vino a la sala y se sentó en el borde de la chimenea, en la esquina opuesta a Marino, que estaba de espaldas al fuego con los codos sobre las rodillas.

—¿Qué puedes decirme del AFIS? —me preguntó como si Marino no estuviera presente.

—¿Qué quieres saber? —repliqué.

—El lenguaje. Y si corre en un superordenador.

—No conozco los detalles técnicos. ¿Por qué?

—Podría averiguar si han modificado algunos ficheros.

Noté que la mirada de Marino se posaba sobre mí.

—No puedes entrar subrepticiamente en el ordenador de la policía estatal, Lucy.

—Seguramente podría, pero no estoy diciendo que sea necesario. Puede existir algún otro medio de acceder a él.

Marino se volvió hacia ella.

—Lo que quiere decir es que si han modificado la ficha de Waddell en el AFIS, usted se daría cuenta.

—Sí. Quiero decir que si hubieran modificado su ficha, yo me daría cuenta.

A Marino se le contrajeron los músculos de la mandíbula.

—Me parece a mí que si alguien fue lo bastante listo para conseguirlo, también sería lo bastante listo para asegurarse de que ningún chiflado de la informática pudiera notarlo.

—Yo no soy una chiflada de la informática. No soy una chiflada de ninguna clase.

Quedaron en silencio, sentados en los extremos de la chimenea como dos apoyalibros desparejados.

—No puedes entrar en el AFIS —le dije a Lucy.

Me miró con expresión impasible.

—Tú sola, no —proseguí—. A no ser que haya una manera segura de acceder. Y aunque la haya, creo que preferiría que te mantuvieras al margen.

—No creo que lo digas en serio. Si han estado manipulando algo, sabes que lo descubriría, tía Kay.

—La chica es megalómana. —Marino se levantó de la chimenea. Lucy se volvió hacia él.

—¿Sería capaz de poner una bala en las doce del reloj que hay en aquella pared? ¿Si sacara la pistola ahora mismo y apuntara?

—No me interesa liarme a tiros en casa de su tía para demostrarle a usted nada.

—¿Sería capaz de acertar en las doce desde ahí?

—No le quepa la menor duda.

—¿Está usted seguro?

—Sí. Estoy seguro.

—El teniente es megalómano —me dijo Lucy.

Marino se giró hacia el fuego, pero no antes de que yo pudiera ver esbozarse una sonrisa en sus labios.

—Neils Vander sólo tiene una estación de trabajo y una impresora —prosiguió Lucy—. Está conectada con el ordenador de la policía estatal por medio de un módem. ¿Ha sido siempre así?

—No —contesté—. Antes de trasladarse al nuevo edificio tenía muchos más aparatos.

—Descríbemelos.

—Bueno, había varios componentes distintos. Pero el ordenador en sí era muy parecido al que tiene Margaret en su despacho. —Al recordar que Lucy no había estado nunca en el despacho de Margaret, añadí—: Un mini.

El resplandor de la chimenea proyectaba sombras movedizas sobre su rostro.

—Me jugaría algo a que el AFIS es un superordenador que no es un superordenador. Me jugaría algo a que es una serie de minis unidos entre sí, todos ellos conectados por UNIX o por alguna otra red multiusuaria y polivalente. Si me consigues acceso al sistema, seguramente podría hacerlo desde la terminal que tienes aquí en casa, tía Kay.

—No quiero dejar ningún rastro que conduzca hasta mí —protesté calurosamente.

—No habría ningún rastro. Me conectaría con tu ordenador de la oficina y luego pasaría por una serie de puertas. Crearía un lazo complicado de veras. Cuando estuviera todo listo, sería dificilísimo seguir el rastro.

Marino fue al cuarto de baño.

—Se porta como si estuviera en su casa —observó Lucy.

—En absoluto —repliqué.

Al cabo de unos minutos, acompañé a Marino a la puerta. La nieve helada del jardín parecía irradiar luz, y el aire era tan punzante como la primera bocanada de un cigarrillo mentolado.

—Me encantaría que viniera a comer con Lucy y conmigo el día de Navidad —le dije desde el umbral.

Vaciló unos instantes, mirando el coche que había dejado aparcado en la calle.

—Es muy amable por su parte, doctora, pero no me es posible.

—Me gustaría que Lucy no le cayera tan mal —añadí, sintiéndome dolida.

—Estoy harto de que me trate como a un palurdo que nació en una choza.

—A veces se porta usted como un palurdo que nació en una choza. Y no ha hecho ningún esfuerzo por merecer su respeto.

—Es una mocosa consentida de Miami.

—Cuando tenía diez años era una mocosa de Miami —puntualicé—, pero nunca ha sido una niña consentida. Todo lo contrario. Quiero que sean amigos. Es lo que quiero como regalo de Navidad.

—¿Quién ha dicho que iba a hacerle un regalo de Navidad?

—Pues claro que sí. Me dará lo que acabo de pedirle. Y sé exactamente cómo va a ser.

—¿Cómo? —preguntó con suspicacia.

—Lucy quiere aprender a tirar, y usted acaba de decirle que es capaz de acertar en las doce de un reloj. Podría darle un par de lecciones.

—Olvídelo —rezongó.

6

Los tres días siguientes fueron típicamente navideños. Nadie estaba en su oficina ni respondía a las llamadas telefónicas. Había sitio de sobra para aparcar, las horas dedicadas al almuerzo se prolongaban y las salidas por motivos de trabajo conllevaban paradas clandestinas en comercios, bancos y la oficina de correos. En la práctica, la Commonwealth había echado el cierre antes de que empezaran las vacaciones oficiales. Pero Neils Vander no era típico bajo ningún punto de vista. Cuando me llamó el día de Nochebuena por la mañana, se hallaba completamente ajeno a la fecha y el lugar.

—Estoy poniendo en marcha un programa para la intensificación de imágenes que me parece que podría interesarle —me explicó—. Para el caso de Jennifer Deighton.

—Salgo hacia ahí ahora mismo —respondí.

Al cruzar el pasillo estuve a punto de tropezar con Ben Stevens, que salía del lavabo de caballeros.

—Tengo una cita con Vander —le dije—. No creo que tarde mucho en volver.

—Precisamente ahora iba a verla.

Me detuve de mala gana para escuchar lo que tuviera que decirme, preguntándome si se daría cuenta de que tenía que hacer un esfuerzo para actuar con naturalidad delante de él. Lucy seguía controlando nuestro ordenador desde el terminal de mi casa para ver si alguien intentaba acceder de nuevo a mi directorio. De momento, nadie lo había hecho.

—Esta mañana he hablado con Susan —dijo Stevens.

—¿Cómo está?

—No volverá al trabajo, doctora Scarpetta.

No me sorprendió, pero me disgustó que no me lo dijera personalmente. Había intentado comunicarme con ella al menos media docena de veces, y no contestaba nadie o contestaba su marido y me daba cualquier excusa por la que Susan no podía ponerse al teléfono.

—¿Y eso es todo? —le pregunté—. ¿Sencillamente que no vuelve? ¿No te ha dicho por qué?

—Creo que el embarazo está resultándole más difícil de lo que ella se imaginaba. Supongo que no se ve con fuerzas para seguir trabajando.

—Tendrá que enviar una carta de renuncia —señalé, incapaz de disimular el enojo de mi voz—. Ya te ocuparás tú de resolver los trámites con Personal. Y habrá que empezar a buscar inmediatamente a alguien que la sustituya.

—En estos momentos no se contrata a nadie —me recordó mientras me alejaba.

En el exterior, la nieve apilada en las cunetas se había congelado y formaba montones de hielo sucio que impedían aparcar o llegar a pie a las aceras, y el sol brillaba tenuemente a través de nubes inquietantes. Pasó un tranvía que transportaba una pequeña banda de músicos, y subí unos escalones de granito cubiertos de sal a los acordes cada vez más lejanos de *Joy to the World*. Un agente de policía judicial me franqueó la entrada al edificio Seaboard, y en el primer piso encontré a Vander en una sala iluminada por monitores en color y luces ultravioleta. Sentado ante su estación de trabajo, contemplaba fijamente la imagen de la pantalla mientras manipulaba un ratón.

—No está en blanco —me dijo sin ni siquiera un «Cómo está usted»—. Alguien escribió algo en la hoja de papel que había encima de ésta, o en una de las superiores. Si mira usted bien, verá que hay unas ligeras marcas.

Entonces empecé a comprender. En el centro de la mesa de luz que tenía a su izquierda había una hoja limpia de papel blanco, y me incliné para observarla más de cerca. Las marcas eran tan leves que no tuve la certeza de no estar imaginándomelas.

—¿Es la hoja de papel que se encontró bajo un cristal en la cama de Jennifer Deighton? —pregunté, empezando a interesarme.

Asintió con un gesto y movió el ratón un poco más para graduar la escala de grises.

—¿Es en directo?

—No. La cámara de vídeo ya ha captado las marcas y están grabadas en el disco duro. Pero no he tocado el papel. Aún no he comprobado si hay huellas dactilares. Acabo de empezar, así que cruce los dedos. Vamos, vamos —añadió, dirigiéndose al ordenador—. Sé que la cámara ya las tiene. Ahora tienes que ayudarnos tú.

Los métodos informatizados para el realce de imágenes son una lección de contrastes y acertijos. Una cámara puede distinguir más de doscientos tonos de gris, y el ojo humano menos de cuarenta. El mero hecho de que algo no se vea no quiere decir que no exista.

—Menos mal que con el papel no hay que preocuparse por el ruido de fondo —comentó Vander sin dejar de trabajar—. Se aceleran considerablemente las cosas cuando no hay que preocuparse por eso. El otro día tuve que vérmelas con la huella de un dedo ensangrentado en una sábana. La trama del tejido, ya sabe. No hace mucho, habría sido una huella perfectamente inútil. Bueno. —Otra tonalidad de gris tiñó la zona sobre la que estaba trabajando—. Ya empezamos a sacar algo en claro. ¿Lo ve? —Señaló unos finos trazos espectrales en la parte superior de la pantalla.

—A duras penas.

—Lo que estamos intentando realzar aquí es el contraste entre sombra e iluminación, porque en este caso no se trata de algo escrito y posteriormente borrado. La sombra se produjo iluminando la superficie lisa del papel y las marcas que contiene con una fuente de luz oblicua; la cámara de vídeo, por lo menos, percibió las sombras con toda claridad. Usted y yo no podemos verlas sin ayuda. Probemos a realizar un poco más las verticales. —Movió el ratón—. Y ahora oscurecemos un poquitín las horizontales. Bien. Ya sale. Dos, cero, dos, guión. Tenemos parte de un número telefónico.

Acerqué una silla y me senté.

—El prefijo de Washington —observé.

—Veo un cuatro y un tres. ¿O es un ocho?

Entorné los párpados.

—Me parece que es un tres.

—Así está mejor. Tiene razón. No cabe duda de que es un tres.

Siguió trabajando un rato y fueron apareciendo más números y palabras en la pantalla. Finalmente, emitió un suspiro y dijo:

—Mierda. No puedo saber cuál es la última cifra. No quedó marcada. Pero fíjese en qué hay antes del prefijo de Washington: «Para», seguido de dos puntos. Y justo debajo tenemos «De», también seguido de dos puntos y de otro número. Ocho, cero, cuatro. Es un teléfono local. Este número no está nada claro. Un cinco y puede que un siete..., ¿o es un nueve?

—Creo que obtendremos el número de teléfono de Jennifer Deighton —contesté—. El fax y el teléfono funcionan con la misma línea. Tenía un fax en su despacho, un aparato con alimentador de hojas sueltas que utiliza papel de carta normal. Por lo visto, debió de escribir un fax sobre esta hoja. Pero ¿qué envió? ¿Un documento aparte? Aquí no hay ningún mensaje.

—Todavía no hemos terminado. Ahora está saliendo algo que parece una fecha. ¿Un once? No, el segundo es un siete. Diecisiete de diciembre. Voy a ir bajando un poco más.

Movió el ratón y las flechas se desplazaron pantalla abajo. Luego pulsó una tecla para ampliar la zona que quería examinar y empezó a teñirla con diversos tonos de gris. Permanecí muy quieta en la silla mientras empezaban a materializarse lentamente una serie de formas salidas de un limbo literario, unas curvas aquí, unos puntos allí, una «t» provista de un vigoroso trazo horizontal. Vander trabajaba en silencio. Apenas si parpadeábamos ni respirábamos. Seguimos así durante una hora, viendo cómo las palabras se hacían cada vez más nítidas, un tono de gris contrastado con otro, milímetro a milímetro, molécula a molécula. Vander las conjuraba a fuerza de paciencia, les hacía cobrar existencia por pura fuerza de voluntad. Estaba todo allí.

Exactamente una semana atrás, apenas dos días antes de ser asesinada, Jennifer Deighton había enviado por fax el siguiente mensaje a un número de Washington, D.C.:

> ... Sí, cooperaré, pero es demasiado tarde, demasiado tarde, demasiado tarde. Mejor que venga usted aquí. ¡Todo esto es un gran error!

Cuando por fin aparté la mirada de la pantalla, mientras Vander pulsaba el botón de imprimir, me sentía aturdida. Tenía la visión temporalmente nublada y me corría adrenalina por las venas.

—Marino tiene que ver esto inmediatamente. Me imagino que podremos averiguar a quién corresponde este número de fax, el número de Washington. Sólo nos falta la última cifra. ¿Cuántos números de fax puede haber en Washington que sean exactamente iguales a éste excepto en la última cifra?

—Los que vayan del cero al nueve —respondió Vander, elevando la voz sobre el rumor de la impresora—. Como máximo puede haber diez. Diez números, de fax o de teléfono, que sólo se diferencien por la última cifra. —Me entregó la hoja impresa—. Seguiré limpiándolo un poco y ya le haré llegar una copia mejor más adelante. Y otra cosa: todavía no he podido conseguir la huella del pulgar de Ronnie Waddell, la foto de la huella ensangrentada que se encontró en casa de Robyn Naismith. Cada vez que llamo a Archivos, me dicen que aún están buscando su expediente.

—Recuerde en qué fechas estamos. Apostaría a que casi no debe de haber nadie allí —comenté, incapaz de alejar de mi mente un mal presagio. De vuelta en mi oficina, llamé a

Marino y le expliqué lo que había descubierto el programa de realce de imágenes.

—Pues no cuente con la compañía telefónica —respondió—. El contacto que tengo allí ya se ha ido de vacaciones, y no hay nadie más que esté dispuesto a hacer ni una mierda el día de Nochebuena.

—Quizá podamos descubrir nosotros mismos quién mandó el fax —sugerí.

—No sé cómo, a no ser que le mande un fax diciendo «¿Quién es usted?» con la esperanza de que le conteste «Hola, soy el asesino de Jennifer Deighton».

—Depende de si la persona en cuestión tiene una marca programada en su aparato de fax —dije.

—¿Una marca?

—Los aparatos de fax más completos permiten al usuario programar en el sistema su nombre o el nombre de su empresa. Esta marca aparece impresa en cualquier fax que envíe a otra persona. Pero lo más importante es que la marca de la persona que recibe el fax aparece en la pantalla digital de la máquina que envía el fax. Dicho de otro modo, si yo le mando un fax, veré en la ventanilla digital de mi aparato las palabras «Departamento de Policía de Richmond» justo encima del número que acabo de marcar.

—¿Tiene usted acceso a un fax de lujo? El que tenemos aquí en el departamento es una porquería.

—Tengo uno aquí en la oficina.

—Bien, pues ya me dirá lo que averigua. Tengo que salir a la calle.

Hice rápidamente una lista con diez números de teléfono, cada uno de los cuales empezaba con las seis cifras que Vander y yo habíamos podido distinguir en la hoja de papel encontrada sobre la cama de Jennifer Deighton. Los fui completando con un cero, un uno, un dos, un tres y así sucesivamente, y luego empecé a probar. Sólo uno de ellos me dio por respuesta un pitido agudo e inhumano.

El fax estaba en el despacho de mi analista informática, y por suerte Margaret también había empezado las vacaciones temprano. Cerré la puerta, me senté ante su escritorio y me puse a pensar mientras zumbaba el miniordenador y parpadeaban las luces del módem. El truco de las marcas funcionaba en los dos sentidos. Si iniciaba una transmisión, aparecería la marca de mi oficina en la pantalla del fax cuyo número hubiera marcado. Tendría que interrumpir el proceso a toda prisa antes de que se completara la transmisión, con la esperanza de que, cuando alguien se acercara al fax para ver qué estaba ocurriendo, la identificación «Oficina del Jefe de Medicina Forense» y nuestro número ya se hubieran borrado de la pantalla. Introduje una hoja de papel en blanco en el alimentador, marqué el número de Washington y me quedé esperando mientras empezaba la transmisión. En mi pantalla digital no apareció nada. Maldición. El número de fax que había marcado no tenía marca. Ahí se acababa la cosa. Interrumpí el proceso y regresé a mi despacho, derrotada. Acababa de sentarme ante mi escritorio cuando sonó el teléfono.

—Doctora Scarpetta —respondí.

—Aquí Nicholas Grueman. El fax que acaba de enviarme no se ha recibido bien.

—¿Cómo dice? —pregunté, atónita.

—Sólo he recibido una hoja en blanco con el nombre de su oficina. Ah, código de error cero, cero, uno, «repita el envío por favor», dice aquí.

—Comprendo —dije yo, mientras se me erizaba el vello de los brazos.

—¿Quizás intentaba enviarme una modificación de su declaración? Tengo entendido que fue a examinar la silla eléctrica.

No respondí.

—Muy concienzudo por su parte, doctora Scarpetta. ¿Ha averiguado algo nuevo acerca de aquellas lesiones de que hablamos, las abrasiones en los aspectos internos de los brazos del señor Waddell? ¿Las fosas antecubitales?

—Déme otra vez su número de fax, por favor —le pedí con voz contenida.

Me lo dictó. El número coincidía con el que tenía en mi lista.

—Y este fax, ¿está en su despacho o lo comparte usted con otros abogados, señor Grueman?

—Lo tengo justo al lado de la mesa. No hace falta que dirija nada a mi atención. Puede enviarlo sin más, pero haga el favor de darse prisa, doctora Scarpetta. Estaba pensando en irme a casa enseguida.

Salí de la oficina al poco rato, empujada por la frustración. No había podido localizar a Marino. No podía hacer nada más. Me sentía atrapada en una telaraña de conexiones extrañas, completamente desorientada con respecto al punto que tenían en común.

Siguiendo un impulso, me detuve en un solar de West Cary en el que un anciano vendía coronas y árboles de Navidad. Sentado sobre un taburete en medio de su pequeño bosque, el aire frío impregnado de un fragante olor vegetal, el hombre tenía todo el aspecto de un leñador de fábula. Quizás el espíritu de Navidad empezaba a afectarme, después de tanto rehuirlo. O quizá sólo quería una distracción. En fecha tan tardía ya no había mucho que escoger, sólo los árboles desechados, deformes o a punto de morir, todos destinados a quedar sin comprador, sospeché, excepto el que me quedé yo. Habría sido un árbol encantador si no fuera escoliótico. Decorarlo resultó más un desafío ortopédico que un ritual festivo, pero con adornos y luces de colores estratégicamente dispuestos y refuerzos de alambre para enderezar los lugares problemáticos, acabó alzándose orgulloso en mi sala de estar.

—Ya está —le dije a Lucy, y retrocedí unos pasos para admirar mi obra—. ¿Qué te parece?

—Me parece muy extraño que de pronto hayas decidido comprar un árbol justo la víspera de Navidad. ¿Cuándo fue la última vez que tuviste uno?

—Supongo que cuando estaba casada.

—¿Y los adornos han salido de ahí?

—En aquellos tiempos me tomaba muchas molestias por Navidad.

—Y por eso ya no lo haces.

—Ahora estoy mucho más ocupada que entonces —respondí.

Lucy abrió la pantalla protectora de la chimenea y arregló la leña con el atizador.

—¿Pasasteis alguna Navidad juntos, Mark y tú?

—¿No te acuerdas? La Navidad pasada fuimos a verte.

—No, no fue así. Vinisteis a pasar tres días después de Navidad y os marchasteis el día de Año Nuevo.

—El día de Navidad lo pasó con su familia.

—¿Y a ti no te invitaron?

—No.

—¿Por qué no?

—Mark procedía de una antigua familia de Boston. Tenían cierta manera de hacer las cosas. ¿Qué has decidido para esta noche? ¿Te sienta bien mi chaqueta con cuello de terciopelo negro?

—No me he probado nada. ¿Por qué hemos de ir a todos esos sitios? —preguntó Lucy—. No conozco a nadie.

—No será tan malo. Sencillamente, tengo que ir a llevarle un regalo a una chica que está embarazada y que seguramente ya no volverá al trabajo. Y he de dejarme ver en una fiesta de la vecindad; acepté la invitación antes de saber que estarías aquí conmigo. Desde luego, no hace falta que me acompañes.

—Preferiría quedarme aquí —dijo—. Me gustaría empezar ya con lo del AFIS.

—Paciencia —le aconsejé, aunque no me sentía nada paciente.

Hacia la caída de la tarde le dejé otro mensaje y llegué a la conclusión de que, o bien Marino tenía el busca personas estropeado, o bien estaba demasiado atareado para utilizar un teléfono público. En las ventanas de mis vecinos había velas encendidas, y una luna alargada brillaba en lo alto por encima de los árboles. Puse el disco de Navidad de Pavarotti con la Filarmónica de Nueva York, en un intento de inducir el estado de ánimo apropiado mientras me arreglaba. La fiesta a la que debía asistir no empezaba hasta las siete. Tenía tiempo de sobra para llevarle el regalo a Susan y cambiar unas palabras con ella. Me sorprendió que descolgara ella misma el teléfono, y cuando le pregunté si podía pasar a verla su voz me pareció tensa y renuente.

—Jason no está —dijo, como si eso tuviera algo que ver—. Ha salido a comprar.

—Bien, tengo unas cosas para ti —le expliqué.

—¿Qué cosas?

—Cosas de Navidad. Tengo que ir a una fiesta, así que no me quedaré mucho rato. ¿Te parece bien?

—Supongo. Quiero decir, es muy atento por su parte.

Me había olvidado de que vivía en Southside, un sector que yo apenas visitaba y en el que solía perderme. El tráfico estaba peor de lo que me temía, y la autopista de peaje Midlothian se hallaba repleta de compradores de última hora dispuestos a arrojarte a la cuneta mientras corrían a hacer sus recados. Los aparcamientos estaban atiborrados de coches, y las tiendas y centros comerciales adornados con tantas luces chillonas que casi te dejaban ciega. El barrio en que vivía Susan estaba muy oscuro, y tuve que parar dos veces y encender la luz interior para leer sus instrucciones. Después de dar muchas vueltas, al fin encontré su minúscula casita estilo rancho emparedada entre otras dos que parecían exactamente iguales.

—Hola —la saludé, mirándola por entre las hojas de la flor de la Pascua rosada que sostenía en brazos.

Susan cerró la puerta con ademanes nerviosos y me hizo pasar a la sala. Echando libros y revistas a un lado, dejó la flor de la Pascua sobre la mesita.

—¿Cómo te encuentras?

—Mejor. ¿Quiere tomar algo? Déme el abrigo, por favor.

—Gracias. No voy a tomar nada; sólo puedo quedarme

un minuto. —Le entregué un paquete—. Una cosita que compré cuando estuve en San Francisco el pasado verano. —Me senté en el sofá.

—Caramba. Usted sí que hace las compras con tiempo.

—Evitó mirarme a los ojos mientras se acomodaba en un sillón de orejas—. ¿Quiere que lo abra enseguida?

—Como tú prefieras.

Cortó cuidadosamente la cinta adhesiva con la uña del pulgar y retiró intacto el lazo de satén. Alisó el papel y lo plegó con pulcritud como si pensara volver a utilizarlo, lo dejó sobre su regazo y abrió la caja negra.

—Oh —exclamó, conteniendo el aliento, mientras desplegaba el pañuelo de seda roja.

—He pensado que quedaría bien con tu abrigo negro —comenté—. No sé si a ti te pasa lo mismo, pero a mí no me gusta el tacto de la lana sobre la piel.

—Es precioso. Es usted muy amable, doctora Scarpetta. Es la primera vez que alguien me trae algo de San Francisco.

Su expresión me hizo sentir una punzada en el corazón, y de pronto vi con más claridad lo que me rodeaba. Susan vestía un albornoz amarillo con los puños raídos y unos calcetines negros que sospeché pertenecían a su marido. Los muebles eran baratos y mostraban desperfectos, y la tapicería brillaba por el uso. El árbol artificial de Navidad que había junto al pequeño televisor apenas estaba adornado, y le faltaban varias ramas. Bajo él había pocos regalos. Apoyada contra una pared se veía una cuna plegada que obviamente era de segunda mano. Susan me vio mirar alrededor y me pareció que se sentía incómoda.

—Está todo inmaculado —observé.

—Ya sabe cómo soy. Obsesiva compulsiva.

—Por fortuna. Si una morgue puede estar espléndida, la nuestra lo está.

Dobló cuidadosamente el pañuelo y lo devolvió a la caja. Luego se ajustó el albornoz y contempló la flor de la Pascua en silencio.

—Susan —le dije con voz suave—, ¿quieres que hablemos de lo que está ocurriendo?

No me miró.

—No es propio de ti perder los nervios como el otro día. No es propio de ti faltar al trabajo y luego despedirte sin hacerme siquiera una llamada telefónica.

Respiró hondo.

—Lo siento muchísimo. Últimamente parece que no soy capaz de manejar muy bien las cosas. Estoy muy susceptible. Como cuando me acordé de Judy.

—Comprendo que la muerte de tu hermana debió de ser terrible para ti.

—Éramos gemelas. No idénticas. Judy era mucho más guapa que yo. Eso era parte del problema. Doreen estaba celosa de ella.

—¿Doreen era la chica que decía ser una bruja?

—Sí. Lo siento. Pero es que no quiero tener nada que ver con esta clase de cosas. Y menos ahora.

—Quizá te haría sentir mejor saber que llamé a la iglesia que hay junto a la casa de Jennifer Deighton y me dijeron que el campanario está iluminado con lámparas de vapor de sodio que empezaron a funcionar mal hace varios meses. Por lo visto, nadie se dio cuenta de que no las habían arreglado bien. Creo que eso explica que se encendieran y se apagaran solas.

—Cuando era pequeña —me contó—, en nuestra congregación había fieles pentecostales que creían en la santería y el exorcismo. Me acuerdo de un hombre que vino a cenar y nos habló de sus encuentros con demonios. Decía que por la noche, cuando se acostaba, oía una respiración en la oscuridad, y que los libros salían despedidos de los estantes y volaban por la habitación. Esta clase de cosas me da un miedo de muerte. Ni siquiera fui capaz de ir a ver *El exorcista* cuando la estrenaron.

—Susan, en nuestro trabajo hemos de ser objetivos y ver las cosas con mucha claridad. No podemos dejarnos afectar por nuestra historia personal, nuestras creencias ni nuestras fobias.

—Usted no se crió en casa de un ministro —objetó.

—Me crié en una casa católica.

—No hay nada que pueda compararse a ser hija de un ministro fundamentalista —replicó, parpadeando para contener las lágrimas.

No discutí.

—A veces creo que me he liberado de las viejas historias —prosiguió con dificultad—, y entonces me cogen por el cuello. Como si hubiera otra persona dentro de mí que no me deja en paz.

—¿En qué sentido no te deja en paz?

—Algunas cosas se han estropeado. —Esperé que me explicara a qué se refería, pero no lo hizo. Se quedó mirándose las manos, con expresión desdichada—. Es demasiada presión —musitó.

—¿Qué es demasiada presión, Susan?

—El trabajo.

—¿Y por qué ahora te parece distinto que antes? —Supuse que me contestaría que estar esperando un hijo hacía que todo fuera muy distinto.

—Jason cree que no es bueno para mí. En realidad, siempre lo ha creído.

—Entiendo.

—Llego a casa y le cuento lo que he estado haciendo en el trabajo, y se lo pasa fatal. Me dice: «¿No te das cuenta de lo horrible que es todo esto? Es imposible que sea bueno para ti.» Y tiene razón. Ya no siempre puedo quitármelo de la cabeza. Estoy harta de cadáveres descompuestos y de gente violada, mutilada y asesinada. Estoy harta de bebés muertos y de gente que se ha matado con el coche. No quiero más violencia. —Me miró, y vi que le temblaba el labio inferior—. No quiero más muertes.

Pensé en lo difícil que iba a ser encontrar quien la sustituyera. Con una persona nueva, los días serían más lentos, la curva de aprendizaje larga. Aún peores eran los riesgos de entrevistar solicitantes y eliminar a los desequilibrados. No todos los que desean trabajar en un depósito de cadáveres son un modelo de normalidad. Susan me gustaba, y me sentía dolida y profundamente perturbada. Creía que no estaba siendo sincera conmigo.

—¿No hay alguna otra cosa de la que quieras hablarme? —le pregunté, sin quitarle los ojos de encima.

Me miró de soslayo y vi miedo en su expresión.

—No se me ocurre nada.

Oí cerrar la portezuela de un automóvil.

—Ha llegado Jason —dijo con voz muy queda.

La conversación había terminado, y al levantarme le dije con suavidad:

—Llámame si necesitas algo, Susan, por favor. Una referencia, o sólo hablar un rato. Ya sabes dónde estoy.

Antes de salir intercambié unas palabras con su marido. Era alto y de complexión robusta, con cabello castaño rizado y mirada distante. Aunque se mostró cortés, me di cuenta de que no le había complacido encontrarme en su casa. Mientras cruzaba el río en mi coche, me sobresalté al pensar en la imagen que aquella joven pareja debía tener de mí: yo era la jefa que acudía en su Mercedes, vestida con ropa de diseño, para entregar los regalitos de Navidad. El no poder contar con la lealtad de Susan atañía a mis inseguridades más profundas. Ya no estaba segura de mis relaciones ni de cómo me veían los demás. Temí haber fracasado en alguna prueba tras la muerte de Mark, como si mi reacción a esa pérdida encerrase la respuesta a una pregunta que se planteaba en las vidas de quienes me rodeaban. A fin de cuentas, se suponía que yo sabía afrontar la muerte mejor que nadie. La doctora Kay Scarpetta, la especialista. En cambio, me había retirado hacia mi interior, y era consciente de que los demás percibían la frialdad que me envolvía por muy amistosa o considerada que intentara mostrarme. Mi personal ya no confiaba en mí. Ahora parecía que se había quebrantado la seguridad de mi oficina, y Susan se había marchado.

Tomé la salida de la calle Cary, giré a la izquierda en dirección a mi barrio y me dirigí hacia el hogar de Bruce Carter, juez de un tribunal de distrito. Su residencia estaba en

Sulgrave, a varias manzanas de mi casa, y de pronto volví a ser una niña de Miami, contemplando lo que entonces me parecían mansiones. Recordé cómo iba de puerta en puerta con un carrito cargado de frutos cítricos, sabiendo que aquellas manos elegantes que me entregaban las monedas pertenecían a personas inalcanzables que se apiadaban de mí. Recordé cómo regresaba a casa con el bolsillo lleno de cambio y olía la enfermedad en la alcoba donde mi padre agonizaba.

Windsor Farms era un vecindario discretamente rico, con casas de estilo Tudor y georgiano pulcramente dispuestas formando calles con nombres ingleses, y fincas sombreadas por árboles y rodeadas por serpenteantes muros de ladrillo. Guardias de seguridad privados guardaban celosamente a los privilegiados, para quienes las alarmas antirrobo eran cosa tan corriente como los aspersores de jardín. Los acuerdos tácitos intimidaban más que los expresados en letra impresa. No había que ofender a los vecinos tendiendo la colada a la vista ni presentándose sin avisar. No era imprescindible conducir un Jaguar, pero si tu medio de transporte era una camioneta semioxidada o un coche oficial de la morgue, lo mantenías en el garaje.

A las siete y cuarto, aparqué al final de una larga hilera de coches ante una casa de ladrillo pintada de blanco con tejado de pizarra. Los arbustos de boj y los abetos enanos estaban salpicados de luces blancas como estrellas diminutas, y sobre la puerta principal, de color rojo, colgaba una fragante corona de Navidad. Nancy Carter acogió mi llegada con una sonrisa encantadora y los brazos extendidos para hacerse cargo de mi abrigo. Hablaba sin cesar, haciéndose oír, sobre el lenguaje indescifrable de las multitudes, mientras la luz centelleaba en las lentejuelas de su vestido de noche rojo. La esposa del juez era una mujer de algo más de cincuenta años, a la que el dinero había refinado hasta convertirla en una obra de arte de las buenas maneras. En su juventud, sospeché, no había sido guapa.

—Bruce anda por ahí... —Miró en derredor—. El bar está allí.

Me condujo a la sala de estar, donde el vistoso atuendo festivo de los invitados combinaba de maravilla con una gran alfombra persa de colores vibrantes que supuse había costado más dinero que la casa que acababa de visitar al otro lado del río. Vi al juez hablando con un hombre al que yo no conocía. Escudriñé las caras y reconocí a varios médicos y abogados, un político y el jefe de personal del gobernador. Sin saber cómo, me encontré con un vaso de escocés con soda en la mano, y un hombre al que no había visto nunca se acercó y me tocó el brazo.

—¿Doctora Scarpetta? Soy Frank Donahue —se presentó con voz enérgica—. Le deseo una feliz Navidad.

—Y yo a usted —respondí.

El alcaide, que había alegado una indisposición el día en que Marino y yo visitamos la penitenciaría, era un hombre pequeño, de facciones toscas y una abundante cabellera gris. Iba vestido como la parodia de un maestro de ceremonias inglés, con un frac rojo vivo, camisa blanca con chorreras y una pajarita roja que chispeaba con minúsculas luces eléctricas. Un vaso de whisky solo se ladeó peligrosamente en su mano izquierda mientras me ofrecía la derecha.

Acercó la cabeza a mi oído.

—Fue una decepción para mí no poder hacerle los honores el día en que vino a visitar el chiquero.

—Uno de sus funcionarios nos atendió muy bien. Gracias.

—Supongo que debió de ser Roberts.

—Creo que se llamaba así.

—Bien, es lamentable que tuviera usted que tomarse esa molestia. —Paseó la mirada por la sala y le hizo un guiño a alguien situado a mis espaldas—. Ganas de buscarle tres pies al gato. Ha de saber que Waddell ya había tenido un par de hemorragias nasales anteriormente, y subidas de presión. Siempre estaba quejándose de algo. Dolores de cabeza. Insomnio. —Incliné la cabeza para oír mejor—. Estos tipos de la galería de la muerte son unos cuentistas consumados. Y, con franqueza, Waddell era uno de los peores.

—No lo sabía —dije, y alcé la mirada hacia él.

—Éste es el problema, que nadie lo sabe. Pueden decir lo que quieran, pero los únicos que lo sabemos somos los que tratamos con esos tipos todos los días.

—Estoy segura.

—Como la supuesta reforma de Waddell, convertido en todo un corderito. Un día tengo que hablarle de eso, doctora Scarpetta, de cómo se pavoneaba ante los demás presos por lo que le había hecho a esa pobre chica Naismith. Creía ser un verdadero gallito porque «se había hecho» una celebridad.

En la sala hacía demasiado calor y faltaba aire. Sentí la mirada del alcaide deslizarse por todo mi cuerpo.

—Por supuesto, no creo que todo esto le sorprenda mucho —observó.

—No, señor Donahue. No hay muchas cosas que me sorprendan.

—Con franqueza, no sé cómo puede usted hacer lo que hace. Sobre todo en estas fechas, gente asesinándose entre sí y suicidándose, como esa pobre mujer que se mató la otra noche en su garaje, después de abrir anticipadamente los regalos de Navidad.

Su comentario me produjo el efecto de un codazo en las costillas. El periódico de la mañana había publicado un breve relato sobre la muerte de Jennifer Deighton en el que se mencionaba, de fuentes policiales, que la víctima había abierto por adelantado sus regalos de Navidad. Eso podía sugerir que se había suicidado, pero no había ninguna declaración explícita en este sentido.

—¿A qué mujer se refiere? —pregunté.

—No me acuerdo del nombre. —Donahue tomó un sorbo de whisky. Tenía la cara enrojecida, y sus ojos, encendidos, se movían constantemente—. Triste, muy triste. Bueno, tiene usted que venir a visitar nuestras nuevas instalaciones de Greenville cualquier día de éstos. —Sonrió de oreja a oreja y me dejó por una corpulenta matrona vestida de negro. Le dio un beso en la boca y se echaron a reír los dos.

Me fui a casa a la primera ocasión y encontré un fuego

crepitante y a mi sobrina tendida en el sofá, leyendo. Observé que debajo del árbol había varios regalos nuevos.

—¿Qué tal te ha ido? —me preguntó, bostezando.

—Has hecho bien en quedarte —contesté—. ¿Ha llamado Marino?

—No.

Probé a telefonearle otra vez, y a la cuarta llamada respondió con voz irritada.

—Espero que no sea demasiado tarde —me disculpé.

—Yo también lo espero. ¿Qué anda mal ahora?

—Muchas cosas andan mal. Acabo de conocer a su amigo Frank Donahue en una fiesta.

—Qué emocionante.

—No me ha impresionado mucho, y tal vez sea que estoy paranoica, pero me ha parecido extraño que sacara a relucir la muerte de Jennifer Deighton.

Silencio.

—El segundo detalle —proseguí— es que por lo visto Jennifer Deighton le envió un fax a Nicholas Grueman menos de dos días antes de que la asesinaran. A juzgar por el mensaje, parecía alterada, y me da la impresión de que quería que él se reuniera con ella. Le sugería que viniera aquí, a Richmond.

Marino siguió sin decir nada.

—¿Está usted ahí? —le pregunté.

—Estoy pensando.

—Me alegra oírlo. Pero quizá tendríamos que pensar juntos. ¿No podría hacerle cambiar de idea para que viniera a comer mañana?

Respiró hondo.

—Me gustaría, doctora, pero...

Oí una voz femenina de fondo que preguntaba: «¿En qué cajón está?» Evidentemente, Marino tapó el auricular con la mano y farfulló algo. Luego volvió a destaparlo y carraspeó.

—Lo siento —le dije—. No sabía que estuviera acompañado.

—Sí. —Hizo una pausa.

—Me encantaría que viniera mañana a comer con su amiga —le invité.

—Hay un bufé en el Sheraton. Pensábamos ir allí.

—Bien, hay algo para usted bajo el árbol. Si cambia de idea, llámeme por la mañana.

—No lo creo. Así que se ha venido abajo y ha comprado un árbol, ¿eh? Apuesto a que es un mamarracho canijo.

—La envidia del vecindario, muchísimas gracias —repliqué—. Deséele felices pascuas a su amiga de mi parte.

7

Desperté a la mañana siguiente entre tañidos de campanas y visillos resplandecientes de sol. Aunque la noche anterior había bebido muy poco, me sentía con resaca. Aplazando el momento de levantarme, me quedé dormida de nuevo y vi a Mark en sueños.

Cuando por fin me levanté, en la cocina reinaba un aroma a vainilla y naranjas. Lucy estaba moliendo café.

—Me estás malcriando. ¿Qué haré luego cuando te vayas? Feliz Navidad. —Le di un beso en la cabeza y justo entonces advertí que encima de la mesa había una caja de cereales que no conocía—. ¿Qué es esto?

—Muesli de Cheshire. Una golosina muy especial. Traje mi propio suministro. Como está mejor es con yogur natural, si lo tienes, pero tú no tienes. Así que nos conformaremos con añadirle leche desnatada y plátano. Además, tenemos zumo de naranja recién exprimido y café francés descafeinado al aroma de vainilla. Supongo que deberíamos telefonear a mamá y a la abuela.

Mientras marcaba el número de mi madre desde la cocina, Lucy fue al estudio para utilizar el otro teléfono. Mi hermana ya había llegado a casa de mi madre, y al poco rato estábamos conversando las cuatro, mi madre quejándose del mal tiempo. En Miami había unas tormentas horribles, nos explicó. La tarde anterior había empezado a caer una lluvia torrencial acompañada de vientos huracanados, y habían celebrado la mañana de Navidad con una gran iluminación de relámpagos.

—No deberíais hablar por teléfono durante una tormenta eléctrica —les recordé—. Ya volveremos a llamar más tarde.

—Eres una paranoica, Kay —me riñó Dorothy—. Lo ves todo en términos de su capacidad para matar a la gente.

—Háblame de tus regalos, Lucy —intervino mi madre.

—Todavía no los hemos abierto, abuela.

—¡Uf! Éste ha caído bien cerca —exclamó Dorothy entre un crepitar de estática—. Ha hecho parpadear las luces.

—Espero que no tengas ningún fichero abierto en el ordenador, mamá —dijo Lucy—. Porque si lo tienes, seguramente acabas de perder lo que estuvieras haciendo.

—Dorothy, ¿te has acordado de traer mantequilla? —preguntó mi madre.

—Maldita sea. Sabía que me olvidaba algo...

—Anoche te lo recordé al menos tres veces.

—Ya te he dicho muchas veces que si me llamas cuando estoy escribiendo, luego no me acuerdo de las cosas, mamá.

—¿Te das cuenta? El día de Nochebuena, ¿y quieres venir a misa conmigo? Qué va. Te quedas en casa trabajando en ese libro y al final te olvidas de traer la mantequilla.

—Ya iré a comprarla.

—¿Y qué crees que vas a encontrar abierto la mañana de Navidad?

—Algo habrá.

Volví la mirada hacia Lucy, que acababa de entrar en la cocina.

—Es increíble —me susurró, mientras mi madre y mi hermana seguían discutiendo.

Después de colgar, Lucy y yo pasamos a la sala, donde nos sentimos regresar a una mañana de invierno en Virginia, árboles desnudos e inmóviles y prístinas manchas de nieve en la sombra. Pensé que no podría volver a vivir en Miami nunca más. Los cambios de estación eran como las fases de la luna, una fuerza que tiraba de mí y cambiaba mis puntos de vista. Yo necesitaba la llena con la nueva, y todos los matices intermedios; que los días fueran cortos y fríos para poder apreciar las mañanas de primavera.

El regalo de la abuela para Lucy era un cheque de cincuenta dólares. Dorothy también le había regalado dinero, y me sentí un poco avergonzada cuando Lucy abrió mi sobre y añadió un tercer cheque a los anteriores.

—El dinero es muy impersonal —comenté en tono de disculpa.

—Para mí no es impersonal, porque es lo que quiero. Acabas de regalarme otro mega de memoria para el ordenador. —Me tendió un paquete pequeño y pesado envuelto en un papel rojo y plateado, y no pudo disimular su contento cuando vio mi expresión al abrir la caja y separar las capas de papel de seda.

—He pensado que podrías anotar ahí tus citas en los tribunales —me explicó—. Hace juego con tu chaqueta de motorista.

—¡Es magnífica, Lucy! —Acaricié la encuadernación de la agenda en cordobán negro y abrí sus cremosas páginas. Pensé en el domingo en que Lucy había llegado a la ciudad, en lo tarde que había vuelto a casa después de que le prestara el coche para ir al club. Seguro que la muy tramposa se había ido de compras.

—Y este otro regalo son hojas de recambio para las direcciones y el calendario del año que viene. —Depositó un paquete más pequeño sobre mis rodillas al tiempo que sonaba el teléfono.

Marino me deseó una feliz Navidad y dijo que quería venir a traerme mi «regalo».

—Dígale a Lucy que se abrigue bien y que no se ponga nada demasiado ajustado —me recomendó refunfuñando.

—¿Se puede saber de qué me habla? —le pregunté, desconcertada.

—Nada de tejanos ceñidos, o no podrá meterse los cartuchos en los bolsillos. ¿No me dijo que quería aprender a tirar? La primera lección será esta mañana antes del almuerzo. Si se pierde la clase es su maldito problema. ¿A qué hora vamos a comer?

—Entre la una y media y las dos. Creía que tenía usted un compromiso.

—Sí, bueno, pues ya no lo tengo. Estaré ahí dentro de unos veinte minutos. Dígale a la mocosa que en la calle hace un frío que pela. ¿Quiere venir con nosotros?

—Esta vez no. Me quedaré a preparar la comida.

El humor de Marino no era más agradable cuando se presentó ante mi puerta, y revisó con muchos aspavientos mi revólver de recambio, un Ruger calibre 38 con empuñadura de goma. Apretó la palanca del fiador, abrió el tambor y lo hizo girar lentamente, examinando cada una de las cámaras. Echó el percutor hacia atrás, observó el interior del cañón y acto seguido probó el gatillo. Mientras Lucy lo contemplaba en silencio y con curiosidad, pontificó sobre la acumulación de residuos que había dejado el disolvente que yo utilizaba y me anunció que mi Ruger probablemente tenía «espolones» que habría que limar. Finalmente, se llevó a Lucy en su Ford.

Cuando regresaron al cabo de unas horas, los dos tenían el rostro enrojecido por el frío y Lucy exhibía con orgullo una ampolla en el dedo índice.

—¿Qué tal lo ha hecho? —pregunté, mientras me secaba las manos en el delantal.

—No ha estado mal —dijo Marino, mirando hacia el interior de la casa—. Huelo a pollo frito.

—No, de ninguna manera. —Recogí los abrigos—. Huele a «cotoletta di tacchino alla bolognese».

—¿Cómo que «no ha estado mal»? —protestó Lucy—. Sólo he fallado el blanco dos veces.

—Usted siga disparando con fogueo hasta que aprenda a manejar el gatillo. Recuerde, el percutor hacia atrás tan despacio como pueda.

—Tengo más carbonilla encima que Santa Claus después de bajar por la chimenea —dijo Lucy alegremente—. Voy a darme una ducha.

Serví café en la cocina mientras Marino inspeccionaba

una mesa cubierta de botellas de Marsala, parmesano recién rallado, jamón, trufas blancas, filetes de pavo salteados y otros ingredientes surtidos que iban a componer nuestra comida. Luego pasamos a la sala, donde ardía el fuego en la chimenea.

—Lo que ha hecho esta mañana ha sido muy amable —dije—. Se lo agradezco más de lo que se imagina.

—Una lección no basta. Tal vez pueda trabajar con ella un par de veces más antes de que vuelva a Florida.

—Gracias, Marino. Espero que el cambio de planes no le haya representado un gran sacrificio.

—No tiene importancia —dijo secamente.

—Por lo visto, al final ha decidido no ir al Sheraton —insistí—. Hubiera podido traer a su amiga.

—Surgió una cosa.

—¿Tiene nombre?

—Tanda.

—Es un nombre interesante.

El rostro de Marino empezaba a ponerse escarlata.

—¿Cómo es Tanda? —proseguí.

—Si quiere saber la verdad, no merece que hablemos de ella. —Se levantó bruscamente y echó a andar por el pasillo en dirección al cuarto de baño.

Siempre me había cuidado mucho de interrogar a Marino sobre su vida privada a menos que él me diera pie a hacerlo. Esta vez no pude resistirme.

—¿Cómo se conocieron Tanda y usted? —le pregunté cuando regresaba del lavabo.

—En el baile de la policía.

—Me parece estupendo que empiece usted a salir y a conocer gente nueva.

—Es muy jodido, si le interesa saberlo. No he salido con nadie desde hace más de treinta años. Es como Rip van Winkle, que despertó en otro siglo. Las mujeres ya no son como antes.

—¿En qué sentido? —Procuré no sonreír. Estaba claro que Marino no encontraba divertido el asunto.

—Ya no son tan sencillas.

—¿Sencillas?

—Sí, como Doris. Lo que había entre los dos no era complicado. Luego, después de treinta años, se larga de casa y tengo que empezar de nuevo. Voy a ese puñetero baile de la policía porque algunos de los muchachos me han convencido. Estoy pensando tranquilamente en mis cosas cuando Tanda se acerca a mi mesa. Al cabo de un par de cervezas, me pide el número de teléfono, ¿me cree?

—¿Y se lo dio usted?

—Le digo: «Oye, si quieres que salgamos juntos, dame tú el número. Ya te llamaré yo.» Ella me pregunta de qué zoológico me he escapado y luego me invita a ir a la bolera. El principio fue así. El final fue cuando me dijo que había embestido a un coche por detrás un par de semanas antes y que estaba acusada de conducción temeraria. Quería que se lo arreglara.

—Lo siento. —Cogí su regalo de debajo del árbol y se lo di—. No sé si esto contribuirá en algo a su vida social o no.

Desenvolvió unos tirantes color rojo Navidad y una corbata de seda a juego.

—Es muy bonito, doctora. ¡Caramba! —Se puso en pie—. Malditas pastillas... —masculló con expresión disgustada, y se dirigió otra vez al cuarto de baño. A los pocos minutos, regresó junto a la chimenea.

—¿Cuándo se hizo la última revisión? —pregunté.

—Hace un par de semanas.

—¿Y?

—¿Y a usted qué le parece?

—Que tiene la presión alta, eso me parece.

—No me joda.

—¿Qué le dijo exactamente el médico? —quise saber.

—Que estoy en quince once y tengo la maldita próstata inflamada. Por eso estoy tomando estas pastillas. Todo el rato arriba y abajo con la sensación de que tengo ganas de ir, y la mitad de las veces no hago nada. Si la cosa no mejora, dice que tendrá que cortarme.

El «corte» a que se refería Marino era una resección

transuretral de la próstata. No era nada grave, aunque tampoco resultaba muy divertido. La hipertensión me preocupaba. Marino era un candidato de primera para una apoplejía o un ataque cardíaco.

—Además, se me hinchan los tobillos —prosiguió—. Me duelen los pies y tengo esos malditos dolores de cabeza. Tengo que dejar de fumar, pasar del café, perder veinte kilos, tomarme las cosas con más calma.

—Sí, tiene usted que hacer todo eso —dije con firmeza—. Y no me parece que lo esté haciendo.

—Sólo estamos hablando de cambiar toda mi vida. Y mira quién habla.

—Yo no tengo la presión alta, y dejé de fumar hace exactamente dos meses y cinco días. Además, si yo perdiera veinte kilos ya no estaría aquí.

Lanzó una mirada fulminante hacia la chimenea.

—Escúcheme —añadí—, ¿por qué no lo hacemos los dos juntos? Reduciremos los dos el café y haremos un poco de ejercicio.

—Ya me la imagino haciendo aeróbic —dijo agriamente.

—Yo jugaré a tenis. Usted puede hacer aeróbic.

—Cualquiera que se atreva a enseñarme siquiera unas mallas de gimnasia puede darse por muerto.

—No coopera usted mucho, Marino.

Gesticuló impaciente y cambió de tema.

—¿Tiene una copia de ese fax del que me ha hablado antes?

Fui al estudio y volví con mi maletín. Lo abrí y saqué la hoja de impresora con el mensaje que Vander había descubierto con su programa de realce de imágenes.

—Eso estaba en la hoja de papel en blanco que encontramos sobre la cama de Jennifer Deighton, ¿correcto? —preguntó Marino.

—Exacto.

—Todavía no logro comprender por qué tenía una hoja en blanco sobre la cama con una pirámide de cristal encima. ¿Qué pintaba eso allí?

—No lo sé —respondí—. ¿Qué puede decirme de los mensajes que había grabados en su contestador? ¿Alguna novedad?

—Todavía los estamos comprobando. Hay que entrevistar a un montón de gente. —Sacó un paquete de Marlboro del bolsillo de la camisa y soltó un bufido—. ¡Maldita sea! —Tiró violentamente el paquete sobre la mesa—. Ahora me dará la lata cada vez que me vea encender uno de éstos, ¿verdad?

—No. Me limitaré a mirarlo fijamente, pero no diré ni una palabra.

—¿Se acuerda de aquella entrevista que le hizo la PBS y que se emitió hace un par de meses?

—Vagamente.

—Jennifer Deighton la tenía grabada. La cinta estaba dentro del vídeo, y cuando lo pusimos en marcha, ahí estaba usted.

—¿Qué? —pregunté, sorprendida.

—Naturalmente, su entrevista no era lo único que salía en ese programa. También había algo sobre unas excavaciones arqueológicas y sobre una película de Hollywood que estuvieron rodando por aquí.

—¿Qué motivos podía tener para grabarme?

—Es otra pieza más que aún no encaja con nada. Excepto con las llamadas que le hicieron desde el teléfono de Jennifer Deighton, en las que colgaban sin hablar. Por lo visto, Deighton pensaba mucho en usted cuando se la cargaron.

—¿Qué más ha podido averiguar sobre ella?

—Tengo que fumar. ¿Quiere que salga afuera?

—Claro que no.

—Cada vez es más extraño —prosiguió—. Al registrar su despacho encontramos una sentencia de divorcio. Parece ser que se casó en 1961, se divorció dos años después y volvió a adoptar el apellido Deighton. Luego se mudó de Florida a Richmond. Su ex se llama Willie Travers, y es uno de esos chiflados de la vida sana; de la salud total, ya me entiende. Mierda, no recuerdo cómo lo llaman.

—¿Medicina holística?

—Eso es. Sigue viviendo en Florida, en Fort Myers Beach. Hablé con él por teléfono. Me costó muchísimo sacarle algo, pero conseguí enterarme de unas cuantas cosas. Dice que la señorita Deighton y él mantuvieron una relación amistosa después de la separación y que, de hecho, se veían de vez en cuando.

—¿Venía él aquí?

—Dice que era ella la que iba a verle a Florida. Se reunían, según dijo, «para recordar los viejos tiempos». La última vez que fue a verlo fue en noviembre pasado, hacia el día de Acción de Gracias. También pude sacarle alguna cosilla sobre el hermano y la hermana de Deighton. La hermana es mucho más joven, casada, y vive en el Oeste. El hermano es el mayor, con cincuenta y pico años, y lleva una tienda de comestibles. Hace un par de años le detectaron un cáncer de garganta y le extirparon la tráquea.

—Espere un poco —le interrumpí.

—Sí. Ya sabe qué voz les queda. Se reconoce nada más oírla. Es imposible que el tipo que la llamó a su oficina fuera John Deighton. Era alguna otra persona que tenía motivos personales para interesarse por los resultados de la autopsia de Jennifer Deighton. Sabía lo suficiente para dar el nombre correcto. Sabía lo suficiente para decir que vivía en Columbia, Carolina del Sur. Pero no conocía los problemas de salud del verdadero John Deighton, y no sabía que su voz suena como si hablara por una máquina.

—¿Sabe Travers que la muerte de su ex esposa es un homicidio? —pregunté.

—Le dije que el médico forense aún no ha terminado los exámenes.

—¿Y estaba en Florida cuando ella murió?

—Eso dice. Me gustaría saber dónde estaba su amigo Nicholas Grueman cuando la mataron.

—Nunca ha sido amigo mío —protesté—. ¿Cómo piensa aproximarse a él?

—De momento no lo haré. Con una persona como

Grueman, sólo se tiene una oportunidad. ¿Qué edad tiene?

—Pasa de los sesenta —respondí.

—¿Es muy corpulento?

—No he vuelto a verlo desde que dejé la Facultad de Derecho. —Me levanté para atizar el fuego—. En aquella época Grueman era de complexión esbelta, tirando a delgada. Su estatura la calificaría de media.

Marino no dijo nada.

—Jennifer Deighton pesaba algo más de ochenta kilos —le recordé—. Parece ser que su asesino la estranguló con una presa de cuello y luego transportó el cadáver hasta el coche.

—De acuerdo. Así que quizá Grueman no estaba solo. ¿Quiere una hipótesis descabellada? Pruébese ésta a ver cómo le sienta. Grueman representaba a Ronnie Waddell, que no era precisamente un peso ligero. O quizá deberíamos decir que no es precisamente un peso ligero. En casa de Jennifer Deighton se encontró una huella de Waddell. Quizá Grueman fue a verla, y no fue solo.

Miré fijamente el fuego.

—A propósito —añadió—, en casa de Jennifer Deighton no vi nada que pudiera explicar la pluma que encontró usted. Me pidió que lo comprobara.

Justo entonces sonó su busca personas. Se lo desprendió del cinturón y miró a la estrecha pantalla con los párpados entornados.

—Maldita sea —rezongó, y se dirigió a la cocina para utilizar el teléfono.

—¿Qué pasa...? ¿Qué? —le oí decir—. Oh, mierda. ¿Está seguro? —Permaneció unos instantes en silencio. Su voz era muy tensa cuando dijo—: No se moleste. La tengo a menos de cinco metros.

Marino se saltó un semáforo rojo en el cruce de West Cary con Windsor Way y aceleró en dirección este. Las luces del techo destellaban y las luces del escáner danzaban en el interior del Ford LTD blanco. Cifras y códigos crepitaban en la radio mientras yo me imaginaba a Susan acurrucada en el sillón de orejas, con el albornoz bien ceñido para protegerse de una frialdad que no tenía nada que ver con la temperatura de la habitación. Recordé su expresión, mudando constantemente como las nubes, sus ojos que no me revelaban ningún secreto.

Estaba temblando y tenía la impresión de que me faltaba el aire. El corazón me latía con fuerza en la garganta. La policía había encontrado el coche de Susan en un callejón que desembocaba en la calle Strawberry. Ella estaba en el asiento del conductor, muerta. No se sabía qué estaba haciendo en aquella parte de la ciudad ni qué motivos tenía su atacante.

—¿Qué más le dijo cuando habló con ella anoche? —inquirió Marino.

No se me ocurrió nada significativo.

—Estaba tensa —le respondí—. Preocupada por algo.

—¿Por qué? ¿Tiene alguna idea?

—No sé por qué. —Abrí mi maletín médico con manos temblorosas y escarbé en su interior para verificar de nuevo su contenido. La cámara, los guantes y todo lo demás estaban en su lugar. Recordé que Susan me había dicho en cierta ocasión que si alguien pretendía raptarla o violarla antes tendría que matarla.

Más de una vez nos habíamos quedado las dos solas a la caída de la tarde, limpiando y rellenando impresos. Habíamos sostenido muchas conversaciones personales acerca de lo que significaba ser una mujer y amar a los hombres, y de lo que representaría ser madre. Una vez hablamos de la muerte, y Susan me confesó que le daba miedo.

«—No me refiero al infierno, ya sabe, el fuego y el azufre de que habla mi padre en sus prédicas; eso no me da miedo —dijo con firmeza—. Lo que me da miedo es que esto sea todo lo que hay.

»—No es todo lo que hay —le aseguré.

»—¿Cómo lo sabe?

»—Algo se va. Los miras a la cara y te das cuenta. Su energía se ha ido. El espíritu no muere. Solamente el cuerpo.

»—Pero ¿cómo lo sabe? —insistió.»

Marino levantó el pie del acelerador y giró por la calle Strawberry. Eché una mirada al retrovisor de mi lado. Otro coche de policía venía detrás de nosotros, las luces del techo destellando en rojo y azul. Pasamos ante varios restaurantes y una pequeña tienda de comestibles. No había nada abierto, y los escasos automóviles que circulaban se echaban a un lado para dejarnos pasar. En las inmediaciones de la cafetería Strawberry, la angosta calle estaba llena de coches patrulla y automóviles policiales sin marcas y una ambulancia bloqueaba la entrada de un callejón. Dos camiones de la televisión habían aparcado un poco más abajo. Los periodistas se movían inquietos a lo largo del perímetro acordonado con cinta amarilla. Marino aparcó y nuestras portezuelas se abrieron al mismo tiempo. Al instante, las cámaras se volvieron hacia nosotros.

Miré por dónde iba Marino y me pegué a sus talones. Los obturadores zumbaron, la película rodó y los micrófonos se alzaron. Marino no aflojó el paso ni le contestó a nadie. Yo volví la cara. Rodeamos la ambulancia y pasamos por debajo de la cinta. El viejo Toyota color burdeos estaba aparcado de frente en mitad de una estrecha franja de guijarros cubierta de nieve sucia y removida. Feas paredes de ladrillo oprimían por ambos lados y bloqueaban los rayos inclinados del sol. Los policías tomaban fotografías, hablaban y miraban en derredor. De los tejados y las oxidadas escaleras de incendios rezumaba un lento gotear de agua. Un olor a basura impregnaba el aire húmedo y enervante.

Apenas me di cuenta de que el joven oficial de aspecto latino que hablaba por una radio portátil era alguien a quien había conocido poco antes. Tom Lucero nos observó mientras mascullaba algo y desconectaba el aparato. Desde donde yo me hallaba, lo único que alcanzaba a ver por la portezuela abierta del Toyota era el brazo y la cadera izquierdos de Susan. Un estremecimiento me recorrió cuando reconocí el abrigo de lana negra, la alianza de oro y el reloj de plástico negro. Encajada entre el parabrisas y el salpicadero se veía la placa roja de la oficina forense.

—La matrícula corresponde a Jason Story. Supongo que será su marido —le dijo Lucero a Marino—. Hemos encontrado documentación en el bolso. El nombre que figura en el permiso de conducir es Susan Dawson Story, mujer de raza blanca de veintiocho años de edad.

—¿Hay dinero?

—Once dólares en la billetera y un par de tarjetas de crédito. De momento, nada hace sospechar que el móvil haya sido el robo. ¿La reconoce?

Marino se inclinó hacia delante para ver mejor. Se le abultaron los músculos de la mandíbula.

—Sí. La reconozco ¿El coche lo encontraron así?

—Hemos abierto la puerta del conductor. Nada más —respondió Lucero, embutiéndose la radio portátil en un bolsillo.

—¿El motor estaba parado, las puertas sin seguro?

—Eso es. Como le dije por teléfono, Fritz descubrió el coche durante una patrulla de rutina. Eso fue, ah, hacia las quince horas, y se fijó en la placa de Medicina Forense. —Me miró de soslayo—. Si observan por la ventanilla del otro lado podrán ver una mancha de sangre junto a la oreja derecha. Alguien ha hecho un trabajo muy limpio.

Marino retrocedió unos pasos y contempló la nieve amontonada.

—Por lo que se ve, no creo que podamos encontrar pisadas.

—Tiene razón. Está derritiéndose como un helado. Ya estaba así cuando llegamos.

—¿Algún cartucho vacío?

—Nada.

—¿Han avisado a la familia?

—Todavía no. He pensado que quizá querría encargarse usted del caso —contestó Lucero.

—Asegúrese bien de que los periodistas no se enteren de

quién era ni dónde trabajaba antes de que lo sepa la familia. ¡Jesús! —Marino se volvió hacia mí—. ¿Qué quiere hacer ahora?

—No quiero tocar nada del interior del coche —musité, examinando el lugar mientras sacaba la cámara. Estaba alerta y pensaba con lucidez, pero no paraban de temblarme las manos—. Déme un minuto para mirar, y luego la pondremos en la camilla.

—¿Están ustedes preparados para ayudar a la doctora? —le preguntó Marino a Lucero.

—Preparados.

Susan vestía unos descoloridos tejanos azules y botas de cordones cubiertas de arañazos, y el abrigo de lana negra abrochado hasta la barbilla. Se me encogió el corazón al ver el pañuelo de seda roja que le asomaba por el cuello. Llevaba puestas unas gafas de sol y estaba recostada en el asiento del conductor como si se hubiera arrellanado cómodamente para dormitar. La tapicería de color gris claro mostraba una mancha rojiza a la altura del cuello. Pasé al otro lado del automóvil y vi la sangre que Lucero había mencionado. Después de tomar unas cuantas fotografías, hice una pausa para inclinarme sobre su cara y pude detectar la fragancia de una colonia indudablemente masculina. Advertí que el cinturón de seguridad estaba desabrochado.

No le toqué la cabeza hasta que llegaron los hombres y el cuerpo de Susan quedó depositado sobre una camilla en el interior de la ambulancia. Subí yo también y me pasé varios minutos buscando heridas de bala. Encontré una en la sien derecha y otra en la concavidad de la nuca, justo donde empezaba a crecer el pelo. Deslicé los dedos enguantados entre sus cabellos castaños, buscando más manchas de sangre sin encontrarlas.

Marino subió a la ambulancia.

—¿Cuántos tiros ha recibido? —quiso saber.

—He encontrado dos agujeros de entrada. Ninguno de salida, aunque puedo palpar una bala bajo la piel sobre el hueso temporal izquierdo.

Consultó su reloj de pulsera con expresión tensa.

—Los Dawson no viven muy lejos de aquí. En Glenburnie.

—¿Los Dawson? —Me quité los guantes.

—Sus padres. Tengo que hablar con ellos enseguida, antes de que algún sapo se vaya de la lengua y acaben enterándose por la radio o la televisión. Ya me ocuparé de que algún coche de la policía la lleve a usted a casa.

—No —protesté—. Voy con usted. Creo que debo hacerlo.

Cuando nos alejamos en el coche de Marino empezaban a encenderse las farolas. Él tenía la mirada fija en la calle, y el rostro alarmantemente rojo.

—¡Maldita sea! —saltó al fin, y descargó un puñetazo sobre el volante—. ¡Maldita sea! Pegarle dos tiros en la cabeza. ¡Pegarle dos tiros a una mujer embarazada!

Desvié la mirada hacia la ventanilla de mi lado. Mis pensamientos trastornados estaban llenos de imágenes fragmentadas y distorsión.

Carraspeé.

—¿Han localizado a su marido?

—No coge nadie el teléfono. Puede que esté con los padres de la chica. Dios mío. Odio este trabajo. Jesucristo. No quiero hacer esto. Feliz Navidad de mierda. Llamo a su puerta y ya los he jodido porque voy a decirles algo que les destrozará la vida.

—Usted no le ha destrozado la vida a nadie.

—Sí, bien, pues prepárese porque estoy a punto de hacerlo.

Giró por Albemarle. Había contenedores de basura junto al bordillo de la calle, rodeados por bolsas de plástico repletas de desechos de Navidad. Las ventanas brillaban con un cálido resplandor, algunas de ellas iluminadas por las luces multicolores del árbol. Un padre joven arrastraba a su hijito por la acera en un trineo que coleaba. Al vernos pasar, sonrieron y nos saludaron con la mano. Glenburnie era un barrio de familias de clase media, de profesionales jóvenes, solteros, casados o *gays*. En los meses de calor, la gente salía a sentarse en el porche y cocinaba en el patio. Celebraban fiestas y se saludaban desde la calle.

Los Dawson vivían en una casa modesta de estilo Tudor, bien conservada y con arbustos pulcramente recortados en la parte delantera. Las ventanas de la planta baja y del piso superior estaban iluminadas, y había un viejo coche familiar aparcado junto a la acera.

Pulsamos el timbre y respondió una voz de mujer desde el otro lado de la puerta.

—¿Quién es?

—¿Señora Dawson?

—¿Sí?

—Soy el inspector Marino, del Departamento de Policía de Richmond. Tengo que hablar con usted —le anunció en voz alta, y sostuvo la placa ante la mirilla.

La cerradura se abrió con un chasquido mientras se me aceleraban las pulsaciones. Durante mis diversas prácticas clínicas había tenido pacientes que gritaban de dolor y me suplicaban que no los dejara morir. Yo intentaba tranquilizarlos con mentiras, «Pronto se pondrá usted bien», mientras morían aferrándome la mano. Les había dicho «Lo siento» a sus seres queridos, agobiados por la desesperación, en pequeñas habitaciones sin aire donde hasta los capellanes se sentían perdidos. Pero nunca había ido a llevar la muerte a la puerta de alguien el día de Navidad.

El único parecido que advertí entre la señora Dawson y su hija estaba en la curva poderosa de las mandíbulas. La señora Dawson era de facciones pronunciadas, con una cabellera corta y escarchada. No podía pesar más de cincuenta kilos, y me hizo pensar en un pájaro asustado. Cuando Marino me presentó, el pánico le llenó los ojos.

—¿Qué ha pasado? —logró decir apenas.

—Tengo que anunciarle una mala noticia, señora Dawson —respondió Marino—. Es su hija, Susan. Me temo que la han matado.

Hubo un rumor de piececitos en una habitación cercana y una niña apareció por una puerta situada a nuestra derecha. Se detuvo en el umbral y se nos quedó mirando con grandes ojos azules.

—¿Dónde está el abuelo, Hailey? —A la señora Dawson, ahora con el rostro ceniciento, se le quebró la voz.

—Arriba. —Con los tejanos azules y unas zapatillas deportivas de cuero que parecían acabadas de estrenar, Hailey tenía todo el aspecto de un muchachito. Su cabello rubio relucía como el oro, y llevaba gafas para corregir un ojo izquierdo perezoso. Le calculé, como máximo, unos ocho años.

—Ve a decirle que baje —le pidió la señora Dawson—. Y quédate arriba con Charlie hasta que yo vaya a buscaros.

La niña vaciló, sin alejarse del umbral, y se metió dos dedos en la boca. Nos contemplaba a Marino y a mí con mirada cautelosa.

—¡Haz lo que te digo, Hailey!

Hailey se marchó con una brusca erupción de energía.

Nos sentamos en la cocina con la madre de Susan. Su espalda no tocaba el respaldo de la silla. No lloró hasta que llegó su marido, al cabo de unos minutos.

—Oh, Mack —exclamó con voz débil—. ¡Oh, Mack! —Empezó a sollozar.

Él le pasó un brazo por los hombros y la atrajo hacia sí. Cuando Marino le explicó lo ocurrido, perdió todo el color y apretó los labios.

—Sí, conozco la calle Strawberry —dijo el padre de Susan—. No sé qué pudo llevarla allí. Por lo que yo sé, no es una zona a la que tuviera costumbre de ir. Hoy debe de estar todo cerrado. No sé.

—¿Sabe dónde está su marido, Jason Story? —inquirió Marino.

—Está aquí.

—¿Aquí? —Marino miró en derredor.

—Arriba, durmiendo. Jason no se encuentra bien.

—¿De quién son los niños?

—De Tom y Marie. Tom es nuestro hijo. Han venido a

pasar las fiestas con nosotros, pero esta tarde han salido temprano. A Tidewater. Para visitar a unos amigos. Deben de estar al llegar. —Cogió a su mujer de la mano—. Millie, estas personas tendrán que hacer muchas preguntas. Vale más que vayas a buscar a Jason.

—Preferiría hablar a solas con él durante un minuto —objetó Marino—. ¿Podría conducirme a su cuarto?

La señora Dawson asintió con un gesto, la cara oculta entre las manos.

—Será mejor que vayas a ver qué hacen Charlie y Hailey —le dijo su marido—. E intenta llamar por teléfono a tu hermana. Quizá pueda venir.

Sus ojos, de un azul muy claro, siguieron a su esposa y a Marino hasta que hubieron salido de la cocina. El padre de Susan era alto y de huesos delicados, y su espesa cabellera castaño oscuro tenía muy poco gris. Sus ademanes eran medidos, sus emociones bien contenidas. Susan había heredado de él su aspecto, y quizá también su carácter.

—Su coche es viejo. No posee nada valioso que quisieran robarle, y sé que no podía estar metida en nada. Ni en drogas ni en nada extraño. —Me escrutó la cara.

—No sabemos por qué ha ocurrido, reverendo Dawson.

—Estaba embarazada —prosiguió, y se le atragantaron las palabras—. ¿Cómo se puede...?

—No lo sé —respondí—. No sé cómo.

Tosió.

—No tenía pistola.

Por unos instantes, no comprendí a qué se refería. Luego me di cuenta y me apresuré a tranquilizarlo.

—No. La policía no encontró ningún arma. No hay nada que permita suponer que se lo hizo ella misma.

—¿La policía? ¿No es usted policía?

—No. Soy la jefa de Medicina Forense. Kay Scarpetta.

Me miró con expresión aturdida.

—Su hija trabajaba para mí.

—Ah. Naturalmente. Lo siento.

—No sé cómo consolarle —dije con dificultad—. Aún

no he empezado a afrontar el hecho yo misma. Pero haré todo lo posible por descubrir qué ha pasado. Quiero que lo sepa.

—Susan hablaba de usted. Siempre había querido ser médico. —Desvió la mirada y parpadeó para contener las lágrimas.

—Anoche la vi. Unos momentos, en su casa. —Vacilé, resistiéndome a hurgar en su intimidad—. Susan me pareció preocupada. Y últimamente se la veía extraña en el trabajo.

Tragó saliva y entrelazó firmemente los dedos sobre la mesa. Tenía los nudillos blancos.

—Hemos de rezar. ¿Quiere rezar conmigo, doctora Scarpetta? —Extendió la mano—. Por favor.

Cuando sus dedos se cerraron con fuerza sobre los míos, no pude por menos de pensar en el evidente desdén de Susan hacia su padre y su desconfianza hacia todo lo que éste representaba. También a mí me asustaban los fundamentalistas. Me ponía nerviosa cerrar los ojos y coger de la mano al reverendo Mack Dawson mientras él le daba gracias a Dios por una piedad de la que yo no veía ninguna muestra y hablaba de promesas que Dios ya no estaba a tiempo de cumplir. Abrí los ojos y retiré la mano. Durante un incómodo instante temí que el padre de Susan percibiera mi escepticismo y me pidiera cuentas de mis creencias. Pero el rostro de mi alma no era lo que más le importaba en aquellos momentos.

En el piso de arriba sonó una voz fuerte, una protesta amortiguada que no alcancé a entender. Una silla arañó el suelo. El teléfono sonó una y otra vez, y la voz se alzó de nuevo en un grito visceral de ira y dolor. Dawson cerró los ojos y masculló entre dientes algo que me pareció bastante extraño. Creí oír: «Quédate en tu habitación.»

—Jason ha estado aquí todo el día —me informó. Le latía visiblemente el pulso en las sienes—. Me doy cuenta de que puede hablar por sí mismo, pero quería que lo supiera usted por mí.

—Ha dicho usted antes que no se encuentra bien.

—Se ha despertado con un catarro, con un principio de catarro. Susan le tomó la temperatura después de almorzar y le aconsejó que se metiera en la cama. Nunca le haría daño... Bien. —Volvió a toser—. Comprendo que la policía debe preguntar, que debe tener en cuenta la situación doméstica, pero le aseguro que no es el caso.

—Reverendo Dawson, ¿a qué hora salió Susan de casa y adónde dijo que iba?

—Se fue después de comer, después de que Jason se acostara. Creo que sería la una y media o las dos. Dijo que iba a casa de una amiga.

—¿Qué amiga?

Miró fijamente la pared.

—Una amiga que iba a la escuela secundaria con ella. Dianne Lee.

—¿Dónde vive Dianne?

—En Northside, cerca del seminario.

—El coche de Susan se encontró en la calle Strawberry, no en Northside.

—Supongo que si alguien... Hubiera podido terminar en cualquier parte.

—Convendría saber si llegó a casa de Dianne y de quién partió la idea de la visita.

Se levantó y empezó a abrir los cajones de la cocina. Necesitó tres intentos para dar con la guía telefónica. Le temblaban las manos mientras pasaba las páginas y marcaba el número. Tras carraspear varias veces, pidió hablar con Dianne.

—Comprendo. ¿Qué ha sido eso? —Quedó unos instantes a la escucha—. No, no. —Se le quebró la voz—. No van bien las cosas.

Permanecí en silencio mientras explicaba lo ocurrido, y me lo imaginé muchos años antes, rezando y hablando por teléfono mientras se enfrentaba a la muerte de su otra hija, Judy. Cuando regresó a la mesa, me confirmó lo que ya temía. Susan no había visitado a su amiga aquella tarde ni había tenido ninguna intención de hacerlo. Su amiga no estaba en la ciudad.

—Está en Carolina del Norte, con la familia de su marido —me explicó el padre de Susan—. Hace varios días que se fue. ¿Por qué habría de mentir Susan? No hacía falta. Siempre le había dicho que, pasara lo que pasase, no necesitaba mentir.

—Por lo visto, no quería que nadie supiera adónde iba ni a quién iba a ver. Sé que esto suscita especulaciones poco gratas, pero hemos de afrontarlas —dije con delicadeza.

Se miró las manos.

—¿Se llevaban bien Jason y ella?

—No lo sé. —Se esforzó por recobrar la compostura—. Dios mío, otra vez no. —Volvió a susurrar algo curioso—: Vete a tu habitación. Vete, por favor. —Acto seguido, me miró con ojos inyectados en sangre—. Tenía una hermana gemela. Judy murió cuando estaban en la escuela secundaria.

—En un accidente de tráfico, sí. Susan me lo contó. Lo siento muchísimo.

—Nunca llegó a superarlo. Le echaba la culpa a Dios. Me echaba la culpa a mí.

—Yo saqué otra impresión —objeté yo—. Si le echaba la culpa a alguien, era a una chica llamada Doreen.

Dawson se sacó un pañuelo del bolsillo y se sonó discretamente.

—¿A quién? —preguntó.

—A una chica de la escuela secundaria que supuestamente era bruja.

Meneó la cabeza.

—¿Y le echó una maldición a Judy?

Pero era inútil explicar más. Resultaba evidente que Dawson no sabía de qué le estaba hablando. Hailey entró en la cocina y los dos nos volvimos hacia ella. Tenía ojos asustados y apretaba contra el pecho un guante de béisbol.

—¿Qué llevas ahí, preciosa? —le pregunté, e intenté sonreír.

Se me acercó. Pude percibir el olor del cuero nuevo. El guante iba atado con un cordel, con una pelota de softball en el centro como una gran perla grande dentro de una ostra.

—Me lo ha regalado tía Susan —respondió con una vocecita fina—. Hay que ablandarlo. Tía Susan dice que tengo que meterlo debajo del colchón durante una semana.

Su abuelo la cogió en brazos y la sentó sobre sus rodillas. Hundió la nariz en sus cabellos y la abrazó con fuerza.

—Necesito que vayas un ratito a tu habitación, cariño. ¿Querrás hacerme este favor para que yo pueda ocuparme de las cosas? ¿Sólo un ratito?

La niña asintió con la cabeza sin quitarme la vista de encima.

—¿Qué hacen Charlie y la abuela?

—No lo sé. —Saltó de su regazo y nos dejó de mala gana.

—Ya lo había dicho usted antes —observé.

Puso una expresión desconcertada.

—Le ha dicho que se fuera a su habitación —proseguí—. Se lo he oído decir hace poco, que se fuera a su habitación. ¿A quién se lo decía?

Bajó la mirada.

—El yo es un niño. El yo siente con gran intensidad, llora, no puede controlar las emociones. A veces es mejor enviar el yo a su habitación, como acabo de hacer con Hailey. Para mantenerse entero. Es un truco que aprendí. Lo aprendí cuando era pequeño, no tuve más remedio; mi padre no reaccionaba bien si me veía llorar.

—No hay nada malo en llorar, reverendo Dawson. —Se le llenaron los ojos de lágrimas. Oí las pisadas de Marino en la escalera. Entró en la cocina a grandes pasos y Dawson volvió a repetir la frase, con angustia, en un murmullo.

Marino lo miró perplejo.

—Creo que ha llegado su hijo —le anunció.

El padre de Susan empezó a llorar de un modo incontenible mientras fuera sonaban portezuelas de coche en la oscuridad invernal y se oían risas en el porche.

La comida de Navidad fue a parar a la basura. Me pasé la tarde paseando de un lado a otro por la casa y hablando por teléfono mientras Lucy permanecía encerrada en mi estudio. Había asuntos que resolver. El homicidio de Susan había sumido la oficina en un estado de crisis.

El caso tendría que llevarse a puerta cerrada, evitando que las fotografías pudieran ser vistas por quienes la conocían. La policía tendría que registrar su despacho y su armario. Querrían interrogar a los miembros de mi personal.

—No puedo ir —se disculpó Fielding, mi delegado, cuando le llamé por teléfono.

—Lo comprendo —respondí con un nudo en la garganta—. No espero ni deseo que venga nadie.

—¿Y tú?

—Yo tengo que estar presente.

—Dios mío. No puedo creer que haya ocurrido esto. Es que no puedo creerlo.

El doctor Wright, mi delegado en Norfolk, accedió amablemente a desplazarse hasta Richmond a primera hora de la mañana siguiente. Como era domingo, no había nadie en el edificio a excepción de Vander, que había venido a colaborar con la Luma-Lite.

Aunque mi estado de ánimo me hubiera permitido realizar la autopsia de Susan, igualmente me habría negado. Lo peor que podía hacer por ella era poner su caso en peligro exponiéndome a que la defensa cuestionara la objetividad y el juicio de una forense que era también la jefa de la víctima. Así pues, me senté ante un escritorio de la morgue mientras Wright trabajaba. De vez en cuando me dirigía algún comentario entre el tintineo de los instrumentos de acero y el ruido del agua corriente, mientras yo miraba los ladrillos de la pared. No toqué ni un solo papel ni pegué una sola etiqueta en un tubo de ensayo. Ni siquiera me volví para mirar.

Una vez le pregunté:

—¿Ha olido algo en la ropa? ¿Una especie de colonia?

Dejó lo que estaba haciendo y le oí dar varios pasos.

—Sí, decididamente. En el cuello del abrigo y en el pañuelo.

—¿Diría que huele a colonia masculina?

—Hmmm. Creo que sí. Sí, yo diría que es un aroma masculino. ¿Sabe si su marido usa colonia? —Wright, un hombre calvo y de barriga prominente, que hablaba con acento de Virginia occidental, se acercaba a la edad de la jubilación. Era un patólogo forense muy capaz, y sabía exactamente lo que yo estaba pensando.

—Buena pregunta —respondí—. Le pediré a Marino que lo compruebe. Pero ayer su marido no se encontraba bien y fue a acostarse después de comer. Eso no quiere decir que no se pusiera colonia. No quiere decir que su padre o su hermano no llevaran colonia y le dejaran el olor en el abrigo cuando la abrazaron.

—Por lo visto era un arma de pequeño calibre. No hay orificios de salida.

Cerré los ojos y escuché.

—La herida de la sien derecha mide cuarenta y ocho milímetros y contiene un centímetro y cuarto de humo; una marca incompleta. Hay algún graneado y un poco de pólvora, pero la mayor parte se habrá repartido por el cabello. Algo de pólvora en el músculo temporal. Casi nada en el hueso y la dura.

—¿Trayectoria? —pregunté.

—La bala atraviesa el aspecto posterior del lóbulo frontal derecho, cruza el anterior hasta los ganglios basales, choca con el hueso temporal izquierdo y queda atascada en el músculo, debajo de la piel. Estamos hablando de una bala de plomo sencilla, ah, forrada de cobre pero no blindada.

—¿Y no se fragmentó?

—No. Luego tenemos una segunda herida en la nuca. Márgenes negros, quemados y con abrasiones, con la marca de la boca del cañón. Una pequeña laceración como de un milímetro y medio en los bordes. Mucha pólvora en los músculos occipitales.

—¿Contacto total?

—Sí. A mí me da la impresión de que le clavó el cañón con fuerza en el cuello. La bala entra por la juntura entre el foramen magnum y la primera cervical, y atraviesa la juntura cervical-medular. Luego sube directamente hacia el puente de Varolio.

—¿Y el ángulo? —pregunté.

—Bastante cerrado hacia arriba. Yo diría que, si en el momento de recibir esta herida estaba sentada en el coche, debía de estar caída hacia delante o tener la cabeza agachada.

—No es así como la encontraron —objeté—. Estaba recostada en el asiento.

—Entonces imagino que alguien debió de colocarla así —comentó Wright—. Después de dispararle. Y diría que la bala que atravesó el puente fue la última.

—Mi opinión es que cuando recibió el segundo disparo ya estaba incapacitada, quizá desplomada sobre el volante.

A intervalos podía afrontar la situación, como si no estuviéramos hablando de nadie que conociera. Pero luego me recorría un estremecimiento y las lágrimas pugnaban por saltar. En dos ocasiones tuve que salir fuera a respirar el aire frío del aparcamiento. Cuando Wright llegó al feto de diez semanas que llevaba en el útero, una niña, me retiré a mi despacho en el piso de arriba. Según las leyes de Virginia, la criatura por nacer no era una persona y en consecuencia no había podido ser asesinada, porque no se puede asesinar a una no persona.

—Dos por el precio de una —comentó Marino con amargura cuando hablamos por teléfono más tarde.

—Lo sé —dije yo, mientras abría un frasco de aspirinas.

—En el tribunal, a los puñeteros miembros del jurado no les dirán que estaba embarazada. No sería admisible, no hace al caso que asesinara a una mujer en estado.

—Lo sé —repetí—. Wright ya casi ha terminado. En el examen externo no se ha encontrado nada significativo. Ningún residuo del que valga la pena hablar, nada que llame la atención. ¿Qué tal van las cosas por su lado?

—No cabe duda de que a Susan le pasaba algo —respondió Marino.

—¿Problemas con su marido?

—Según él, los problemas los tenía con usted. Asegura que la trataba usted de un modo muy extraño, telefoneando mucho a su casa y atosigándola. Y a veces al volver del trabajo parecía medio loca, como si estuviese muerta de miedo por algo.

—Susan y yo no teníamos ningún problema.

Me tragué tres aspirinas con un sorbo de café frío.

—Sólo estoy diciéndole lo que ha dicho él. Otra cosa, y creo que esto le parecerá interesante, es que por lo visto tenemos otra pluma. No quiero decir que eso relacione este caso con el de Deighton, doctora, ni que ésta sea necesariamente mi opinión. Pero, puñeta, puede que nos las estemos viendo con un pájaro que lleva una chaqueta o unos guantes rellenos de plumón. No sé. Pero no es típico. Hasta ahora, la única vez que había encontrado plumas fue cuando un zángano se coló en una casa rompiendo la ventana y se rasgó la chaqueta de plumón con los vidrios rotos.

Me dolía tanto la cabeza que me sentía mareada.

—La que hemos encontrado en el coche de Susan es muy pequeña, un simple pedacito de plumón blanco —prosiguió—. Estaba adherido a la tapicería de la portezuela del acompañante. Por la parte interior, cerca del suelo, unos cinco centímetros por debajo del apoyabrazos.

—¿Puede hacerme llegar esa pluma? —le pregunté.

—Sí. ¿Qué piensa hacer?

—Llamar a Benton.

—He estado intentándolo, maldita sea. Creo que se ha ido fuera de la ciudad con su mujer.

—Tengo que preguntarle si Minor Downey puede ayudarnos.

—¿Se refiere usted a una persona o a un suavizante para la ropa?

—Minor Downey, analista de cabellos y fibras en los laboratorios del FBI. Su especialidad es el análisis de plumas.

—¿Y se llama Downey?* ¿Ése es su verdadero nombre? —preguntó Marino con incredulidad.

—Su verdadero nombre —le aseguré.

---

* La palabra inglesa *down* significa «plumón». *(N. del T.)*

8

El teléfono sonó mucho rato en la Unidad de Ciencias de la Conducta del FBI, situada en los recovecos subterráneos de la academia de Quantico. Podía imaginarme sus pasillos sombríos y desorientadores, y los despachos repletos de recuerdos de guerreros consumados como Benton Wesley, que según me dijeron se había ido a esquiar.

—De hecho, en estos momentos soy la única persona que hay aquí —dijo el cortés agente que había descolgado el teléfono.

—Soy la doctora Kay Scarpetta y es urgente que hable con él.

Benton Wesley me devolvió la llamada casi de inmediato.

—Benton, ¿dónde estás? —La intensidad de la electricidad estática me hizo levantar la voz.

—En el coche —me respondió—. Connie y yo hemos pasado la Navidad con su familia, en Charlottesville. Acabamos de salir de allí, de camino hacia Hot Springs. Me he enterado de lo que le ha ocurrido a Susan Story. Dios, no sabes cuánto lo siento. Pensaba llamarte esta noche.

—Te estoy perdiendo. Casi no te oigo.

—Espera un momento.

Esperé con impaciencia durante un minuto largo. Luego volví a oír su voz.

—Ahora se oye mejor. Estábamos en una zona baja. Dime, ¿qué necesitas de mí?

—Necesito que el FBI me ayude analizando algunas plumas.

—No hay problema. Llamaré a Downey.

—Tengo que hablar contigo —añadí con desgana, pues sabía que estaba poniéndolo entre la espada y la pared—. No creo que pueda esperar.

—Un momento.

Esta vez la pausa no se debió a la estática. Estaba consultando con su esposa.

—¿Sabes esquiar? —volvió su voz.

—Según a quién se lo preguntes.

—Connie y yo vamos a pasar un par de días en el Homestead. Podríamos hablar allí. ¿Puedes escaparte?

—Aunque haya de remover el cielo y la tierra, y llevaré a Lucy.

—Muy bien. Connie y ella se harán compañía mientras nosotros hablamos. Os reservaré habitación cuando lleguemos. ¿Puedes traer algo para que le eche un vistazo?

—Sí.

—Trae también todo lo que tengas sobre el caso de Robyn Naismith. Vamos a tener en cuenta todas las posibilidades, hasta las imaginarias.

—Gracias, Benton —dije con alivio—. Y dale las gracias a Connie, por favor.

Decidí abandonar la oficina de inmediato, sin dar apenas ninguna explicación.

—Le vendrá bien —comentó Rose mientras anotaba el número del Homestead. No se figuraba que mi intención no era relajarme en un hotel de cinco estrellas. Por un instante se le llenaron los ojos de lágrimas cuando le pedí que informara a Marino de mi paradero para que pudiera comunicarse conmigo de inmediato si surgía alguna novedad en el caso de Susan.

—Por favor, no digas a nadie más dónde voy a estar —añadí.

—En los últimos veinte minutos han llamado tres periodistas —me informó—. Entre ellos, uno del *Washington Post*.

—Por el momento, no pienso hablar del caso de Susan.

Diles lo de costumbre, que estamos esperando los resultados del laboratorio. Diles solamente que he salido de la ciudad y que estoy ilocalizable.

Mientras conducía en dirección oeste, hacia las montañas, no cesaban de acosarme imágenes. Volví a ver a Susan con su holgada bata de trabajo, y las caras de sus padres cuando Marino les anunció que estaba muerta.

—¿Te encuentras bien? —preguntó Lucy. Desde que salimos de casa, no dejaba de mirarme a cada minuto.

—Estoy preocupada, nada más —le contesté, concentrada en la carretera—. Ya verás cómo te gusta esquiar. Tengo el presentimiento de que se te dará bien.

Volvió la mirada hacia el parabrisas sin decir nada. El cielo era de un azul índigo descolorido, y a lo lejos se erguían montañas espolvoreadas de nieve.

—Lamento que vayan así las cosas —proseguí—. Cada vez que vienes a verme sucede algo que me impide dedicarte toda mi atención.

—No necesito toda tu atención.

—Algún día lo entenderás.

—Quizá yo también me tomo el trabajo de la misma manera. De hecho, quizá lo he aprendido de ti. Probablemente yo también tendré éxito como tú.

El espíritu me pesaba como el plomo. Me sentí aliviada por llevar gafas de sol. No quería que Lucy me viera los ojos.

—Sé que me quieres. Eso es lo importante. Sé que mi madre no me quiere —dijo mi sobrina.

—Dorothy te quiere tanto como es capaz de querer a alguien.

—Tienes toda la razón. Tanto como es capaz, que no es mucho porque no soy un hombre. Sólo quiere a los hombres.

—No, Lucy. En realidad, tu madre no quiere a los hombres. Sólo son un síntoma de su obsesiva necesidad de encontrar a alguien que la haga sentir completa. No se da cuenta de que eso ha de conseguirlo por sí misma.

—Lo único «completo» de esta ecuación es que siempre elige gilipollas.

—Estoy de acuerdo en que su promedio no es bueno.

—No pienso vivir así. No quiero ser como ella en nada.

—No lo eres —le aseguré.

—He leído en el folleto del sitio al que vamos que tienen tiro al plato.

—Tienen toda clase de cosas.

—¿Has traído un revólver?

—No se tira al plato con revólver, Lucy.

—Si eres de Miami, sí.

—Si no dejas de bostezar, vas a contagiarme.

—¿Por qué no has traído un revólver? —insistió.

Llevaba el Ruger en la maleta, pero no pensaba decírselo.

—¿Por qué te preocupa tanto si lo he traído o no? —pregunté a mi vez.

—Quiero aprender a manejarlo bien. Tan bien que pueda acertar en las doce del reloj cada vez que lo intente —respondió con voz soñolienta.

Me dolió el corazón cuando la vi enrollar su chaqueta para usarla como almohada. Se recostó hacia mí, tocándome el muslo con la cabeza mientras dormía. No se imaginaba lo muy tentada que me sentía de mandarla de vuelta a Miami en aquel mismo instante. Pero me daba cuenta de que percibía mi miedo.

El Homestead estaba situado en una finca de seis mil hectáreas de bosque y arroyos en los montes Allegheny, y el ala principal del hotel era de ladrillo rojo oscuro con hileras de columnas blancas. La cúpula blanca tenía un reloj en cada uno de los cuatro costados, cuatro relojes en total que marcaban siempre la misma hora y podían verse desde kilómetros de distancia, y las pistas de tenis y los campos de golf estaban completamente blancos de nieve.

—Estás de suerte —le dije a Lucy mientras unos atentos personajes de uniforme gris se dirigían hacia nosotras—. Habrá unas condiciones magníficas para esquiar.

Benton Wesley había cumplido su promesa, y cuando llegamos a recepción encontramos una reserva esperándonos. Había tomado una habitación doble con puertas cristaleras que daban a un balcón con vistas al casino, y encima de una mesa había flores enviadas por Connie y él. «Os esperamos en las pistas —decía la tarjeta—. Hemos concertado una lección para Lucy a las tres y media.»

—Hemos de darnos prisa —urgí a Lucy mientras abríamos las maletas—. Tienes tu primera lección de esquí dentro exactamente de cuarenta minutos. Pruébate esto. —Le arrojé unos pantalones de esquí rojos seguidos de chaqueta, calcetines, guantes y suéter, que volaron por los aires para aterrizar en su cama—. No te olvides la riñonera. Si necesitas algo más tendremos que comprarlo luego.

—No tengo gafas de esquí —comentó, y pasó la cabeza por un jersey azul de cuello de cisne—. La nieve me cegará.

—Ponte las mías. El sol pronto irá de bajada, de todos modos.

Entre coger el funicular de las pistas y alquilar el equipo para Lucy, cuando nos presentamos al monitor que esperaba junto al telearrastre eran las tres y veintinueve. Los esquiadores eran manchas de colores vivos que se deslizaban cuesta abajo, y sólo al llegar cerca se convertían en personas. Me incliné hacia delante, con los esquís firmemente apretados al talud, y examiné las colas de esquiadores y los telesillas protegiéndome los ojos con una mano. El sol se aproximaba a las copas de los árboles y se reflejaba deslumbrante en la nieve, pero las sombras ya se alargaban y la temperatura estaba descendiendo rápidamente.

Me fijé en la pareja sencillamente por la elegancia de su descenso en paralelo, con los bastones alzados como plumas y sin salpicar apenas nieve mientras se elevaban y giraban como pájaros. Reconocí la cabellera plateada de Benton Wesley y levanté la mano. Él volvió la cabeza hacia Connie y, tras gritarle algo que no alcancé a oír, se lanzó a un vertiginoso descenso por la ladera, con los esquís tan juntos que no se hubiera podido introducir una hoja de papel entre ellos.

Cuando frenó levantando una estela de nieve y se echó las gafas de esquí hacia atrás, pensé de pronto que aunque no lo conociera igualmente lo habría contemplado. Los pantalones de esquiar negros ceñían unas piernas musculosas que hasta entonces me habían pasado desapercibidas bajo los trajes clásicos que solía vestir, y la chaqueta que llevaba me recordó una puesta de sol en Cayo Hueso. El frío le hacía brillar la cara y los ojos, y confería a sus pronunciadas facciones una apariencia más llamativa que terrible. Connie se detuvo suavemente a su lado.

—Es magnífico que estés aquí —me saludó Wesley, y como siempre que lo veía u oía su voz, me vino el recuerdo de Mark. Habían sido colegas y amigos íntimos. Se les habría podido tomar por hermanos.

—¿Dónde está Lucy? —preguntó Connie.

—En este preciso momento está conquistando el telearrastre —respondí, y se la señalé.

—Espero que no te habrá molestado que la haya apuntado para una lección.

—¿Molestarme? Te estoy más que agradecida por haber pensado en ello. Se lo está pasando en grande.

—Creo que voy a quedarme aquí a mirar cómo lo hace —dijo Connie—. Luego me apetecerá una bebida caliente, y tengo el presentimiento de que a Lucy le ocurrirá lo mismo. Parece que tú aún no has tenido suficiente, Ben.

Wesley se volvió hacia mí.

—¿Te animas a un descenso rápido?

Intercambiamos comentarios sobre cuestiones sin importancia mientras hacíamos cola y quedamos en silencio cuando el asiento doble dio la vuelta y nos recogió. Wesley bajó la barra de seguridad mientras el cable nos elevaba hacia lo alto de la montaña. El aire era cortante y limpio, lleno con el ruido apagado de los esquís que siseaban y chocaban sordamente contra la nieve compacta. La nieve que lanzaban las máquinas flotaba como humo en los bosques que separaban las pistas.

—He hablado con Downey —comenzó—. Te recibirá en el cuartel general en cuanto puedas llegar allí.

—Es una buena noticia —respondí—. ¿Qué te han contado, Benton?

—He hablado varias veces con Marino. Por lo visto, en estos momentos tienes varios casos abiertos que no están necesariamente relacionados por la evidencia, sino por una peculiar coincidencia de tiempo.

—Creo que se trata de algo más que una coincidencia. Ya sabes que se encontró una huella de Ronnie Waddell en casa de Jennifer Deighton.

—Sí. —Se quedó mirando un grupo de árboles que se recortaba contra el sol poniente—. Como le dije a Marino, espero que exista una explicación lógica de cómo llegó allí una huella de Waddell.

—La explicación lógica muy bien podría ser que, en un momento u otro, Waddell estuvo en esa casa.

—Entonces nos enfrentamos a una situación tan grotesca que desafía cualquier razonamiento, Kay. Un condenado en capilla anda suelto y está matando de nuevo. Y nos vemos obligados a suponer que otra persona ocupó su lugar en la silla la noche del trece de diciembre. Dudo que hubiera muchos voluntarios.

—Eso se diría —asentí.

—¿Qué sabes del historial delictivo de Waddell?

—Muy poco.

—Lo entrevisté hace unos años, en Mecklenburg.

Lo miré con interés.

—Prologaré mis próximas observaciones diciendo que no se mostró excesivamente cooperativo, puesto que se negó a hablar del asesinato de Robyn Naismith. Afirmaba que, si la había matado él, no se acordaba. No es que sea una reacción insólita. La mayoría de los delincuentes violentos que he entrevistado dicen tener mala memoria o niegan haber cometido el crimen. Antes de que llegaras, me hice mandar por fax una copia del protocolo de evaluación de Waddell. La estudiaremos después de cenar.

—Ya empiezo a alegrarme de haber venido.

Él tenía la mirada fija al frente, y nuestros hombros apenas se tocaban. La ladera que teníamos debajo se fue haciendo más empinada a medida que ascendíamos en silencio.

Al cabo de un rato, me preguntó:

—¿Cómo estás, Kay?

—Mejor. Todavía hay momentos.

—Ya lo sé. Siempre habrá momentos. Pero cada vez menos, espero. Días, quizás, en que no lo sientas.

—Sí —concedí—. Ya los hay.

—Tenemos una información muy buena sobre el grupo que lo hizo. Creo que sabemos quién colocó la bomba.

Alzamos las puntas de los esquís y nos inclinamos hacia delante mientras el telesilla nos hacía bajar como polluelos empujados desde el nido. Tenía las piernas frías y rígidas del trayecto, y en las zonas de sombra había traicioneras placas de hielo. Los largos esquís blancos de Wesley se difuminaban sobre la nieve y reflejaban la luz al mismo tiempo. Descendió por la pista en una danza de deslumbrantes estelas de polvo de diamante, deteniéndose de vez en cuando para mirar atrás.

Elevé ligeramente un bastón para indicarle que siguiera adelante mientras yo trazaba lánguidas curvas en paralelo y saltaba sobre las crestas de nieve dura. Mediado el descenso empecé a sentirme más ágil y caliente, y mis pensamientos volaron en libertad.

Cuando volví a mi habitación, a la caída de la tarde, descubrí que Marino me había dejado un mensaje diciendo que estaría en jefatura hasta las cinco y media y que le llamara lo antes posible.

—¿Qué ocurre? —le pregunté en cuanto descolgó.

—Nada que le ayude a dormir mejor. Para empezar, Jason Story anda diciendo pestes de usted a cualquiera que se le acerque, incluyendo a los periodistas.

—De alguna manera tiene que desfogarse —repliqué, y mi humor volvió a ensombrecerse.

—Y eso que hace no es bueno, pero tampoco es el peor de nuestros problemas. No podemos encontrar tarjetas con las diez huellas de Waddell.

—¿En ninguna parte?

—Lo ha captado. Hemos examinado su expediente en

los archivos del Departamento de Policía de Richmond, de la policía del Estado y del FBI. Son las tres jurisdicciones que deberían tenerlas. Nada. Luego llamé a la penitenciaría para preguntarle a Donahue si podía seguirle la pista a los efectos personales de Waddell, como libros, cartas, peine, cepillo de dientes y cualquier cosa que pudiera proporcionar huellas latentes. ¿Y sabe qué? Donahue dice que lo único que la madre de Waddell quiso llevarse fue el reloj y el anillo. Los de Instituciones Penitenciarias destruyeron todo lo demás.

Me dejé caer pesadamente sobre el borde de la cama.

—Y me he guardado lo mejor para el final, doctora. El laboratorio de armas de fuego ha encontrado algo bueno, y no se creerá lo que voy a decirle: las balas recobradas de Eddie Heath y de Susan Story fueron disparadas con la misma pistola, una veintidós.

—Dios mío —dije.

En la planta del Homestead Club había un conjunto tocando jazz, pero el público era escaso y la música no demasiado fuerte para hablar. Connie se había llevado a Lucy a ver una película, dejándonos a Wesley y a mí ante una mesa en un rincón desierto de la pista de baile. Los dos bebíamos coñac. Aunque él no parecía tan cansado físicamente como yo, la tensión había vuelto a su rostro.

Wesley echó el brazo atrás, cogió una vela de una mesa desocupada y la colocó junto a las otras dos de las que ya se había apoderado. La luz era parpadeante pero suficiente, y aunque no hubo ningún huésped que se nos quedara mirando fijamente, sí atraíamos alguna mirada de reojo. Supuse que debía de parecer un sitio extraño para trabajar, pero el vestíbulo y el salón comedor no ofrecían suficiente intimidad, y Wesley era excesivamente discreto para sugerir que nos reuniéramos en su habitación o la mía.

—Al parecer, tenemos aquí cierto número de elementos en conflicto —observó—. Pero el comportamiento humano no está grabado en piedra. Waddell pasó diez años en la cárcel. No sabemos cómo pudo cambiar. Yo clasificaría el asesinato de Eddie Heath como un homicidio con móvil sexual, mientras que, a primera vista, el homicidio de Susan Story parece una ejecución, una eliminación.

—Como si hubieran intervenido dos personas distintas —señalé, jugueteando con la copa de coñac.

Se inclinó sobre la mesa y hojeó ociosamente el informe del caso de Robyn Naismith.

—Es interesante —comentó sin levantar la vista—. Siempre estamos oyendo hablar del *modus operandi*, de la firma del delincuente. Siempre elige tal tipo de víctima o tal clase de lugar, prefiere el cuchillo y todo eso. Pero, en realidad, no siempre es así. Y la emoción del crimen tampoco es siempre evidente. He dicho que el homicidio de Susan Story, a primera vista, no parece responder a un motivo de índole sexual. Pero cuanto más pienso en ello, más tiendo a creer que hay un componente sexual. Creo que al asesino le atrae el «punzonismo».

—Robyn Naismith recibió numerosas puñaladas —recordé.

—Sí. Yo diría que lo que le hicieron es un ejemplo de manual. No había evidencia de violación, aunque eso no significa que no se produjera. Pero no había semen. El repetido hundimiento del cuchillo en el abdomen, las nalgas y los pechos fue un sustituto de la penetración peneana. Punzonismo evidente. Las mordeduras son menos evidentes; en mi opinión, no se relacionan en absoluto con ningún componente oral del acto sexual, sino que constituyen igualmente un sustituto de la penetración peneana. Dientes que penetran en la carne, canibalismo, como lo que les hacía John Joubert a los repartidores de periódicos que asesinó en Nebraska. Luego están las balas. Normalmente no las relacionaríamos con el punzonismo, pero si reflexionamos unos instantes, la dinámica, en algunos casos, resulta clara. Algo que penetra en la carne.

—No hay ninguna evidencia de punzonismo en la muerte de Jennifer Deighton.

—Cierto. Volvemos a lo que estaba diciendo: no siempre hay una pauta clara. Desde luego, en este caso no hay una pauta clara, pero los asesinatos de Eddie Heath, Jennifer Deighton y Susan Story tienen un elemento en común. Yo calificaría los tres crímenes de organizados.

—En el caso de Jennifer Deighton, no tanto —objeté—. Todo parece indicar que el asesino intentó hacer pasar su muerte por un suicidio y no lo consiguió. O quizá ni siquiera pretendía matarla y le apretó demasiado el cuello.

—Es muy probable que matarla antes de colocarla en el coche no formara parte del plan —concedió Wesley—. Pero lo cierto es que al parecer había un plan. Y la manguera conectada al tubo de escape fue seccionada con un instrumento cortante que no se ha encontrado. O bien el asesino trajo una herramienta o un arma consigo o bien utilizó algo que encontró en la casa y luego se lo llevó. Eso es un comportamiento organizado. Pero antes de que vayamos demasiado lejos con todo esto, quiero recordarte que no tenemos ninguna bala del calibre veintidós ni ninguna otra prueba que relacione el homicidio de Jennifer Deighton con los de Susan y el joven Heath.

—Creo que la tenemos, Benton. Se encontró una huella de Ronnie Waddell en una silla del comedor de la casa de Jennifer Deighton.

—No nos consta que fuese Ronnie Waddell quien disparó contra los otros dos.

—El cuerpo de Eddie Heath estaba dispuesto de una manera que recordaba el caso de Robyn Naismith. El chico fue atacado la noche en que Ronnie Waddell iba a ser ejecutado. ¿No crees que aquí hay una relación extraña?

—Digámoslo así —respondió—: no quiero creerlo.

—Ninguno de nosotros lo quiere, Benton. ¿Cuál es tu verdadera impresión?

Hizo un gesto a la camarera para que nos sirviera más coñac, y la luz de las velas le iluminó las nítidas líneas de la barbilla y el pómulo izquierdo.

—¿Mi verdadera impresión? De acuerdo. Tengo una

impresión muy mala de todo esto —respondió—. Creo que Ronnie Waddell es el denominador común, pero no sé qué significa eso. Se le ha atribuido una huella latente recién encontrada en la escena de un crimen, pero no podemos encontrar sus huellas en los archivos ni ninguna otra cosa que pueda conducir a una identificación indudable. Tampoco le tomaron las huellas en la morgue, y la persona que supuestamente se olvidó de tomarlas ha sido luego asesinada con la misma pistola utilizada para matar a Eddie Heath. Por lo visto, el representante legal de Waddell, Nick Grueman, conocía a Jennifer Deighton, y de hecho parece que ella le envió un mensaje por fax unos días antes de morir asesinada. Finalmente, sí, existe un parecido sutil y peculiar entre las muertes de Eddie Heath y Robyn Naismith. Francamente, no puedo dejar de preguntarme si el ataque contra Heath no pretendía ser simbólico, por alguna razón.

Esperó hasta que hubieron dejado las bebidas ante nosotros y luego abrió un sobre de papel marrón que venía unido al expediente de Robyn Naismith. Este pequeño acto desencadenó algo en lo que no había pensado antes.

—Tuve que sacar sus fotografías de Archivos —dije.

Wesley me miró de reojo mientras se calaba las gafas.

—En estos casos tan antiguos, los expedientes en papel se han reducido a microfilme, cuyas copias están en la carpeta que tienes tú. Los documentos originales se destruyen, pero conservamos las fotos originales. Se guardan en Archivos.

—¿Y eso qué es? ¿Una sala de tu edificio?

—No, Benton. Un almacén junto a la Biblioteca del Estado; el mismo almacén donde la Oficina de Ciencias Forenses conserva las pruebas de sus antiguos casos.

—¿Vander aún no ha encontrado la fotografía de la huella ensangrentada que Waddell dejó en la casa de Robyn Naismith?

—No —respondí, y nos miramos a los ojos. Los dos sabíamos que Vander no la encontraría nunca.

—Dios mío. ¿Quién se encargó de traerte las fotos de Robyn Naismith?

—Mi administrador —dije—. Ben Stevens. Hizo un viaje a Archivos alrededor de una semana antes de que ejecutaran a Waddell.

—¿Por qué?

—En las últimas etapas de un proceso de apelación siempre se hacen muchas preguntas, y me gusta tener a mano la información del caso o casos en cuestión. Así que los viajes a Archivos son de rutina. Lo que varía un poco en este caso de que estamos hablando es que no tuve que pedirle a Stevens que fuera a Archivos a buscar las fotos. Se ofreció voluntario.

—¿Y se sale eso de lo corriente?

—Visto de manera retrospectiva, debo reconocer que sí.

—De lo cual puede deducirse —observó Wesley— que quizá tu administrador se ofreció voluntario porque lo que realmente le interesaba era el expediente de Waddell, o más concretamente, la fotografía de la huella de un pulgar ensangrentado que debería formar parte del mismo.

—Lo único que puedo afirmar con certeza es que, si Stevens quería manipular un expediente de Archivos, necesitaba un motivo legítimo para visitar el almacén. Si, por ejemplo, llegara a mi conocimiento que había ido allí sin que ninguno de los médicos forenses hubiera realizado una solicitud, resultaría muy extraño.

A continuación, le hablé de la irrupción subrepticia en el ordenador de mi oficina y le expliqué que de los dos terminales en cuestión, uno me estaba asignado a mí y el otro a Stevens. Mientras hablaba, Wesley iba tomando notas. Cuando callé, levantó la mirada hacia mí.

—Al parecer, se diría que no encontraron lo que buscaban —comentó.

—Yo sospecho que no.

—Lo cual nos lleva a la pregunta evidente: ¿qué buscaban?

Hice girar lentamente el coñac en la copa. A la luz de las velas era ámbar líquido, y cada sorbo ardía deliciosamente al bajar.

—Acaso algo relativo a la muerte de Eddie Heath. Yo estaba examinando otros casos en los que las víctimas presentaran marcas de mordeduras o lesiones asociadas con actos de canibalismo, y tenía un fichero en mi directorio. Aparte de eso, no se me ocurre qué otra cosa podía buscar nadie.

—¿Guardas alguna vez notas interdepartamentales en tu directorio?

—En un subdirectorio del tratamiento de textos.

—¿La contraseña para acceder a esos documentos es la misma?

—Sí.

—¿Y guardas en el tratamiento de textos los informes de las autopsias y demás documentos relativos a los casos?

—Normalmente, sí. Pero cuando entraron en mi directorio no recuerdo que hubiera ningún fichero con información delicada.

—Pero la persona que entró no tenía por qué saberlo.

—Obviamente no —asentí.

—¿Y el informe de la autopsia de Ronnie Waddell, Kay? Cuando entraron en tu directorio, ¿estaba su informe en el ordenador?

—Debía estar. Lo ejecutaron el lunes trece de diciembre. La irrupción se produjo el jueves dieciséis de diciembre, mientras yo hacía el *post mortem* de Eddie Heath y Susan se hallaba en mi despacho del piso de arriba, en teoría descansando en el sofá tras haber respirado vapores de formalina.

—Es desconcertante. —Frunció el entrecejo—. Suponiendo que fuera Susan quien entró en tu directorio, ¿por qué habría de interesarle el informe de la autopsia de Waddell, si de eso se trata? Después de todo, estuvo presente en la autopsia. ¿Qué hubiera podido encontrar en el informe que ella no supiera ya?

—No se me ocurre nada.

—Bien, digámoslo de otra manera. ¿Qué detalles relacionados con la autopsia no habría podido conocer estando presente la noche en que llevaron su cadáver a la morgue?

O quizá sería mejor decir la noche en que llevaron un cadáver a la morgue, puesto que no tenemos la certeza de que aquel individuo fuese Waddell —añadió con expresión sombría.

—No habría tenido acceso a los informes de laboratorio —respondí—. Pero cuando entraron en mi directorio, los resultados de laboratorio aún no podían estar disponibles. Las pruebas toxicológicas y del VIH, por ejemplo, llevan semanas.

—Y Susan era consciente de ello.

—Sin la menor duda.

—Lo mismo que tu administrador.

—Absolutamente.

—Tiene que haber otra cosa —concluyó.

La había, pero cuando me vino a la cabeza me resultó imposible imaginar su significado.

—Waddell, o quienquiera que fuese, llevaba un sobre en el bolsillo de atrás de los tejanos para que fuera enterrado con él. Supongo que Fielding no lo abrió hasta subir a su despacho con todos los papeles, después de la autopsia.

—¿De modo que Susan no pudo averiguar qué contenía el sobre mientras estuvo en la morgue aquella noche? —preguntó Wesley con interés.

—Exactamente. No habría podido averiguarlo.

—¿Y había algo significativo en ese sobre?

—Sólo contenía varios recibos de comidas y peajes.

Wesley volvió a fruncir el ceño.

—Recibos —repitió—. ¿Para qué podía quererlos, en el nombre de Dios? ¿Los tienes aquí?

—Están en la carpeta. —Saqué las fotocopias—. Todos llevan la misma fecha, el treinta de noviembre.

—Es decir, más o menos la fecha en que Waddell fue conducido de Mecklenburg a Richmond.

—Así es. Fue conducido quince días antes de la ejecución —asentí.

—Tenemos que seguir la pista a estos recibos, ver a qué lugares corresponden. Podría ser importante. Muy importante, a la luz de lo que estamos contemplando.

—¿Que Waddell está vivo?

—Sí. Que de alguna manera hubo un cambio y Waddell quedó en libertad. Quizás el hombre que fue a la silla quiso llevar estos recibos en el bolsillo al morir porque pretendía decirnos algo.

—¿De dónde pudo sacarlos?

—Tal vez durante la conducción de Mecklenburg a Richmond, que habría sido el momento ideal para cualquier jugada —respondió Wesley—. Quizás iban dos hombres en la conducción, Waddell y algún otro.

—¿Insinúas que se pararon a comer?

—Se supone que los guardias no han de pararse por nada cuando conducen a un condenado a muerte, pero si se trataba de una conspiración pudo ocurrir cualquier cosa. Quizá se detuvieron a comprar comida para llevar, y fue durante este lapso cuando Waddell quedó en libertad. A continuación, el otro preso fue conducido a Richmond y encerrado en la celda de Waddell. Piénsalo. ¿Cómo podían saber los funcionarios ni los guardias de la calle Spring que aquel preso que les llevaban no era Waddell?

—Él mismo podía decir que no lo era, pero eso no significa que nadie le hiciera caso.

—Me temo que no le habrían hecho caso.

—¿Y la madre de Waddell? —pregunté—. Se supone que fue a visitarlo horas antes de la ejecución, y desde luego se habría dado cuenta si el preso que le presentaron no era su hijo.

—Tenemos que comprobar si realizó esa visita. Pero en cualquier caso, a la señora Waddell le habría convenido seguir adelante con el plan. No creo que quisiera que mataran a su hijo.

—Entonces estás convencido de que ejecutaron a quien no debían —dije de mala gana, pues en aquellos momentos había pocas teorías que más deseara ver desacreditadas.

Su respuesta fue abrir el sobre que contenía las fotografías de Robyn Naismith y sacar un grueso fajo de copias en color que no dejarían de impresionarme por más veces que las viera. Lentamente, fue repasando la historia gráfica de su terrible muerte.

—Si consideramos los tres homicidios que acaban de producirse, Waddell no da el perfil adecuado —dijo al fin.

—¿Qué quieres decir, Benton? ¿Que tras diez años de cárcel le cambió la personalidad?

—Lo único que puedo decirte es que he oído hablar de asesinos organizados que se desequilibran, que pierden la cabeza. Empiezan a cometer errores. Bundy, por ejemplo. Hacia el final se volvió frenético. Pero lo que generalmente no suele verse es que un individuo desorganizado cambie hacia el otro extremo, que una personalidad psicótica se vuelva metódica, racional..., que se vuelva organizada.

Cuando Wesley mencionaba a los Bundy de este mundo, lo hacía de un modo teórico, impersonal, como si sus análisis y teorías se fundaran en información obtenida de fuentes secundarias. No alardeaba. No citaba nombres célebres ni se daba aires de conocer personalmente a esos criminales. Su actitud, en consecuencia, era deliberadamente engañosa.

De hecho, se había pasado largas horas en íntimo contacto con individuos como Theodore Bundy, David Berkowitz, Sirhan Sirhan, Richard Speck y Charles Manson, además de otros agujeros negros, menos conocidos, que habían robado luz del planeta Tierra. Recordé que Marino había comentado una vez que cuando Wesley regresaba de algunas de estas peregrinaciones a prisiones de máxima seguridad se le veía pálido y consumido. Casi lo enfermaba físicamente absorber el veneno de esos hombres y sobrellevar los lazos que inevitablemente establecían con él. Algunos de los peores sádicos de la historia reciente le escribían cartas con regularidad, le mandaban felicitaciones navideñas y se interesaban por su familia. No era de extrañar que Wesley pareciese abrumado por una pesada carga y que con frecuencia prefiriera guardar silencio. A cambio de información, hacía lo que ninguno de nosotros quiere hacer. Permitía que el monstruo conectara con él.

—¿Se determinó que Waddell era psicótico? —pregunté.

—Se determinó que estaba cuerdo cuando asesinó a Robyn Naismith. —Wesley eligió una fotografía y la deslizó hacia mí—. Pero, con franqueza, yo no lo creo.

La fotografía era la que yo recordaba con más vividez, y al examinarla me resultó imposible imaginar a una persona desprevenida que se encontrara con tal escena.

La sala de estar de Robyn Naismith no contenía muchos muebles; sólo unas cuantas sillas con cojines verde oscuro y un sofá de piel color chocolate. En el centro del parquet había una pequeña alfombra de Bujara, y las paredes eran de madera teñida para que pareciese cerezo o caoba. El televisor estaba junto a la pared que quedaba justo enfrente de la puerta, ofreciendo a cualquiera que entrara una imagen frontal completa de la horrible obra de arte de Ronnie Joe Waddell.

Lo que vio la amiga de Robyn nada más abrir la puerta, mientras entraba llamándola por su nombre, fue un cadáver desnudo sentado en el suelo, con la espalda apoyada contra el televisor y la piel tan manchada y salpicada de sangre seca que hubo que esperar la autopsia para determinar la naturaleza exacta de las heridas. En la fotografía, el charco de sangre coagulada que rodeaba las nalgas de Robyn parecía alquitrán teñido de rojo, y se veían varias toallas empapadas de sangre tiradas por el suelo. El arma del crimen no llegó a encontrarse, aunque la policía descubrió en la cocina un juego de cuchillos de acero inoxidable fabricados en Alemania del que faltaba un cuchillo para carne, y las características de la hoja desaparecida se correspondían con las heridas.

Wesley abrió la carpeta del caso Eddie Heath y, extrayendo un bosquejo de la escena del crimen, dibujado por el agente de policía del condado de Henrico que había encontrado al muchacho gravemente herido detrás de una tienda de comestibles, lo dejó junto a la fotografía de Robyn Naismith. Durante unos instantes permanecimos los dos en silencio, mientras nuestros ojos pasaban de una imagen a la otra. Las semejanzas eran mucho más pronunciadas de lo que yo me imaginaba; los dos cadáveres se hallaban prácticamente en la misma posición, desde las manos extendidas a los lados hasta la ropa amontonada de cualquier manera entre sus pies descalzos.

—Debo reconocer que es muy inquietante —comentó Wesley—. Es casi como si la escena de Eddie Heath fuera una imagen reflejada de ésta otra. —Tocó la fotografía de Robyn Naismith—. Los cuerpos dispuestos como muñecas de trapo, apoyados contra objetos en forma de caja. Un televisor de gran tamaño. Un contenedor de basura marrón.

Extendió otras fotografías sobre la mesa como si fueran naipes de juego y apartó otra del montón. Era un primer plano del cadáver de Robyn en la morgue que mostraba claramente los irregulares círculos de mordeduras humanas en el pecho izquierdo y en la cara interior del muslo izquierdo.

—Otra semejanza asombrosa —señaló—. Estas huellas de mordiscos, aquí y aquí, coinciden precisamente con las zonas de carne extirpada en el hombro y el muslo de Eddie Heath. —Se quitó las gafas y me miró—. Dicho de otro modo, parece probable que el asesino mordiera a Eddie Heath y luego extirpara la carne para eliminar la evidencia.

—Lo cual quiere decir que el asesino estaba más o menos familiarizado con los métodos forenses —observé.

—Casi todos los delincuentes que han pasado algún tiempo en prisión están familiarizados con los métodos forenses. Si cuando Waddell mató a Robyn Naismith no sabía que las huellas de mordiscos son identificables, a estas alturas sin duda tendría que saberlo.

—Hablas como si este asesinato también fuera suyo —objeté—. Hace un momento has dicho que no daba el perfil adecuado.

—Hace diez años no daba el perfil adecuado. Es lo único que afirmo.

—Tienes su protocolo de evaluación. ¿Podemos comentarlo?

—Desde luego.

El protocolo era en realidad un cuestionario de cuarenta páginas que el FBI rellenaba durante una entrevista cara a cara en la cárcel con todo delincuente violento.

—Hojéalo tu misma —dijo Wesley, y depositó el protocolo de Waddell delante de mí—. Me gustaría escuchar tus opiniones antes de darte las mías.

La entrevista de Wesley con Ronnie Joe Waddell se había producido seis años antes en la galería de condenados a muerte del condado de Mecklenburg. El protocolo empezaba con los habituales datos descriptivos. La actitud de Waddell, su estado emocional, sus hábitos de comportamiento y su estilo de conversación indicaban que se hallaba agitado y confundido. Luego, cuando Wesley le ofreció la posibilidad de formular preguntas, Waddell sólo hizo una: «Al pasar ante una ventana he visto copitos blancos. ¿Está nevando o es ceniza del incinerador?»

La fecha del protocolo, advertí, era de agosto.

Las preguntas acerca de cómo se habría podido evitar el asesinato no conducían a nada. ¿Habría matado Waddell a su víctima en una zona habitada? ¿La habría matado de haber testigos presentes? ¿Había algo que le hubiera impedido matarla? ¿Creía que la pena capital era un factor disuasorio? Waddell declaró que no se acordaba de haber matado a «la señora de la tele». Ignoraba qué habría podido impedirle cometer un acto que no recordaba. Su único recuerdo era que se había sentido «pegajoso». Decía que era como despertar tras una polución nocturna. La sustancia pegajosa a que Ronnie Waddell se refería no era esperma. Era la sangre de Robyn Naismith.

—Su lista de problemas parece bastante vulgar —reflexioné en voz alta—. Dolores de cabeza, una gran timidez, una pronunciada tendencia a soñar despierto, se marchó de casa a la edad de diecinueve años... No veo ninguna de las señales de peligro habituales. No se mencionan actos de crueldad contra animales, incendios, agresiones, etcétera.

—Sigue adelante —me aconsejó Wesley.

Leí por encima unas cuantas páginas más.

—Drogas y alcohol —comenté.

—Si no lo hubieran encerrado, habría muerto de una sobredosis o le habrían pegado un tiro en la calle —dijo Wesley—. Y lo más interesante es que el consumo de drogas no se inició hasta llegar a la edad adulta. Recuerdo que Waddell me contó que no había probado nunca el alcohol hasta después de cumplir los veinte años, cuando ya se había ido de casa.

—¿Se crió en una granja?

—En Suffolk. Una granja relativamente grande en la que se cultivaba cacahuete, maíz y soja. Toda su familia vivía allí y trabajaba para los dueños. Ronnie Joe era el menor de cuatro hermanos. Su madre era muy religiosa y todos los domingos llevaba los niños a la iglesia. Prohibido el alcohol, el lenguaje soez y el tabaco. Tuvo una infancia muy protegida. De hecho, Ronnie nunca se alejó de la granja hasta después de la muerte de su padre, cuando decidió marcharse. Tomó el autobús de Richmond y, debido a su fuerza física, le fue fácil encontrar trabajo. Romper asfalto con un martillo neumático, levantar cargas pesadas, este tipo de cosas. Mi teoría es que no fue capaz de vencer la tentación cuando por fin se le presentó. Primero vinieron la cerveza y el vino, luego la marihuana. En menos de un año se había metido en la cocaína y la heroína, comprando y vendiendo, robando todo lo que encontraba a su alcance.

»Cuando le pregunté cuántos delitos había cometido sin ser detenido por ellos me contestó que no podía contarlos. Dijo que entraba a robar en las casas, que robaba objetos de los coches..., en otras palabras, delitos contra la propiedad. Hasta que un día se metió en la vivienda de Robyn Naismith y ella tuvo la mala suerte de volver a casa y encontrárselo allí.

—No se le describía como un individuo violento, Benton —le hice notar.

—Cierto. Nunca dio el perfil del típico delincuente violento. La defensa alegó demencia temporal debida al consumo de drogas y alcohol. Si he de ser sincero, creo que tenían razón.

»Poco antes de asesinar a Robyn Naismith había empezado a consumir habitualmente PCP. Es muy posible que, cuando se encontró con Robyn Naismith, Waddell estuviera completamente alterado y luego le resultara imposible recordar lo que le hizo.

—¿Recuerdas si se llevó algo? —le pregunté—. Me gustaría saber si hubo algún indicio claro de que entró en la casa con la intención de cometer un robo.

—La casa estaba patas arriba. Sabemos que faltaban joyas. Habían desaparecido las medicinas del botiquín y la cartera de Robyn Naismith estaba vacía. Es difícil saber qué más robó, porque la víctima vivía sola.

—¿Alguna relación sentimental?

—Una cuestión fascinante. —Wesley contempló abstraído a una pareja entrada en años que bailaba soporíficamente a las notas susurrantes de un saxofón—. Se encontraron manchas de esperma en una sábana de la cama y en la funda del colchón. La mancha de la sábana tenía que ser reciente a menos que Robyn no cambiara la ropa de cama muy a menudo, y sabemos que no fue Waddell el origen de las manchas. No corresponden a su grupo sanguíneo.

—Entre las personas que la conocían, ¿nadie mencionó nunca un amante?

—Nadie. Evidentemente, se suscitó un vivo interés por saber quién era ese hombre, y visto que nunca se puso en contacto con la policía, se sospechó que Robyn Naismith tenía una aventura sentimental, posiblemente con alguno de sus colegas o informantes casados.

—Tal vez sí —concedí—. Pero no la mató él.

—No. La mató Ronnie Joe Waddell. Echémosle una mirada.

Abrí la carpeta de Waddell y le pasé a Wesley las fotografías del reo ejecutado al que yo había hecho la autopsia la noche del trece de diciembre.

—¿Es éste el hombre al que entrevistaste hace seis años?

Wesley examinó las fotografías con expresión imperturbable, una por una. Contempló los primeros planos de la cara y la nuca y miró brevemente las fotos del torso y las manos. Luego cogió el protocolo de evaluación de Waddell, desprendió la foto de su ficha y empezó a compararla mientras yo lo miraba.

—Veo un parecido —observé.

—Y eso es lo máximo que podemos decir —añadió Wesley—. La foto de la ficha tiene diez años. Waddell llevaba barba y bigote, y era muy musculoso pero delgado. Tenía el rostro enjuto. —Hizo una pausa y señaló una de las fotografías de la morgue—. Este tipo está afeitado y es mucho más grueso. La cara es mucho más rolliza. Basándome solamente en estas fotos, no puedo asegurar que se trate del mismo hombre.

Yo tampoco podía confirmarlo. De hecho, yo misma tenía fotos antiguas en las que no me reconocería nadie.

—¿Qué se te ocurre que podemos hacer para resolver este problema? —le pregunté.

—Te diré lo que pienso —respondió, mientras recogía las fotografías e igualaba los cantos con unos golpecitos sobre la mesa—. Tu viejo amigo Nick Grueman tiene algún papel en todo esto, y he estado pensando en la mejor manera de abordarlo sin descubrir nuestras cartas. Si Marino o yo hablamos con él, comprenderá al instante que ocurre algo extraño.

Vi adónde conducía todo esto e intenté interrumpirle, pero Wesley no me dejó.

—Marino me ha hablado de tus dificultades con Grueman, que telefonea y, en general, te hace ir de cabeza. Y está también el pasado, naturalmente, los años que pasaste en Georgetown. Quizá tendrías que hablarle tú.

—No quiero hablar con él, Benton.

—Puede ser que tenga fotos de Waddell, cartas u otros documentos. Algo que conserve huellas de Waddell. También cabe la posibilidad de que en el curso de la conversación diga algo revelador. La cuestión es que, si lo deseas, puedes acceder a él en el desempeño de tus actividades normales, mientras que los demás no podemos. Y de todos modos has de ir a Washington para ver a Downey.

—No —repetí.

—Sólo es una idea. —Se giró hacia la camarera y le pidió la cuenta con un ademán—. ¿Cuánto tiempo va a quedarse Lucy contigo? —preguntó.

—No tiene que volver a clase hasta el siete de enero.

—Recuerdo que era muy hábil con los ordenadores.

—Es más que bastante hábil.

Wesley esbozó una ligera sonrisa.

—Eso me ha contado Marino. Según dice, Lucy cree que podría ayudarnos en lo de AFIS.

—Estoy segura de que le gustaría intentarlo. —De pronto volví a sentirme protectora, y desgarrada. Quería mandarla de vuelta a Miami, pero al mismo tiempo la quería a mi lado.

—No sé si lo recuerdas, pero Michele trabaja para el Departamento de Servicios de Justicia Criminal, que ayuda a la policía del Estado en el manejo de AFIS.

—Yo diría que, en estos momentos, eso debería tenerte un poco preocupado. —Apuré el coñac.

—No hay ni un día de mi vida en el que no esté preocupado —replicó.

A la mañana siguiente empezó a caer una ligera nevada mientras Lucy y yo nos vestíamos con unas prendas de esquí que podían divisarse desde ahí hasta el Eiger.

—Parezco un cono de tráfico —comentó Lucy, al verse reflejada de naranja chillón en el espejo.

—De eso se trata. Si te pierdes en la nieve, no será difícil dar contigo. —Engullí una cápsula de vitaminas y dos aspirinas con un agua mineral del minibar.

Mi sobrina examinó mi atuendo, casi tan eléctrico como el de ella, y meneó a la cabeza.

—Para lo conservadora que sueles ser, a la hora de hacer deporte te vistes como un pavo real de neón.

—Intento no quedar siempre como una chapada a la antigua. ¿Tienes hambre?

—Me estoy muriendo.

—He quedado con Benton a las ocho y media en el comedor. Pero podemos bajar ahora mismo, si no quieres esperar.

—Estoy lista. ¿Connie no desayuna con nosotros?

—Nos encontraremos con ella en las pistas. Benton quiere hablar conmigo antes.

—¿Y no le molesta verse excluida? —preguntó Lucy—. Por lo visto, cada vez que habla con alguien, ella se queda al margen.

Cerré con llave la habitación y echamos a andar por el corredor silencioso.

—Sospecho que Connie prefiere no saber nada —respondí en voz baja—. Conocer todos los detalles del trabajo de su marido sería una carga para ella.

—Y entonces él los comenta contigo.

—Hablamos de los casos, sí.

—Del trabajo. Y el trabajo es lo que más os importa a los dos.

—Parece que el trabajo domina nuestras vidas, ciertamente.

—¿Vais a tener una aventura el señor Wesley y tú?

—Vamos a desayunar juntos —dije sonriendo.

Como era de esperar, el Homestead ofrecía un bufé apabullante. Las largas mesas cubiertas de manteles de hilo estaban repletas de tocino y jamón de Virginia curado, huevos preparados de todas las maneras imaginables, bollería, panecillos y pasteles. Lucy, sin inmutarse ante aquellas tentaciones, se encaminó directamente hacia los cereales y la fruta del tiempo. Avergonzada por su ejemplo y por el reciente sermón que le había endilgado a Marino a propósito de su salud, decidí portarme bien y renuncié a todo lo que me apetecía, incluso al café.

—Todos te miran, tía Kay —observó Lucy en un susurro.

Supuse que esta atención se debía a nuestro vibrante atavío, hasta que abrí el *Washington Post* de la mañana y me llevé un sobresalto al verme en primera plana. Los titulares rezaban: «ASESINATO EN LA MORGUE», y el artículo consistía en una prolija relación del homicidio de Susan complementada con una fotografía, situada en un lugar destacado, en la que se me veía llegar a la escena del crimen con una expresión muy tensa. Resultaba evidente que la principal fuente de información del periodista había sido el angustiado esposo, Jason, cuyas declaraciones daban a entender que su esposa se había despedido del trabajo en circunstancias peculiares, si no sospechosas, menos de una semana antes de sufrir una muerte violenta.

Se afirmaba, por ejemplo, que Susan había tenido recientemente un enfrentamiento conmigo cuando intenté incluirla como testigo en el caso de un chico asesinado a pesar de que ella no había estado presente en la autopsia. Cuando Susan enfermó y dejó de ir a trabajar «después de un derrame de formalina», yo la llamaba a casa con tanta frecuencia que no se atrevía a descolgar el teléfono, y luego hice «acto de presencia ante su puerta la noche antes de que muriera asesinada» para llevarle una flor de la Pascua y vagas promesas de favores.

«Salí a hacer unas compras de Navidad y al volver a casa me encontré a la jefa de Medicina Forense en la salita de estar —decía el esposo de Susan en el artículo—. Se fue inmediatamente [la doctora Scarpetta], y nada más cerrarse la puerta Susan se echó a llorar. Estaba muy asustada por algo, pero no quiso decirme por qué.»

Por más que me disgustó verme públicamente desacreditada por Jason Story, aún fue peor la revelación de las últimas transacciones económicas de Susan. Al parecer, dos semanas antes de morir había pagado facturas de sus tarjetas de crédito por valor de más de tres mil dólares, después de ingresar tres mil quinientos dólares en su cuenta corriente. Esta repentina prosperidad era inexplicable. Su marido había perdido su empleo como vendedor durante el otoño, y Susan ganaba menos de veinte mil dólares al año.

—Está aquí el señor Wesley —me anunció Lucy, y me quitó el periódico.

Wesley vestía unos pantalones de esquí negros y un jersey de cuello de cisne, con un anorak de un rojo brillante sujeto bajo el brazo. Por la expresión de su cara, la firmeza de la mandíbula, me di cuenta de que había leído la prensa.

—¿Intentó hablar contigo el periodista del *Post*? —Apartó una silla—. No puedo creer que hayan publicado ese condenado artículo sin darte una posibilidad de exponer tu punto de vista.

—Ayer llamó alguien del *Post* cuando me iba de la oficina —respondí—. Quería entrevistarme acerca del homicidio de Susan, y preferí no hablar con él. Supongo que ésa fue mi posibilidad.

—O sea que no sabías nada, no te imaginabas el cariz que iban a darle.

—Estaba a oscuras hasta que he abierto el periódico.

—Es la noticia del día, Kay. —Me miró directamente a los ojos—. Lo he oído esta mañana en la televisión. Me ha llamado Marino. Todos los medios de comunicación de Richmond están lanzados. La idea es que el asesinato de Susan puede estar relacionado con la Oficina de Medicina Forense, que tú puedes estar implicada y por eso te has marchado repentinamente de la ciudad.

—Es una locura.

—¿Qué hay de verdad en ese artículo?

—Los hechos están completamente distorsionados. Es cierto que llamé varias veces a casa de Susan cuando dejó de acudir al trabajo. Quería asegurarme de que se encontraba bien, y luego surgió la necesidad de averiguar si le había tomado las huellas a Waddell en la morgue. Fui a verla la víspera de Navidad para llevarle un regalo y la flor. Supongo que lo de la promesa de favores se refiere a cuando me anunció que no volvería al trabajo y le dije que me llamara si necesitaba referencias o cualquier cosa que pudiera hacer por ella.

—¿Es cierto que no quisiste incluirla como testigo en el caso de Eddie Heath?

—Eso sucedió la tarde en que rompió varios frascos de

formalina y subió a mi despacho a reponerse. Normalmente anotamos como testigos a todos los técnicos y ayudantes que colaboran en una autopsia. En esta ocasión, Susan sólo estuvo presente durante el examen externo, y se negó en redondo a que su nombre apareciera en el informe de la autopsia de Eddie Heath. Su actitud y su petición me parecieron insólitas, pero no hubo ningún enfrentamiento.

—Tal como lo presenta este artículo, se diría que le pagaste para que se fuera del trabajo —intervino Lucy—. Es lo que pensaría yo si leyera el artículo y no supiera nada más.

—Yo no le pagué para que dejara el trabajo, ciertamente, pero da la impresión de que alguien lo hizo —respondí.

—Todo empieza a cobrar un poco de sentido —dijo Wesley—. Si lo que dice el periódico de su situación económica es cierto, Susan acababa de recibir una considerable suma de dinero, lo cual significa que debió prestarle un servicio a alguien. Hacia esas mismas fechas, alguien se infiltró en tu ordenador y la personalidad de Susan sufrió un cambio. Se volvió nerviosa y poco digna de confianza. Te evitaba siempre que podía. Creo que no podía enfrentarse a ti, Kay, porque sabía que te estaba traicionando.

Asentí en silencio, esforzándome por no perder la compostura. Susan se había metido en algo de lo que no sabía cómo salir, y se me ocurrió que quizás ésta fuese la verdadera explicación de por qué había evitado participar en la autopsia de Eddie Heath y luego en la de Jennifer Deighton. Sus arrebatos emocionales no tenían nada que ver con la brujería ni con el mareo producido por los vapores de formalina. La dominaba el pánico. No quería figurar como testigo en ninguno de los dos casos.

—Interesante —opinó Wesley cuando expuse mi teoría—. Si nos preguntamos qué cosa de valor podía tener Susan para vender, la respuesta es información. Si no participaba en las autopsias no tenía información. Y la persona que le compraba esta información es probablemente la persona con que iba a reunirse el día de Navidad.

—¿Qué información puede ser tan importante que alguien esté dispuesto a pagar miles de dólares por ella y luego asesine a una mujer embarazada? —preguntó Lucy con brusquedad.

No lo sabíamos, pero podíamos conjeturarlo. Una vez más, el denominador común parecía ser Ronnie Joe Waddell.

—Susan no olvidó tomar las huellas a Waddell o a quienquiera que fuese ejecutado en su lugar —afirmé—. Se abstuvo deliberadamente de tomárselas.

—Eso parece —asintió Wesley—. Alguien le pidió que se olvidara de tomarle las huellas. O que perdiera las tarjetas si tú o algún otro miembro de tu personal se las tomaba.

Pensé en Ben Stevens. El muy cabrón.

—Y esto nos lleva otra vez a lo que estuvimos hablando ayer, Kay —prosiguió Wesley—. Hemos de volver a la noche en que se supone que Waddell fue ejecutado y determinar con toda certeza quién se sentó en la silla. Y una manera de empezar es con el AFIS. Lo que necesitamos saber es si se han manipulado los datos y, en caso afirmativo, cuáles.

—Ahora se dirigía a Lucy—. He tomado medidas para que puedas examinar las cintas de diario, si estás dispuesta.

—Estoy dispuesta —respondió Lucy—. ¿Cuándo quieres que empiece?

—Puedes empezar cuando gustes, porque el primer paso puede hacerse por teléfono. Tienes que llamar a Michele. Es analista de sistemas para el Departamento de Servicios de Justicia Criminal, y trabaja en la sede central de la policía del Estado. Su tarea tiene que ver con AFIS, y ella misma te explicará en detalle cómo funciona todo. Luego empezará a montar las cintas de diario para que puedas acceder a ellas.

—¿No le importa que me ocupe yo de esto? —preguntó Lucy cautelosamente.

—Al contrario. Está entusiasmada. Las cintas de diario no son más que registros de verificación, una lista de los cambios efectuados en la base de datos de AFIS. Dicho de otro modo, no son legibles. Creo que Michele dijo que eran un «enredo hex», si eso significa algo para ti.

—Hexadecimal, o en base dieciséis. Es decir, que son

unos jeroglíficos —explicó Lucy—. Significa que tendré que descifrar los datos y escribir un programa que busque cualquier cosa que no cuadre con los números de identificación de los registros en que estéis interesados.

—¿Puedes hacerlo? —quiso saber Wesley.

—En cuanto averigüe el código y la disposición de los registros. ¿Por qué no lo hace esa analista que conoces?

—Queremos que todo se haga de la manera más discreta posible. Llamaría mucho la atención que Michele abandonara de pronto sus tareas habituales y empezara a revisar esas cintas durante diez horas al día. Tú puedes trabajar en casa de tu tía sin que te vea nadie, comunicándote por una línea de diagnóstico.

—Siempre y cuando las llamadas de Lucy no puedan rastrearse hasta mi residencia —objeté.

—No lo serán —me aseguró Wesley.

—¿Y no se dará cuenta nadie de que alguien se comunica desde el exterior con el ordenador de la policía del Estado y revisa sus cintas?

—Michele dice que puede arreglarlo de manera que no haya ningún problema. —Wesley abrió la cremallera de uno de los bolsillos de su chaqueta de esquí, sacó una tarjeta y se la entregó a Lucy—. Aquí tienes el número de teléfono del trabajo y el particular.

—¿Cómo sabes que puedes confiar en ella? —preguntó Lucy—. Si alguien ha manipulado los datos, ¿cómo sabes que no ha tenido nada que ver?

—Michele nunca ha sabido mentir. Desde que era una niña, bajaba la vista al suelo y se ponía tan roja como la nariz de un payaso.

—¿Ya la conocías cuando era una niña? —Lucy estaba desconcertada.

—Y antes —contestó Wesley—. Es mi hija mayor.

9

Tras mucho debatir, elaboramos un plan que nos pareció razonable. Lucy se quedaría en el Homestead con los Wesley hasta el miércoles, lo que me concedía un breve plazo para tratar de resolver mis problemas sin necesidad de preocuparme por su bienestar. Después de desayunar, emprendí el regreso a Richmond bajo una suave nevada que cuando llegué a la ciudad se había convertido en lluvia.

Entrada la tarde había estado en el despacho y en los laboratorios. Había conferenciado con Fielding y con varios de los científicos forenses, y había esquivado a Ben Stevens. No devolví ninguna llamada de la prensa y evité consultar mi correo electrónico, porque si el comisionado de Sanidad me había enviado algún mensaje yo prefería no saber qué decía. Hacia las cuatro y media estaba llenando el depósito de gasolina en una estación de servicio Exxon de la avenida Grove cuando un Ford LTD blanco se paró detrás de mí. Vi salir a Marino, que se alzó de un tirón los pantalones y se dirigió a los aseos. Cuando regresó, al cabo de unos instantes, miró con disimulo en derredor como si le preocupara que alguien hubiera podido observar su visita al retrete. Finalmente, se me acercó a paso lento.

—La he visto al pasar —comentó, y hundió las manos en los bolsillos de la americana azul.

—¿Dónde tiene el chaquetón? —Empecé a limpiar el parabrisas.

—En el coche. Me estorba. —El aire frío, cortante, le

hizo encorvar los hombros—. Si aún no ha pensado en acabar con esos rumores, es hora de que empiece a pensarlo.

—Dejé la rasqueta de goma en el cubo de agua con detergente y me volví hacia él, irritada.

—¿Y qué me sugiere usted que haga, Marino? ¿Que llame a Jason Story y le diga que lamento que hayan muerto su esposa y su hijo por nacer, pero que le agradecería muchísimo que desfogara su dolor y su ira de otra manera?

—Le echa la culpa a usted, doctora.

—Después de leer sus declaraciones en el *Post*, sospecho que ha de haber mucha gente que me echa la culpa. Ha logrado presentarme como una zorra maquiavélica.

—¿Tiene usted hambre?

—No.

—A mí me parece que tiene hambre.

Me lo quedé mirando como si hubiera perdido el juicio.

—Y cuando me parece que algo es de cierta manera, tengo el deber de comprobarlo. Así que le doy a elegir, doctora. Puedo sacar unos Nabs y unos refrescos de aquellas máquinas de allí, y nos quedamos aquí de pie helándonos el trasero y respirando gases de escape mientras impedimos que otros pobres diablos utilicen los surtidores de autoservicio, o podemos irnos los dos a Phil's. En cualquier caso, pago yo.

Diez minutos después estábamos sentados en un rincón del restaurante estudiando sendas cartas ilustradas que ofrecían todo lo imaginable desde espaguetis hasta pescado frito. Marino se había acomodado de cara a la puerta, que era de vidrio de color, en tanto que yo tenía una visión perfecta de los lavabos. Él estaba fumando, como la mayoría de la gente que nos rodeaba, y eso me recordó lo muy duro que es dejarlo. Pero, en vista de las circunstancias, no hubiera podido elegir un restaurante más adecuado. El Philip's Continental Lounge era un viejo establecimiento de barrio, al que los parroquianos que se conocían de toda la vida seguían acudiendo regularmente en busca de comida sustanciosa y cerveza embotellada. El cliente típico era gregario y bonachón, y difícilmente me reconocería o se interesaría por mí a no ser que mi foto apareciese habitualmente en la sección deportiva del periódico.

—La cosa es así —dijo Marino mientras dejaba la carta—. Jason Story cree que Susan aún estaría viva si hubiera tenido otro empleo. Y seguramente tiene razón. Además, es un perdedor; uno de esos gilipollas egocéntricos que siempre creen que la culpa es de los demás. Lo cierto es que probablemente él tiene más culpa que nadie de que Susan haya muerto.

—No estará insinuando que la mató él, ¿verdad?

Llegó la camarera y le pasamos nuestro pedido. Pollo a la plancha y arroz para Marino y una salchicha *kosher* con chile para mí, más dos refrescos de régimen.

No pretendo insinuar que Jason le pegara dos tiros a su mujer —respondió Marino en voz baja—. Pero la indujo a involucrarse en algo que la hizo morir asesinada. Susan era la responsable de pagar las cuentas, y se hallaba sometida a una gran presión económica.

—No me sorprende —comenté—. Su marido acababa de perder el empleo.

—Es una lástima que no perdiera también sus gustos de ricachón. Me refiero a camisas Polo, pantalones Britches de Georgetown y corbatas de seda. Un par de semanas después de quedarse en la calle, el capullo va y se gasta setecientos dólares en equipo para esquiar y luego se marcha a pasar el fin de semana en Wintergreen. Y antes de eso hubo una cazadora de cuero de doscientos dólares y una bicicleta de cuatrocientos. De modo que Susan se mata a trabajar en la morgue y cuando llega a casa se encuentra unas facturas a las que su salario ni siquiera hace cosquillas.

—No tenía ni idea —dije, conmovida por una repentina visión de Susan sentada a su escritorio. Su ritual diario era pasar la hora del almuerzo en su oficina, y a veces iba yo allí para charlar un rato. Recordé sus fritos de maíz a granel y las pegatinas de oferta en sus latas de refresco. Creo que nunca le vi comer ni beber nada que no hubiera traído de casa.

—El nivel de gastos de Jason —prosiguió Marino— es el origen de todos los problemas que está causándole. La deja por los suelos ante cualquiera que esté dispuesto a escucharle porque usted es una doctora, abogada y gran jefa india que conduce un Mercedes y vive en una gran casa en Windsor Farms. Tengo la impresión de que ese tonto del culo está convencido de que si consigue echarle la culpa a usted por lo ocurrido a su esposa podrá acabar sacándole una pequeña indemnización.

—Por mí, puede intentarlo hasta que se le ponga la cara azul.

—Y lo hará.

Llegaron los refrescos de régimen y cambié de tema.

—Mañana por la mañana he de ver a Downey. —La mirada de Marino vagó hacia el televisor instalado sobre la barra—. Lucy empezará a investigar el AFIS. Y luego tendré que hacer algo respecto a Ben Stevens.

—Lo que tiene que hacer es librarse de él.

—¿Tiene usted idea de lo difícil que resulta despedir a un funcionario del Estado?

—Dicen que es más fácil despedir a Jesucristo —replicó Marino—. A no ser que se trate de un alto cargo nombrado por designación, como usted. Pero sigo creyendo que debería buscar una manera de quitar de en medio a ese cabrón.

—¿Ha hablado con él?

—Sí, claro. Según él, es usted arrogante, ambiciosa y extraña, y es una verdadera cruz tener que trabajar para usted.

—¿De veras dijo eso? —pregunté, incrédula.

—Ésta es la idea general.

—Espero que a alguien se le ocurra echarle un vistazo a sus finanzas. Me gustaría saber si últimamente ha ingresado alguna suma considerable. Susan no se metió en líos ella sola.

—Estoy de acuerdo. Creo que Stevens sabe muchas cosas y que está borrando su rastro como un loco. A propósito, estuve en el banco de Susan. Uno de los cajeros recuerda que ingresó los tres mil quinientos dólares en efectivo.

Billetes de veinte, cincuenta y cien dólares que llevaba en el bolso.

—¿Qué dijo Stevens acerca de Susan?

—Anda diciendo que en realidad apenas la conocía, pero que tenía la impresión de que existía algún problema entre ustedes dos. En otras palabras, viene a confirmar lo que ha dicho la prensa.

Llegó la comida y apenas si pude engullir un solo bocado, de lo furiosa que estaba.

—¿Y Fielding? —pregunté—. ¿También opina que es horrible trabajar para mí?

Marino volvió a desviar la mirada.

—Dice que se vuelca usted demasiado en el trabajo y que nunca ha logrado comprenderla.

—No lo contraté para que me comprendiera, y en comparación con él ya lo creo que me vuelco en el trabajo. Hace años que Fielding perdió el interés por la medicina forense, y gasta casi todas sus energías en el gimnasio. —Marino me miró de hito en hito.

—Escuche, doctora, la verdad es que se vuelca usted en el trabajo en comparación con cualquiera, y la mayoría de la gente no es capaz de comprenderla. No es precisamente que vaya usted por la vida con el corazón en la mano. De hecho, puede usted dar la impresión de que no tiene sentimientos. Es tan condenadamente difícil de interpretar que, para las personas que no la conocen, a veces parece que no hay nada que pueda afectarla. Más de una vez me han preguntado por usted, policías y abogados. Quieren saber cómo es en realidad, cómo puede hacer lo que hace, qué saca en limpio. La ven como una persona que no intima con nadie.

—¿Y qué les dice cuando se lo preguntan? —quise saber.

—No les digo una puñetera mierda.

—¿Ha terminado ya de psicoanalizarme, Marino?

Encendió un cigarrillo.

—Mire, voy a decirle una cosa que no le va a gustar. Siempre ha sido usted muy reservada, muy profesional. Le cuesta mucho abrirse a la gente, pero cuando acepta a alguien, lo acepta. La persona en cuestión tiene una amiga para toda la vida, y haría usted lo que fuese por ella. Pero este último año ha estado muy distinta. Se ha construido como un centenar de murallas desde que mataron a Mark. Para quienes la rodean, es como encontrarse en una habitación que está a veinte grados y de repente la temperatura baja a doce grados. Creo que usted ni siquiera se da cuenta.

»O sea que en estos momentos no hay nadie que le tenga mucho aprecio. Quizás incluso están un poco molestos con usted porque tienen la sensación de que no les hace caso o los trata con superioridad. Puede que nunca les cayera usted bien, o puede que sólo sientan indiferencia. Lo que pasa con la gente es que, tanto si está usted sentada en un trono como en una silla de clavos, siempre quieren aprovecharse de su situación. Y si no existe ningún lazo entre usted y ellos, aún les resulta más fácil tratar de conseguir lo que quieren sin que les importe un bledo lo que pueda pasarle. Y ahí es donde está usted ahora. Hay mucha gente que lleva años esperando ver cómo se desangra.

—No pienso desangrarme. —Aparté el plato que tenía delante.

—Ya está desangrándose, doctora. —Exhaló una bocanada de humo—. Y el sentido común me dice que cuando alguien está nadando entre tiburones y empieza a sangrar, lo mejor que puede hacer es salir rápidamente del agua.

—¿No podríamos conversar sin recurrir a parábolas, aunque sólo sea un par de minutos?

—¡Eh! Puedo decírselo en portugués o en chino y no va usted a escucharme.

—Si me habla en portugués o en chino, le prometo que escucharé. De hecho, si alguna vez se decide a hablar en inglés, le prometo que escucharé.

—Los comentarios de esta clase no le hacen ganar admiradores. Es precisamente lo que estaba diciéndole.

—Lo he dicho con una sonrisa.

—La he visto rajar cadáveres con una sonrisa.

—Nunca. Siempre utilizo un bisturí.

—A veces no se nota la diferencia. He visto cómo su sonrisa hacía sangrar a abogados de la defensa.

—Si soy una persona tan insoportable, ¿cómo es que somos amigos?

—Porque yo tengo más murallas que usted. La verdad es que hay un pájaro en cada árbol y el agua está llena de tiburones. Y todos quieren un pedazo de nosotros.

—Es usted un paranoico, Marino.

—Tiene toda la razón, y por eso me gustaría que desapareciera usted de la circulación durante algún tiempo, doctora. Lo digo en serio —concluyó.

—No puedo.

—Si quiere saber la verdad, pronto empezará a parecer que hay un conflicto de intereses en que siga usted a cargo de estos casos. Al final, aún quedará en peor lugar.

—Susan está muerta —repliqué—. Eddie Heath está muerto. Jennifer Deighton está muerta. Hay corrupción en mi oficina y no estamos seguros de quién fue a la silla eléctrica la semana pasada. ¿De veras pretende que me vaya hasta que todo se arregle mágicamente por sí solo?

Marino extendió la mano hacia la sal, pero yo la cogí primero.

—Nada de eso. Pero puede ponerse tanta pimienta como quiera —dije, y le acerqué el pimentero.

—Toda esta mierda de la salud acabará matándome —rezongó—. Porque un día de éstos me voy a cabrear tanto que lo haré todo a la vez. Cinco cigarrillos encendidos, un bourbon en una mano y una taza de café en la otra, una bistec, una patata al horno cargada de mantequilla, crema agria y sal. Voy a hacer saltar todos los circuitos de la máquina.

—No, no hará usted nada de eso —protesté—. Se cuidará usted mucho y vivirá por lo menos tanto como yo.

Permanecimos un rato en silencio, comiendo con desgana.

—No se ofenda, doctora, pero ¿qué espera usted averiguar de esos puñeteros trozos de pluma?

—Su origen, si hay suerte.

—Puedo ahorrarle la molestia. Proceden de los pájaros —sentenció.

Dejé a Marino poco antes de las siete y volví al centro. La temperatura había subido por encima de los cuatro grados, y la noche oscura descargaba ráfagas de lluvia lo bastante violentas para detener el tráfico. Las lámparas de vapor de sodio eran borrones amarillentos por detrás de la morgue, donde la puerta cochera estaba cerrada y todos los espacios de aparcamiento vacíos.

Ya en el interior, se me aceleró el pulso mientras recorría el pasillo profusamente iluminado y dejaba atrás la sección de autopsias para dirigirme al pequeño despacho de Susan.

Hice girar la llave en la cerradura sin saber qué esperaba encontrar allí, pero de inmediato me vi atraída hacia el archivador y los cajones del escritorio, hacia todos los libros y mensajes telefónicos atrasados. Todo parecía estar igual que antes de su muerte. Marino tenía una gran habilidad para registrar el espacio particular de una persona sin alterar el desorden natural de las cosas. El teléfono seguía ladeado en el ángulo derecho del escritorio, el cable enrollado como un sacacorchos. Sobre el secante verde había unas tijeras y dos lápices con la punta rota, y la bata de laboratorio de Susan estaba doblada sobre el respaldo de la silla. En el monitor del ordenador aún había pegada una nota que le recordaba una visita al médico, y al contemplar las curvas tímidas y la suave inclinación de su pulcra caligrafía me sentí temblar por dentro. ¿Cuándo había empezado a perder el rumbo? ¿Fue cuando se casó con Jason Story? ¿O acaso su destrucción se había forjado mucho antes, cuando era la hija adolescente de un ministro escrupuloso, la gemela que había sobrevivido a la muerte de su hermana?

Me senté en su silla, la hice rodar hacia el archivador y empecé a sacar una carpeta tras otra y a examinar superficialmente su contenido. Casi todo eran folletos y otra información impresa acerca de los utensilios quirúrgicos y los diversos artículos y productos utilizados en la morgue. Nada me llamó la atención hasta que me di cuenta de que Susan guardaba prácticamente todas las notas que le había enviado Fielding, pero ninguna de Ben Stevens ni mía, aunque me constaba que los dos le habíamos enviado muchas. La búsqueda por cajones y estantes no me permitió encontrar ninguna carpeta a nombre de Stevens o mío, y fue entonces cuando llegué a la conclusión de que alguien las había cogido.

Mi primer pensamiento fue que quizá se las había llevado Marino. Pero entonces se me ocurrió otra cosa que me sobresaltó y me hizo correr hacia el piso de arriba.

Abrí la puerta de mi despacho y fui directamente al cajón de archivador donde guardaba los papeles administrativos de rutina, como hojas de llamadas telefónicas, notas, copias impresas de las comunicaciones que recibía por correo electrónico y borradores de propuestas presupuestarias y planes a largo plazo. Revisé frenéticamente archivadores y cajones. La etiqueta de la gruesa carpeta que estaba buscando rezaba simplemente «Notas», y en su interior había copias de todas las notas que había mandado a mi personal y a otros empleados de la agencia desde hacía varios años. Registré el despacho de Rose y volví a examinar cuidadosamente el mío. La carpeta había desaparecido.

—El hijo de puta —exclamé entre dientes mientras avanzaba furiosa por el corredor—. El maldito hijo de puta.

El despacho de Ben Stevens era de una pulcritud impecable, y tan cuidadosamente dispuesto que parecía el escaparate de una tienda de muebles de oferta. Su escritorio era un Williamsburg de imitación provisto de relucientes tiradores de latón y chapeado en caoba, y había lámparas de pie de latón con pantallas verde oscuro. El suelo estaba cubierto por una alfombra persa hecha a máquina, y las paredes adornadas con grandes láminas de esquiadores alpinos y jinetes en briosos corceles blandiendo mazas de polo y marinos navegando a toda vela por mares embravecidos. Para empezar, saqué el expediente personal de Susan. La descripción del puesto, el currículum y los demás documentos habituales estaban en su lugar. Faltaban varias notas laudatorias que yo misma había escrito y añadido a su expediente a lo largo del tiempo en que había trabajado para mí. Empecé a abrir los cajones del escritorio, y en uno de ellos encontré un neceser de vinilo marrón que contenía cepillo de dientes, dentífrico, maquinilla, crema de afeitar y un frasquito de colonia.

Quizá fue una agitación apenas perceptible del aire al abrirse sigilosamente la puerta, o quizá percibí una presencia a mi lado como lo haría un animal. Alcé la vista y descubrí a Ben Stevens parado en el umbral, mientras yo, sentada ante su escritorio, enroscaba de nuevo el tapón en el frasco de colonia Red. Durante un instante interminable y helado nuestras miradas se cruzaron sin que ninguno de los dos hablara. No estaba asustada. No estaba preocupada en lo más mínimo porque me hubiera sorprendido registrando su despacho. Estaba enfurecida.

—Vaya horas de venir a trabajar, Ben. —Cerré la cremallera del neceser y volví a dejarlo en el cajón. Luego entrelacé los dedos sobre el secante, moviéndome y hablando de forma lenta y deliberada—. Lo que siempre me ha gustado de trabajar fuera de horas es que no hay nadie más en la oficina —proseguí—. No hay distracciones. No hay peligro de que nadie venga a interrumpir lo que estás haciendo. No hay ojos ni oídos. No hay ruidos, excepto en las raras ocasiones en que al guardia de seguridad le da por hacer la ronda. Y todos sabemos que eso no ocurre a menudo a no ser que alguien reclame su atención, porque detesta entrar en la morgue sea a la hora que sea. Nunca he conocido a un guardia de seguridad que no lo detestara. Y lo mismo puede decirse del equipo de limpieza. Ni siquiera entran abajo, y aquí arriba hacen lo mínimo que pueden permitirse. Pero eso carece de importancia, ¿verdad? Pronto van a dar las nueve. El equipo de limpieza se marcha siempre a las siete y media.

»Lo que me asombra es no haberlo adivinado antes. Ni me había pasado por la cabeza. Tal vez éste sea un triste comentario sobre lo preocupada que he estado últimamente.

Le dijiste a la policía que no conocías personalmente a Susan, pero con frecuencia la acompañabas en tu coche a casa y al trabajo, como aquella mañana de nieve en que hice la autopsia a Jennifer Deighton. Recuerdo que Susan estaba muy distraída aquel día. Dejó el cadáver en mitad del pasillo. Estaba marcando un número y colgó a toda prisa el teléfono cuando me vio entrar en la sala de autopsias. Dudo de que se tratara de una llamada profesional a las siete y media de la mañana de un día en que la mayoría de la gente no iba a salir de casa a causa del tiempo. Y en la oficina no había nadie a quien llamar; aún no había llegado nadie, excepto tú. Si estaba marcando tu número, ¿por qué ese impulso de ocultármelo? A no ser que fueras algo más que su inmediato superior.

»Y tus relaciones conmigo son igualmente desconcertantes, desde luego. En apariencia nos llevamos muy bien, y de pronto sales diciendo que soy la peor jefa de la cristiandad. Eso hace que me pregunte si Jason Story es el único que anda hablando con los periodistas. Es sorprendente esta personalidad que me ha surgido de pronto. Esta imagen. La tirana. La neurótica. La persona que en cierto modo es responsable de la muerte violenta de mi supervisora de la morgue. Susan y yo teníamos una relación de trabajo muy cordial, y hasta hace poco, Ben, también la teníamos nosotros. Pero se trata de mi palabra contra la tuya, y más ahora, en vista de la manera tan conveniente en que ha desaparecido hasta el último trozo de papel que podría documentar mis declaraciones. Y me aventuraría a predecir que ya has informado a alguien de que se han sustraído de la oficina importantes expedientes y notas personales, insinuando así que me los he llevado yo. Cuando desaparecen expedientes y notas, cada cual puede decir lo que le plazca acerca de su contenido, ¿verdad?

—No sé de qué me habla —replicó Ben Stevens. Cruzó el umbral, pero sin acercarse al escritorio ni tomar asiento. Tenía el rostro encendido, y los ojos endurecidos por el odio—. No sé que hayan desaparecido notas o expedientes de la oficina, pero si eso es cierto, no puedo ocultárselo a las autoridades, como tampoco puedo ocultarles que al venir esta noche al despacho en busca de algo que me había dejado la sorprendí registrando mi escritorio.

—¿Qué te has dejado, Ben?

—No tengo por qué contestar a sus preguntas.

—A decir verdad, sí. Trabajas para mí, y si vienes a la oficina por la noche y yo me entero de ello, tengo derecho a interrogarte.

—Adelante, déme la baja. Intente despedirme. Eso la hará quedar muy bien, en estos momentos.

—Eres un pulpo, Ben —él abrió mucho los ojos y se humedeció los labios—. Tus intentos de sabotearme sólo son un chorro de tinta que lanzas al agua porque tienes miedo y quieres desviar la atención para que nadie se fije en ti. ¿Mataste tú a Susan?

—Está usted loca. —Le temblaba la voz.

—Susan salió de casa el día de Navidad a primera hora de la tarde con la excusa de ir a ver a una amiga. En realidad, tenía que verse contigo, ¿no es eso? ¿Sabías que cuando la encontraron muerta en el coche, el cuello del abrigo y el pañuelo que llevaba puesto olían a colonia de hombre, a esa colonia Red que guardas en el escritorio para acicalarte antes de ir a los bares del Slip a la salida del trabajo?

—No sé de qué me habla.

—¿Quién le pagaba?

—Tal vez usted.

—Eso es totalmente ridículo —respondí con toda mi calma—. Susan y tú estabais metidos en algún plan para hacer dinero, y sospecho que fuiste tú quien la indujo a mezclarse en el asunto, porque conocías sus puntos vulnerables. Probablemente Susan te había hecho confidencias. Sabías cómo convencerla para que se uniera a tus planes, y bien sabe Dios que tú necesitabas dinero. Sólo las cuentas de los bares debían de llevarse tu presupuesto. Las juergas son caras, y yo sé lo que cobras.

—Usted no sabe nada.

—Ben. —Bajé el tono de voz—. Abandona. Déjalo ahora que aún estás a tiempo. Dime quién está detrás de todo esto.

No quiso mirarme a la cara.

—Las apuestas son muy altas cuando empieza a morir gente. Si mataste tú a Susan, ¿crees que podrás quedar impune?

No dijo nada.

—Si la mató otra persona, ¿crees que tú estás a salvo, que no puede ocurrirte lo mismo?

—Me está amenazando.

—Tonterías.

—No puede demostrar que la colonia que olió en el abrigo de Susan fuera la mía. No existen análisis para esta clase de cosas. No se puede meter un olor en un tubo de ensayo; no se puede conservar —replicó.

—Voy a pedirte que te vayas, Ben.

Giró en redondo y salió de su despacho. Cuando oí que se cerraban las puertas del ascensor, crucé el pasillo y atisbé por una ventana que daba al aparcamiento de atrás. No me arriesgué a bajar a mi coche hasta que vi marcharse a Ben.

El edificio del FBI es una fortaleza de hormigón que se alza en el cruce de la calle Nueve y la avenida Pennsylvania, en el corazón de Washington, D.C., y cuando llegué allí a la mañana siguiente descubrí que me había precedido un grupo de al menos cien colegiales bulliciosos. Al verlos subir ruidosamente las escaleras, precipitarse a los bancos y arracimarse incansablemente en torno a enormes arbustos y árboles en macetas, me acordé de Lucy cuando tenía su edad. A Lucy le habría encantado hacer una visita a los laboratorios, y de repente la añoré.

Eché a andar con paso enérgico y seguro, pues había estado allí el suficiente número de veces para conocer el camino, y el parloteo de las agudas voces infantiles se fue difuminando como si se lo llevara el viento. Dirigiéndome hacia el centro del edificio, crucé el patio y pasé ante una zona de aparcamiento reservado y un guardia antes de llegar a una puerta de cristal. Dentro había un vestíbulo con muebles castaños, espejos y banderas. Una fotografía del presidente sonreía desde una pared, mientras que la otra exhibía el *hit parade* de los diez fugitivos más buscados del país.

En el escritorio de recepción le presenté mi permiso de conducir a un agente joven cuya actitud era tan seria como su traje gris.

—Soy la doctora Kay Scarpetta, jefa de Medicina Forense de Virginia.

—¿A quién desea ver?

Se lo dije.

Examinó mi fotografía, comprobó que no llevara ningún arma, llamó por teléfono y me entregó una insignia. A diferencia de la academia de Quantico, la sede central tenía una atmósfera que parecía almidonar el alma y poner rígida la columna.

No había visto nunca al agente especial Minor Downey, aunque la ironía de su apellido conjuraba en mí imágenes injustas. Tenía que ser un hombre frágil y delicado, con un cabello rubio muy claro que le cubría hasta el último centímetro del cuerpo excepto la cabeza. Sus ojos debían ser débiles y su piel escasamente tocada por el sol, y, por supuesto, debía entrar y salir sigilosamente de los sitios sin atraer la atención hacia su persona.

Naturalmente, me equivocaba. Cuando se presentó un hombre robusto en mangas de camisa y me miró fijamente, me levanté del asiento.

—Usted debe de ser el señor Downey.

—Doctora Scarpetta. —Me estrechó la mano—. Lláme-me Minor, por favor.

Tenía cuarenta años como mucho, y, con sus gafas sin montura, su cabello castaño bien cortado y su corbata de rayas marrón y azul marino, resultaba atractivo en un estilo académico. Exudaba un aire de concentración e intensidad intelectual inmediatamente perceptible por cualquiera que hubiese pasado unos arduos años de estudios de posgrado, pues me era imposible recordar a ningún profesor de Georgetown o de Johns Hopkins que no comulgara con lo insólito y se le hiciera imposible conectar con los pedestres seres humanos.

—¿Y por qué plumas? —le pregunté cuando entrábamos en el ascensor.

—Tengo una amiga que es ornitóloga en el Museo Smithsoniano de Historia Natural —respondió—. Cuando los funcionarios de aviación civil empezaron a solicitar su colaboración en los casos de colisiones con pájaros, me sentí interesado. Las aves, ya lo sabe, son absorbidas por los motores de los aviones, y luego, al investigar los restos del accidente, se encuentran fragmentos de pluma y entran ganas de saber qué clase de ave causó el problema. En otras palabras, todo lo que es absorbido queda completamente desmenuzado. Una gaviota puede derribar un bombardero B-1, y si una colisión con un pájaro hace que un avión lleno de pasajeros pierda un motor, ya tenemos servido un buen problema. O lo que ocurrió una vez, que un somorgujo atravesó el parabrisas de un reactor Lear y decapitó al piloto. Todo eso es parte de mi trabajo. Estudio las absorciones de aves. Sometemos a prueba las turbinas y las hélices arrojándoles pollos. Ya me entiende: ¿resistirá el avión un pollo o dos?

»Pero puede uno encontrarse aves en toda clase de situaciones. Restos de pluma de paloma en la suela del sospechoso: ¿estuvo el sospechoso en el callejón donde se encontró el cadáver? O el ratero que se metió en una casa y entre otras cosas se llevó un papagayo amarillo, y en el maletero de su coche aparecieron unos restos que identificamos como plumas de papagayo amarillo. O el plumón que se descubrió en el cadáver de una mujer violada y asesinada. La encontraron en un contenedor de basura, dentro de una caja de altavoces Panasonic. Me pareció que era el fragmento de una pequeña pluma blanca de ánsar, idéntico al relleno del edredón que el sospechoso tenía en su cama. Este caso se resolvió gracias a una pluma y dos cabellos.

El tercer piso tenía la extensión de una manzana de la ciudad y estaba lleno de laboratorios donde distintos especialistas analizaban los explosivos, los restos de pintura, muestras de polen, herramientas, neumáticos y residuos utilizados para cometer crímenes o encontrados en el lugar de los hechos. Detectores de cromatografía gaseosa, microespectrofotómetros y superordenadores funcionaban mañana, tarde y noche, y había habitaciones llenas de muestras de pinturas para automóviles, materiales de construcción y plásticos. Seguí a Downey por una serie de pasillos blancos que, dejando atrás los laboratorios de análisis de ADN, nos condujo a la Unidad de Cabellos y Fibras donde él trabajaba. Su despacho servía también de laboratorio, y los muebles y estanterías de madera compartían el lugar con bancos de trabajo y microscopios. Las paredes y la alfombra eran de un tono beige, y los dibujos de colores prendidos con chinchetas a un tablón de anuncios me dijeron que este especialista en plumas de renombre internacional era padre de familia.

Abrí un sobre de papel marrón y saqué tres sobres más pequeños de plástico transparente. Dos de ellos contenían las plumas recogidas tras los homicidios de Jennifer Deighton y Susan Story, en tanto que el tercero contenía un portaobjetos de microscopio con el residuo gomoso encontrado en las muñecas de Eddie Heath.

—Creo que ésta es la mejor —observé, señalando la pluma que había recogido del camisón de Jennifer Deighton.

La sacó del sobre y comentó:

—Es un plumón; una pluma del pecho o del dorso. Está bastante poblada. Eso es bueno. Cuanta más pluma tengamos, mejor. —Tomó unas pinzas con las que arrancó algunos de los filamentos o «barbas» de los dos lados del astil y, situándose ante el microscopio estereoscópico, las depositó sobre una fina capa de xileno que previamente había derramado sobre un portaobjetos. Esto sirvió para que las minúsculas estructuras se separasen unas de otras, y cuando consideró que todas las barbas estaban nítidamente separadas, tocó el xileno con la punta de un secante verde a fin de absorberlo. Después añadió el medio de soporte Flo-Texx y a continuación una cubierta, y colocó el portaobjetos bajo el microscopio de comparación, que estaba conectado a una cámara de vídeo.

—Para empezar, le diré que la estructura de las plumas es básicamente igual en todas las aves —me explicó—. Tenemos un eje central o astil del que surgen unas barbas, que a su vez se ramifican en bárbulas, parecidas a pelos, y tenemos una base más ancha, encima de la cual hay un poro llamado el *umbilicus* superior. Las barbas son los filamentos que confieren a la pluma su apariencia «plumosa», y cuando las vea al microscopio comprobará que en realidad vienen a ser como unas miniplumas que crecen en el astil. —Conectó el monitor—. Esto es una barba.

Parece un helecho —comenté.

—En muchos casos, sí. Ahora vamos a ampliarla un poco más para echar una buena ojeada a las bárbulas, porque son las características de las bárbulas las que nos permiten establecer una identificación. Lo que más nos interesa, en concreto, son los nódulos.

—A ver si lo entiendo bien —dije—. Los nódulos son una característica de las bárbulas, las bárbulas son una característica de las barbas, las barbas son una característica de las plumas y las plumas son una característica de las aves.

—Exacto. Y en cada familia de aves las plumas tienen su propia estructura distintiva.

Lo que vi en la pantalla del monitor fue una imagen anodina parecida a un dibujo esquemático de una hierba o la pata de un insecto. Las líneas se conectaban en segmentos por medio de unas estructuras triangulares tridimensionales que Downey dijo que eran los nódulos.

—La clave está en el tamaño, la forma, el número y la pigmentación de los nódulos, y en su distribución sobre la bárbula —me explicó con paciencia—. Así, por ejemplo, los nódulos en forma de estrella son característicos de las palomas, los nódulos en forma de anillo corresponden a pollos y pavos, y si encuentra pestañas ensanchadas con engrosamiento prenodular es que se trata de cucos. —Señaló hacia la pantalla—. Éstos son claramente triangulares, o sea que nada más verlos ya sé que su pluma es de pato o de ganso. No es para sorprenderse en exceso. Las plumas recogidas en los casos de robo, violación y homicidio proceden típicamente de almohadas, edredones, chaquetas o guantes. Y por lo general el relleno de estos artículos se compone de plumón y pluma triturada de pato o de ganso, y en los más baratos, de pollo.

»Pero en este caso los pollos podemos descartarlos. Y estoy llegando a la conclusión de que esta pluma tampoco procede de un ganso.

—¿Por qué? —pregunté.

—Bien, si tuviéramos una pluma entera sería fácil decirlo. El plumón es más difícil. Pero por lo que estoy viendo aquí, en conjunto no hay suficientes nódulos. Además, no están repartidos por toda la bárbula, sino en una posición más distal, es decir, situados más hacia el extremo de la bárbula. Y ésta es una característica de los patos.

Abrió un armario y sacó varias bandejas de portaobjetos para microscopio.

—Vamos a ver. Tengo unas sesenta muestras de patos. Para mayor seguridad, voy a pasarlas todas e iré eliminando sobre la marcha.

Empezó a colocar las platinas una a una bajo el microscopio de comparación, que básicamente consiste en dos microscopios compuestos combinados en una unidad binocular. En el monitor de vídeo aparecía un campo de luz circular partido diagonalmente por una fina línea, con la muestra conocida a un lado de la línea y la pluma que pretendíamos identificar al otro lado. Descartamos rápidamente el pato silvestre común, el pato criollo, el arlequín, la focha, el pato negro y la cerceta americana, y docenas más. Downey no necesitaba examinar las muestras durante mucho tiempo para saber que no correspondían al ánade que buscábamos.

—¿Ésta es más delicada que las otras o sólo son figuraciones mías? —pregunté, refiriéndome a la pluma en cuestión.

—No son figuraciones. Ésta es más delicada, más aerodinámica. ¿Ve cómo las estructuras triangulares no se abren tanto?

—Lo veo. Ahora que me lo indica.

—Y eso nos da una pista importante respecto al ave. Esto es lo fascinante del asunto. La naturaleza tiene un motivo para todo lo que hace, y sospecho que en este caso el motivo es la capacidad de aislamiento. La función del plumón consiste en retener el aire, y cuanto más finas sean las bárbulas, más ahusados o aerodinámicos los nódulos y más distal la situación de los nódulos sobre las bárbulas, más eficazmente lo retiene. Cuando el aire queda retenido o estancado, es como hallarse en un cuartito aislado sin ventilación. Dentro se está caliente.

Colocó otro portaobjetos al microscopio, y esta vez me di cuenta de que nos aproximábamos. Las bárbulas eran finas, los nódulos ahusados y en posición distal.

—¿Qué tenemos aquí? —quise saber.

—He dejado los principales sospechosos para el final. —Se le veía complacido—. Los patos marinos. Y los más destacados de la lista son los eíderes. Aumentaré la ampliación a cuatrocientos. —Cambió de objetivo, reguló el enfoque y seguimos pasando muestras—. No es el eíder real ni el de anteojos, y no creo que sea el eíder de Steller por esa pigmentación pardusca que aparece en la base del nódulo. La pluma que ha traído usted no la tiene, ¿lo ve?

—Lo veo.

—Así que probaremos con el eíder común. Muy bien. Hay concordancia de pigmentación —observó, contemplando fijamente la pantalla—. Y, vamos a ver, un promedio de dos nódulos distalmente situados sobre la bárbula. Además, está ese ahusamiento que confiere mayor calidad aislante..., y eso es importante cuando se dedica uno a nadar por el océano Ártico. Creo que ha de ser éste, el *Somateria mollissima*, que suele habitar las costas de Islandia, Noruega, Alaska y Siberia. Haré otro examen con el SEM —añadió, refiriéndose al microscopio de barrido electrónico.

—¿En busca de qué?

—Cristales de sal.

—Naturalmente —comenté, fascinada—. Porque los eideres son aves marinas.

—Exacto. Y muy interesantes, además; un notable ejemplo de explotación. En Islandia y Noruega se protege a las colonias de cría contra predadores y otros peligros, a fin de recolectar el plumón con que las hembras revisten el nido y cubren los huevos. Luego, este plumón se lava y se vende a los fabricantes.

—¿Fabricantes de qué?

—Habitualmente, de edredones y sacos de dormir. —Mientras hablaba iba preparando varias barbas velludas de la pluma encontrada en el automóvil de Susan Story.

—Jennifer Deighton no tenía nada parecido en su casa —señalé—. Nada que estuviera relleno de plumas.

—Entonces seguramente debe tratarse de una transferencia secundaria o terciaria, en la que la pluma se transfirió al asesino, que a su vez la transfirió a la víctima. Esto es muy interesante.

Apareció la pluma en el monitor.

—También es de eider —observé.

—Eso parece. Probemos con el portaobjetos que ha traído. ¿Esto es del chico?

—Sí —respondí—. De un residuo adhesivo recogido de las muñecas de Eddie Heath.

—Que me cuelguen.

El residuo microscópico dio en el monitor una fascinante variedad de colores, formas, en la que se advertían las conocidas bárbulas y los nódulos triangulares.

—Bien, esto abre un gran boquete en mi teoría personal —dijo Downey—. Si se trata de tres homicidios cometidos en lugares distintos y en distintas fechas.

—De eso se trata.

—Si sólo una de estas plumas fuera de eider, me sentiría

tentado a sopesar la posibilidad de que fuese un contaminante. Ya me entiende, ve esas etiquetas que dicen cien por cien fibra acrílica y luego resulta que es noventa por ciento fibra acrílica y diez por ciento nailon. Las etiquetas engañan. Si antes de los jerséis acrílicos la fábrica ha producido, por ejemplo, un lote de cazadoras de nailon, los primeros jerséis que salgan llevarán contaminantes de nailon. A medida que van pasando jerséis, el contaminante se elimina.

—Dicho de otro modo —intervine—: si alguien lleva un anorak relleno de plumón o tiene un edredón en el que entraron contaminantes de eider durante la confección, la probabilidad de que dicho anorak o edredón pierda únicamente los contaminantes de eider es prácticamente nula.

—Precisamente. Por eso supondremos que la prenda en cuestión está rellena exclusivamente con plumón de eider, y eso es sumamente curioso. Lo que suelo ver en los casos que pasan por aquí son los típicos anoraks, guantes o edredones de hipermercado, rellenos de pluma de pollo o quizá de ganso. El plumón de eider es un producto especial, un artículo muy selecto. Cualquier chaleco, anorak, edredón o saco de dormir que vaya relleno de esta clase de plumón es seguro que tendrá muy poca pérdida, una buena confección... y un precio prohibitivo.

—¿Había encontrado antes plumón de eider como evidencia en algún caso?

—Es la primera vez.

—¿Por qué es tan valioso?

—Por las cualidades aislantes que ya he citado antes. Pero el atractivo estético también tiene mucho que ver. El plumón del eider común es blanco inmaculado; normalmente el plumón suele tener un tono sucio.

—Y si yo comprara una prenda de calidad rellena de esta clase de plumón, ¿tendría manera de saber que está rellena de un plumón blanco especial o quizá la etiqueta diría sencillamente «plumón de pato»?

—Estoy seguro de que lo sabría —me aseguró—. Probablemente la etiqueta diría algo así como «ciento por ciento plumón de eider». Tendría que haber algo que justificara el precio.

—¿Puede ordenar una búsqueda informatizada de los distribuidores de plumón?

—Desde luego. Pero, para mencionar lo evidente, ningún distribuidor podrá decirle si el plumón que ha encontrado es suyo a menos que les muestre la prenda o el artículo del que procede. Por desdicha, una pluma no basta.

—No lo sé —dije yo—. Podría ser que sí.

A mediodía, después de andar dos manzanas, llegué al lugar donde había aparcado el coche, entré en el vehículo y puse la calefacción a toda potencia. Estaba tan cerca de la avenida New Jersey que me sentía como la marea atraída por la luna. Me abroché el cinturón de seguridad, jugueteé con la radio y dos veces extendí la mano hacia el teléfono pero cambié de idea. Era una locura pensar siquiera en llamar a Nicholas Grueman.

De todos modos tampoco iba a encontrarlo, pensé, mientras volvía a extender la mano y marcaba su número.

—Grueman al habla —dijo una voz.

—Soy la doctora Scarpetta. —El ventilador de la calefacción me obligó a subir el tono.

—Bien, hola. Justamente el otro día estuve leyendo algo sobre usted. A juzgar por el sonido, diría que me llama desde un teléfono móvil.

—Y así es. Estoy en Washington.

—Me halaga muchísimo que haya pensado en mí al pasar por mi humilde ciudad.

—Su ciudad no tiene nada de humilde, señor Grueman, ni esta llamada es de cortesía. He creído que usted y yo teníamos que hablar de Ronnie Joe Waddell.

—Comprendo. ¿A qué distancia está del Centro Jurídico?

—A diez minutos.

—Todavía no he almorzado, y supongo que usted tampoco. ¿Le parece que haga subir unos bocadillos?

—Me parece muy bien —respondí.

El Centro Jurídico quedaba a unas treinta y cinco manzanas del campus principal de la universidad, y recordé el desengaño que había sufrido muchos años antes al saber que mi vida estudiantil no incluiría pasear por las viejas calles sombreadas de los Heights ni asistir a clase en hermosos edificios de obra vista del siglo XVIII. En cambio, tendría que pasar tres largos años en un entorno recién estrenado y desprovisto de encanto, situado en uno de los distritos más bulliciosos y agitados de Washington. La decepción, sin embargo, no me duró mucho. Había cierto atractivo, por no hablar de la comodidad, en estudiar Derecho a la sombra del Capitolio de los Estados Unidos. Pero quizá lo más importante fue que no llevaba mucho tiempo como alumna cuando conocí a Mark.

Lo que mejor recordaba de mis encuentros iniciales con Mark James durante el primer semestre de nuestro primer año era el efecto físico que producía sobre mí. Al principio, el mero hecho de verlo me alteraba, aunque no tenía ni idea de por qué. Luego, cuando empezamos a tratarnos, su presencia me provocaba descargas de adrenalina. Se me desbocaba el corazón y de pronto me encontraba absolutamente pendiente de todos sus ademanes, incluso los más comunes. Durante estas semanas, nuestras conversaciones eran un trance que se prolongaba hasta la madrugada. Nuestras palabras no eran tanto elementos del habla como notas de un secreto e inevitable *crescendo*, que se produjo una noche con la deslumbrante e imprevista fuerza de un accidente.

Desde entonces, el marco físico del Centro Jurídico se había ampliado y había cambiado sustancialmente. La sección de Justicia Criminal estaba en el cuarto piso, y cuando salí del ascensor no había nadie a la vista y todas las oficinas parecían desiertas. Después de todo, aún duraban las vacaciones, y sólo los más implacables o desesperados podían sentirse inclinados a trabajar. La puerta del departamento 418 estaba abierta, el escritorio de la secretaria vacío, la puerta del despacho interior de Grueman entornada.

Para no darle un sobresalto, lo llamé en voz alta mientras me acercaba a su puerta. No respondió.

—¿Hola, señor Grueman? ¿Está usted ahí? —insistí, y abrí más la puerta.

Su escritorio estaba cubierto por varios centímetros de papeles que se empantanaban en torno de un ordenador, y en el suelo, al pie de las abarrotadas estanterías, había montones de transcripciones y expedientes de casos. A la izquierda del escritorio había una mesa con una impresora y un fax que se afanaba en enviar algo a alguien. Mientras lo contemplaba todo desde el umbral, el teléfono llamó tres veces y dejó de sonar. La ventana que había tras el escritorio tenía la persiana bajada, quizá para eliminar reflejos en la pantalla del ordenador, y apoyada en la repisa había una gastada y arañada cartera de piel marrón.

—Lo siento. —La voz que sonó a mis espaldas casi me hizo dar un salto—. Sólo he salido un momento, y esperaba estar de vuelta antes de que llegara.

Nicholas Grueman no me ofreció la mano ni me dedicó ninguna clase de saludo personal. Toda su preocupación parecía consistir en regresar a su asiento, cosa que hacía muy despacio y con ayuda de un bastón con puño de plata.

—Le ofrecería café, pero no lo hay cuando Evelyn no está aquí —prosiguió mientras se acomodaba en su silla de juez—. Pero la charcutería que dentro de poco nos servirá el almuerzo pondrá también algo para beber. Espero que no le importe la demora. Y siéntese, por favor, doctora Scarpetta; me pone nervioso que una mujer me mire de arriba abajo.

Acerqué una silla al escritorio y me sorprendió descubrir que, visto en carne y hueso, Grueman no era el monstruo que yo recordaba de mi época de estudiante. Para empezar, daba la impresión de haberse encogido, aunque sospeché que la explicación más probable era que en mi imaginación le había conferido las proporciones del monte Rushmore. Ahora lo veía como un hombre delicado de cabellos blancos y con un rostro que los años habían tallado hasta convertirlo en una precisa caricatura. Seguía llevando pajarita y chaleco y fumaba en pipa, y cuando me miró, sus ojos grises eran tan aptos para la disección como cualquier escalpelo. Pero no me parecieron fríos. Eran sólo unos ojos que no revelaban nada, como los míos la mayor parte del tiempo.

—¿Por qué cojea? —le pregunté sin rodeos.

—Tengo gota. La enfermedad de los déspotas —respondió sin sonreír—. Se agudiza de vez en cuando, y le ruego que me ahorre sus buenos consejos y recetas. Ustedes, los médicos, me hacen perder la paciencia con sus opiniones no solicitadas sobre todos los temas, desde los fallos en el funcionamiento de las sillas eléctricas hasta la comida y la bebida que debería eliminar de mi lamentable dieta.

—No hubo ningún fallo en el funcionamiento de la silla eléctrica —objeté—. No en el caso al que estoy segura se refiere.

—No puede usted saber de ninguna manera a qué me refiero, y recuerdo bien que durante su breve estancia aquí tuve que amonestarla en más de una ocasión por su excesiva facilidad en hacer suposiciones. Lamento que no me escuchara. Sigue haciendo suposiciones, aunque, de hecho, en este caso ha sido una suposición correcta.

—Señor Grueman, me halaga que recuerde mis tiempos de estudiante, pero no he venido aquí para entregarme a reminiscencias sobre las horas desdichadas que pasé en su clase. Ni he venido tampoco para enzarzarme una vez más en ese arte marcial de la mente que tanto parece complacerle. Para dejar las cosas claras, le diré que goza usted de la distinción de ser el profesor más misógino y arrogante que he conocido en mis treinta y tantos años de educación formal. Y debo agradecerle que me entrenara tan bien en el arte de tratar con cabrones, porque el mundo está lleno de ellos y he de tratarlos a diario.

—Estoy seguro de que trata usted con ellos a diario, y todavía no he decidido si sabe hacerlo bien.

—No me interesa su opinión sobre el particular. Preferiría que me hablara de Ronnie Joe Waddell.

—¿Qué querría saber, aparte del hecho evidente de que

la conclusión final fue incorrecta? ¿Le gustaría que los políticos decidieran si hay que matarla, doctora Scarpetta? ¡Sólo tiene que fijarse en lo que le ocurre ahora mismo! ¿Acaso la mala prensa que está teniendo últimamente no responde, parcialmente al menos, a motivaciones políticas? Todas las partes implicadas tienen sus propios intereses, algo que ganar con su descrédito público. No tiene nada que ver con la justicia ni con la verdad. Así que imagínese lo que sería que esta misma gente tuviera el poder de quitarle la libertad e incluso la vida.

»Ronnie fue destruido por un sistema injusto e irracional. No influyó en lo más mínimo qué precedentes se aplicaron ni si las apelaciones eran para una revisión directa o accesoria. No influyó en lo más mínimo qué cuestiones pude plantear, porque en este caso, en su encantadora Commonwealth, el *habeas* no sirvió como elemento disuasorio destinado a garantizar que el Tribunal del Estado y los jueces de apelación procuraran de manera consciente dirigir los procedimientos en concordancia con los principios constitucionales establecidos. ¡Dios nos libre del menor interés por las violaciones de los derechos constitucionales, que hubiera podido favorecer la evolución de nuestro pensamiento en algún campo del Derecho! Durante los tres años que luché por Ronnie, lo mismo hubiera podido estar bailando una jiga.

—¿A qué violaciones de los derechos constitucionales se refiere? —le pregunté.

—¿De cuánto tiempo dispone? Pero empecemos por el uso evidente de recusaciones perentorias por parte de la acusación de un modo racialmente discriminatorio. Los derechos de Ronnie según la cláusula de igual protección fueron absolutamente pisoteados, y las impropiedades de la acusación infringieron de un modo flagrante el derecho reconocido por la sexta enmienda a un jurado compuesto por una representación justa de la comunidad. Supongo que no siguió el juicio de Ronnie y que no debe de saber mucho acerca de él, puesto que se celebró hace más de nueve años, antes de que llegara usted a Virginia. La publicidad local fue abrumadora, pero aun así no hubo cambio de tribunal. El jurado lo componían ocho mujeres y cuatro hombres. Seis de las mujeres y dos de los hombres eran de raza blanca. Los cuatro jurados negros eran un vendedor de automóviles, un cajero de banco, una enfermera y una profesora universitaria. En cuanto a los blancos, iban desde un guardaagujas retirado que aún llamaba «negratas» a los negros hasta una rica ama de casa que sólo veía a los negros cuando salía uno de ellos por televisión por haberle pegado un tiro a otro. La composición demográfica del jurado impedía por sí misma que Ronnie pudiera recibir una sentencia justa.

—¿Y dice usted que esta impropiedad constitucional, o cualquier otra que pudo darse en el caso de Waddell, respondía a motivaciones políticas? ¿Qué motivación política podría aconsejar que Waddell fuese condenado a muerte?

Grueman se volvió de pronto hacia la puerta.

—Si el oído no me engaña, creo que ya llega el almuerzo.

Oí unos pasos apresurados y crujido de papel, y enseguida una voz gritó:

—¡Hola, Nick! ¿Estás ahí?

—Pasa, Joe —le invitó Grueman sin levantarse de la silla.

Apareció un negro joven y enérgico vestido con tejanos y zapatillas deportivas que depositó dos bolsas delante de Grueman.

—Aquí están las bebidas, y en ésta otra tenemos dos bocadillos de marino, ensaladilla de patata y encurtidos. Serán quince con cuarenta.

—Quédate el cambio. Y muchas gracias, Joe. ¿No te dan nunca vacaciones?

—La gente quiere comer todos los días. Tengo que darme prisa.

Grueman repartió la comida y las servilletas mientras yo intentaba desesperadamente establecer un curso de acción. Me sentía cada vez más influida por su actitud y sus palabras, pues no veía en él nada de evasivo, nada que me pareciese arrogante ni falto de sinceridad.

—¿Qué motivación política? —insistí mientras desenvolvía mi bocadillo.

Grueman abrió una botella de ginger ale y retiró la tapa de su ensaladilla.

—Hace unas semanas creía tener la posibilidad de conocer la respuesta a esta pregunta —contestó—. Pero la persona que hubiera podido ayudarme apareció muerta en el interior de su coche. Y estoy seguro de que ya sabe a quién me refiero, doctora Scarpetta. Jennifer Deighton es uno de los casos que lleva usted, y aunque todavía no se ha declarado públicamente que su muerte sea un suicidio, eso es lo que se nos ha dado a entender. Encuentro muy curioso, por no decir inquietante, que su muerte se haya producido en estos momentos.

—¿Debo deducir que conocía usted a Jennifer Deighton? —pregunté tan suavemente como pude.

—Sí y no. No la vi nunca en persona, y nuestras conversaciones telefónicas, las pocas que sostuvimos, fueron muy breves. Comprenda: no entré en contacto con ella hasta después de la muerte de Waddell.

—De lo cual debo deducir también que ella conocía a Waddell.

Grueman le dio un mordisco al bocadillo y cogió la botella de ginger ale.

—Waddell y ella se conocían, ciertamente —asintió—. Como ya debe de saber, la señorita Deighton llevaba un servicio de horóscopos, trataba en parapsicología y este tipo de cosas. Bien; hace ocho años, cuando Ronnie estaba en la galería de la muerte de la prisión de Mecklenburg, vio anunciados sus servicios en una revista y le escribió una carta. En principio, esperaba que ella pudiera consultar su bola de cristal, por decirlo así, y revelarle el futuro. Más específicamente, creo que deseaba saber si iba a morir en la silla eléctrica o no, y le aseguro que no es un fenómeno insólito. Muchos presos escriben a videntes y quirománticos para preguntarles por su futuro, o se ponen en contacto con clérigos y religiosos para pedirles que recen por ellos. El caso de Ronnie, sin embargo, tomó un cariz un poco desusado, ya que, por lo visto, la señorita Deighton y él mantuvieron una correspondencia personal que duró hasta unos meses antes de la ejecución. De súbito, Ronnie dejó de recibir sus cartas.

—¿Ha tomado en cuenta la posibilidad de que las cartas de la señorita Deighton fueran interceptadas?

—No cabe la menor duda de que así fue. Cuando hablé por teléfono con Jennifer Deighton, me aseguró que había seguido escribiéndole. Además, me dijo que hacía varios meses que no recibía ninguna carta de Ronnie, y eso me hace sospechar que también las cartas de él eran interceptadas.

—¿Por qué esperó hasta después de la ejecución para ponerse en contacto con ella? —inquirí, perpleja.

—Porque, hasta entonces, no sabía que existiera. Ronnie no me dijo nada de ella hasta nuestra última conversación, que fue quizá la conversación más extraña que he sostenido jamás con un preso al que representara. —Grueman jugueteó con el bocadillo y, finalmente, lo apartó y echó mano a la pipa—. No sé si estará usted enterada de ello, doctora Scarpetta, pero Ronnie me plantó.

—No comprendo qué quiere usted decir.

—La última vez que hablé con Ronnie fue una semana antes de la fecha prevista para su traslado de Mecklenburg a Richmond. En aquella ocasión, me dijo que tenía la seguridad de que iba a ser ejecutado y que nada de lo que yo pudiera hacer serviría para impedirlo. Dijo que lo que iba a sucederle estaba dispuesto desde el principio y que había aceptado la inevitabilidad de su muerte. Afirmó también que esperaba la muerte con impaciencia y que prefería que yo dejara de solicitar un *habeas corpus* federal. Y a continuación me pidió que no volviera a telefonearle ni fuera a verlo nunca más.

—Pero no le despidió.

Grueman aplicó una llama a la cazoleta de su pipa de brezo y aspiró por la boquilla.

—No, eso no. Sólo se negó a verme y a hablar conmigo.

—A primera vista, creo que este mero hecho bastaría para justificar un aplazamiento de la ejecución mientras se determinaba su competencia.

—Ya lo intenté. Cité todo lo imaginable, desde el precedente de Hays contra Murphy hasta el Padrenuestro. El tribunal llegó a la brillante conclusión de que Ronnie no había pedido que lo ejecutaran. Sólo había declarado que esperaba la muerte con impaciencia, así que la apelación fue rechazada.

—Si no tuvo usted contacto con Waddell durante las semanas inmediatamente anteriores a la ejecución, ¿cómo llegó a conocer la existencia de Jennifer Deighton?

—En el curso de mi última conversación con Ronnie, me hizo tres últimas peticiones. La primera se refería a una reflexión que había escrito y que deseaba ver publicada en el periódico unos días antes de su muerte. Me dio el texto en cuestión y yo me ocupé de que apareciera en el *Richmond Times-Dispatch*.

—La leí —dije.

—La segunda petición, y cito literalmente sus palabras, fue: «No deje que le ocurra nada a mi amiga.» Al preguntarle a qué amiga se refería, me contestó, y otra vez cito sus propias palabras: «Si es usted un buen hombre, cuídela. Nunca le ha hecho daño a nadie.» Luego me dio sus datos y me pidió que no entrara en contacto con ella hasta después de la ejecución. Entonces debía llamarla y decirle lo mucho que había significado para Ronnie. Naturalmente, no respeté este deseo al pie de la letra. Intenté comunicarme con ella de inmediato, porque yo sabía que estaba perdiendo a Ronnie y tenía la sensación de que se estaba cometiendo un terrible error. Por eso esperaba que esta amiga pudiera ayudarme. Si habían mantenido correspondencia, por ejemplo, quizás ella pudiera revelarme algo.

—¿Y pudo hablar con ella? —pregunté, mientras recordaba que Marino me había dicho que Jennifer Deighton había pasado dos semanas en Florida hacia el día de Acción de Gracias.

—No contestó nadie mis llamadas —me explicó Grueman—. Hice varios intentos durante algunas semanas, y luego, francamente, debido a circunstancias de tiempo y de salud relacionadas con el ritmo del litigio, las vacaciones y un condenado ataque de gota, se me fue de la cabeza. No volví a pensar en llamar a Jennifer Deighton hasta después de la muerte de Ronnie, cuando me vi obligado a ponerme en contacto con ella y comunicarle, según la solicitud de Ronnie, lo mucho que había significado para él, etcétera.

—Y antes de eso, en sus anteriores intentos de localizarla, ¿no le dejó ningún mensaje en su contestador automático?

—Estaba desconectado. Lo cual resulta muy comprensible, volviendo la vista atrás. Sin duda no quería regresar de vacaciones para encontrarse quinientos mensajes de personas incapaces de tomar ninguna decisión hasta después de haber consultado el horóscopo. Y dejar un mensaje en el contestador anunciando que iba a pasar dos semanas fuera de la ciudad habría constituido una perfecta invitación para los rateros.

—¿Y qué ocurrió luego, cuando por fin llegó a hablar con ella?

—Fue entonces cuando ella divulgó que habían mantenido correspondencia durante ocho años y que se amaban. Me aseguró que nunca se sabría la verdad. Le pregunté qué quería decir con eso, pero ella se negó a explicármelo y cortó la conversación. Finalmente, le escribí una carta rogándole que hablara conmigo.

—¿Cuándo le escribió esa carta? —pregunté.

—Vamos a ver. El día siguiente a la ejecución. Supongo que sería el catorce de diciembre.

—¿Y ella respondió?

—En efecto; y, cosa curiosa, lo hizo por fax. No sabía que dispusiera de un fax, pero mi número figuraba en el membrete. Tengo una copia de su fax, si desea verla.

Revolvió las gruesas carpetas y demás papeles que tenía sobre el escritorio. Cuando encontró la carpeta que buscaba, examinó su contenido hasta dar con el fax, que reconocí al instante. «Sí, cooperaré —rezaba—, pero es demasiado tarde, demasiado tarde, demasiado tarde. Mejor que venga usted aquí. ¡Todo esto es un gran error!» Traté de imaginar cómo reaccionaría Grueman si supiera que Neils Vander había recreado aquel mensaje en su laboratorio por medio de un programa de realce de imágenes.

—¿Sabe a qué se refería? ¿Para qué era demasiado tarde y cuál era el gran error? —pregunté.

—Evidentemente, era demasiado tarde para impedir la ejecución de Ronnie, que ya se había producido cuatro días antes. No sé muy bien qué le parecía un gran error, doctora Scarpetta. Verá usted, ya hacía algún tiempo que yo tenía la impresión de que había algo maligno en el caso de Ronnie. Nunca llegamos a establecer una gran relación, y eso en sí ya es extraño.

»Por lo general, se crean unos lazos muy íntimos entre el preso y su abogado. Soy su único defensor en un sistema que quiere verlo muerto; la única persona que trabaja para él en un sistema que no trabaja para él. Además Ronnie trató a su primer abogado de un modo tan distante que el hombre llegó a la conclusión de que era un caso perdido y lo dejó. Luego, cuando me hice cargo yo, Ronnie conservó la misma actitud. Era extraordinariamente frustrante. Justo cuando me parecía que estaba empezando a confiar en mí, él ponía un muro entre los dos. Se refugiaba de pronto en el silencio y empezaba literalmente a transpirar.

—¿Parecía asustado?

—Asustado, deprimido, a veces colérico.

—¿Pretende sugerir que en el caso de Waddell hubo alguna conspiración y que quizás él se lo comentó a su amiga, acaso en una de las primeras cartas que le mandó?

—Ignoro qué sabía Jenny Deighton, pero sospecho que sabía algo.

—¿Waddell la llamaba Jenny?

Grueman cogió de nuevo el encendedor.

—Sí.

—¿Le habló alguna vez de una novela titulada *Paris Trout*?

—Es curioso. —Me miró sorprendido—. Hacía algún tiempo que no pensaba en ello, pero en una de mis primeras sesiones con Ronnie, hace varios años, hablamos de literatura y de los poemas que él escribía. Le gustaba leer, y me recomendó que leyera *Paris Trout*. Le dije que ya la había leído, pero sentí curiosidad por saber por qué me aconsejaba esa novela. Respondió en voz muy queda: «Porque así son las cosas, señor Grueman. Y no hay manera de que pueda usted cambiar nada.» En aquel momento, interpreté su respuesta en el sentido de que él era un negro sureño enfrentado al sistema del hombre blanco, y que ningún *habeas corpus* federal ni ninguna otra magia que yo pudiera invocar durante el proceso de revisión judicial conseguiría modificar su destino.

—¿Sigue interpretándolo así?

Me miró reflexivamente a través de una nube de humo aromático.

—Creo que sí. ¿Por qué le interesa tanto la lista de lecturas recomendadas por Ronnie? —Su mirada buscó la mía.

—Jennifer Deighton tenía un ejemplar de *Paris Trout* junto a la cabecera. Dentro había un poema que sospecho le envió Waddell. No tiene ninguna importancia. Sólo era simple curiosidad.

—Sí que tiene importancia, o de lo contrario no me habría hecho esa pregunta. Lo que está usted pensando es que quizá Ronnie le recomendó a ella la novela por el mismo motivo por el que me la recomendó a mí. La historia, a su modo de ver, era la misma historia de su vida. Y eso nos lleva de nuevo a la cuestión de cuánto reveló a la señorita Deighton. En otras palabras, ¿qué secreto de Ronnie se llevó ella consigo a la tumba?

—¿Usted qué cree, señor Grueman?

—Creo que aquí se ha echado tierra sobre alguna indiscreción muy desagradable, y que Ronnie por alguna razón estaba al corriente. Tal vez todo esto tenga algo que ver con lo que ocurre entre rejas, es decir, con la corrupción en el sistema penitenciario. No lo sé, pero me gustaría saberlo.

—Pero, ¿por qué habría de ocultar nada si estaba enfrentándose a la muerte? ¿Por qué no seguir adelante, arriesgarse y contarlo todo?

—Ésta sería la decisión más racional, ¿verdad? Y ahora que con tanta paciencia y generosidad he contestado a sus insistentes preguntas, doctora Scarpetta, quizá pueda comprender mejor por qué me he sentido más que un poco preocupado por los posibles malos tratos de que Ronnie pudo ser objeto antes de la ejecución. Quizá pueda comprender mejor mi apasionada oposición a la pena capital, que es un castigo cruel y extraño. Y para llevarlo a cabo no hace falta presentar magulladuras ni abrasiones, ni sangrar por la nariz.

—No había ninguna evidencia de maltrato físico —repliqué—, ni encontramos rastros de ninguna droga. Ya ha recibido mi informe.

—Se muestra usted evasiva —observó Grueman, dando unos golpecitos a la pipa para vaciarla de tabaco—. Ha venido hoy aquí porque quiere algo de mí. Le he dado mucho a través de un diálogo que nada me obligaba a sostener, pero lo he hecho de buena gana porque busco siempre la justicia y la verdad, pese a lo que pueda parecerle a usted. Y hay otro motivo. Una ex alumna mía tiene problemas.

—Si se refiere usted a mí, permítame que le recuerde su propio consejo: no haga suposiciones.

—No creo hacerlas.

—En tal caso, debo expresarle mi aguda curiosidad por esta repentina actitud caritativa que dice usted mostrar hacia una ex alumna. De hecho, señor Grueman, la palabra caridad es algo que nunca había relacionado con usted.

—Tal vez sea porque desconoce usted el verdadero significado de la palabra. Un acto o un sentimiento de buena voluntad, dar limosna al necesitado.

»Caridad es darle a alguien lo que necesita, en contraposición a lo que uno querría darle. Siempre le he dado lo que necesitaba. Le di lo que necesitaba cuando era usted alumna mía y le doy ahora lo que necesita, aunque los dos actos se manifiestan de una manera muy distinta porque las necesidades son muy distintas.

»Soy un anciano, doctora Scarpetta, y acaso usted crea que no recuerdo muy bien su estancia en Georgetown. Pero quizá le sorprenda saber que la recuerdo muy vívidamente porque era usted uno de los estudiantes más prometedores que jamás pasó por mis clases. Lo que no necesitaba usted de mí eran aplausos y palmaditas en la espalda. Para usted, el peligro no estaba en perder la fe en usted misma y en su espléndida mente, sino en perderse usted misma, punto. Cuando acudía a mis clases agotada y distraída, ¿cree que yo no sabía el motivo? ¿Cree que no me daba cuenta de su completa dedicación a Mark James, que en comparación con usted no pasaba de mediocre? Y si me mostraba enojado con usted y la trataba con dureza era porque quería conquistar su atención. Quería que se enfureciera conmigo. Quería que se sintiera viva en la ley, en vez de sentir únicamente el amor. Temía que arrojara por la borda una magnífica oportunidad sólo porque tenía las hormonas y las emociones en ebullición. Compréndalo: un día despertamos y lamentamos estas decisiones. Despertamos en una cama vacía con un día vacío ante nosotros, sin nada que esperar salvo una sucesión de semanas, meses y años vacíos. Estaba decidido a impedir que derrochara usted su talento y renunciara a su poder.

Me lo quedé mirando completamente atónita, mientras empezaba a arderme la cara.

—Nunca fui sincero en mis insultos y en mi falta de caballerosidad hacia usted —prosiguió con toda la precisión y la intensidad callada que hacían de él un temible adversario en los tribunales—. Todo eso eran tácticas. Los abogados somos célebres por nuestras tácticas. Son el efecto que le damos a la bola, los ángulos y la velocidad que aplicamos para producir una determinada y necesaria trayectoria. En la base de todo lo que soy está el sincero y apasionado deseo de endurecer a mis alumnos, y rezo para que puedan influir en este lamentable mundo en que vivimos. Y usted no me ha decepcionado. Es usted tal vez una de mis estrellas más brillantes.

—¿Por qué me dice todo esto? —le pregunté.

—Porque en este momento de su vida necesita saberlo. Tiene usted problemas, como ya le he dicho. Se trata únicamente de que es demasiado orgullosa para reconocerlo.

Permanecí en silencio mientras mis pensamientos se enzarzaban en una feroz discusión.

—Estoy dispuesto a ayudarla, si me lo permite.

Si decía la verdad, era esencial que le pagara con la misma moneda.

Miré de soslayo la puerta abierta de su despacho y pensé en lo fácil que le resultaría a cualquiera introducirse allí. Pensé en lo fácil que sería atacarlo mientras andaba cojeando hacia su coche.

—Si la prensa sigue publicando esos artículos incriminatorios, por ejemplo, le convendría preparar con rapidez alguna estrategia...

—Señor Grueman —le interrumpí—, ¿cuándo fue la última vez que vio a Ronnie Joe Waddell?

Hizo una pausa y elevó la mirada hacia el techo.

—La última vez que estuve físicamente en presencia suya debió de ser hace al menos un año. Por lo general, casi todas nuestras conversaciones fueron por teléfono. Le habría acompañado en los últimos momentos si él me lo hubiera permitido, como ya le he dicho.

—Entonces no lo vio usted ni habló con él cuando supuestamente se hallaba en la calle Spring en espera de la ejecución.

—¿Supuestamente? Ha elegido usted una palabra curiosa, doctora Scarpetta.

—No podemos demostrar que el preso ejecutado en la noche del trece de diciembre fuese Waddell.

—No lo dirá usted en serio, naturalmente. —Parecía desconcertado.

Le expliqué todo lo ocurrido, incluso que la muerte de

Jennifer Deighton era un homicidio y que se había encontrado una huella dactilar de Waddell en una silla del comedor de su casa. Le hablé de Eddie Heath y de Susan Story, y le dije que alguien había manipulado el sistema AFIS. Cuando terminé, Grueman estaba muy quieto y me miraba de hito en hito.

—Dios mío —musitó.

—Su carta a Jennifer Deighton no ha aparecido —proseguí—. La policía no la encontró en el registro de la casa, ni tampoco el original del fax que ella le mandó. Quizás alguien se llevó estos documentos. Quizá su asesino los quemó en la chimenea la noche de su muerte. O quizá los destruyó ella misma porque tenía miedo. Tengo el convencimiento de que la mataron porque sabía algo.

—¿Y por eso mataron también a Susan Story? ¿Porque sabía algo?

—Es posible, desde luego —respondí—. Pero lo que quiero decir es que, hasta el momento, dos personas relacionadas con Ronnie Waddell han muerto asesinadas. Si tenemos en cuenta todo lo que puede usted saber sobre Waddell, se diría que ha de ocupar uno de los primeros lugares de la lista.

—De modo que considera usted que yo podría ser el siguiente —comentó con una sonrisa sardónica—. Ha de saber que uno de mis mayores agravios contra el Todopoderoso es que la diferencia entre la vida y la muerte resulte ser tan a menudo una cuestión de oportunidad. Me doy por advertido, doctora Scarpetta, pero no soy tan necio como para creer que si alguien quiere pegarme un tiro puedo hacer algo para evitarlo.

—Al menos podría intentarlo —aduje—. Al menos podría tomar precauciones.

—Y lo haré.

—Quizá podría irse de vacaciones con su esposa, abandonar la ciudad durante algún tiempo.

—Beverly murió hace tres años —me anunció.

—Lo siento muchísimo, señor Grueman.

—Hacía muchos años que no estaba muy bien; de hecho, la mayoría de los años que pasamos juntos. Ahora que no hay nadie que dependa de mí, me he entregado a mis inclinaciones. Soy un incurable adicto al trabajo que desea cambiar el mundo.

—Sospecho que si alguien pudiera conseguirlo éste sería usted.

—Su opinión no se basa en ningún hecho comprobable, pero de todos modos se la agradezco. Y yo también quiero manifestarle mi profundo pesar por la muerte de Mark. No llegué a conocerlo bien cuando estuvo aquí, pero parecía una buena persona.

—Gracias. —Me levanté y me puse el abrigo. Tardé unos instantes en encontrar las llaves del coche.

Él también se levantó.

—¿Qué haremos a continuación, doctora Scarpetta?

—Supongo que no tendrá usted ninguna carta o cualquier otro objeto perteneciente a Ronnie Waddell que valga la pena examinar en busca de huellas latentes.

—No tengo cartas, y cualquier documento que Ronnie hubiera podido firmar debe de haber pasado por un buen número de manos. Pero puede usted hacer la prueba.

—Ya se lo indicaré si no tenemos otra alternativa. Todavía hay una cosa que quería preguntarle. —Nos detuvimos en el umbral. Grueman se apoyaba en el bastón—. Ha dicho usted que en el curso de su última conversación con Waddell éste le hizo tres peticiones. La primera era publicar su reflexión, y la segunda telefonear a Jennifer Deighton. ¿Cuál fue la tercera?

—Quería que invitara a Norring a la ejecución.

—¿Y lo hizo?

—Claro, naturalmente —respondió—. Y su excelente gobernador ni siquiera tuvo la cortesía de acusar recibo de la invitación.

10

Caía la tarde, y la silueta de Richmond se recortaba contra el cielo cuando telefoneé a Rose.

—Doctora Scarpetta, ¿dónde está usted? —Mi secretaria parecía frenética—. ¿Está en el coche?

—Sí. Estoy a unos cinco minutos del centro.

—Bien, pues siga conduciendo. No venga aquí inmediatamente.

—¿Cómo?

—El teniente Marino ha estado intentando localizarla. Me ha dicho que si hablaba con usted le dijera que lo llamara cuanto antes. Ha dicho que es urgente.

—¿Se puede saber de qué estás hablando, Rose?

—¿No ha oído las noticias? ¿No ha leído el periódico de la tarde?

—He estado todo el día en Washington. ¿Qué sucede?

—A primera hora de la tarde han encontrado muerto a Frank Donahue.

—¿El alcaide de la cárcel? ¿Te refieres a ese Frank Donahue?

—Sí.

Mis manos se tensaron sobre el volante mientras miraba fijamente la carretera.

—¿Qué ha ocurrido?

—Le han pegado un tiro. Lo encontraron dentro de su coche hace un par de horas. Lo mismo que Susan.

—Voy hacia ahí —le anuncié, y pasé al carril de la izquierda al tiempo que aceleraba.

—Yo no lo haría, de veras. Fielding ya ha empezado a hacerle la autopsia. Llame a Marino, por favor. Tiene que leer el periódico de la tarde. Saben lo de las balas.

—¿A quién te refieres? —pregunté.

—A los periodistas. Saben que las balas relacionan los casos de Eddie Heath y Susan.

Marqué el número del busca personas de Marino y le dije que iba de camino hacia casa. Después de dejar el coche en el garaje, fui directamente al porche y recogí el periódico.

Una fotografía de Frank Donahue sonreía en primera plana. Los titulares rezaban: «ASESINADO EL ALCAIDE DE LA PENITENCIARÍA DEL ESTADO.» Debajo venía un segundo artículo ilustrado con la fotografía de otro funcionario estatal: yo. En esencia, el artículo venía a decir que las balas extraídas de los cadáveres de Eddie Heath y de Susan habían sido disparadas con la misma pistola, y había toda una serie de conexiones extravagantes que parecían relacionar los dos homicidios conmigo. Además de repetir las mismas insinuaciones que ya habían aparecido en el *Post*, se incluía otra información mucho más siniestra.

Se habían descubierto mis huellas dactilares —me quedé atónita al leerlo— en un sobre con dinero que la policía había encontrado en casa de Susan Story. Yo había mostrado «un interés insólito» en el caso de Eddie Heath al presentarme en el Centro Médico de Henrico, antes de que el chico muriera, para examinar sus heridas. Más tarde le había hecho la autopsia, y fue entonces cuando Susan se negó a figurar como testigo del caso y supuestamente huyó de la morgue. Cuando luego la asesinaron, menos de dos semanas después, yo acudí a la escena del crimen, me presenté sin anunciarme en casa de sus padres para interrogarlos e insistí en estar presente durante la autopsia.

No se me atribuía abiertamente ningún motivo para actuar con malevolencia hacia nadie, pero el que se insinuaba en el caso de Susan era tan enfurecedor como asombroso. Al parecer, cabía la posibilidad de que yo hubiera cometido errores graves en mi trabajo. Me había olvidado de tomarle las huellas dactilares a Ronnie Joe Waddell cuando llevaron su cadáver a la morgue después de la ejecución. Hacía poco había dejado el cuerpo de una víctima de homicidio abandonado en mitad del pasillo, prácticamente delante de un ascensor utilizado por numerosas personas que trabajan en el edificio, con lo que había comprometido gravemente la continuidad de la custodia de las pruebas. Se me describía como una mujer muy reservada e imprevisible, y algunos de mis colegas consideraban que mi personalidad había empezado a cambiar tras la muerte de mi amante, Mark James. Quizá Susan, que trabajaba a mi lado todos los días, poseía alguna información que podía destruir mi carrera. Quizá le pagaba para comprar su silencio.

—¿Mis huellas dactilares? —le grité a Marino nada más abrirle la puerta—. ¿Qué mierda es toda esta historia de que se han encontrado unas huellas que me pertenecen?

—Calma, doctora.

—Casi estoy decidida a presentar una demanda. Esta vez han ido demasiado lejos.

—Me parece que en estos momentos no le conviene presentar nada. —Sacó los cigarrillos mientras me seguía a la cocina, donde el diario de la tarde estaba abierto sobre la mesa.

—Esto es cosa de Ben Stevens.

—Doctora, me parece que le conviene escuchar lo que he de decirle.

—Estoy segura de que ha sido él quien ha filtrado a la prensa lo de las balas...

—Maldita sea, doctora. Cierre la boca.

Me senté.

—Mi culo también está en la sartén —dijo—. Estoy investigando estos casos con usted y de pronto se la convierte a usted en sospechosa. Sí, encontramos un sobre en casa de Susan. Estaba en un cajón de la cómoda, debajo de algunas prendas de ropa. Dentro había tres billetes de cien dólares. Vander examinó el sobre y descubrió varias huellas latentes, de las que dos corresponden a usted. Sus huellas, lo mismo que las mías y las de muchos otros investigadores, están registradas en AFIS con fines de exclusión, por si acaso alguna vez hacemos una cagada como dejar nuestras huellas al visitar la escena de un crimen.

—Yo no he dejado mis huellas en ninguna escena. Debe haber una explicación lógica. Tiene que haberla. Quizá toqué el sobre en la oficina o en la morgue y luego Susan se lo llevó a casa.

—No es un sobre de oficina —objetó Marino—. Viene a ser el doble de grande que un sobre normal y está hecho de un papel negro duro y brillante. No lleva nada escrito.

Lo miré con incredulidad mientras empezaba a comprender.

—El pañuelo que le regalé.

—¿Qué pañuelo?

—Por Navidad le regalé a Susan un pañuelo de seda rojo que había comprado en San Francisco. Lo que me ha descrito usted es el sobre en que iba el pañuelo, un sobre negro brillante hecho de cartulina o de un papel grueso. La pestaña se cerraba con un pequeño sello dorado. Claro que tenía mis huellas.

—¿Y los trescientos dólares? —preguntó sin mirarme a los ojos.

—No sé nada de ningún dinero.

—Quiero decir, ¿por qué estaban dentro del sobre que le regaló?

—Quizá porque quería esconder el dinero en alguna parte. Tenía el sobre a mano. Quizá no quería tirarlo. No lo sé. No tengo ningún control sobre lo que pudiera hacer con algo que le regalé.

—¿Había alguien delante cuando le dio el pañuelo?

—No. Su marido no estaba en casa cuando ella abrió el regalo.

—Sí, bien, él dice que no sabe nada de ningún regalo, excepto una flor de la Pascua roja. Dice que Susan no le dijo ni una palabra de que le regalara usted un pañuelo.

—Por el amor de Dios, Marino, si lo llevaba puesto cuando la mataron.

—Eso no nos dice de dónde ha salido.

—Parece que ha entrado ya en la fase de acusación —repliqué, irritada.

—No la estoy acusando de nada. ¿No se da cuenta? Las cosas funcionan así, maldita sea. ¿Quiere que la consuele y le dé palmaditas en la mano para que luego venga otro policía y le dispare una andanada de preguntas como éstas?

Renunció a seguir hablando y empezó a pasear por la cocina con la mirada fija en el suelo y las manos en los bolsillos.

—Cuénteme lo de Donahue —le pedí en tono comedido.

—Lo mataron en su cacharro, probablemente a primera hora de esta mañana. Según su mujer, salió de casa hacia las seis y cuarto. Hacia la una y media de la tarde se encontró su Thunderbird aparcado en Deep Water Terminal, con él dentro.

—Eso ya lo había leído en el periódico.

—Mire. Cuanto menos hablemos de ello, mejor.

—¿Por qué? ¿Acaso los periodistas van a insinuar que también lo he matado yo?

—¿Dónde estaba a las seis y cuarto de esta mañana, doctora?

—Estaba en casa, preparándome para ir a Washington en mi coche.

—¿Tiene algún testigo dispuesto a confirmar que no podía estar circulando por las inmediaciones de Deep Water Terminal? No está muy lejos de la Oficina de Medicina Forense, ya sabe. Quizás un par de minutos.

—Es absurdo.

—Pues vaya acostumbrándose. Esto sólo es el principio. Espere a que Patterson le clave los dientes.

Antes de que Roy Patterson se presentara para el cargo de fiscal de la Commonwealth había sido uno de los abogados criminalistas más combativos y egocéntricos de la ciudad. En aquellos tiempos no le gustaban nada mis declaraciones, porque, en la mayoría de los casos, el testimonio del médico forense no hace que los jurados contemplen al acusado con más benevolencia.

—¿Le he dicho alguna vez cuánto la odia Patterson? —prosiguió—. Lo ponía usted en ridículo cuando era abogado defensor. Salía usted al estrado con sus trajes impecables, fresca como una lechuga, y lo hacía quedar como un idiota.

—Se ponía en ridículo él sólo. Yo me limitaba a contestar sus preguntas.

—Por no hablar de su antiguo novio Bill Boltz, que era amigo íntimo de Patterson, y creo que no necesito decir nada más sobre este tema.

—Preferiría que no lo dijera.

—Puede estar segura de que Patterson irá por usted. Mierda, en estos momentos debe de ser un hombre feliz.

—Está rojo como una remolacha, Marino. Por el amor de Dios, no vaya a tener un ataque delante de mí.

—Volvamos a ese pañuelo que dice que le regaló a Susan.

—¿Que yo dije que se lo regalé?

—¿Cómo se llamaba la tienda de San Francisco donde lo compró? —quiso saber.

—No era una tienda.

Me dirigió una mirada penetrante sin dejar de pasearse.

—Era un mercadillo al aire libre. Con muchos tenderetes y puestos donde vendían objetos de arte y artesanía. Como en Covent Garden —le expliqué.

—¿Conserva el recibo?

—No tenía ningún motivo para guardarlo.

—O sea que no conoce el nombre del tenderete o lo que fuera. O sea que no hay manera de comprobar que le compró usted un pañuelo a una especie de artista que utiliza esos sobres negros brillantes.

—No puedo demostrarlo.

Siguió paseando de un lado a otro y yo me puse a mirar por la ventana. Las nubes se deslizaban ante una luna alargada, y el viento sacudía las siluetas oscuras de los árboles. Me levanté para bajar la persiana.

Marino dejó de pasear.

—Voy a tener que examinar sus cuentas, doctora.

No dije nada.

—Tengo que comprobar que no haya hecho ninguna retirada importante de fondos en los últimos meses.

Permanecí en silencio.

—No habrá hecho ninguna, doctora. ¿O sí?

Me levanté de la mesa con el pulso latiéndome en las sienes.

—Puede usted hablar con mi abogado —respondí.

Cuando Marino se fue, subí al piso de arriba, abrí el armario de cedro donde guardaba mis papeles personales y empecé a reunir comprobantes bancarios, devoluciones de impuestos y demás documentos contables.

Pensé en todos los abogados defensores de Richmond que probablemente se sentirían encantados de la vida si me encerraban o me mandaban al exilio para siempre jamás. Estaba sentada en la cocina, tomando apuntes en una libreta de notas, cuando sonó el timbre de la puerta. Eran Benton Wesley y Lucy, y su silencio me dijo al instante que no necesitaba explicarles lo que ocurría.

—¿Dónde está Connie? —pregunté con voz cansada.

—Pasará el fin de año en Charlottesville con su familia.

—Me voy al estudio, tía Kay —dijo Lucy sin abrazarme ni sonreír, y se marchó con su maleta.

—Marino quiere examinar mis cuentas —le anuncié a Wesley mientras me seguía a la sala—. Ben Stevens me está preparando una trampa. Han desaparecido de la oficina expedientes personales y copias de notas internas, y pretende dar la impresión de que me los he llevado yo. Y según Marino, en estos momentos Roy Patterson es un hombre feliz. Éste es el resumen de última hora.

—¿Dónde guardas el whisky?

—El bueno lo guardo en aquel armarito de allí. Los vasos están en el bar.

—No quiero beberme tu whisky bueno.

—Pues yo sí. —Empecé a preparar un fuego en la chimenea.

—He llamado a tu delegado desde el coche. Los de Armas de Fuego ya han examinado las balas que había en el cerebro de Donahue. Eran Winchester de plomo sin blindar, calibre veintidós. Había dos. Una entró por la mejilla izquierda y subió atravesando el cráneo, la otra un disparo a quemarropa en la nuca.

—¿Disparadas con la misma arma que mató a los otros dos?

—Sí. ¿Quieres hielo?

—Por favor. —Cerré la pantalla y colgué el atizador en su soporte—. Supongo que no se habrá encontrado ninguna pluma en la escena o en el cuerpo de Donahue.

—No, que yo sepa. Está claro que su atacante se hallaba fuera del coche y le disparó a través de la ventanilla abierta. Eso no quiere decir que el tal individuo no hubiera estado antes dentro del coche, pero yo no lo creo. Supongo que Donahue estaba citado con alguien en el aparcamiento de Deep Water Terminal. Cuando llegó esa persona, Donahue bajó la ventanilla y ahí acabó todo. ¿Has tenido suerte con Downey? —Me tendió un vaso y se acomodó en el sofá.

—Parece ser que las plumas y los fragmentos de pluma encontrados en los otros tres casos son de eider común.

—¿Un pato marino? —Wesley frunció el entrecejo—. ¿Para qué se usa el plumón? ¿Chaquetas de esquí, guantes?

—No es frecuente. El plumón de eider es sumamente caro. La mayoría de la gente no suele tener ninguna prenda rellena de este material.

Procedí a informarle de los acontecimientos del día, sin reservarme ningún detalle al confesarle que había pasado varias horas con Nicholas Grueman y que no creía que estuviera ni remotamente implicado en nada siniestro.

—Me alegro de que fueras a verle —dijo Wesley—. Esperaba que lo hicieras.

—¿Te sorprende el resultado?

—No. Tiene su lógica. La situación de Grueman se parece un poco a la tuya. Recibe un fax de Jennifer Deighton y eso resulta sospechoso, como resulta sospechoso que se encontraran tus huellas en un sobre que Susan tenía escondido en un cajón de su cómoda. Cuando la violencia golpea cerca de ti, te salpica. Te ensucia.

—Estoy más que salpicada. Tengo la sensación de estar a punto de ahogarme.

—En estos momentos así parece. Quizá tendrías que hablar de eso con Grueman.

No respondí.

—Yo querría tenerlo de mi lado.

—No sabía que lo conocieras.

Hubo un tintineo de cubitos mientras Wesley tomaba un sorbo de whisky. Los adornos de latón del hogar relucían a la luz de las llamas. La madera emitió un chasquido y envió una descarga de chispas chimenea arriba.

—Sé algo de Grueman —dijo al fin—. Sé que fue el primero de su promoción en la Facultad de Derecho de Harvard, que fue director de la *Law Review* y que le ofrecieron un cargo de profesor en esa universidad pero él lo rechazó. Eso le partió el corazón. Pero su esposa, Beverly, no quería alejarse mucho de Washington. Parece ser que tenía muchos problemas, de los que no era el menor una hija pequeña que había tenido en su anterior matrimonio y que estaba ingresada en Saint Elizabeth cuando Grueman y Beverly se conocieron. Él se trasladó a Washington. La hija murió al cabo de unos años.

—Has estado investigando su historial —observé.

—Más o menos.

—¿Desde cuándo?

—Desde que supe que había recibido un fax de Jennifer Deighton. Todo parece indicar que está absolutamente limpio, pero aun así alguien tenía que hablar con él.

—No me lo sugeriste sólo por eso, ¿verdad?

—Fue un motivo importante, pero no el único. Me pareció que te convenía volver allí.

Respiré hondo.

—Gracias, Benton. Eres un buen hombre con las mejores intenciones. —Se llevó el vaso a los labios y fijó la mirada en el fuego—. Pero, por favor, no te entremetas —añadí.

—No es mi estilo.

—Claro que sí. En eso eres todo un profesional. Si quieres dirigir, impulsar o desconectar a alguien entre bastidores, sabes cómo hacerlo. Sabes cómo crear tantos obstáculos y volar tantos puentes que una persona como yo podría considerarse afortunada si lograra encontrar su camino a casa.

—Marino y yo estamos muy implicados en todo esto, Kay. El Departamento de Policía de Richmond está implicado. El FBI está implicado. O bien tenemos por ahí suelto un psicópata que hubiera debido ser ejecutado, o bien tenemos a alguien que parece empeñado en hacernos creer que anda suelto alguien que habría debido ser ejecutado.

—Marino no quiere que intervenga en absoluto —señalé.

—Porque se encuentra en una situación imposible. Es el principal responsable de investigar los homicidios que se cometen en la ciudad y es miembro de un equipo VICAP del FBI, pero también es colega y amigo tuyo. Debe averiguar todo lo que pueda sobre ti y sobre lo que ha ocurrido en tu oficina, pero sobre todo se siente inclinado a protegerte. Intenta ponerte en su lugar.

—Lo intentaré. Pero él ha de ponerse en el mío.

—Me parece justo.

—Tal como habla, Benton, se diría que medio mundo tiene una *vendetta* contra mí y desearía verme pasto de las llamas.

—Quizá no medio mundo, pero hay otras personas aparte de Ben Stevens que están esperando con latas de gasolina y cajas de cerillas a punto.

—¿Qué personas?

—No puedo darte nombres porque no los conozco. Y no voy a decir que destruir tu carrera profesional sea el principal motivo de quienquiera se esconda detrás de todo esto, pero sospecho que entra en su programa, aunque sólo sea porque los casos quedarían gravemente comprometidos si se sospechara que toda la evidencia que ha pasado por tu oficina está viciada. Por no mencionar que, sin ti, la Commonwealth perdería a uno de sus principales forenses. —Me miró a los ojos—. Has de considerar lo que valdría tu testimonio en estos momentos. Si en este mismo instante comparecieras ante un tribunal, ¿ayudarías o perjudicarías a Eddie Heath?

Este comentario me llegó al alma.

—En este mismo instante, no le sería de gran ayuda —concedí—. Pero si me retiro, ¿de qué le serviría eso a él o a nadie?

—Es una buena pregunta. Marino no quiere que salgas más perjudicada, Kay.

—Entonces, quizá puedas hacerle entender que la única respuesta razonable en tan irrazonable situación es que yo le deje hacer su trabajo mientras él me deja hacer el mío.

—¿Vuelvo a llenarlos? —Se incorporó y fue en busca de la botella. Esta vez no nos tomamos la molestia de añadir hielo.

—Hablemos del asesino, Benton. A la luz de lo ocurrido con Donahue, ¿qué ideas tienes en estos momentos?

Dejó la botella y atizó el fuego. Permaneció unos instantes ante el hogar, de espaldas a mí, las manos en los bolsillos. Luego se sentó en el borde de la chimenea con los codos en las rodillas. Hacía mucho tiempo que no veía a Wesley tan inquieto.

—Si quieres que te diga la verdad, Kay, este animal me tiene muy asustado.

—¿En qué se diferencia de los demás asesinos que has perseguido?

—Creo que empezó con una serie de reglas y luego decidió cambiarlas.

—¿Reglas suyas o de otra persona?

—Creo que al principio no eran suyas. Al principio, las decisiones las tomaba quienquiera que esté detrás de la conspiración para liberar a Waddell. Pero ahora este individuo se ha hecho sus propias reglas. O tal vez sería mejor decir que ahora no hay reglas. Es astuto y cuidadoso. Por ahora, él tiene el control.

—¿Y el motivo? —inquirí.

—Es difícil decirlo. Quizá sería mejor expresarlo en términos de una misión o un encargo. Sospecho que hay un método en su locura, pero lo que le gusta es la locura. Se excita jugando con la mente de las personas. Waddell se pasó diez años encerrado, y de pronto se repite la pesadilla de su primer asesinato. La noche de su ejecución, un chico es víctima de un crimen con componentes de sadismo sexual que recuerda poderosamente el caso de Robyn Naismith. Luego mueren otras personas, y todas ellas están relacionadas de algún modo con Waddell. Jennifer Deighton era amiga suya. Susan, por lo visto, estaba implicada, al menos indirectamente, en esta especie de conspiración. Frank Donahue era el alcaide de la prisión y habría debido supervisar la ejecución que se produjo la noche del trece de diciembre. ¿Y en qué afecta esto a todos los demás, a los restantes jugadores?

—Me imagino que cualquiera que haya tenido alguna relación con Ronnie Waddell, legítima o no, debe de sentirse muy amenazado —respondí.

—Exacto. Si anda suelto un asesino de policías y eres policía, sabes que puedes ser el siguiente. Yo mismo podría salir esta noche de tu casa y caer acribillado por ese tipo desde la oscuridad. Podría estar circulando por ahí con su coche, buscando a Marino o tratando de encontrar mi casa. Podría estar pensando en eliminar a Grueman.

—O a mí.

Wesley se levantó y empezó a arreglar otra vez el fuego.

—¿Te parece que debería enviar a Lucy de vuelta a Miami? —le pregunté.

—Dios mío, Kay, no sé qué decirte. Ella no quiere volver a casa, eso es evidente para cualquiera. Quizá te sentirías mejor si volviera a Miami esta misma noche. De hecho, es probable que todos, tú, Marino, Grueman, Vander, Connie, Michele y yo, nos sintiéramos mejor si nos fuésemos todos de la ciudad. Pero, ¿quién quedaría entonces?

—Quedaría él —contesté—. Quienquiera que sea.

Wesley le echó una mirada al reloj y dejó el vaso sobre la mesita.

—Ninguno de nosotros debe interferir en los demás —dijo—. No podemos permitírnoslo.

—Tengo que limpiar mi nombre, Benton.

—Es exactamente lo que yo haría. ¿Por dónde quieres empezar?

—Por las plumas.

—Explícate, por favor.

—Es posible que el asesino fuera y se comprara una prenda de lujo rellena de plumón de eider, pero me parece bastante probable que la robara.

—Es una teoría plausible.

—No podemos seguirle el rastro a la prenda si no tenemos la etiqueta o al menos un fragmento que nos remita a su fabricante, pero quizás haya otro modo de hacerlo. Quizá podría aparecer algo en el periódico.

—No creo que sea conveniente hacerle saber al asesino que va dejando plumas por todas partes. Lo primero que haría sería deshacerse de la prenda en cuestión.

—De acuerdo. Pero tal vez podrías pedirle a uno de tus contactos en la prensa que publique un artículo amañado acerca de los eideres y de su valioso plumón, explicando que las prendas rellenas de este material son tan caras que se han convertido en piezas muy buscadas por los ladrones. Quizá podría hacerlo venir a cuento de la temporada de esquí o algo parecido.

—¿Y qué? ¿Esperas que algún desconocido llame para decir que le abrieron el coche y le robaron un anorak relleno de plumón?

—Sí. Si el periodista cita el nombre de un inspector supuestamente a cargo de estos robos, los lectores sabrán a quién pueden llamar. Ya sabes, la gente lee un artículo y piensa: «A mí me ha pasado lo mismo.» Su primer impulso es colaborar. Quieren sentirse importantes. Así que descuelgan el teléfono.

—Tendré que pensarlo un poco.

—Es una posibilidad muy remota, desde luego.

Echamos a andar hacia la puerta.

—Hablé brevemente con Michele antes de salir del Homestead —comentó él—. Lucy y ella ya se han puesto en contacto. Michele dice que tu sobrina intimida bastante.

—Ha sido un terror de Dios desde el día en que nació.

Wesley sonrió.

—Michele no lo decía en este sentido. Según ella, lo que le intimida es el intelecto de Lucy.

—A veces temo que es demasiada potencia para un recipiente tan frágil.

—No estoy seguro de que sea tan frágil. Recuerda, apenas he pasado dos días con ella. Lucy me ha dejado muy impresionado en muchos aspectos.

—No intentes reclutarla para el FBI.

—Esperaré a que termine la carrera. ¿Cuánto puede tardar? ¿Un año entero?

Lucy no salió del estudio hasta que Wesley se hubo marchado, cuando yo estaba llevando los vasos a la cocina.

—¿Te lo has pasado bien? —le pregunté.

—Mucho.

—Bien, he oído decir que te llevas de maravilla con los Wesley.

Cerré el grifo y volví a sentarme a la mesa en que había dejado la libreta de notas.

—Son unas personas muy agradables.

—Se rumorea que tú también eres muy agradable.

Abrió el frigorífico y contempló distraídamente el interior.

—¿Por qué ha venido Pete hace un rato?

Se me hizo extraño oír que llamaba a Marino por el

nombre de pila. Me imaginé que Lucy y él habían superado la fase de guerra fría cuando la llevó a practicar tiro.

—¿Qué te hace suponer que ha estado aquí? —pregunté.

—Al llegar a casa he olido cigarrillos. Deduzco que ha estado aquí, a menos que hayas empezado a fumar otra vez.

—Cerró la puerta del frigorífico y vino a la mesa.

—No he vuelto a fumar, y Marino ha estado aquí unos minutos.

—¿Qué quería?

—Quería hacerme muchas preguntas —dije.

—¿Acerca de qué?

—¿Por qué quieres conocer todos los detalles?

Su mirada se desvió de mi cara al montón de papeles financieros, y de ahí a la libreta de notas cubierta con mi caligrafía indescifrable.

—No importa por qué, puesto que es evidente que no quieres decírmelo.

—Es complicado, Lucy.

—Siempre dices que algo es complicado cuando quieres dejarme al margen —replicó al tiempo que me volvía la espalda y se alejaba.

Me sentía como si mi mundo estuviera viniéndose abajo, y la gente que había en él se dispersara como semillas secas al viento.

Cuando observaba las relaciones entre padres e hijos, me maravillaba la gracia espontánea de su trato y temía secretamente carecer de un instinto que no podía aprenderse.

Encontré a mi sobrina en el estudio, sentada ante el ordenador. Columnas de números combinados con letras llenaban la pantalla, e incrustados aquí y allá había fragmentos de lo que supuse debían ser datos. Lucy estaba haciendo cálculos a lápiz sobre papel pautado, y no volvió la cabeza cuando me acerqué.

—Lucy, sé que tu madre ha hecho pasar por casa a muchos hombres, y comprendo lo que eso te ha hecho sentir. Pero ni ésta es tu casa ni yo soy tu madre. No debes sentirte amenazada por mis amigos y colegas. No necesitas buscar constantemente indicios de que ha estado aquí algún hombre, y cualquier sospecha de que mantengo relaciones con Marino, con Wesley o con quien sea es absolutamente infundada.

No me contestó.

Le puse una mano en el hombro.

—Tal vez no sea la presencia constante en tu vida que ojalá pudiera ser, pero eres muy importante para mí.

Lucy borró unas cifras del papel y barrió las partículas de goma con el canto de la mano.

—¿Van a acusarte de algún crimen? —preguntó.

—Claro que no. No he cometido ningún crimen. —Me incliné hacia la pantalla.

—Lo que estás viendo es un enredo hexadecimal —me explicó.

—Tenías razón: es un jeroglífico.

Apoyó los dedos sobre el teclado y empezó a desplazar el cursor mientras hablaba.

—Lo que estoy haciendo ahora es intentar localizar la posición exacta del número SID, es decir, el número de identificación estatal, que es el único identificador que hay. Todas las personas que figuran en el sistema tienen su propio número SID, incluyéndote a ti, puesto que tus huellas también están en el AFIS. Con un lenguaje de cuarta generación, como el SQL, podría plantear la búsqueda por el nombre de columna, pero en hexadecimal el lenguaje es técnico y matemático. No hay nombres de columna, sólo posiciones en la estructura de datos. En otras palabras, si quisiera ir a Miami, en SQL me limitaría a decirle al ordenador que quiero ir a Miami, mientras que en hexadecimal tendría que decir que quiero ir a un punto situado a tantos grados al norte del Ecuador y tantos grados al este del meridiano de Greenwich.

»O sea que, para seguir con la analogía geográfica, ahora estoy calculando la latitud y la longitud del número SID, y también del número que indica el tipo de registro. Cuando conozca estos datos, podré escribir un programa que busque todos los números SID cuyo registro sea de tipo dos, que significa un borrado, o de tipo tres, que es una modificación. A continuación, pasaré este programa por todas las cintas de diario.

—Eso quiere decir que das por supuesto que si alguien ha manipulado algún registro lo que ha hecho ha sido cambiarle el SID, ¿no es así? —pregunté.

—Digamos que resultaría muchísimo más fácil manipular el número SID que trastear con la imagen real de las huellas dactilares que está registrada en el disco óptico. Y, de hecho, eso es todo lo que hay en el AFIS: el número SID y las huellas correspondientes. El nombre de la persona, los antecedentes y toda la información personal están en su CCH, el historial criminal informatizado, que reside en el CCRE, o registro central de antecedentes penales.

—Según entiendo, los datos del CCRE se relacionan con las huellas del AFIS por medio del número SID.

—Exactamente.

Lucy seguía trabajando cuando fui a acostarme. Me quedé dormida inmediatamente, pero sólo para despertar de nuevo a las dos de la madrugada. No volví a dormirme hasta las cinco, y no había transcurrido una hora cuando sonó el despertador. Conduje mi coche hacia el centro por las calles todavía oscuras mientras escuchaba las noticias de última hora en una emisora de radio local. El locutor dijo que la policía me había interrogado y que yo me había negado a proporcionar información acerca de mis movimientos bancarios. Acto seguido, le recordó a todo el mundo que Susan Story había ingresado tres mil quinientos dólares en su cuenta corriente escasas semanas antes de morir asesinada.

Llegué a la oficina y apenas me había quitado el abrigo cuando llamó Marino.

—Ese condenado alcalde no puede tener la boca cerrada —dijo de buenas a primeras.

—Es evidente.

—Mierda, lo siento.

—No es culpa suya. Ya sé que debe usted informarle.

Marino vaciló.

—Tengo que preguntar por sus pistolas. No tiene ninguna de calibre veintidós, ¿verdad?

—Usted sabe qué armas tengo: una Ruger y una Smith & Wesson. Y si le pasa este dato al alcalde Cunnigham, estoy segura de que lo oiré por la radio antes de una hora.

—Doctora, el alcalde quiere que las presente en el laboratorio de Armas de Fuego.

Por un instante creí que Marino estaba bromeando.

—Dice que no debería tener usted ningún inconveniente en presentarlas para que las examinen —añadió—. También dice que sería una buena idea demostrar inmediatamente que las balas que mataron a Susan, al chico Heath y a Donahue no pudieron ser disparadas con sus pistolas.

—¿Le ha dicho al alcalde que mis revólveres son de calibre treinta y ocho? —le pregunté enfurecida.

—Sí.

—¿Y sabe que las balas encontradas en los cadáveres son de calibre veintidós?

—Sí. Se lo he repetido no sé cuántas veces.

—Pregúntele de mi parte si conoce algún adaptador que permita disparar cartuchos de calibre veintidós con un revólver del treinta y ocho. Si sabe de alguno, dígale que debería presentar una ponencia al respecto en el próximo congreso de la Academia Norteamericana de Ciencias Forenses.

—No creo que realmente quiera usted que le diga eso.

—Todo esto no es más que política, juegos de imagen. Ni siquiera es racional.

Marino no hizo ningún comentario.

—Escuche —proseguí con voz serena—; no he quebrantado ninguna ley. No pienso presentarle a nadie mis datos financieros, mis armas de fuego ni ninguna otra cosa hasta que haya sido debidamente aconsejada. Comprendo que usted ha de hacer su trabajo, y quiero que lo haga. Pero también quiero que me dejen en paz para que pueda hacer el mío. Abajo me esperan tres casos, y Fielding está en un juicio.

Pero no iban a dejarme en paz, como quedó bien claro

en cuanto terminé la conversación con Marino y se presentó Rose en mi despacho. Estaba pálida y atemorizada.

—El gobernador quiere verla —anunció.

Me dio un salto el corazón.

—¿Cuándo? —pregunté.

—A las nueve.

Eran las ocho cuarenta.

—¿Qué quiere, Rose?

—La persona que ha llamado no me lo ha dicho.

Cogí el abrigo y el paraguas y salí a una lluvia invernal que empezaba a convertirse en hielo. Mientras andaba apresuradamente por la calle Catorce traté de recordar la última vez que había hablado con el gobernador Joe Norring, y llegué a la conclusión de que hacía casi un año, en una recepción de gala en el Museo de Virginia. Norring era republicano y episcopalista, y se había graduado en Derecho en la Universidad de Virginia. Yo era italiana, católica, nacida en Miami y educada en el norte. Mi corazón estaba con el partido demócrata.

El Capitolio del Estado se alza en Shockhoe Hill y está rodeado por una verja de hierro forjado erigida a principios del siglo XIX para evitar que entrara el ganado. El edificio de ladrillo blanco diseñado por Jefferson es típico de su arquitectura, una pura simetría de cornisas y columnas lisas con capiteles jónicos inspirada en un templo romano. Una serie de bancos bordea los escalones de granito que ascienden por la ladera, y mientras la lluvia helada seguía cayendo implacable pensé en mi acostumbrada resolución primaveral de tomarme una hora para almorzar fuera del despacho y sentarme al sol en alguno de aquellos bancos. Pero aún tenía que hacerlo. Había entregado incontables días de mi vida a la luz artificial y a espacios cerrados desprovistos de ventanas que desafiaban cualquier intento de clasificación arquitectónica.

En el interior del Capitolio, busqué los aseos de señoras e intenté reforzar mi confianza haciendo algunas reparaciones en mi aspecto.

Pese a mis esfuerzos con el pintalabios y el cepillo, el espejo no tuvo nada tranquilizador que decirme. Desarreglada e inquieta, subí en ascensor hasta lo alto de la rotonda, donde los anteriores gobernadores miran severamente desde sus retratos al óleo tres pisos por encima de la estatua de George Washington que Houdon esculpió en mármol.

Hacia la mitad de la pared sur esperaba un grupo de periodistas con libretas de notas, cámaras y micrófonos. No se me ocurrió que pudiera ser su presa hasta que, al acercarme, los vi echarse las cámaras de vídeo al hombro, blandir los micrófonos como si fueran espadas y accionar el disparador de sus máquinas fotográficas con la rapidez de un arma automática.

—¿Por qué se niega a revelar sus cuentas?

—Doctora Scarpetta...

—¿Le dio dinero a Susan Story?

—¿Qué clase de pistola tiene?

—Doctora...

—¿Es cierto que han desaparecido expedientes personales de su oficina?

Siguieron echando carnada al agua con sus acusaciones y preguntas mientras yo fijaba la vista al frente, mis pensamientos paralizados. Sus micrófonos se me clavaban en la barbilla, sus cuerpos rozaban el mío y sus luces destellaban ante mis ojos.

Me pareció que tardaba una eternidad en llegar a la gruesa puerta de caoba y refugiarme en la amable quietud que reinaba tras ella.

—Buenos días —me saludó la recepcionista desde su fortaleza de madera noble bajo un retrato de John Tyler.

Al otro lado de la habitación, sentado ante un escritorio situado junto a una ventana, había un oficial de la unidad de protección de altos cargos vestido de paisano que me miró con expresión inescrutable.

—¿Cómo se ha enterado la prensa? —le pregunté a la recepcionista.

—¿Perdón? —era una mujer mayor vestida de *tweed*.

—¿Cómo han sabido que esta mañana vendría a ver al gobernador?

—Lo siento. No sabría decírselo.

Me senté en un canapé azul celeste. El papel que revestía las paredes era del mismo color; los muebles, antiguos, estaban cubiertos con tapetes bordados a punto de aguja que reproducían el sello del Estado.

Pasaron lentamente diez minutos. Al fin, se abrió una puerta y un joven al que reconocí como el secretario de prensa de Norring entró en la habitación y me sonrió.

—El gobernador la recibirá ahora mismo, doctora Scarpetta. —Era de complexión delgada, rubio, y vestía de azul marino con tirantes amarillos—. Lamento haberla hecho esperar. Qué tiempo increíble estamos teniendo. Y según han anunciado, esta noche la temperatura bajará de cero. Por la mañana habrá hielo en las calles.

Me guió a través de una serie de despachos bien amueblados en los que las secretarias se concentraban ante pantallas de ordenador y los auxiliares se movían de un lado a otro en silencio y con aire de eficacia. Tras golpear ligeramente con los nudillos una puerta formidable, hizo girar la manija de latón y se echó a un lado, tocándome caballerosamente la espalda mientras me introducía en el espacio privado del hombre más poderoso de Virginia.

El gobernador Norring no se levantó del sillón de piel que ocupaba tras su despejado escritorio de castaño nudoso. Al otro lado había un par de butacas, y fui conducida a una de ellas mientras él seguía leyendo con atención un documento.

—¿Le apetece beber algo? —me preguntó el secretario de prensa.

—No, gracias.

Se retiró, cerrando silenciosamente la puerta.

El gobernador dejó el documento sobre la mesa y se recostó en el sillón. Era un hombre de aspecto distinguido, con el grado justo de irregularidad en las facciones para hacer que se lo tomara uno en serio, y cuando entraba en una habitación era imposible no advertir su presencia. Al igual que

George Washington, que medía cerca de un metro noventa en una época de hombres bajos, Norring tenía una estatura muy superior a la media, y su cabellera era espesa y oscura a una edad en que la mayoría de los hombres empiezan a encanecer o a quedarse calvos.

—Doctora, he estado pensando si no habría una manera de apagar el fuego de la controversia antes de que escape por completo a todo control —hablaba con la cadencia sosegada de las conversaciones de Virginia.

—Gobernador Norring, ciertamente espero que la haya.

—Entonces, le ruego que me ayude a comprender por qué rehúsa colaborar con la policía.

—Deseo solicitar el asesoramiento de un abogado, y todavía no he tenido ocasión de hacerlo. A mi modo de ver, esto no puede considerarse una falta de colaboración.

—Tiene pleno derecho a no declarar en contra de usted misma, desde luego —dijo pausadamente—. Pero la mera sugerencia de que pretende invocar la Quinta Enmienda sólo contribuye a oscurecer la nube de sospechas que la rodea. Estoy seguro de que es usted consciente de ello.

—Soy consciente de que probablemente se me criticará haga lo que haga. Es razonable y prudente que desee protegerme.

—¿Entregaba usted dinero a la supervisora de la morgue, Susan Story?

—No, señor, de ninguna manera. No he hecho nada incorrecto.

—Doctora Scarpetta. —Se inclinó hacia delante y cruzó los dedos sobre la mesa—. Tengo entendido que se niega usted a cooperar presentando los documentos que podrían corroborar sus declaraciones.

—No se me ha informado de que sea sospechosa de ningún delito, ni se me ha hecho ninguna advertencia según la ley Miranda. No he renunciado a ningún derecho. No he tenido ocasión de recibir asesoramiento. Por el momento no tengo intención de abrir los archivos de mi vida privada y profesional, ni a la policía ni a nadie.

—De modo que, resumiendo, se niega usted a hacer una revelación plena.

Cuando se acusa a un funcionario del Estado de conflicto de intereses o de cualquier otra clase de comportamiento contrario a la ética, sólo hay dos defensas: la revelación plena o la dimisión. Esta última se abría ante mí como un abismo. Estaba claro que el gobernador tenía la intención de empujarme hacia su borde.

—Es usted una patóloga forense de estatura nacional y la jefa de Medicina Forense de esta Commonwealth —prosiguió—. Se ha labrado una carrera muy distinguida y una reputación irreprochable entre los encargados de hacer cumplir la ley. Pero en este asunto que nos ocupa no demuestra usted buen criterio. No ha sido lo bastante meticulosa a la hora de evitar cualquier apariencia de impropiedad.

—He sido meticulosa, gobernador, y no he actuado incorrectamente en ningún momento —repetí—. Los hechos lo demostrarán, pero entretanto no quiero seguir hablando del asunto hasta que haya consultado con un abogado. Y no haré una revelación plena si no es por medio de un abogado y delante de un juez en una sesión a puerta cerrada.

—¿A puerta cerrada? —Entornó los párpados.

—Ciertos detalles de mi vida privada afectan a otras personas, aparte de a mí.

—¿A quién? ¿Esposo, hijos, amante? Tengo entendido que no existen tales personas en su vida, que vive usted sola y que, para utilizar una frase hecha, está casada con su trabajo. ¿A quién quiere usted proteger?

—Gobernador Norring, ésta es una pregunta capciosa.

—No, señora. Tan sólo intento averiguar algo que confirme sus declaraciones. Dice que está protegiendo a otros, y yo me intereso por la identidad de esos «otros». Ciertamente, no puede tratarse de sus pacientes. Sus pacientes son difuntos.

—No me parece que sea usted justo ni imparcial —le repliqué, y percibí la frialdad de mi voz—. Desde un principio, esta reunión no ha tenido nada de justo. Se me ha convocado con veinte minutos de antelación sin anunciarme el motivo...

—Pero, doctora —me interrumpió—, me parece a mí que habría podido adivinar el motivo.

—Tal como habría podido adivinar que nuestra reunión iba a ser un acontecimiento público.

—Según tengo entendido, se ha producido un verdadero despliegue de periodistas. —Su expresión permaneció inalterable.

—Me gustaría saber cómo ha podido ocurrir —dije con acaloramiento.

—Si está usted preguntando si esta oficina notificó a la prensa nuestra reunión, puedo asegurarle que no ha sido así.

No dije nada.

—Doctora, no sé si comprende usted bien que, en nuestra calidad de funcionarios públicos, debemos regirnos por unas reglas distintas. En cierto sentido, no nos está permitido tener una vida privada. O acaso sería mejor decir que si nuestra ética o nuestro criterio se ponen en tela de juicio, el público tiene derecho a examinar, en determinados casos, los aspectos más personales de nuestra existencia. Siempre que voy a emprender determinada actividad, o incluso a firmar un cheque, debo preguntarme si lo que estoy haciendo podría sostener el más intenso escrutinio.

Me di cuenta de que apenas utilizaba las manos al hablar, y de que tanto el género como el corte de su traje y corbata combinaban el lujo y la sobriedad más extremados. Mi atención vagó de una cosa a otra mientras él proseguía su amonestación, y comprendí que, a fin de cuentas, nada de lo que yo pudiera hacer o decir conseguiría salvarme.

Aunque me había nombrado por el comisionado de Sanidad, no se me habría ofrecido el cargo ni podría durar mucho en él sin el apoyo del gobernador. Y la manera más rápida de perder su apoyo era poniéndolo en una situación embarazosa o conflictiva, cosa que ya había sucedido. Él tenía la posibilidad de obligarme a dimitir. Yo tenía la posibilidad de ganar un poco de tiempo amenazándole con volver aún más embarazosa su situación.

—Tal vez querría explicarme, doctora, qué haría usted de hallarse en mi lugar.

Al otro lado de la ventana, la lluvia caía mezclada con nevisca y los edificios del distrito bancario se recortaban lúgubremente contra un cielo amenazador y encapotado.

Miré a Norring en silencio y, tras unos instantes, hablé en voz baja.

—Me gustaría creer, gobernador Norring, que no convocaría a mi despacho a la jefa de Medicina Forense para insultarla gratuitamente, en lo personal y en lo profesional, y pedirle acto seguido que renunciara a los derechos que la constitución reconoce a todo individuo.

»Además, me gustaría creer que aceptaría su inocencia hasta que se hubiera demostrado su culpabilidad y que no atentaría contra su ética, ni pondría en duda su fidelidad al juramento hipocrático que se había comprometido a defender, exigiéndole que ofreciera sus archivos confidenciales al escrutinio público si tal cosa pudiera redundar en perjuicio de ella misma y de otros. Me gustaría creer, gobernador Norring, que no presentaría a una persona que ha servido fielmente a la Commonwealth la única alternativa de dimitir por causa justificada.

El gobernador cogió una estilográfica de plata con aire abstraído mientras reflexionaba sobre mis palabras. Si yo dimitía por causa justificada tras una reunión con él, todos los periodistas que aguardaban tras la puerta de su despacho supondrían que renunciaba a mi cargo porque Norring me había pedido que hiciera algo que yo juzgaba contrario a la ética.

—No tengo ningún interés en que dimita en estos momentos —replicó fríamente—. De hecho, no aceptaría su dimisión. Soy un hombre justo, doctora Scarpetta, y espero que también sabio. Y la sabiduría me aconseja que no mantenga a una persona realizando autopsias legales a víctimas de homicidios cuando esta misma persona se halla implicada, directa o indirectamente, en un homicidio. Por consiguiente, creo que lo más indicado es suspenderla de empleo pero no de sueldo hasta que se haya aclarado todo este asunto. —Descolgó el teléfono—. John, ¿tendrías la amabilidad de acompañar a la jefa de Medicina Forense hasta la salida?

El sonriente secretario de prensa compareció casi al instante.

Al salir de las oficinas del gobernador me vi asaltada por los cuatro costados. Los flashes no cesaban de centellear ante mis ojos, y parecía que todo el mundo estaba gritando. La noticia más importante durante el resto del día y la mañana siguiente fue que el gobernador me había relevado temporalmente del cargo hasta que yo pudiera dejar limpio mi nombre. Un editorial argumentó que Norring se había portado como un caballero, y que si yo fuese una dama le ofrecería mi dimisión.

11

El viernes me quedé en casa delante del fuego, ocupada en la tediosa y frustrante tarea de redactar notas para uso propio en un intento de documentar todos mis movimientos durante las últimas semanas. Lamentablemente, hacia la hora en que la policía creía que Eddie había sido raptado del supermercado yo estaba en el coche, yendo de la oficina a casa. Cuando Susan fue asesinada, yo estaba sola en casa, pues Marino se había llevado a Lucy a hacer prácticas de tiro. Y también me encontraba sola la mañana en que dispararon contra Frank Donahue. No tenía ningún testigo que pudiera dar cuenta de mis actividades durante los tres asesinatos. El motivo y el *modus operandi* resultarían considerablemente más difíciles de vender. Es muy infrecuente que una mujer asesine al estilo de una ejecución, y a menos que yo fuese una sádica sexual secreta, no podía tener ningún motivo en absoluto para matar a Eddie Heath.

Estaba sumida en mis reflexiones cuando me llamó Lucy.

—He dado con algo.

La encontré sentada ante el ordenador, la silla giratoria vuelta hacia un lado y los pies apoyados sobre una otomana. Tenía numerosas hojas de papel sobre el regazo, y a la derecha del teclado reposaba mi Smith & Wesson del treinta y ocho.

—¿Por qué tienes aquí el revólver? —le pregunté con cierta inquietud.

—Pete me aconsejó que disparara sin bala siempre que tuviera la oportunidad, y he estado practicando mientras pasaba mi programa por las cintas de diario.

Cogí el revólver, abrí el tambor y examiné las recámaras, para asegurarme.

—Todavía me quedan unas cuantas cintas por ver, pero creo que ya he dado con algo de lo que andamos buscando —anunció.

Sentí una oleada de optimismo y acerqué una silla para sentarme a su lado.

—La cinta del nueve de diciembre presenta tres AH interesantes.

—¿AH? —pregunté.

—Actualización de Huellas —me explicó—. Se trata de tres fichas distintas. Una fue eliminada o borrada por completo. En otra se modificó el número SID. Y luego hay una tercera ficha que corresponde a una nueva adición, creada aproximadamente a la misma hora en que las otras dos fueron modificadas o borradas. Me he conectado al CCRE y he consultado los números SID de la ficha modificada y de la recién creada. La ficha modificada corresponde a Ronnie Joe Waddell.

—¿Y la nueva?

—Es muy extraño. Su número SID no corresponde a ningún historial. Lo he marcado cinco veces, y las cinco he obtenido un mensaje de «no se encuentra ningún registro». ¿Te das cuenta de lo que significa eso?

—Sin un historial en el CCRE, no hay manera de saber quién es esta persona.

—Exacto —asintió Lucy—. En AFIS tienes las huellas de alguien y su número SID, pero no hay ningún nombre ni datos personales con los que hacerlos concordar. Y eso me hace suponer que alguien suprimió del CCRE la ficha de esa persona. En otras palabras, también han manipulado el CCRE.

—Volvamos a Ronnie Joe Waddell —le pedí—. ¿Podrías reconstruir lo que han hecho con su ficha?

—Tengo una teoría. En primer lugar, debes saber que el número SID es un identificador único y tiene un índice único, lo cual quiere decir que el sistema no te permite introducir un valor duplicado. Así, por ejemplo, si yo quisiera intercambiar nuestros números SID, antes tendría que borrar tu ficha. Luego, después de cambiar mi número SID por el tuyo, volvería a introducir tu ficha y le asignaría mi antiguo número SID.

—¿Y crees que es eso lo que ha ocurrido?

—Esta operación explicaría las AH que he encontrado en la cinta de diario del nueve de diciembre.

Cuatro días antes de la ejecución de Waddell, pensé.

—Aún hay más —prosiguió Lucy—. El dieciséis de diciembre, la ficha de Waddell fue borrada de AFIS.

—¿Cómo es posible? —pregunté, desconcertada—. Hace poco más de una semana, Vander comprobó en el AFIS una huella encontrada en casa de Jennifer Deighton y obtuvo los datos de Waddell.

—AFIS se colapsó el dieciséis de diciembre a las diez cincuenta y seis de la mañana, exactamente noventa y ocho minutos después de que se hubiera borrado la ficha de Waddell —respondió Lucy—. Se restauró la base de datos con las cintas de diario, pero debes tener presente que sólo se hace una copia de respaldo una vez al día, al final de la tarde. En consecuencia, todos los cambios introducidos en la base de datos durante la mañana del dieciséis de diciembre aún no tenían copia de seguridad cuando se colapsó el sistema. Al restaurar la base de datos, se restauró la ficha de Waddell.

—¿Quieres decir que alguien estuvo manipulando el número SID de Waddell cuatro días antes de la ejecución? ¿Y que luego, tres días después de la ejecución, alguien borró su ficha de AFIS?

—Es la impresión que me da. Lo que no logro entender es por qué esa persona no borró la ficha desde un principio. ¿Por qué se tomó la molestia de cambiar el número SID, si luego había de volver para eliminar toda la ficha?

Neils Vander tuvo una respuesta sencilla a esta pregunta cuando le expuse la situación por teléfono, al cabo de unos minutos.

—No es infrecuente que las huellas de un interno se borren de AFIS después de su muerte —dijo Vander—. De hecho, el único motivo para que no borremos la ficha de un interno fallecido es que exista la posibilidad de que sus huellas aparezcan en algún caso por resolver. Pero Waddell se había pasado nueve o diez años en la cárcel; llevaba demasiado tiempo fuera de la circulación para que valiera la pena conservar sus huellas en acceso directo.

—Entonces la eliminación de su ficha el dieciséis de diciembre debió de ser rutinaria.

—Absolutamente. Pero no lo habría sido que borraran su ficha el nueve de diciembre, cuando Lucy cree que se modificó su número SID, porque entonces Waddell aún estaba vivo.

—Neils, ¿tú qué crees que significa todo esto?

—Cuando le cambias el número SID a alguien, Kay, en la práctica le has cambiado la identidad. Puede que yo detecte una muestra clara de sus huellas, pero cuando introduzca en el CCRE el número SID correspondiente no me saldrá su historial. Me saldrá el historial de otra persona o no me saldrá ninguno.

—Tienes una muestra clara encontrada en casa de Jennifer Deighton —le resumí—. Introdujiste en el CCRE el número SID correspondiente y te remitió a Ronnie Joe Waddell. Sin embargo, ahora tenemos motivos para suponer que su número SID original ha sido modificado. En realidad, no sabemos quién dejó su huella en una silla del comedor, ¿verdad?

—No. Y cada vez empieza a resultar más evidente que alguien se ha tomado grandes molestias para asegurarse de que no podamos verificar la identidad de esa persona. No puedo demostrar que fuera Waddell. No puedo demostrar que no lo fuera.

Mientras él hablaba, me pasó por la cabeza una rápida sucesión de imágenes.

—Para verificar que no fue Waddell quien dejó esa huella en la silla de Jennifer Deighton, necesitaría una huella suya antigua de la que pueda estar seguro, una que yo sepa que de ninguna manera ha podido ser manipulada. Pero ya no sé dónde más buscarla.

Vi paneles oscuros y suelos de madera, y sangre seca del color de los granates.

—En su casa —musité.

—¿En casa de quién? —se extrañó Vander.

—En casa de Robyn Naismith —respondí.

Diez años atrás, cuando la policía examinó la casa de Robyn Naismith, no pudo acudir con láser ni Luma-Lite. Aún no se conocían los análisis de ADN. En Virginia no existía un sistema automatizado de huellas digitales, ni se disponía de ningún método informático para realzar una huella parcial ensangrentada descubierta en una pared o en cualquier otro lugar. Aunque por lo general las nuevas tecnologías no suelen aportar nada en los casos que llevan mucho tiempo cerrados, hay excepciones. Yo creía que el asesinato de Robyn Naismith podía ser una de ellas.

De poder rociar su casa con productos químicos, cabía la posibilidad de resucitar literalmente la escena. La sangre forma coágulos, rezuma, gotea, salpica, mancha y chilla en rojo brillante. Se filtra por grietas y resquicios y se oculta bajo suelos y tapicerías. Aunque puede desaparecer con el lavado y decolorarse con los años, nunca se va del todo. Como la escritura que no se veía en la hoja de papel encontrada sobre la cama de Jennifer Deighton, en las habitaciones donde Robyn Naismith había sido acosada y asesinada había sangre invisible para el ojo desnudo. Sin la ayuda de la tecnología, la policía había encontrado una huella sangrienta durante la investigación original del crimen. Quizá Waddell había dejado otras. Quizás aún seguían allí.

Neils Vander, Benton Wesley y yo salimos en dirección oeste hacia la Universidad de Richmond, una espléndida colección de edificios de estilo georgiano dispuestos en torno a un lago entre las carreteras de Three Chopt y River. Era allí donde Robyn Naismith se había graduado con honores muchos años antes, y tanto le había gustado la zona que más tarde había comprado su primer hogar a dos manzanas del campus.

La que había sido su casa, un pequeño edificio de obra vista con tejado en mansarda, se alzaba en una parcela de un cuarto de hectárea. Al verla, no me sorprendió que hubiera podido atraer a un ratero. El terreno estaba lleno de árboles, y la parte de atrás de la casa quedaba reducida a la insignificancia por tres magnolias gigantescas que impedían por completo el paso de la luz solar. Me pareció dudoso que cualquiera de los vecinos hubiera podido ver u oír nada de lo ocurrido en la residencia de Robyn Naismith, aun de haber estado en casa. La mañana en que Robyn fue asesinada, los vecinos estaban en el trabajo.

Debido a las circunstancias por las que la casa se había puesto en venta, diez años antes, su precio había sido bajo para la zona. Como pudimos comprobar, la universidad decidió comprarla para alojar a sus profesores y conservó gran parte de lo que contenía. Robyn no estaba casada y era hija única, y sus padres, que vivían en el norte de Virginia, no habían querido sus muebles. Supuse que se les haría insoportable vivir con ellos, o mirarlos siquiera. El profesor Sam Potter, un soltero que enseñaba alemán, tenía alquilada la casa a la universidad desde su adquisición.

Mientras sacábamos del maletero el material fotográfico, los frascos de productos químicos y demás accesorios, se abrió la puerta de atrás y un hombre de aspecto enfermizo nos saludó con un «buenos días» carente de entusiasmo.

—¿Necesitan que les eche una mano? —Sam Potter se apartó de los ojos un mechón de largos cabellos negros que no ocultaban su calvicie incipiente y bajó los escalones fumando un cigarrillo. Era bajo y rollizo, de caderas tan anchas como una mujer.

—Si quiere coger esta caja... —le sugirió Vander.

Potter tiró el cigarrillo al suelo y no se molestó en pisarlo. Subimos los peldaños de la puerta y lo seguimos al interior de una cocina pequeña con viejos electrodomésticos de color verde aguacate y docenas de platos sucios. Nos hizo pasar al comedor, donde había un montón de ropa por planchar sobre la mesa, y de ahí a la sala de estar, en la parte delantera de la casa. Dejé lo que transportaba y traté de no demostrar el sobresalto que me produjo reconocer el televisor conectado a un enchufe de pared, las cortinas, el sofá de piel marrón y el suelo de parquet, cubierto de arañazos y mate como el barro. Había libros y papeles esparcidos por todas partes, y Potter empezó a hablar mientras los iba recogiendo de cualquier manera.

—Como pueden ver, no siento inclinaciones domésticas —explicó con marcado acento alemán—. Voy a dejar todo esto en la mesa del comedor, de momento. Ya está —dijo a su regreso—. ¿Quieren que vaya por algo más?

Sacó un paquete de Camel del bolsillo de la camisa blanca y una carterita de cerillas de los tejanos descoloridos. Llevaba un reloj de bolsillo sujeto al pantalón por una tira de cuero y, cuando lo extrajo para echarle una ojeada antes de encender el cigarrillo, advertí una serie de cosas. Le temblaban las manos, tenía los dedos hinchados y una red de capilares rotos le cubría la nariz y los pómulos. No se había tomado la molestia de vaciar los ceniceros, pero sí había recogido las botellas y los vasos y había tenido el cuidado de sacar la basura.

—Así está bien. No hace falta que mueva nada más —respondió Wesley—. Si nosotros movemos algo, volveremos a dejarlo donde estaba.

—¿Y dicen que este producto químico que van a utilizar no estropeará nada ni es tóxico para las personas?

—No, no es peligroso. Deja un residuo granulado, como el agua salada al secarse —le expliqué—, pero intentaremos limpiarlo nosotros mismos.

—La verdad es que prefiero no estar presente mientras trabajan —añadió Potter, aspirando con nerviosismo una bocanada de humo—. ¿Podrían indicarme cuánto van a tardar, aproximadamente?

—No más de dos horas, espero. —Wesley estaba contemplando la habitación, y aunque su rostro carecía por completo de expresión, me imaginé lo que estaba pensando.

Me quité el abrigo mientras Vander abría una caja de película y me quedé sin saber dónde ponerlo.

—Si terminan antes de que yo vuelva, asegúrense de que dejan la puerta bien cerrada. No hay ninguna alarma de que preocuparse. —Potter salió por detrás, cruzando la cocina, y el ruido de su coche al arrancar sonó como el de un autobús diésel.

—Es una auténtica vergüenza —comentó Vander mientras sacaba de una caja dos frascos de productos químicos—. Podría ser una casa preciosa, pero por dentro no es mejor que muchas chabolas que he visto. ¿Os habéis fijado en los huevos revueltos que había en la sartén del fogón? ¿Qué más queréis hacer aquí? —Se puso en cuclillas—. No quiero hacer la mezcla hasta que estemos listos.

—Yo diría que hemos de sacar del cuarto todo lo que podamos —respondió Wesley—. ¿Tienes las fotos, Kay?

Saqué las fotografías de la escena del asesinato de Robyn Naismith.

—Os habréis dado cuenta de que nuestro amigo el profesor todavía conserva los muebles de la víctima —observé.

—Bien, pues los dejaremos donde están —replicó Vander, como si fuera lo más normal que los muebles de una escena de asesinato siguieran en su lugar al cabo de diez años—. Pero la alfombra hay que quitarla. Se nota que no venía con la casa.

—¿En qué se nota? —Wesley examinó la alfombra azul y roja que tenía bajo los pies. Estaba sucia y los bordes se encorvaban hacia arriba.

—Si miras debajo, verás que el parquet está tan deslustrado y rayado como en el resto de la sala. Esta alfombra no lleva aquí mucho tiempo. Además, no parece de muy buena calidad. Dudo de que hubiera podido durar tantos años.

Extendí las fotografías en el suelo y las fui distribuyendo hasta que quedaron orientadas correctamente y nos fue posible ver qué había que mover. Los muebles que habían pertenecido a Robyn Naismith estaban cambiados de sitio. Empezamos a reconstruir, en la medida de lo posible, el escenario de la muerte de Robyn.

—Muy bien, el ficus tiene que ir allí —dije, como una directora de escena en un teatro—. Eso es, pero el sofá tendría que estar como medio metro más atrás, Neils. Y un poquitín hacia ahí. El árbol estaba a unos diez centímetros del reposabrazos izquierdo. Un poco más cerca. Así está bien.

—No puede estar bien. Las ramas quedan encima del sofá.

—Entonces el árbol no era tan grande.

—Es increíble que no se haya muerto. Me sorprende que nada pueda vivir en las cercanías del profesor Potter, salvo quizá las bacterias y los hongos.

—¿Y la alfombra hay que sacarla? —Wesley se quitó la chaqueta.

—Sí. Robyn tenía una esterilla en la puerta principal y una alfombra oriental pequeña bajo la mesita de la sala. Casi todo el suelo estaba desnudo.

Se puso de rodillas y empezó a enrollar la alfombra.

Me acerqué al televisor y examiné el aparato de vídeo que había encima y el cable que lo conectaba a la pared.

—Esto ha de ir contra la pared que queda frente al sofá y la puerta principal. ¿Alguno de los caballeros aquí presentes es experto en vídeos y cables de conexión?

—No —respondieron al unísono.

—Entonces me veo librada a mis propios recursos. Vamos allá.

Desconecté el cable y el vídeo, desenchufé el televisor y lo empujé cuidadosamente sobre el suelo desnudo y polvoriento. Tras consultar las fotografías, lo desplacé unos cuantos palmos más hasta dejarlo justo enfrente de la puerta. A continuación, estudié las paredes. Por lo visto, Potter era coleccionista de arte y sentía predilección por un dibujante cuyo nombre no logré descifrar con certeza, aunque me pareció francés. Sus obras consistían en bosquejos del cuerpo femenino al carboncillo, con abundancia de curvas, salpicaduras rosadas y triángulos. Las descolgué todas, una por una, y las dejé apoyadas contra las paredes del comedor. A aquellas alturas, la sala estaba casi vacía y el polvo empezaba a provocarme picores.

Wesley se enjugó la frente con el antebrazo y me miró.

—¿Hemos terminado ya?

—Creo que sí. Naturalmente, no está todo. Allí había tres sillas —señalé.

—Están en los dormitorios —dijo Vander—. Dos en uno y una en el otro. ¿Quieres que vaya a buscarlas?

—No estaría de más.

Wesley y él trajeron las sillas.

—En aquella pared había un cuadro, y otro a la derecha de la puerta que da al comedor —añadí—. Una naturaleza muerta y un paisaje inglés. O sea que a Potter le molestaba su gusto artístico, pero por lo visto no le incomodaba nada más.

—Hemos de ir por la casa cerrando todas las ventanas, persianas y cortinas —intervino Vander—. Si después de cerrarlas aún entra luz, coged un trozo de este papel —señaló un rollo de grueso papel marrón que había en el suelo— y pegadlo sobre la ventana.

Durante los quince minutos siguientes, la casa se llenó con el ruido de pasos, el traqueteo de las persianas de láminas y el siseo de tijeras cortando papel. De vez en cuando, alguien refunfuñaba en voz alta cuando el trozo de papel cortado resultaba insuficiente o la cinta no se adhería a nada más que a ella misma. Yo me quedé en la sala de estar y cubrí los cristales de la puerta principal y de las dos ventanas que daban a la calle. Cuando volvimos a reunirnos los tres y apagamos las luces, la casa quedó en la más absoluta oscuridad. Ni siquiera podía verme la mano ante la cara.

—Perfecto —dijo Vander, y volvió a encender la luz del techo.

Tras ponerse unos guantes, colocó las botellas de agua destilada y productos químicos sobre la mesita de la sala, junto con dos frascos atomizadores de plástico.

—He aquí lo que vamos a hacer —prosiguió—: Kay, tú puedes ir rociando con el vaporizador mientras yo lo grabo en vídeo, y si un área reacciona, continúa rociándola hasta que te indique que puedes seguir adelante.

—¿Y yo? —preguntó Wesley—. ¿Qué quieres que haga?

—Quítate de en medio.

—¿Qué hay en estos frascos? —inquirió mientras Vander destapaba las botellas de productos químicos secos.

—Es mejor que no lo sepas —respondí.

—Ya soy mayor. Puedes decírmelo.

—El reactivo es una mezcla de perborato sódico, que Neils está disolviendo con agua destilada, con triaminoftal hidracida y carbonato sódico —le expliqué, mientras abría un paquete de guantes.

—¿Estáis seguros de que dará resultado con una sangre tan vieja? —preguntó Wesley.

—De hecho, la sangre vieja y descompuesta reacciona mejor con el luminol que las manchas de sangre recientes, porque cuanto más oxidada esté la sangre mejor es el resultado. A medida que la sangre envejece, se va oxidando cada vez más.

—No creo que la madera que tenemos aquí esté tratada con sales —opinó Vander—. ¿A ti qué te parece?

—Yo diría que no. —Me giré hacia Wesley—. El mayor problema que presenta el luminol son los falsos positivos. Existen varias sustancias que reaccionan con él, como el cobre y el níquel, y las sales de cobre que impregnan la madera tratada.

—También le gustan el óxido, la lejía casera, el yodo y la formalina —añadió Vander—. Más las peroxidasas que se encuentran en los plátanos, las sandías, los cítricos y algunas verduras. Los rábanos picantes, por ejemplo.

Wesley me miró y esbozó una sonrisa.

Vander abrió un sobre y extrajo dos recuadros de papel

de filtro manchados con sangre seca diluida. A continuación, mezcló el preparado A con el B y le pidió a Wesley que apagara la luz. Un par de rociadas rápidas y en la mesita apareció un resplandor fluorescente blanco azulado que se desvaneció casi con igual rapidez.

—Toma —me dijo Vander.

Noté el contacto del frasco vaporizador en el brazo y me apresuré a cogerlo. Se encendió una minúscula lucecita roja cuando Vander accionó el interruptor de la videocámara, y enseguida la lámpara de visión nocturna ardió blanca, mirando hacia donde él miraba como un ojo luminiscente.

—¿Dónde estás? —La voz de Vander sonó a mi izquierda.

—Estoy en el centro de la sala. Noto el borde de la mesita contra la pierna —contesté, como si fuéramos niños jugando en la oscuridad.

—Yo ya me he quitado de en medio —llegó la voz de Wesley desde la dirección del comedor.

La luz blanca de Vander se movió lentamente hacia mí. Extendí la mano y le toqué un hombro.

—¿Listo?

—Estoy grabando. Empieza a rociar, y sigue adelante hasta que yo te diga que pares.

Empecé a rociar el suelo a nuestro alrededor, apretando constantemente el disparador mientras ascendía una neblina hacia mí y se materializaban configuraciones geométricas en torno a mis pies. Por un instante tuve la sensación de flotar aceleradamente en la oscuridad sobre la cuadrícula iluminada de una ciudad situada mucho más abajo. La sangre vieja retenida en las hendiduras del parquet emitía un resplandor blanco azulado que se desvanecía y reaparecía casi tan velozmente como la vista podía captarlo. Seguí rociando y rociando, sin saber realmente dónde me encontraba en relación con nada más, y vi huellas de pisadas por toda la habitación. Tropecé contra el ficus y vi surgir manchas de un blanco apagado en el tiesto que lo contenía. A mi derecha, unas huellas borrosas en forma de mano destellaron sobre la pared.

—Luces —ordenó Vander.

Wesley encendió la luz del techo y Vander montó una cámara de treinta y cinco milímetros sobre un trípode, para que se mantuviera inmóvil. La única luz disponible sería la fluorescencia del luminol, y la película necesitaría un tiempo de exposición muy largo para capturarla. Cogí un frasco lleno de luminol y, cuando volvió a apagarse la luz, empecé a rociar las huellas borrosas de la pared mientras la película se impresionaba con el espectral resplandor. Luego seguimos adelante. En los paneles de la pared y en el parquet aparecieron anchas franjas, y las costuras del sofá de piel se convirtieron en una línea de puntos de neón que delimitaba parcialmente la forma cuadrada de los cojines.

—¿Podrías apartarlos? —me pidió Vander.

Deposité los cojines en el suelo, uno por uno, y rocié el armazón del sofá. Los espacios que había entre cojín y cojín empezaron a brillar. En el respaldo aparecieron más franjas y manchas de luz, y en el techo se formó una constelación de estrellitas brillantes. Fue en el viejo televisor donde obtuvimos nuestra primera explosión pirotécnica de falsos positivos, cuando el metal que rodeaba los mandos y la pantalla se iluminó y los cables de conexión tomaron el color blanco azulado de la leche aguada. No había nada notable en el televisor, a excepción de unos cuantos borrones que podían ser de sangre, pero el suelo que lo rodeaba, donde se había encontrado el cadáver de Robyn, reaccionó como si se volviera loco. La sangre lo había impregnado de tal manera que se podía ver los bordes de las tablas del parquet y la dirección de las fibras de la madera. Surgió una huella de arrastre a unos cuantos palmos del punto donde se concentraba la luminiscencia, y cerca de ésta apareció un curioso diseño de anillos producido por un objeto de circunferencia ligeramente inferior a la de una pelota de balón volea.

La búsqueda no terminó en la sala de estar. Empezamos a seguir las pisadas. De vez en cuando nos veíamos obligados a encender las luces, preparar más luminol y apartar estorbos de nuestro camino, sobre todo en el depósito de cultura que antes había sido el dormitorio de Robyn y ahora era el lugar donde el profesor Potter trabajaba y dormía. El suelo estaba cubierto por una capa de varios centímetros de artículos de revistas, exámenes, trabajos de investigación y docenas de libros escritos en alemán, francés e italiano. Había prendas de vestir esparcidas por todas partes y tiradas sobre las cosas de un modo tan caótico que parecía que un huracán hubiera reventado el armario y creado un torbellino en el centro de la habitación. Recogimos lo mejor que pudimos, formando pilas y montones sobre la revuelta cama de matrimonio, y luego seguimos la pista sangrienta de Waddell.

La pista nos condujo al cuarto de baño, yo abriendo la marcha y Vander pisándome los talones. El suelo estaba cubierto de borrones y huellas de zapatos, y al lado de la bañera refulgieron las mismas formas circulares que habíamos visto en la sala. Cuando empecé a rociar las paredes, aparecieron de pronto dos enormes huellas de manos situadas a media altura y a los dos lados del inodoro. La luz de la videocámara se acercó flotando en la oscuridad.

—Enciende la luz —dijo Vander con voz cargada de excitación.

El cuarto de baño de Potter estaba tan desaseado, por no decir más, como el resto de sus dominios. Vander se acercó casi hasta pegar la nariz a la pared y examinó la zona en que habían aparecido las huellas.

—¿Las ves?

—Humm. Quizás un poco. —Inclinó la cabeza hacia un lado y luego hacia el otro, y entornó los párpados—. Es fantástico. Ya lo ves, el empapelado tiene este dibujo azul oscuro, así que difícilmente puede apreciarse nada a simple vista. Y está plastificado, o sea que es una buena superficie para las huellas.

—Dios mío —exclamó Wesley desde el umbral del cuarto de baño—. Parece que no haya limpiado el inodoro desde que se instaló en esta casa. Pero, coño, si ni siquiera ha tirado de la cadena.

—Aunque lavara o fregara las paredes de vez en cuando, en realidad es imposible eliminar todos los restos de sangre —le dije a Vander—. En un suelo de linóleo como éste, por ejemplo, los residuos se incrustan en la superficie rugosa, y el luminol los hace resaltar.

—¿Quieres decir que si volviéramos a rociar la casa dentro de diez años aún quedarían restos de sangre? —preguntó Wesley, asombrado.

—La única manera de eliminar casi por completo la sangre consistiría en pintarlo todo de nuevo, volver a empapelar las paredes, pulir los suelos y cambiar los muebles —le explicó Vander—. Y si quisieras eliminar absolutamente todos los residuos, tendrías que echar abajo la casa y construirla de nuevo.

Wesley consultó su reloj.

—Llevamos aquí tres horas y media.

—A ver qué os parece esto —sugerí—: Benton, tú y yo podemos empezar a devolver las habitaciones a su estado normal de caos, y mientras tanto, tú, Neils, vas haciendo lo que tengas que hacer.

—Bien. Tendré que montar aquí la Luma-Lite, y ya veremos si puedo realzar el dibujo de las huellas. Cruzad los dedos.

Volvimos a la sala. Mientras Vander transportaba la Luma-Lite portátil y el equipo fotográfico al cuarto de baño, Wesley y yo nos quedamos contemplando el sofá, el viejo televisor y el suelo rayado y cubierto de polvo, los dos con cierta perplejidad. Con las luces encendidas no se advertía ni el menor indicio del horror que habíamos visto a oscuras. En aquella soleada tarde de invierno, habíamos vuelto atrás en el tiempo y habíamos sido testigos de los actos de Ronnie Joe Waddell.

Wesley permaneció muy quieto junto a una ventana cubierta de papel.

—No me atrevo a sentarme en ninguna parte ni a apoyarme en nada. Dios mío. Esta maldita casa está llena de sangre.

Miré en derredor, imaginándome la fluorescencia blanca en la negrura, y paseé lentamente la mirada por el sofá y por el suelo hasta fijarla en el televisor. Los cojines del sofá aún estaban en el suelo, donde los había dejado, y me agaché para examinarlos más de cerca. La sangre que había impregnado las costuras marrones ya no era visible, ni tampoco las manchas y borrones del respaldo de piel marrón. Pero un examen detenido reveló algo que era importante, aunque no por fuerza sorprendente. En un lado de uno de los cojines que se apoyaban contra el respaldo encontré un corte lineal que medía, como máximo, un par de centímetros de longitud.

—Benton, ¿sabes si Waddell era zurdo, por casualidad?

—Me parece que sí.

—La policía creyó que la había apuñalado y golpeado en el suelo, cerca del televisor, por la cantidad de sangre encharcada junto al cuerpo —observé—, pero no fue así. La mató en el sofá. Creo que necesito salir afuera. Si esta casa no fuese el basurero que es, me sentiría tentada a robarle un cigarrillo al profesor.

—Te has portado bien durante demasiado tiempo —dijo Wesley—. Un Camel sin filtro te haría caer de culo. Sal a tomar un poco el aire. Ya iré limpiando yo.

Salí de la casa acompañada por el sonido del papel arrancado de las ventanas.

Aquella noche empezó el fin de año más peculiar de que Benton Wesley, Lucy y yo teníamos memoria. No me atrevería a decir que la fiesta fue igual de extraña para Neils Vander. Hablé con él a las siete de la tarde y todavía estaba en su laboratorio, pero eso era razonablemente normal para un hombre cuya razón de ser dejaría de existir si alguna vez se descubría a dos individuos con idénticas huellas digitales.

Vander había pasado las cintas grabadas en la escena a un formato de vídeo casero y me había hecho llegar las copias hacia la caída de la tarde. Wesley y yo permanecimos un largo rato sentados ante el televisor tomando notas y dibujando

esquemas, mientras examinábamos detenidamente la graba-
ción. Lucy, entretanto, preparaba la cena, y sólo de vez en
cuando acudía por unos instantes a la sala de estar para echar
un vistazo. Las imágenes luminiscentes que se sucedían en la
pantalla negra no la inquietaban en absoluto. A primera vista, un profano no tenía manera de saber qué representaban.

Hacia las ocho y media, Wesley y yo habíamos terminado de revisar las cintas y completado las notas. Creíamos
haber reconstruido las acciones del asesino de Robyn Naismith desde el momento en que había penetrado en la casa
hasta su salida por la puerta de la cocina. Era la primera vez
en toda mi carrera que analizaba retrospectivamente la escena de un homicidio que llevaba años resuelto. Pero la re-
construcción así obtenida era importante por una razón
muy buena. Demostraba, a nuestra satisfacción por lo menos, que lo que Wesley me había dicho en el Homestead era
correcto: Ronnie Joe Waddell no encajaba en el perfil del
monstruo al que estábamos siguiendo la pista.

Las manchas, borrones, salpicaduras y huellas latentes
que habíamos estado examinando nos proporcionaban la
interpretación más precisa que jamás había visto en la re-
construcción de un crimen. Aunque un tribunal habría podido considerar que gran parte de nuestras conclusiones se
basaba sólo en opiniones personales, eso no nos importaba.
La personalidad de Waddell sí, y estábamos bastante seguros de haberla captado.

Puesto que estaba claro que la sangre encontrada en
otros lugares de la casa había sido llevada allí por Waddell,
era razonable afirmar que su ataque contra Robyn Naismith
se había limitado a la sala de estar, donde ella había muerto.
La puerta principal y la de la cocina estaban provistas de
sendas cerraduras que no podían abrirse sin llave. Como
Waddell había entrado en la casa por una ventana y había
salido por la puerta de la cocina, se deducía que, a su regreso de la tienda, Robyn había entrado por la cocina. Quizá no
se había molestado en volver a cerrar con llave, pero parecía
más probable que no hubiese tenido tiempo de hacerlo.

Cabía conjeturar que, mientras estaba revolviendo sus pertenencias, Waddell la oyó llegar y aparcar detrás de la casa. Entonces fue a la cocina y cogió un cuchillo para carne del juego de acero inoxidable que colgaba de una pared. Cuando Robyn abrió la puerta, él estaba esperándola, y seguramente la obligó a pasar a la sala. Quizás habló un rato con ella. Quizá le pidió dinero. Quizá no transcurrieron más que unos instantes antes de que la confrontación se volviera física. Robyn estaba vestida y sentada o tendida en el extremo del sofá más cercano al ficus cuando Waddell descargó el primer golpe con el cuchillo. Las salpicaduras de sangre encontradas en el respaldo del sofá, el tiesto y los paneles más próximos concordaban con una hemorragia arterial, producida cuando se secciona una arteria. La forma que adoptan las salpicaduras recuerda el trazado de un electrocardiograma, debido a las fluctuaciones en la presión de la sangre arterial, y no puede haber presión sanguínea si la persona en cuestión no está viva.

Así pues, sabíamos que Robyn estaba viva y en el sofá cuando sufrió la primera acometida. Pero no era probable que siguiera respirando cuando Waddell le quitó la ropa, que, como reveló el subsiguiente examen, sólo presentaba un corte de dos centímetros en la parte delantera de la blusa empapada de sangre, allí donde el asesino le había hundido el cuchillo en el pecho y lo había agitado de un lado a otro para seccionar por completo la aorta. Puesto que luego había recibido muchas más puñaladas, y mordiscos, no era arriesgado deducir que la mayor parte del frenético ataque de Waddell se había producido después de la muerte.

A continuación, este hombre, que más tarde declararía no acordarse de haber matado a «la señora de la tele», despertó de pronto, en cierto sentido. Se apartó del cuerpo y empezó a pensar en lo que había hecho. La ausencia de huellas de arrastre en las proximidades del sofá sugería que Waddell había transportado el cadáver en brazos para dejarlo en el suelo al otro lado de la sala. Tiró de él para colocarlo en posición erguida y lo apoyó contra el televisor. Luego, se dispuso a limpiar. Las marcas circulares que refulgían en el suelo correspondían, a mi parecer, a la base de un cubo que Waddell llevó una y otra vez desde el cuerpo a la bañera. Cada vez que regresaba a la sala para seguir recogiendo la sangre con ayuda de toallas, o quizá para echarle un vistazo a la víctima mientras registraba sus pertenencias y se bebía sus licores, volvía a mancharse de sangre las suelas de los zapatos. Esto explicaba la profusión de pisadas que vagaban peripatéticamente por toda la casa. Además, las actividades en sí explicaban otra cosa. El comportamiento de Waddell tras el asesinato no concordaba con el de alguien que no sintiera remordimientos.

—Aquí lo tenemos, un chico de granja sin ningún estudio que vive en la gran ciudad —explicó Wesley—. Se dedica a robar para mantener una drogadicción que le está destruyendo el cerebro. Primero marihuana, luego heroína, cocaína y, finalmente, PCP. Y una mañana abre los ojos de pronto y se encuentra mutilando el cadáver de una desconocida.

La leña de la chimenea crepitó y se asentó mientras contemplábamos las huellas de unas manos muy grandes que resplandecían con la blancura del yeso en la oscura pantalla del televisor.

—La policía no encontró restos de vómito en el inodoro ni alrededor —comenté.

—Seguramente también los limpió. Gracias a Dios que no se le ocurrió limpiar la pared por encima de la taza. Uno no se apoya así en la pared a menos que no pueda tenerse en pie del mareo.

—Las huellas están bastante por encima de la taza —observé—. Creo que vomitó y, al incorporarse, le dio un mareo, cayó hacia delante y levantó las manos justo a tiempo para no darse de cabeza contra la pared. ¿Tú qué crees? ¿Sentía remordimientos o sólo estaba tan lleno de droga que no podía pensar?

Wesley me miró.

—Consideremos lo que hizo con el cuerpo. Lo sentó erguido, intentó limpiarlo con toallas y dejó la ropa en el suelo en un montoncito relativamente ordenado, entre los tobillos de la víctima. Eso puede interpretarse de dos maneras: o bien estaba exhibiendo lascivamente el cadáver, y manifestando así su desprecio, o bien quería demostrar lo que él consideraba una atención. Personalmente, creo que se trataba de esto último.

—¿Y el modo en que estaba colocado el cuerpo de Eddie Heath?

—Eso me parece distinto. La colocación del cuerpo refleja la posición de Robyn Naismith, pero tengo la sensación de que falta algo.

Aún no había terminado de hablar cuando me di cuenta de lo que era.

—Un reflejo —le dije a Wesley, sorprendida—. El espejo refleja las cosas al revés, refleja una imagen invertida.

Me miró con curiosidad.

—¿Recuerdas cuando comparábamos las fotografías de la escena de Robyn Naismith con el diagrama que reproducía la posición del cuerpo de Eddie Heath?

—Lo recuerdo vívidamente.

—Entonces dijiste que lo que le habían hecho al chico, desde las huellas de mordiscos hasta la forma en que estaba apoyado contra un objeto en forma de caja y la ropa apilada a su lado, era una imagen reflejada de lo que le habían hecho a Robyn. Pero las huellas de mordiscos que presentaba el cadáver de Robyn en la cara interna del muslo y encima del pecho estaban en el lado izquierdo del cuerpo, mientras que las lesiones de Eddie, las que creemos huellas de mordiscos extirpadas, estaban a la derecha. En el hombro derecho y en la cara interna del muslo derecho.

—De acuerdo. —Wesley aún parecía perplejo.

—La fotografía que más se parece a la escena de Eddie es la que muestra el cuerpo desnudo de Robyn apoyado contra ese gran televisor.

—Cierto.

—Lo que pretendo sugerir es que quizás el asesino de Eddie vio la misma fotografía de Robyn que nosotros. Pero su perspectiva se basa en su propio sentido de la derecha y la izquierda. Y su derecha tenía que ser la izquierda de Robyn, y su izquierda la derecha, porque en la fotografía el cuerpo está de cara al observador.

—No es una idea muy agradable —comentó Wesley, justo cuando empezó a sonar el teléfono.

—¿Tía Kay? —gritó Lucy desde la cocina—. Es el señor Vander.

—Tenemos una confirmación —me anunció la voz de Vander por el auricular.

—¿Fue Waddell quien dejó la huella encontrada en casa de Jennifer Deighton?

—No, de eso se trata precisamente. No cabe duda de que no fue él.

12

En los días siguientes contraté a Nicholas Grueman y le entregué mis datos financieros y toda la información que me pidió, el comisionado de Sanidad me llamó a su despacho para sugerirme que dimitiera y se siguió dando publicidad al caso. Pero averigüé muchas cosas que apenas una semana antes ignoraba. Fue Ronnie Joe Waddell quien murió en la silla eléctrica la noche del trece de diciembre. Sin embargo, su identidad seguía viva y estaba sembrando el caos en la ciudad. En la medida en que se había podido determinar, antes de la muerte de Waddell alguien había cambiado en el AFIS su número SID por el de otra persona. A continuación, el número SID de la otra persona se había borrado del registro central, o CCRE. Eso quería decir que andaba suelto un delincuente violento que no tenía necesidad de ponerse guantes cuando cometía sus crímenes. Cada vez que se introdujeran sus huellas en el AFIS, saldría la identidad de un hombre muerto. Sabíamos que este individuo nefasto dejaba un rastro de plumas y partículas de pintura, pero, hasta el tres de enero del nuevo año, no podíamos decir casi nada de él.

Aquella mañana, el *Times-Dispatch* de Richmond publicó un artículo especialmente preparado acerca del valioso plumón de eider y el interés que despertaba entre los ladrones. A la una y catorce minutos de la tarde, el agente Tom Lucero, responsable de la ficticia investigación, recibió la tercera llamada del día.

—Hola. Soy Hilton Sullivan —dijo una voz sonora.

—¿En qué puedo servirle, señor? —respondió Lucero con su voz grave.

—Es por lo de esos casos que están investigando. Las prendas y cosas de plumón de eider, que por lo visto tanto llaman la atención a los ladrones. Esta mañana ha salido un artículo en el periódico. Decía que se encargaba usted del caso.

—Así es.

—Bueno, pues me cabrea que la policía llegue a ser tan estúpida. —La voz subió de tono—. Decía el periódico que, desde el día de Acción de Gracias, en la región metropolitana de Richmond han robado no sé cuántas cosas de tiendas, coches y viviendas. O sea, edredones, un saco de dormir, tres chaquetas de esquí, bla, bla, bla. Y el periodista citaba a varios denunciantes.

—¿Cuál es el motivo de su llamada, señor Sullivan?

—Bueno, es evidente que el periodista supo los nombres de las víctimas por la policía. En otras palabras, por usted.

—Es información pública.

—A mí eso me importa una mierda. Lo que quiero saber es por qué no mencionaron a esta víctima en particular, o sea, a mí. Ni siquiera se acuerda de quién soy, ¿verdad?

—Lo siento mucho, señor, pero no puedo decir que lo recuerde.

—Ya me doy cuenta. Un gilipollas de mierda se mete en mi apartamento y lo deja limpio, y aparte de pringarlo todo con polvos negros, precisamente el día que iba vestido de cachemir blanco, además, la policía no mueve un dedo. Sólo es uno más de sus puñeteros casos.

—¿Cuándo robaron en su apartamento?

—¿Es que no se acuerda? ¡Soy el que armó tanto alboroto por un chaleco de plumón de eider! Si no fuera por mí, ni siquiera habrían oído hablar del eider. Cuando le dije al poli que entre otras cosas me habían robado un chaleco y que me había costado quinientos pavos en las rebajas, ¿sabe qué me contestó?

—No tengo ni idea, señor.

—Me dijo: «¿De qué está relleno? ¿De cocaína?» Y yo le

dije: «No, Sherlock. De plumón de pato.» Y el tío me miró todo enfadado como si se creyera que le estaba tomando el pelo, y entonces ya sí que no pude más y lo dejé allí plantado, y...

Wesley paró el magnetófono.

Estábamos sentados en la cocina. Lucy estaba otra vez haciendo ejercicio en mi club.

—El robo con fractura de que hablaba este tal Hilton Sullivan fue en efecto denunciado por él mismo el sábado once de diciembre. Parece ser que estuvo fuera de la ciudad, y al regresar a su apartamento el sábado por la tarde descubrió que le habían robado —explicó Wesley.

—¿Dónde está situado el apartamento? —pregunté.

—Hacia el centro, por West Franklin, en un edificio antiguo de ladrillo con apartamentos a partir de cien de los grandes. Sullivan vive en la planta baja. El ratero entró por una ventana desprotegida.

—¿No hay alarma?

—No.

—¿Qué se llevaron?

—Joyas, dinero y un revólver de calibre veintidós. Por supuesto, eso no significa necesariamente que el revólver de Sullivan fuera el utilizado para matar a Eddie Heath, Susan y Donahue, pero creo que vamos a comprobar que sí lo fue, porque no cabe duda de que el autor del robo fue nuestro hombre.

—¿Se encontraron huellas?

—Varias. Las tenían en los archivos de la policía local, y ya sabes cómo se acumulan las cosas. Con todos los homicidios que hay, los robos con escalo no se consideran de máxima prioridad. En este caso, las huellas latentes estaban preparadas y esperando turno. Pete las localizó en cuanto Lucero recibió esa llamada. Vander ya las ha introducido en el sistema. Recibió una respuesta exactamente en tres segundos.

—Otra vez Waddell.

Wesley asintió con un gesto.

—¿A qué distancia se encuentra el apartamento de Sullivan de la calle Spring?

—Se puede ir andando. Creo que ya sabemos de dónde se escapó nuestro hombre.

—¿Has empezado a comprobar qué internos han quedado en libertad recientemente?

—Sí, claro. Pero no vamos a encontrarlo entre un montón de papel en el escritorio de alguien. El alcaide era demasiado cuidadoso. Por desgracia, también ha muerto. Creo que debió de soltar a un interno, y lo primero que hizo éste fue robar en un apartamento y seguramente procurarse un medio de transporte.

—¿Por qué tendría Donahue que soltar a un preso?

—Mi teoría es que el alcaide necesitaba que le hicieran un trabajo sucio, así que eligió a un interno para que fuera su agente personal y dejó al animal en libertad. Pero Donahue cometió un ligero error táctico al elegirlo, porque el tipo que está cometiendo estos crímenes no se deja controlar por nadie. Sospecho, Kay, que Donahue no pretendía que muriera nadie, y al enterarse del asesinato de Jennifer Deighton se dejó llevar por el pánico.

—Probablemente fue él quien llamó a mi oficina haciéndose pasar por John Deighton.

—Cabe dentro de lo posible. La cuestión es que Donahue le encargó que robara en casa de Jennifer Deighton porque alguien andaba buscando algo; comunicaciones de Waddell, quizá. Pero un simple robo no es divertido. A la mascota del alcaide le gusta hacer sufrir a la gente.

Pensé en las marcas encontradas en la alfombra de la sala de Jennifer Deighton, en las lesiones que tenía en el cuello y en la huella descubierta en una silla del comedor.

—Quizá la obligó a sentarse en mitad de la sala y la sujetó por detrás con un brazo al cuello mientras la interrogaba.

—Puede que lo hiciera para forzarla a decir dónde estaban las cosas. Pero actuó con sadismo. Es posible que obligarla a abrir los regalos de Navidad también fuera un rasgo de sadismo —dijo Wesley.

—¿Y una persona así se tomaría la molestia de colocar el cadáver en el interior del coche para simular un suicidio? —le pregunté.

—Tal vez sí. Este tipo ha estado en la cárcel. No le interesa que lo atrapen, y probablemente para él es un desafío ver a quién puede engañar. Extirpó las marcas de mordiscos del cuerpo de Eddie Heath. Si robó en casa de Jennifer Deighton, no dejó ningún indicio. Los únicos indicios que dejó en el caso de Susan fueron dos balas del veintidós y una pluma. Por no hablar de lo que ha hecho con sus huellas digitales.

—¿Crees que eso se le ocurrió a él?

—Probablemente lo organizó el alcaide, y el cambiar su ficha por la de Waddell seguramente se debió a cuestiones prácticas. Waddell iba a ser ejecutado. Si yo quisiera cambiar las huellas dactilares de un interno por las de otro, ese otro sería Waddell, pues o bien las fechorías del interno se adjudicarían a otro, o bien, cosa más probable, al cabo de un tiempo los datos del muerto serán eliminados del ordenador de la Policía Estatal, de modo que si mi pequeño ayudante se muestra descuidado y deja sus huellas en algún sitio, nadie podrá identificarlas.

Lo miré de hito en hito, completamente atónita.

—¿Qué pasa? —Parpadeó sorprendido.

—¿Te das cuenta de lo que estás diciendo, Benton? Estamos aquí sentados hablando de unos registros de ordenador que fueron manipulados antes de que Waddell muriera. Estamos hablando de un robo y del asesinato de un adolescente que fueron cometidos antes de la muerte de Waddell. Dicho de otro modo: el agente del alcaide, como lo has llamado, fue puesto en libertad antes de que Waddell muriera.

—De eso no creo que pueda caber ninguna duda.

—Entonces, es que se daba por sentado que Waddell iba a morir —señalé.

—Dios mío. —Wesley contrajo las facciones—. ¿Cómo se podía tener esa certidumbre? El gobernador puede intervenir literalmente en el último momento.

—Por lo visto, alguien sabía que el gobernador no iba a hacerlo.

—Y la única persona que podía saberlo con certeza es el gobernador. —Wesley concluyó la reflexión por mí.

Me puse en pie y me acerqué a la ventana de la cocina. Un cardenal macho picoteó unas cuantas semillas de girasol del comedero y salió volando en una salpicadura de rojo sangre.

—¿Por qué? —pregunté sin volverme—. ¿Por qué el gobernador habría de sentir un interés especial por Waddell?

—No lo sé.

—Si es verdad, no querrá que atrapen al asesino. La gente cuando la atrapan habla.

Wesley permaneció en silencio.

—Ninguno de los implicados querrá que ese hombre hable. Y ninguno de los implicados querrá verme a mí en escena. Sería mucho mejor que dimitiera o me cesaran, que los casos se complicaran todo lo posible. Patterson está en muy buenas relaciones con Norring.

—Tenemos dos cosas que todavía no conocemos, Kay. La primera es el motivo. La otra es el programa que se ha trazado el asesino. Este tipo va a lo suyo, empezando por Eddie Heath.

Me volví y lo miré a la cara.

—Creo que empezó por Robyn Naismith. Creo que este monstruo estudió las fotografías de la escena del crimen, y que, consciente o inconscientemente, cuando agredió a Eddie Heath y lo dejó recostado contra un contenedor de basuras estaba recreando una de ellas.

—Es posible —asintió Wesley, y apartó la vista—. Pero ¿cómo pudo acceder un preso a las fotografías del asesinato de Robyn Naismith? No creo que Waddell las llevara en un bolsillo del uniforme.

—Ésta podría ser una de las cosas en que Ben Stevens

echó una mano. Recuerda, ya te dije que era él quien iba a buscar las fotos a Archivos. Pudo hacerse copias. La cuestión es: ¿qué interés podían presentar esas fotos? ¿Por qué Donahue o quien fuera se molestó siquiera en pedirlas?

—Porque el preso las quería. Quizá las exigió. Quizá fueron una recompensa por servicios especiales.

—Es una monstruosidad —dije con ira contenida.

—Exactamente. —Wesley me miró a los ojos—. Esto tiene que ver con el programa del asesino, con sus necesidades y sus deseos. Es muy posible que hubiera oído hablar mucho sobre el caso de Robyn. Puede que supiera mucho de Waddell, y que le excitara pensar en lo que Waddell le hizo a su víctima. Las fotografías deben de resultar excitantes para alguien que tenga fantasía muy activa y agresiva, marcada por ideas violentas y sexualizadas. No es descabellado suponer que tal persona incorporó a su imaginación las fotografías de la escena, una o varias. Y de pronto se ve en libertad, y en una calle oscura se encuentra a un muchachito de camino al supermercado. La fantasía se vuelve real. La interpreta.

—Entonces, ¿recreó la escena de la muerte de Robyn Naismith?

—Sí.

—¿Y ahora qué fantasía crees que tiene?

—Que le dan caza.

—¿Nosotros?

—Gente como nosotros. Temo que pueda imaginarse que es el más listo de todos y que nadie es capaz de detenerlo. Fantasea acerca de los juegos que puede practicar y los asesinatos que puede cometer para reforzar esas imágenes a las que se entrega. Y para él la fantasía no es sustituto de la acción, sino un preparativo.

—Donahue no habría podido arreglar la liberación de un monstruo como éste, la manipulación de los registros ni ninguna otra cosa sin contar con ayuda —observé.

—No. Estoy seguro de que contó con la colaboración de personas clave, como algún alto cargo de la policía estatal, quizás algún funcionario municipal o incluso alguien del

FBI. Se puede comprar a la gente cuando se sabe algo contra ellos. Y se puede comprar con dinero.

—Como a Susan.

—No creo que Susan fuera la persona clave. Me siento más inclinado a sospechar que lo era Ben Stevens. Va mucho a los bares. Licores, juergas. ¿Sabías que no le hace ascos a un poco de cocaína cuando puede conseguirla?

—Ya no me sorprende nada.

—Tengo unos tipos que han estado haciendo muchas preguntas. Tu administrador lleva un tren de vida por encima de sus medios. Y cuando tratas con drogas, acabas tratando con gente mala. Los vicios de Stevens debieron de convertirlo en presa fácil para un saco de mierda como Donahue. Seguramente Donahue hizo que uno de sus hombres trabara conversación con Stevens en algún bar. Y antes de saber cómo, Stevens se encuentra con que le han ofrecido la manera de ganarse unas bonitas propinas.

—¿Qué manera, exactamente?

—Sospecho que debía asegurarse de que a Waddell no le tomaran las huellas en la morgue, y de que la fotografía de su pulgar ensangrentado desapareciera de Archivos. Probablemente eso sólo fue el comienzo.

—¿Y luego reclutó a Susan?

—Que no estaba muy dispuesta, pero también pasaba graves apuros económicos.

—Entonces, ¿quién crees que hacía los pagos?

—Probablemente se encargaba la misma persona que trabó conocimiento con Stevens y lo metió en todo esto. Uno de los hombres de Donahue, quizás uno de sus guardias.

Recordé al guardia de la prisión llamado Roberts que nos había conducido a Marino y a mí durante nuestra visita. Recordé lo fríos que eran sus ojos.

—Suponiendo que el contacto sea un guardia —dije yo—, ¿con quién se veía este guardia? ¿Con Susan o con Stevens?

—Sospecho que con Stevens. Stevens no le hubiera confiado a Susan una gran suma de dinero. Querría ser el primero en recibirla y retirar su parte antes que nada, porque las personas que no son honradas creen que nadie lo es.

—Se reúne con el contacto y recibe el dinero —dije—. ¿Y luego va a reunirse con Susan para darle una parte?

—Eso es probablemente lo que ocurrió el día de Navidad, cuando Susan salió de casa de sus padres supuestamente con intención de visitar a una amiga. En realidad iba a reunirse con Stevens, pero el asesino la encontró antes.

Pensé en el olor a colonia que impregnaba el cuello del abrigo y el pañuelo y recordé la actitud que había mostrado Stevens cuando me enfrenté a él en su despacho, la noche en que fui a registrar su escritorio.

—No —objeté—. No ocurrió así.

Wesley me miró sin decir nada.

—Stevens tiene varias cualidades que podrían explicar lo que le ocurrió a Susan —proseguí—. Únicamente piensa en sí mismo; no le importa nadie más. Y es un cobarde. Cuando las cosas se ponen feas, procura no dar la cara. Su primer impulso es dejar que otro se lleve las bofetadas.

—Como está haciendo en tu caso, hablando mal de ti y robando expedientes.

—Un ejemplo perfecto —asentí.

—Susan ingresó los tres mil quinientos dólares a principios de diciembre, un par de semanas antes de la muerte de Jennifer Deighton.

—Así es.

—Muy bien, Kay. Volvamos un poco atrás. Susan o Stevens, o los dos juntos, intentaron introducirse en tu ordenador pocos días después de la ejecución de Waddell. Hemos conjeturado que buscaban algún dato del informe de la autopsia que Susan no pudo observar por sí misma durante el examen.

—El sobre que quería que fuera enterrado con él.

—Eso todavía me desconcierta. Los códigos de los recibos no confirman nuestra primera conjetura, a saber, que los restaurantes y peajes estaban situados entre Richmond y

Mecklenburg y que los recibos correspondían al transporte que condujo a Waddell de Mecklenburg a Richmond quince días antes de la ejecución. Aunque las fechas de los recibos concuerdan con el marco temporal, los lugares no. Todos los códigos corresponden al tramo de la carretera I-95 que va de aquí a Petersburg.

—Mira, Wesley, bien podría ser que la explicación de los recibos fuera tan sencilla que nos ha pasado completamente por alto —señalé.

—Soy todo oídos.

—Me imagino que, cada vez que viajas por cuenta del FBI, sigues la misma rutina que yo cuando viajo por cuenta del Estado. Documentas todos los gastos y conservas todos los recibos. Si viajas con frecuencia, tiendes a esperar hasta que puedes acumular varios viajes en un impreso de reembolso para reducir el papeleo. Mientras tanto, guardas los recibos en alguna parte.

—Eso explicaría muy bien los recibos en cuestión —admitió Wesley—. Algún empleado de la cárcel, por ejemplo, tuvo que ir a Petersburg. Pero, ¿cómo es que los recibos acabaron en el bolsillo de atrás de Waddell?

Pensé en el sobre, con su apremiante solicitud de acompañar a Waddell a la tumba. Y entonces recordé un detalle que era tan patético como anodino. La tarde del mismo día en que Waddell iba a ser ejecutado, su madre recibió autorización para pasar dos horas con él.

—Benton, ¿has hablado con la madre de Waddell?

—Pete fue a Suffolk hace unos días para hablar con ella. No se mostró especialmente amable ni deseosa de colaborar con gente como nosotros. A sus ojos, somos los que enviamos a su hijo a la silla.

—Así que no reveló nada significativo acerca de la actitud de Waddell cuando fue a visitarlo en la tarde de su ejecución.

—A juzgar por lo poco que dijo, Waddell estaba muy callado y asustado. Pero hay una cuestión interesante. Pete le preguntó qué se había hecho de los efectos personales de

Waddell. Según ella, Instituciones Penitenciarias le entregó el reloj y el anillo de su hijo y le explicó que éste había donado sus libros, poemas y demás a la Asociación Nacional para el Progreso de las Personas de Color.

—¿Y ella no lo puso en duda?

—No. Por lo visto, le pareció lógico que Waddell hubiera tomado esta decisión.

—¿Por qué?

—Ella no sabe leer ni escribir. Lo importante es que le mintieron, como nos mintieron a nosotros cuando Vander intentó localizar algunos efectos personales con la esperanza de encontrar huellas latentes. Y lo más probable es que el origen de estas mentiras estuviera en Donahue.

—Waddell sabía algo —concluí—. Si Donahue se apoderó hasta del último trocito de papel escrito por Waddell y de toda su correspondencia, eso significa que Waddell tenía que saber algo que ciertas personas no quieren que se sepa.

Wesley permaneció callado.

Finalmente, preguntó:

—¿Cómo dijiste que se llamaba la colonia que usa Stevens?

—Red.

—¿Y estás segura de que es la que oliste en el abrigo y el pañuelo de Susan?

—No podría jurarlo ante un tribunal, pero es un aroma muy característico.

—Me parece que ya va siendo hora de que Pete y yo tengamos una pequeña charla con tu administrador.

—Bien. Y creo que yo puedo ayudar a ponerlo en el estado mental adecuado, si me das hasta mañana al mediodía.

—¿Qué vas a hacer?

—Seguramente convertirlo en un hombre muy nervioso —respondí.

Al anochecer estaba trabajando en la mesa de la cocina cuando oí entrar el coche de Lucy en el garaje y me levanté para recibirla. Venía vestida con un chándal azul marino y una de mis chaquetas de esquí, y llevaba una bolsa de gimnasia.

—Estoy sucia —dijo, y se desasió del abrazo, pero no antes de que yo oliera humo de pólvora en sus cabellos. Bajé la mirada hacia sus manos y en la derecha vi suficientes residuos de disparos como para hacer entrar en éxtasis a un analista de pruebas policiales.

—¡Caray! —exclamé, mientras Lucy empezaba a alejarse—. ¿Dónde está?

—¿Dónde está qué? —preguntó con expresión inocente.

—La pistola.

De mala gana, sacó la Smith & Wesson de un bolsillo de la chaqueta.

—No sabía que tuvieras permiso para llevar un arma oculta —comenté, y cogí la pistola para comprobar que estuviera descargada.

—No necesito permiso para llevar la pistola oculta dentro de mi propia casa. Y antes la llevaba en el asiento del coche, bien a la vista.

—Eso es correcto, pero lo que has hecho no está bien —dije en voz baja—. Ven conmigo.

Me siguió hasta la mesa de la cocina sin decir palabra y nos sentamos las dos.

—Dijiste que ibas a Westwood a hacer ejercicio —señalé.

—Ya sé lo que dije.

—¿Dónde has estado, Lucy?

—En el club de tiro que hay en la autopista de Midlothian. Son unas instalaciones cubiertas.

—Ya sé cómo es. ¿Cuántas veces lo has hecho?

—Cuatro. —Me miró a los ojos.

—Santo Dios, Lucy.

—Bueno, ¿y qué quieres que haga? Pete ya no me lleva.

—En estos momentos, el teniente Marino está muy, muy ocupado —le expliqué, y mi voz sonó de un modo tan condescendiente que me resultó embarazoso—. Ya sabes qué problemas hay —añadí.

—Sí, claro que lo sé. En estos momentos, tiene que mantenerse alejado. Y si se mantiene alejado de ti, se mantiene alejado de mí. Así que se dedica a patear las calles porque anda suelto un psicópata que va matando gente como tu supervisora de la morgue y el alcaide de la cárcel. Por lo menos Pete sabe cuidar de sí mismo. ¿Y yo? Sólo he recibido una asquerosa lección de tiro. Vaya, muchísimas gracias. Es como darme una lección de tenis e inscribirme en el torneo de Wimbledon.

—Estás exagerando.

—No. El problema es que tú no le das suficiente importancia.

—Lucy...

—¿Cómo te sentirías si te dijera que cada vez que vengo a visitarte no puedo dejar de pensar en aquella noche?

Supe exactamente a qué noche se refería, aunque a lo largo de los años nos las habíamos arreglado para seguir adelante como si no hubiera sucedido nada.

—No me sentiría bien, desde luego, si supiera que te alteras por cualquier cosa que tiene que ver conmigo.

—¿Cualquier cosa? ¿Lo que ocurrió sólo fue cualquier cosa?

—No, claro.

—A veces me despierto por la noche porque sueño que se dispara una pistola. Luego me quedo escuchando el silencio insoportable y vuelvo a sentirme como cuando estaba allí acostada, mirando la oscuridad. Tenía tanto miedo que no podía moverme, y me oriné en la cama. Y había sirenas y luces rojas y los vecinos salían a la puerta y miraban por las ventanas. Y tú no me dejaste mirar cuando se lo llevaron ni me dejaste subir. Ojalá hubiera podido verlo, porque imaginarlo ha sido peor.

—Ese hombre está muerto, Lucy. Ya no puede hacer daño a nadie.

—Hay otros igual de malos, quizá peores que él.

—No voy a negar que los hay.

—¿Y qué haces tú al respecto, entonces?

—Me paso todos los momentos en que estoy despierta recogiendo los pedazos de las vidas destruidas por la gente mala. ¿Qué más quieres que haga?

—Si permites que te ocurra algo, te prometo que te odiaré —dijo mi sobrina.

—Si me ocurre algo, supongo que no me importará quién me odie. Pero no me gustaría que odiaras a nadie, por el efecto que eso tendría en ti.

—Bueno, pues te odiaré. Te lo juro.

—Quiero que me prometas, Lucy, que no volverás a decirme mentiras nunca.

No dijo ni una palabra.

—No quiero que tengas nunca la impresión de que debes ocultarme algo —añadí.

—Si te hubiera dicho que quería ir a tirar, ¿me habrías dejado?

—No sin ir acompañada por el teniente Marino o por mí mismo.

—Tía Kay, ¿y si Pete no puede atraparlo?

—El teniente Marino no es la única persona que interviene en el caso —le expliqué, sin responder a su pregunta porque no sabía cómo responderla.

—Bueno, lo siento por Pete.

—¿Por qué?

—Tiene que detener a esa persona y ni siquiera puede hablar contigo.

—Se toma las cosas como vienen, Lucy. Es un profesional.

—No es eso lo que dice Michele.

La miré de soslayo.

—He hablado con ella esta mañana. Dice que Pete fue la otra noche a su casa para hablar con su padre. Me ha dicho que Pete tenía un aspecto horrible, con la cara tan roja como un camión de bomberos, y que estaba de un humor pésimo. El señor Wesley intentó convencerlo para que fuera a ver al médico o se tomara unos días de descanso, pero no hubo manera.

Me sentí desdichada. Hubiera querido llamar a Marino de inmediato, pero sabía que no era prudente. Cambié de tema.

—¿De qué más habéis estado hablando Michele y tú? ¿Alguna novedad en los ordenadores de la policía estatal?

—Nada útil. Hemos intentado todo lo que se nos ha ocurrido para averiguar a quién correspondía el número SID que se cambió por el de Waddell, pero hace mucho que todos los registros borrados fueron sobreescritos en el disco duro. Y quienquiera que sea el autor de la manipulación, fue lo bastante hábil para hacer un copia de seguridad completa inmediatamente después de alterar los datos, lo cual quiere decir que no podemos comprobar los números SID en una versión anterior del CCRE para ver qué sale. Por lo general, se suele conservar al menos una copia de seguridad con dos o tres meses de antigüedad. Pero en este caso, no.

—Según eso, se diría que lo hizo alguien de dentro.

—Pensé en lo natural que me resultaba estar en casa con Lucy. Ya no era una invitada ni una niña irascible—. Hemos de llamar a tu madre y a la abuela —añadí.

—¿Tiene que ser esta noche?

—No. Pero hemos de hablar de tu vuelta a Miami.

—Las clases no empiezan hasta el día siete, y si falto unos días no pasa nada.

—Los estudios son muy importantes.

—También son muy fáciles.

—En tal caso, debes hacer algo por tu cuenta que te obligue a esforzarte más.

—Si me salto unas clases tendré que esforzarme más —observó.

A la mañana siguiente llamé a Rose a las ocho y media, porque sabía que a esa hora estaría celebrándose una reunión del personal y, por tanto, Ben Stevens estaría ocupado y no se enteraría de que yo había llamado.

—¿Cómo van las cosas? —le pregunté a mi secretaria.

—Fatal —dijo—. El doctor Wyatt no ha podido venir de la oficina de Roanoke porque hay nieve en las montañas y las carreteras están muy mal. Así que ayer Fielding tuvo que atender cuatro casos sin ayuda de nadie. Además, tenía que declarar en un juicio y luego lo llamaron al escenario de un crimen. ¿Ha hablado con él?

—Nos ponemos en contacto cuando el pobre tiene un minuto para hablar por teléfono. Creo que sería bueno localizar a nuestros antiguos compañeros y ver si hay alguno que pueda venir un rato para ayudarnos a salir adelante. Jansen trabaja como patólogo en Charlottesville. ¿Por qué no intentas comunicarte con él y le pides que me llame por teléfono?

—Desde luego. Es una gran idea.

—Háblame de Stevens —le pedí.

—No se le ve mucho por aquí. Y firma las salidas de una manera tan vaga y abreviada que nunca se sabe adónde ha ido. Sospecho que está buscando otro empleo.

—Recuérdale que no me pida ninguna recomendación.

—Preferiría que le diera una magnífica, a ver si así alguien nos lo quitaba de encima.

—Necesito que llames al laboratorio de ADN y le pidas un favor a Donna. Supongo que debe de tener una solicitud de laboratorio para el análisis del tejido fetal del caso de Susan.

Rose permaneció en silencio. Me di cuenta de que se sentía afectada.

—Perdona que hable de esto —dije con suavidad.

Ella respiró hondo.

—¿Cuándo solicitó el análisis?

—De hecho, fue el doctor Wright quien cursó la petición, puesto que hizo él la autopsia. Supongo que debe de tener su copia de la solicitud en la oficina de Norfolk, junto con el expediente del caso.

—¿No quiere que llame a Norfolk y les pida que nos manden una copia?

—No. Esto no puede esperar, y no quiero que nadie sepa que he pedido una copia. Quiero que parezca que se nos ha enviado inadvertidamente una copia. Por eso quiero que hables con Donna. Pídele que prepare la solicitud inmediatamente, y ve tú en persona a recogerla.

—¿Y luego qué?

—Luego la pones en la bandeja donde se dejan todos los informes y solicitudes de laboratorio para su clasificación.

—¿Está usted segura de lo que me pide?

—Absolutamente —respondí.

Después de colgar, cogí una guía telefónica y estaba hojeándola cuando entró Lucy en la cocina. Iba descalza y todavía llevaba puesto el chándal con que había dormido. Me dio los buenos días con voz soñolienta y empezó a hurgar en el frigorífico mientras yo recorría con el dedo una columna de nombres. Había unos cuarenta abonados con el apellido de Grimes, pero ninguna Helen. Claro que cuando Marino había mencionado a Helen la Bárbara estaba en plan sarcástico. Quizá no se llamaba Helen en absoluto. Advertí que había tres Grimes con una H inicial; dos como primer nombre y una como segundo.

—¿Qué haces? —quiso saber Lucy, mientras depositaba un vaso de zumo de naranja sobre la mesa y apartaba una silla.

—Estoy intentando localizar a una persona —respondí, y descolgué el teléfono.

No tuve suerte con ninguno de los Grimes a los que llamé.

—A lo mejor se ha casado —sugirió Lucy.

—No lo creo. —Llamé a Información y pedí el número de la nueva cárcel de Greensville.

—¿Por qué no lo crees?

—Intuición. —Marqué el número que me habían dado—. Estoy intentando localizar a Helen Grimes —le dije a la mujer que contestó.

—¿Se refiere usted a una interna?

—No. A una de las guardias.

—Espere un momento, por favor.

Me pasaron a otra extensión.

—Watkins —masculló una voz masculina.

—Helen Grimes, por favor —dije.

—¿Quién?

—La funcionaria Helen Grimes.

—Ah. Ya no trabaja aquí.

—¿Podría decirme dónde puedo encontrarla, señor Watkins? Es muy importante.

—Un momento. —El teléfono chocó contra madera. De fondo se oía cantar a Randy Travis.

Al cabo de unos instantes, regresó el hombre.

—No nos está permitido dar información de esta manera, señora.

—Me parece muy bien, señor Watkins. Si me da su nombre completo, le enviaré todo esto a usted y usted mismo se lo manda.

Una pausa.

—¿Qué es «todo esto»?

—El pedido que nos hizo. Llamaba para ver si quería que se lo enviáramos por correo normal o por vía aérea.

—¿Qué pedido? —No parecía muy contento.

—Las enciclopedias que solicitó. Son seis cajas de ocho kilos cada una.

—Oiga, aquí no puede mandar ninguna enciclopedia.

—¿Y qué debo hacer con ellas, señor Watkins? La cliente ya hizo un pago a cuenta, y la dirección comercial que nos dio es la suya.

—Yaaaa. Un momento.

Oí crujir papeles, y luego el tableteo de unas teclas.

—Mire —dijo el hombre—, todo lo que puedo hacer es darle el número de un apartado de correos. Envíelo todo allí. A mí no me envíe nada.

Me dio la dirección y colgó bruscamente. La oficina de correos en la que Helen Grimes recibía su correspondencia estaba en el condado de Goochland. A continuación, llamé a un alguacil del juzgado de Goochland con el que estaba en buenos términos. En menos de una hora me dio la dirección de Helen Grimes que figuraba en los archivos del juzgado, pero su número de teléfono no aparecía en el listín. A las once de la mañana, recogí la cartera y el abrigo y me encontré a Lucy en mi estudio.

—Tengo que salir por unas horas —anuncié.

—Le has dicho una gran mentira a la persona con la que hablabas por teléfono. —Tenía la vista fija en la pantalla del ordenador—. No tienes que entregar ninguna enciclopedia a nadie.

—Tienes toda la razón. Le he dicho una mentira.

—Así que a veces es correcto mentir y a veces no.

—En realidad, nunca es correcto, Lucy.

La dejé sentada en mi silla, entre parpadeantes luces de módem y manuales de informática abiertos y esparcidos por el escritorio y el suelo.

En la pantalla, el cursor palpitaba con rapidez. Esperé hasta encontrarme fuera de su vista antes de meterme el Ruger en la cartera.

Aunque tenía un permiso que me autorizaba a llevar un arma oculta, pocas veces lo hacía. Dejé la alarma conectada, salí de casa por el garaje y conduje en dirección oeste hasta que la calle Cary me llevó a River Road. El cielo estaba veteado en distintas tonalidades de gris. Esperaba una llamada de Nicholas en cualquier momento.

Entre los datos que le había facilitado había una bomba de relojería, y no sentía ningún deseo de escuchar lo que iba a decirme.

Helen Grimes vivía en una calle fangosa al oeste del restaurante Polo Norte, al borde de una granja. Su casa parecía un pequeño cobertizo, con unos pocos árboles en la minúscula parcela y jardineras en las ventanas con unos brotes muertos que supuse que en otro tiempo habían sido geranios. En la puerta no había ningún rótulo que anunciara quién vivía dentro, pero el viejo Chrysler aparcado junto al porche indicaba que al menos vivía alguien.

Cuando Helen Grimes abrió la puerta, su expresión me dijo que le resultaba tan ajena como mi coche alemán. Vestida con unos tejanos y una camisa de dril con los faldones sueltos, plantó las manos en sus macizas caderas y no se apartó del umbral. No parecía que le preocupase el frío ni quien yo le dije que era, y hasta que no le recordé mi visita a la penitenciaría no hubo un destello de reconocimiento en sus ojos pequeños e inquisitivos.

—¿Quién le ha dicho dónde vivo? —Tenía las mejillas encendidas, y por un instante pensé que iba a pegarme.

—Su dirección está en los archivos del juzgado del condado de Goochland.

—No hubiera debido buscarla. ¿Qué diría usted si me dedicara a averiguar su dirección particular?

—Si necesitara mi ayuda tanto como yo necesito la suya, no me habría importado, Helen —respondí.

Se limitó a mirarme sin decir nada. Advertí que tenía el pelo mojado, y un churrete de tinte negro en el lóbulo de una oreja.

—El hombre para el que usted trabajaba ha sido asesinado —dije—. Una persona que trabajaba para mí ha sido asesinada. Y hay más todavía. Estoy segura de que se encuentra al corriente de todo lo que está ocurriendo. Hay motivos para sospechar que el autor de todo esto es un antiguo interno de la calle Spring; alguien que fue puesto en libertad, quizá por las mismas fechas en que Ronnie Joe Waddell fue ejecutado.

—No sé de nadie a quien se pusiera en libertad. —Su mirada de pronto vagó hacia la calle desierta que había a mis espaldas.

—¿No oyó nada sobre la desaparición de algún preso? ¿Quizás alguien que fue no liberado legalmente? Con su empleo, tenía usted que saber quién entraba en la penitenciaría y quién salía.

—Yo no me enteré de que desapareciera nadie.

—¿Por qué dejó de trabajar allí? —quise saber.

—Por motivos de salud.

Oí cerrarse lo que me pareció la puerta de un armario en el interior del espacio que Helen protegía.

Seguí intentándolo:

—¿Recuerda que la madre de Ronnie Joe Waddell acudió a la penitenciaría a visitarlo la misma tarde de su ejecución?

—Yo estaba allí cuando vino.

—Debió usted de registrarla, a ella y todo lo que llevaba consigo. ¿Estoy en lo cierto?

—Sí.

—Lo que intento averiguar es si la señora Waddell llevó alguna cosa para su hijo. Ya sé que el reglamento prohíbe que los visitantes traigan objetos para los internos...

—Se puede obtener una autorización. Ella la obtuvo.

—¿La señora Waddell recibió autorización para darle algo a su hijo?

—Helen, se está escapando todo el calor —dijo alguien con dulzura desde el interior de la vivienda.

Unos intensos ojos azules se fijaron de pronto en mí como el punto de mira de una carabina por el espacio que quedaba entre el carnoso hombro izquierdo de Helen Grimes y el marco de la puerta.

Alcancé a vislumbrar una mejilla pálida y una nariz aquilina antes de que el espacio volviera a quedar vacío. Hubo un chasquido de cerradura y la puerta se cerró sigilosamente tras la antigua funcionaria de prisiones, que se apoyó contra ella sin dejar de mirarme.

Repetí la pregunta.

—Sí, llevó algo para Ronnie, y no era gran cosa. Llamé al alcaide para solicitar su autorización.

—¿Llamó a Frank Donahue?

Asintió con la cabeza.

—¿Y él dio su autorización?

—Ya le he dicho que no era gran cosa lo que le trajo.

—¿Qué era, Helen?

—Una estampa de Jesús más o menos del tamaño de una tarjeta postal, y llevaba algo escrito en el reverso. No me acuerdo exactamente, pero era algo así como «Estaré contigo en el paraíso», sólo que con faltas de ortografía. «Paraíso» estaba escrito como «par de dados»*, pero sin separar las palabras —me explicó Helen Grimes sin esbozar la menor sonrisa.

* En inglés, *paradise* «paraíso», y *pair of dice* «par de dados», guardan cierta semejanza. *(N. del T.)*

—¿Y nada más? —pregunté—. ¿Eso era lo que quería darle a su hijo antes de que muriera?

—Ya se lo he dicho. Ahora tengo que entrar, y no quiero que vuelva más por aquí. —Posó una mano sobre el pomo de la puerta mientras las primeras gotas dispersas de lluvia descendían lentamente desde el cielo y dejaban manchas de humedad del tamaño de una moneda de cinco centavos sobre los escalones de cemento.

Cuando Wesley llegó a mi casa, a la caída de la tarde, llevaba una cazadora de piloto de cuero negro, una gorra azul oscuro y la sombra de una sonrisa.

—¿Qué novedades hay? —le pregunté mientras nos retirábamos a la cocina, que por entonces se había convertido en nuestra sala de reuniones habitual, hasta el punto de que Wesley siempre tomaba asiento en la misma silla.

—No hemos conseguido que Stevens se viniera abajo, pero creo que le hemos hecho una grieta bastante grande. Tu idea de dejar la solicitud de laboratorio en un lugar donde él pudiera verla ha sido decisiva. Stevens tiene buenos motivos para temer los resultados del análisis genético practicado sobre el tejido fetal del caso de Susan Story.

—Susan y él eran amantes —comprendí, y lo curioso fue que no tenía nada que objetar a la moral de Susan. Lo que me decepcionaba era su gusto.

—Stevens reconoció que eran amantes y negó todo lo demás.

—¿Como el tener alguna idea de dónde sacó Susan tres mil quinientos dólares? —pregunté.

—Niega rotundamente saber nada de eso. Pero todavía no hemos terminado con él. Un confidente de Marino asegura que vio un Jeep negro con matrícula particular en la zona donde mataron a Susan, y hacia la hora en que suponemos que ocurrió. Ben Stevens conduce un Jeep negro con la placa «1 4 Me».

—Stevens no la mató, Benton —protesté.

—No, no la mató él. Lo que creo que ocurrió es que a Stevens le entró miedo cuando el contacto con el que trataba le pidió información sobre el caso de Jennifer Deighton.

—La implicación debió de quedar muy clara —asentí—. Stevens sabía que Jennifer Deighton había sido asesinada.

—Y cobarde como es, decide que cuando llegue el momento de volver a cobrar dejará que acuda Susan a la cita. Luego se presentará él para recoger su parte.

—Pero entonces ya la han matado.

Wesley asintió.

—Creo que la persona que acudió a la cita la asesinó y se quedó el dinero. Acto seguido, quizás a los pocos minutos, Stevens llega al punto acordado, el callejón que desemboca en la calle Strawberry.

—Tu descripción concuerda con la postura de Susan en el automóvil —observé—. En principio, debía de estar caída hacia delante para que el asesino pudiera pegarle un tiro en la nuca. Pero cuando encontraron el cadáver estaba apoyado en el respaldo del asiento.

—Stevens la cambió de posición.

—Cuando se acercó al coche, no debió de comprender inmediatamente qué le ocurría a Susan. No podía verle la cara, porque estaba derrumbada sobre el volante. La echó hacia atrás y la dejó recostada en el asiento.

—Y se largó corriendo como alma que lleva el diablo.

—Si Stevens acababa de ponerse colonia, justo antes de salir a su encuentro, aún debía de tener colonia en las manos. Cuando la echó hacia atrás, las manos tuvieron que entrar en contacto con el abrigo, probablemente en la zona de los hombros. Eso fue lo que olí en la escena.

—Conseguiremos que hable.

—Tenemos cosas más importantes que hacer, Benton —le advertí, y le hablé de mi conversación con Helen Grimes y de lo que me había dicho acerca de la última visita de la señora Waddell a su hijo.

—Mi teoría —proseguí— es que Ronnie Waddell quería que lo enterraran con la estampa de Jesús, y que ésta debió de ser su última voluntad. Mete la estampa en un sobre y escribe encima «urgente», «sumamente confidencial» y todo lo demás.

—No habría podido hacerlo sin permiso de Donahue —reflexionó Wesley—. Según el reglamento, la última voluntad del reo debe comunicarse al alcaide.

—Exacto. Y no importa qué explicaciones le hayan dado, Donahue está demasiado paranoico para dejar que se lleven el cadáver de Waddell con un sobre cerrado en el bolsillo. Así que autoriza la petición del reo y luego se ingenia una manera de ver qué hay dentro de ese sobre sin crear ningún revuelo ni levantar sospechas. Decide cambiar el sobre por otro, y le ordena a uno de sus matones que se encargue de ello. Y aquí es donde entran los recibos.

—Estaba esperando que llegaras a ello —le dijo Wesley.

—Creo que esa persona cometió un pequeño error. Digamos que tiene un sobre blanco sobre la mesa, y que dentro están los recibos de un reciente viaje a Petersburg. Digamos que saca un sobre del mismo modelo, mete dentro algo inofensivo y luego escribe el mismo mensaje que Waddell había escrito en el sobre que quería llevarse a la tumba.

—Pero el guardia se equivoca de sobre.

—Sí. Lo escribe en el que contiene los recibos.

—Y se da cuenta más tarde, cuando va a buscar los recibos y en su lugar encuentra la cosa inofensiva.

—Precisamente —asentí—, y ahí es donde encaja Susan. Si yo fuera el guardia que cometió esta equivocación, me inquietaría mucho. Para mí, la cuestión más candente sería saber si alguno de los forenses había abierto el sobre en la morgue o si había permanecido cerrado. Si además se diera el caso de que yo, el guardia, era el contacto de Ben Stevens, la persona que le pagaba para que no le tomaran las huellas a Waddell en la morgue, por ejemplo..., si fuera esa persona sabría exactamente a quién recurrir.

—Te pondrías en contacto con Stevens y le pedirías que averiguara si se había abierto el sobre. Y, en caso afirmativo, si su contenido había hecho que alguien sospechara o se sintiera inclinado a ir haciendo preguntas por ahí. Eso se llama dejarse llevar por la paranoia, y al final acabas con muchos más problemas de los que tendrías si hubieras mantenido la calma. Pero es de suponer que Stevens estaba en condiciones de responder a esa pregunta con facilidad.

—No tanto —objeté—. Podía preguntárselo a Susan, pero ella no estaba presente cuando se abrió el sobre. Lo abrió Fielding en su despacho, fotocopió el contenido y remitió el original con los restantes efectos personales de Waddell.

—¿Y Stevens no podía coger el expediente y mirar la fotocopia?

—Habría tenido que romper el cierre del archivador —respondí.

—Así que, a su modo de ver, la única alternativa era el ordenador.

—A menos que nos lo preguntara a Fielding o a mí. Pero no es tan incauto. Ninguno de los dos revelaría un dato confidencial como éste, a él, a Susan ni a nadie.

—¿Posee suficientes conocimientos de informática para introducirse en tu directorio?

—No, que yo sepa, pero Susan había hechos varios cursos y tenía manuales de UNIX en su oficina.

Sonó el teléfono, y dejé que respondiera Lucy. Cuando entró en la cocina, parecía intranquila.

—Es tu abogado, tía Kay.

Me acercó el teléfono de la cocina y lo descolgué sin moverme de la silla. Nicholas Grueman no malgastó palabras en un saludo, sino que fue directamente al asunto.

—Doctora Scarpetta, el día doce de noviembre hizo usted efectivo un cheque contra su cuenta de inversiones por el importe de diez mil dólares. Y en los extractos bancarios no encuentro ningún dato que permita suponer que este dinero fue ingresado en alguna de sus diversas cuentas.

—No lo ingresé.

—¿Salió usted del banco con diez mil dólares en efectivo?

—No. Extendí el cheque en el Signet Bank, en la oficina del centro, y utilicé el dinero para comprar un cheque de caja en libras esterlinas.

—¿A nombre de quién iba librado el cheque de caja? —inquirió mi antiguo profesor mientras Benton Wesley me miraba con expresión tensa.

—Señor Grueman, fue una transacción de índole personal y no guarda relación alguna con mi vida profesional.

—Vamos, doctora Scarpetta. Ya sabe usted que eso no es respuesta.

Respiré hondo.

—Sin duda sabe usted que nos lo van a preguntar. Sin duda se da cuenta de que no causa buena impresión que, a las pocas semanas de que su ayudante ingresara una suma de dinero de procedencia desconocida, extendiera usted un cheque por un importe muy considerable.

Cerré los ojos y me mesé los cabellos mientras Wesley se levantaba de la mesa y venía a situarse a mis espaldas.

—Kay. —Noté las manos de Wesley en los hombros—. Por el amor de Dios, Kay, tienes que decírselo.

13

Si Grueman no hubiera practicado nunca ante los tribunales, no le habría confiado mi bienestar. Pero antes de dedicarse a la enseñanza había sido un renombrado especialista en litigios, se había dedicado a los derechos civiles y, durante la era de Robert Kennedy, había participado como fiscal del Departamento de Justicia en la lucha contra el crimen organizado. En los últimos tiempos, representaba a clientes que habían sido condenados a muerte y no tenían dinero. Yo apreciaba la seriedad de Grueman y necesitaba su cinismo.

No estaba interesado en negociar ni en proclamar mi inocencia. Se negó a presentar el menor fragmento de prueba a Marino ni a nadie más. No le habló a nadie del cheque por diez mil dólares, que, según dijo, era el peor dato que podía aducirse contra mí. Recordé lo que solía enseñar a sus alumnos de Derecho Penal el primer día de clase: «Digan sólo que no. Digan sólo que no. Digan sólo que no.» Mi ex profesor cumplió esta regla al pie de la letra, y frustró todos los intentos de Roy Patterson.

Un día, el jueves seis de enero, Patterson me llamó a casa para pedirme que fuera a charlar con él en su oficina.

—Estoy seguro de que podremos aclarar todo esto —dijo en tono amigable—. Sólo he de hacerle unas cuantas preguntas.

Se sobreentendía que, si yo cooperaba, se podría evitar algo peor, y me asombró que Patterson pudiera creer siquiera por un instante que una maniobra tan vieja iba a dar resultado conmigo. Cuando el fiscal de la Commonwealth quiere charlar con alguien, es que ha emprendido una expedición de pesca en la que no piensa soltar nada. Lo mismo puede decirse de la policía. Como buena alumna de Grueman, le dije a Patterson que no, y a la mañana siguiente recibí una citación para comparecer ante un gran jurado especial el día veinte de enero. A continuación llegó la reclamación legal de mis datos financieros. Primero Grueman apeló a la Quinta Enmienda, y luego presentó una apelación para que se anulara la citación. Por las mismas fechas, el gobernador Norring nombró a Fielding jefe en funciones de Medicina Forense para el estado de Virginia.

—Hay otra camioneta de la tele. Acabo de verla pasar —dijo Lucy desde el comedor, donde estaba de pie mirando por la ventana.

—Ven a comer —la llamé desde la cocina—. Se te está enfriando la sopa.

Tras un breve silencio, volvió a hablar.

—¿Tía Kay? —Parecía excitada.

—¿Qué quieres?

—A que no adivinas quién ha venido.

Desde la ventana de la pila vi aparcar el Ford LTD blanco ante la casa. Se abrió la portezuela del conductor y Marino echó pie a tierra. Se subió la cintura de los pantalones y se arregló la corbata mientras sus ojos registraban todo lo que le rodeaba. Al verlo venir por el camino de acceso hacia el porche, me sentí tan poderosamente conmovida que me sorprendió.

—No sé si he de alegrarme de verlo o no —le dije al abrir la puerta.

—Vamos, no se preocupe. No he venido a detenerla, doctora.

—Pase, por favor.

—Hola, Pete —le saludó jovialmente Lucy.

—¿No tendrías que estar en la escuela o algo?

—No.

—¿Cómo? ¿Es que allá en Sudamérica os dan fiesta todo el mes de enero?

—Exactamente. Por el mal tiempo —respondió mi sobrina—. Cuando la temperatura baja de veintiún grados, se cierra todo.

Marino sonrió. Nunca lo había visto con tan mal aspecto.

A los pocos minutos, yo había encendido la chimenea de la sala y Lucy se había marchado a hacer unos recados.

—¿Qué tal le va? —pregunté.

—¿Piensa hacerme salir a fumar afuera?

Le acerqué un cenicero.

—Marino, tiene maletas debajo de los ojos, está rojo como un tomate y aquí no hace tanto calor como para que esté sudando.

—Se nota que me ha echado de menos. —Se sacó un pañuelo minúsculo del bolsillo de atrás y se enjugó la frente. A continuación, encendió un cigarrillo y se quedó mirando el fuego—. Patterson se está portando como un gilipollas, doctora. Quiere acabar con usted.

—Que lo intente.

—Lo intentará, y más vale que la encuentre preparada.

—No puede acusarme de nada, Marino.

—Tiene una huella digital que apareció en un sobre encontrado en casa de Susan.

—Puedo explicarlo.

—Pero no puede demostrarlo, y luego está el as que se guarda en la manga. Y le juro que no debería decírselo, pero se lo voy a decir.

—¿Qué as en la manga?

—¿Se acuerda de Tom Lucero?

—Sé quién es —respondí—. Pero no lo conozco.

—Bien, es un chico que puede resultar muy simpático, y para ser sincero, es un poli la mar de bueno. Resulta que estuvo husmeando por el Signet Bank y habló con una de las cajeras hasta que pudo sacarle información sobre usted. De hecho, ni él tenía por qué preguntar nada ni la cajera tenía por qué contestarle, pero el caso es que le dijo que se acordaba de que había cobrado usted un cheque por una gran cantidad poco antes del día de Acción de Gracias. Según la cajera, fue un cheque por diez mil dólares.

Le dirigí una mirada pétrea.

—En realidad, no le puede reprochar nada a Lucero; sólo hace su trabajo. Pero Patterson ya sabe lo que ha de buscar cuando examine su contabilidad. Cuando la tenga ante el gran jurado especial, piensa crucificarla.

No dije ni una palabra.

—Doctora. —Se echó hacia delante y me miró a los ojos—. ¿No le parece que tendría que hablar de eso?

—No.

Se levantó, se acercó a la chimenea y abrió la pantalla lo suficiente para tirar la colilla al interior.

—Mierda, doctora —dijo con voz cansina—. No quiero que la lleven a juicio.

—No debería beber café, y me consta que usted tampoco, pero me apetece algo caliente. ¿Le gusta el chocolate a la taza?

—Me quedo con el café.

Me levanté para prepararlo. Mis pensamientos zumbaban perezosamente como una mosca en otoño. Mi cólera no tenía adónde dirigirse. Hice una cafetera de descafeinado con la esperanza de que Marino no advirtiera la diferencia.

—¿Cómo tiene la presión sanguínea? —pregunté.

—¿Quiere que le diga la verdad? Hay días que si fuera una tetera estaría hirviendo.

—No sé qué voy a hacer con usted.

Se apoyó en la repisa de la chimenea. El fuego silbaba como el viento, y el reflejo de las llamas danzaba sobre el latón.

—Para empezar —proseguí—, no debería haber venido. No quiero que tenga problemas.

—Oiga, que se joda el fiscal del Estado, el municipio, el gobernador y toda la pandilla —replicó con furia repentina.

—No podemos ceder, Marino. Alguien sabe quién es el

asesino. ¿Ha hablado ya con el guardia que nos atendió en la penitenciaría? ¿El agente Roberts?

—Sí. La conversación no condujo absolutamente a nada.

—Bien, a mí no me fue mucho mejor con su amiga Helen Grimes.

—Debió de ser una experiencia muy agradable.

—¿Sabía que ya no trabaja en la cárcel?

—Que yo sepa, tampoco trabajó nunca cuando estaba allí. Helen la Bárbara era una perezosa de marca, menos cuando tenía que cachear a alguna de las invitadas; entonces se volvía diligente. A Donahue le caía bien, no me pregunte por qué. Cuando se lo cargaron, Helen fue destinada a una de las atalayas de Greensville como centinela, y de pronto le apareció un problema en la rodilla o algo así.

— Tengo la sensación de que sabe mucho más de lo que me dijo —comenté—. Sobre todo si estaba en buenas relaciones con Donahue.

Marino tomó un sorbo de café y miró hacia la puerta corrediza de cristal. La tierra estaba blanca de escarcha, y parecía que los copos de nieve caían más deprisa.

Pensé en la noche nevada en que estuve en casa de Jennifer Deighton, y me vino a la mente la imagen de una mujer obesa con rulos sentada en una silla en mitad de la sala de estar. Si el asesino la había interrogado, tenía un motivo para hacerlo. ¿Qué era lo que le habían enviado a buscar?

—¿Cree que el asesino iba en busca de cartas cuando se presentó en casa de Jennifer Deighton? —le pregunté a Marino.

—Creo que buscaba algo relacionado con Waddell. Cartas, poemas. Algo que hubiera podido mandarle por correo a lo largo de los años.

—¿Cree que esa persona encontró lo que andaba buscando?

—Digámoslo así: es posible que registrara la casa, pero lo hizo con tanta finura que no podemos saberlo.

—Bien, pues yo no creo que encontrara nada —dije.

Marino me contempló con escepticismo mientras encendía otro cigarrillo.

—¿Por qué lo dice?

—Por la escena. La víctima iba en camisón y con rulos. Todo parece indicar que estaba leyendo en la cama. Todo eso no es propio de alguien que espera visita.

—Hasta ahí, de acuerdo.

—Entonces llegó alguien y debió de dejarlo entrar, porque no había signos de que hubiera entrado por la fuerza ni rastros de lucha. Creo que lo que debió de ocurrir a continuación fue que esa persona le exigió que le entregara lo que andaba buscando y ella se negó. El visitante se enfada, coge una silla del comedor y la planta en medio de la sala. Obliga a la víctima a sentarse allí y empieza a torturarla. Le hace preguntas, y cada vez que ella no contesta lo que quiere saber, le aprieta más el cuello. Esto sigue así hasta que llega demasiado lejos. Entonces la saca al garaje y la mete en su coche.

—Si salía y entraba por la cocina, eso explicaría por qué al llegar encontramos la puerta abierta —conjeturó Marino.

—Es posible. En resumen, no creo que pretendiera matarla cuando lo hizo, y sospecho que después de intentar disfrazar su muerte no se entretuvo mucho rato en la casa. Quizá se asustó, o quizá dejó de interesarle la misión. Dudo de que registrara la casa, y también dudo de que encontrara algo si lo hubiera hecho.

—Nosotros no encontramos nada —rezongó Marino.

—Jennifer Deighton estaba paranoica —proseguí—. En el fax que le mandó a Grueman, decía que había un gran error en lo que estaban haciéndole a Waddell. Al parecer, me había visto en las noticias de la televisión e incluso había intentado comunicarse conmigo, pero cada vez que llamaba a mi número, colgaba inmediatamente.

—¿Piensa usted que quizá tenía papeles o algo que nos explicaría qué puñeta está pasando?

—Si los tenía —respondí—, probablemente estaba demasiado asustada para guardarlos en su casa.

—¿Y dónde podía tenerlos?

—No lo sé, pero quien podría saberlo es su ex marido.

¿No fue a pasar un par de semanas con él hacia finales de noviembre?

—Sí. —Marino parecía muy interesado—. De hecho, sí que fue.

Por teléfono, Willie Travers tenía una voz agradable y enérgica, cuando por fin conseguí localizarlo en el complejo turístico Concha Rosada de Fort Myers Beach, en Florida. Pero en cuanto empecé a hacerle preguntas me respondió con evasivas y sin comprometerse.

—Señor Travers, ¿qué puedo hacer para que confíe en mí? —le pregunté al fin, desesperada.

—Venga aquí.

—En estos momentos me resultaría muy difícil.

—Tendría que verla.

— ¿Cómo dice?

—Es mi manera de ser. Si la veo, puedo interpretarla y sé si es usted de fiar. Jenny también era así.

—De manera que si voy a Fort Myers Beach y dejo que me «interprete», me ayudará usted.

—Según lo que capte.

Reservé dos billetes de avión para las seis cincuenta de la mañana siguiente.

Lucy y yo volaríamos a Miami. La dejaría con Dorothy en el aeropuerto y seguiría en automóvil hacia Fort Myers Beach, donde lo más posible era que me pasara la noche preguntándome si había perdido el juicio. Existía una probabilidad abrumadora de que el fanático de la salud holística que había estado casado con Jennifer Deighton resultara una absoluta pérdida de tiempo.

El sábado, cuando me levanté a las cuatro de la mañana y fui a despertar a Lucy, había parado de nevar. La escuché respirar durante unos instantes y luego la toqué con delicadeza en el hombro y susurré su nombre en la oscuridad. Lucy se revolvió y se incorporó de inmediato. En el avión, estuvo durmiendo hasta Charlotte, y luego se sumió en uno de sus enfurruñamientos insoportables hasta que llegamos a Miami.

—Preferiría ir a casa en taxi —se quejó, mirando por la ventanilla.

—No puedes ir en taxi, Lucy. Tu madre y su amigo estarán esperándote.

—Bien. Que se pasen el día dando vueltas por el aeropuerto. ¿Por qué no puedo ir contigo?

—Tú has de ir a casa y yo a Fort Myers Beach, y desde allí volveré directamente a Richmond en avión. Créeme. No lo encontrarías muy divertido.

—Estar con mamá y su último idiota tampoco va a ser divertido.

—No sabes si es un idiota. No lo conoces. ¿Por qué no le das una oportunidad?

—Ojalá mamá cogiera el sida.

—¡No digas eso, Lucy!

—Se lo merece. No comprendo cómo puede acostarse con el primer gilipollas que la invita a cenar y a ir al cine. No comprendo cómo puede ser hermana tuya.

—Baja la voz —le susurré.

—Si tanto me echara de menos, vendría a buscarme ella sola. No querría que hubiera nadie más de por medio.

—Eso no tiene por qué ser verdad —objeté—. Algún día, cuando te enamores, lo entenderás mejor.

—¿Qué te hace suponer que no me he enamorado nunca? —Me dirigió una mirada llena de furia.

—Porque si te hubieras enamorado alguna vez, sabrías que el amor saca a la superficie lo mejor y lo peor que llevamos dentro. Un día somos generosos y considerados hasta la exageración, y al siguiente no somos dignos ni de que nos fusilen. Nuestra vida se convierte en una lección de extremismos.

—Ojalá mamá se diera prisa y llegara de una vez a la menopausia.

Mediada la tarde, mientras conducía por la carretera de Tamiami entrando y saliendo de la sombra, me dediqué a remendar los agujeros que la culpa me había hecho en la conciencia. Cada vez que tenía tratos con la familia, me sentía irritada y molesta. Cada vez que me negaba a tenerlos, me sentía igual que cuando era pequeña, cuando aprendí el arte de fugarme sin marcharme de casa. En cierto sentido, tras la muerte de mi padre ocupé su lugar. Yo era la responsable que sacaba buenas notas y sabía cocinar y administrar el dinero. Yo era la que casi nunca lloraba, la que reaccionaba a la volatilidad de un hogar en vías de desintegración enfriándome y dispersándome como un vapor. En consecuencia, mi madre y mi hermana me acusaban de ser indiferente, y crecí albergando la vergüenza secreta de que lo que decían era cierto.

Llegué a Fort Myers Beach con el aire acondicionado en marcha y el parasol bajado para resguardarme los ojos del sol. El agua se unía al cielo en un continuo de azul vibrante, y las palmeras eran plumas de un verde brillante sobre troncos tan robustos como patas de avestruz. El complejo turístico Concha Rosada era del color de su nombre. Se extendía por detrás hasta la bahía de Estero, y sus balcones delanteros se abrían de par en par al golfo de México. Willie Travers vivía en una de las casitas, pero no debía verme con él hasta las ocho de la tarde. Tomé un apartamento de una sola habitación y dejé literalmente un reguero de ropa en el suelo mientras me iba arrancando las prendas de invierno y desenterraba de la bolsa unos pantalones cortos y una camiseta de tenis. En siete minutos había vuelto a cruzar la puerta y estaba en la playa.

No sé cuántos kilómetros anduve, porque perdí la noción del tiempo, y cada franja de agua y arena parecía idéntica a la anterior. Vi a los pelícanos que se bamboleaban sobre el agua engullir peces echando la cabeza hacia atrás como si bebieran bourbon, y rodeé cuidadosamente las lacias velas azules de varados galeones portugueses. Casi todas las personas con las que me crucé eran ancianas. De vez en cuando, la voz aguda de un niño se alzaba sobre el rugir de las rompientes como un trozo de papel de color arrastrado por el viento. Recogí esqueletos de erizos de mar desgastados por el oleaje y conchas blanqueadas tan finas como caramelos de menta a punto de disolverse en la boca. Pensé en Lucy y volví a echarla de menos.

Cuando las sombras cubrían casi toda la playa, regresé a mi habitación. Después de ducharme y cambiarme de ropa, subí al coche y empecé a circular por Estero Boulevard hasta que el hambre me guió como la varita de un zahorí hacia el aparcamiento de La Despensa del Patrón. Comí palometa roja y bebí vino blanco mientras el horizonte se desleía en un azul crepuscular. Al poco, las luces de las embarcaciones puntearon la oscuridad y dejé de ver el agua.

Cuando por fin encontré la casita 182, junto a la tienda de cebos y el espigón de los pescadores, hacía mucho tiempo que no me sentía tan relajada. En el momento en que Willie Travers me abrió la puerta, tuve la sensación de que éramos amigos de toda la vida.

—El primer punto en el orden del día es la restauración. Supongo que no habrá comido nada.

Sintiéndolo mucho, le dije que ya había cenado.

—Entonces no tendrá más remedio que volver a cenar.

—Me resultaría imposible.

—Antes de una hora le demostraré que está equivocada. La comida es muy ligera. Mero salteado en mantequilla y zumo de lima, con una generosa rociada de pimienta recién molida. Y tenemos un pan de siete cereales que hago yo mismo y que nunca olvidará mientras viva. Vamos a ver. Ah, sí. Ensalada de col macerada y cerveza mexicana.

Mientras me decía todo esto, destapó un par de botellas de cerveza.

El ex marido de Jennifer Deighton debía de rondar los ochenta años y tenía la cara tan agrietada por el sol como el barro reseco, pero los ojos azules que en ella se enmarcaban estaban tan llenos de vitalidad como los de un jovencito. Sonreía mucho al hablar, y era tan enjuto como un corte de cecina. Su cabello me recordó la pelusa de una pelota de tenis blanca.

—¿Cómo vino a vivir aquí? —le pregunté, contemplando los pescados montados en las paredes y los muebles rústicos.

—Hace un par de años decidí jubilarme y dedicarme a pescar, así que llegué a un acuerdo con la dirección de Concha Rosada. Me ofrecí a llevar la tienda de cebos si me alquilaban una casita a un precio razonable.

—¿Cuál era su profesión antes de retirarse?

—La misma que ahora. —Sonrió—. Practico la medicina holística, y en realidad nunca se jubila uno de eso, como nunca se jubila uno de la religión. La diferencia está en que ahora sólo trabajo con quien quiero trabajar, y en que ya no tengo una consulta en la ciudad.

—¿Cómo define la medicina holística?

—Trato a la persona entera, sencillamente. La cuestión es devolver el equilibrio a la gente. —Me miró como si estuviera evaluándome, dejó la cerveza y se acercó a la silla de capitán en que yo estaba sentada—. ¿Le molestaría ponerse de pie?

Me sentía de un humor complaciente.

—Ahora levante un brazo. No importa cuál, pero extiéndalo de manera que quede paralelo al suelo. Así está bien. Voy a hacerle una pregunta, y cuando responda intentaré empujar el brazo hacia abajo mientras usted resiste. ¿Se considera la heroína de la familia?

—No. —El brazo cedió inmediatamente a la presión y bajó como un puente levadizo.

—O sea que se considera usted la heroína de la familia. Eso me indica que es muy exigente consigo misma y que lo ha sido desde la voz de «¡ya!». Muy bien. Ahora vuelva a levantar el brazo y le haré otra pregunta. ¿Es usted buena en lo que hace?

—Sí.

—Estoy apretando con todas mis fuerzas y su brazo es de acero. O sea que es usted buena en lo que hace.

Regresó al sofá y yo volví a sentarme.

—Debo reconocer que mis estudios de medicina me hacen un tanto escéptica —comenté con una sonrisa.

—Pues no debería ser así, porque los principios no son distintos a los que maneja usted cada día. ¿El fundamento? El cuerpo no miente. Da igual lo que se diga usted a sí misma: su nivel de energía responde a lo que es en realidad cierto. Si su cabeza dice que no es usted la heroína de la familia o que se quiere a usted misma cuando en realidad no es eso lo que siente, su energía se debilita. ¿Le encuentra algún sentido a todo esto?

—Sí.

—Uno de los motivos por los que Jenny venía a visitarme un par de veces al año era para que le restaurase el equilibrio. Y la última vez que vino, hacia el día de Acción de Gracias, estaba tan descompensada que tuve que trabajar con ella varias horas cada día.

—¿Le explicó qué andaba mal?

—Muchas cosas. Acababa de mudarse y no le gustaban los vecinos, sobre todo los de enfrente.

—Los Clary —apunté.

—Supongo que serían ésos. La mujer era una entremetida y el marido un ligón, hasta que tuvo un ataque. Además, el asunto de los horóscopos se había salido de madre y empezaba a agotarla.

—¿Qué opinaba usted de ese negocio que llevaba?

—Jenny tenía un don, pero estaba extendiéndolo demasiado.

—¿La catalogaría de vidente?

—Ni hablar. Yo no catalogaría a Jenny; ni siquiera lo intentaría. Tenía muchos intereses.

De pronto recordé la hoja de papel en blanco que había sobre su cama, sujeta por una pirámide de cristal, y le pregunté a Travers si sabía qué significaba, o si significaba algo.

—Significaba que estaba concentrándose.

—¿Concentrándose? —me extrañé—. ¿En qué?

—Cuando Jenny quería meditar, cogía una hoja de papel blanco y le ponía un cristal encima. Luego se quedaba muy quieta y hacía girar lentamente el cristal, y contemplaba la luz de las facetas desplazándose sobre el papel. Eso le hacía el efecto que a mí me hace mirar el agua.

—¿Estaba preocupada por algo más cuando vino a verle, señor Travers?

—Llámeme Willie. Sí, y ya sabe lo que voy a decirle. Estaba preocupada por ese reo al que iban a ejecutar. Ronnie Waddell. Jenny y Ronnie llevaban muchos años escribiéndose, y a ella se le hacía imposible aceptar la idea de que lo mataran.

—¿Sabe si Waddell le reveló alguna vez algo que hubiera podido representar un peligro para ella?

—Bueno, le dio algo que la puso en peligro.

Cogí la cerveza sin dejar de mirarlo.

—La última vez que vino a visitarme trajo todas las cartas y todo lo que Waddell había ido enviándole en el curso de los años —añadió—. Quería que las guardara yo aquí.

—¿Por qué?

—Para que estuvieran a salvo.

—¿Acaso temía que alguien intentara quitárselas?

—Sólo sé que estaba muy asustada. Me dijo que durante la primera semana del pasado noviembre, Waddell la llamó a cobro revertido y le explicó que estaba dispuesto a morir y que no quería seguir luchando. Por lo visto, estaba convencido de que nada podía salvarlo, y le pidió que fuera a la granja de Suffolk y recogiera sus pertenencias. Dijo que quería que las tuviera ella, y que no se preocupara, que su madre lo entendería.

—¿A qué pertenencias se refería?

—Sólo había una cosa. —Se puso en pie—. No sé muy bien qué importancia puede tener, y no sé si quiero saberlo. De manera que voy a entregársela, doctora Scarpetta. Puede llevársela a Virginia. Désela a la policía. Haga con ella lo que quiera.

—¿Cómo es que ahora de pronto decide colaborar? —pregunté—. ¿Por qué no hace unas semanas?

—Nadie se tomó la molestia de venir a verme —dijo en voz alta desde otra habitación—. Ya le dije cuando llamó que yo no hago tratos por teléfono.

Al regresar, depositó ante mis pies un maletín de color negro. El cierre de latón había sido forzado, y la piel estaba cubierta de arañazos.

—Lo cierto es que me hace usted un favor al llevárselo —dijo Willie Travers, y me di cuenta de que hablaba en serio—. Sólo pensar en esto enferma mi energía.

Las veintenas de cartas que Ronnie Waddell le había enviado a Jennifer Deighton desde la galería de los condenados a muerte estaban distribuidas en fajos sujetos con gomas elásticas y ordenadas cronológicamente. Aquella misma noche examiné superficialmente algunas de ellas en mi habitación, porque su importancia quedaba prácticamente anulada por la de los restantes objetos que encontré en el maletín. Éste contenía cuadernos llenos de notas escritas a mano que apenas me decían nada, porque se referían a casos y dilemas de la Commonwealth que se remontaban a más de diez años atrás. Había también plumas y lápices, un mapa de Virginia, una lata de pastillas Sucrets para la garganta, un inhalador Vick's y un tubo de Chapstick. Todavía dentro de su caja amarilla, había un EpiPen, un autoinyectable con 0,3 miligramos de epinefrina de los que suele llevar siempre consigo la gente gravemente alérgica a las picaduras de abeja y a ciertos alimentos. En el resguardo de la receta pegado a la caja figuraba el nombre del paciente, la fecha y la información de que el EpiPen correspondía a un lote de cinco unidades. Estaba claro que Waddell había robado el maletín de casa de Robyn Naismith la fatídica mañana en que le dio muerte. Probablemente no debía de tener ni idea de quién era su dueño hasta que se lo llevó y forzó la cerradura. Y al hacerlo, Waddell descubrió que había asesinado a una celebridad local cuyo amante, Joe Norring, era entonces el fiscal general de Virginia.

—Waddell no tuvo la menor oportunidad —comenté—. Tampoco quiero decir que mereciera forzosamente clemencia, vista la gravedad de su crimen. Pero desde el momento en que lo detuvieron, Norring empezó a preocuparse. Sabía que se había dejado el maletín en casa de Robyn y sabía que la policía no lo había encontrado.

Por qué había dejado el maletín en casa de Robyn era algo que no estaba claro, a menos que, sencillamente, se lo hubiera olvidado una noche que ninguno de los dos sabía que iba a ser la última.

—No puedo ni imaginarme cómo debió de reaccionar Norring cuando se enteró —añadí.

Wesley me dirigió una mirada fugaz por encima de la montura de sus gafas y continuó leyendo papeles.

—No creo que podamos imaginárnoslo. Ya era bastante malo para él que el público descubriera que tenía una amante, pero su relación con Robyn lo habría convertido de inmediato en el principal sospechoso de su muerte.

—En cierto modo —observó Marino—, fue una suerte para Norring que Waddell se llevara el maletín.

—Estoy segura de que, para él, todo el asunto era una desgracia desde cualquier punto de vista —repliqué—. Si se encontraba el maletín en la escena, se vería en un aprieto. Si lo habían robado, como en efecto era el caso, Norring tenía la preocupación de que apareciera en cualquier momento.

Marino echó mano a la cafetera y volvió a llenar todas las tazas.

—Alguien debió de hacer algo para garantizar el silencio de Waddell.

—Tal vez —Wesley cogió la crema de leche—. Pero también es posible que Waddell no quisiera abrir la boca. Yo diría que desde un principio temió que lo que casualmente había encontrado sólo sirviera para empeorar su situación. El maletín podía utilizarse como arma, pero ¿a quién destruiría? ¿A Norring o a Waddell? ¿Creéis que Waddell confiaría lo bastante en el sistema para acusar al fiscal general? Y años más tarde, ¿creéis que confiaría lo bastante en el sistema para acusar al gobernador, el único que podía salvarle la vida?

—Así que Waddell guardó silencio, sabiendo que su madre protegería lo que había escondido en la granja hasta que llegara el momento de dárselo a otra persona —concluí.

—Norring tuvo diez malditos años para encontrar el maletín —observó Marino—. ¿Por qué tardó tanto en empezar a buscarlo?

—Sospecho que Norring hizo vigilar a Waddell desde el primer momento —dijo Wesley—, y que esa vigilancia se incrementó considerablemente en los últimos meses. Cuanto más se acercaba la fecha de la ejecución, menos tenía Waddell que perder, y más probable era que decidiese hablar. Es posible que alguien controlara sus conversaciones telefónicas cuando llamó a Jennifer Deighton en noviembre. Y es posible que Norring se dejara llevar por el pánico al enterarse.

—Tenía un buen motivo —señaló Marino—. Yo mismo registré las pertenencias de Waddell cuando me ocupé del caso. El tipo no tenía casi nada, y si había algo suyo en la granja, no pudimos encontrarlo.

—Y eso Norring tenía que saberlo —dije yo.

—Desde luego —asintió Marino—. O sea que enseguida se da cuenta de que es muy extraño que Waddell le dé a esa amiga suya «algo que tiene en la granja». Norring empieza a ver de nuevo el maldito maletín en sus pesadillas, y para empeorar las cosas, no puede encargarle a nadie que se meta en casa de Jennifer Deighton mientras Waddell aún está vivo. Si le pasa algo a la mujer, no hay modo de saber cómo reaccionará Waddell. Y la peor de las posibilidades sería que empezara a cantarle a Grueman.

—Benton —dije—, ¿no sabrías por casualidad por qué Norring llevaba epinefrina en el maletín? ¿A qué es alérgico?

—Aparentemente, al marisco. Por lo visto, tiene siempre autoinyectables a mano esté donde esté.

Mientras seguían hablando, fui a echarle una mirada a la lasaña que tenía en el horno y abrí una botella de Kendall-Jackson. El caso contra Norring llevaría mucho tiempo, si es que alguna vez llegaba a probarse, y me pareció comprender, hasta cierto punto, lo que debía de haber sentido Waddell. Eran casi las once de la noche cuando llamé a casa de Grueman.

—En Virginia estoy acabada —le dije—. Mientras Norring siga en su puesto, se encargará de que no esté yo en el mío. Me han robado la vida, maldita sea, pero no voy a regalarles el alma. Pienso acogerme a la Quinta Enmienda en todo momento.

—En tal caso, seguro que será procesada.

—Dado los cabrones con los que me enfrento, creo que eso va a ocurrir de todos modos.

—Vamos, vamos, doctora Scarpetta. ¿Se ha olvidado usted del cabrón que la representa? Ignoro dónde ha pasado el fin de semana, pero yo sí: lo pasé en Londres.

Me quedé lívida.

—No le garantizo que podamos imponérselo a Patterson —prosiguió aquel hombre al que yo había creído detestar—, pero voy a remover cielo y tierra para sacar a Charlie Hale al estrado.

14

El 20 de enero fue tan ventoso como un día de marzo pero mucho más frío, y el sol me hería los ojos mientras conducía por la calle Broad en dirección este, de camino al tribunal John Marshall.

—Ahora voy a decirle algo que ya sabe —me anunció Nicholas Grueman—. Los periodistas harán hervir las aguas como pirañas en pleno delirio devorador. Si vuela demasiado bajo, perderá una pata. Iremos lado a lado, con la vista baja, y no se vuelva a mirar a nadie, sea quien sea y diga lo que diga.

—No encontraremos aparcamiento —dije, y giré a la izquierda por la Novena—. Ya sabía que iba a pasarnos esto.

—Más despacio. Aquella buena mujer de allí enfrente parece que está haciendo algo. Maravilloso. Se marcha, si es que consigue hacer girar lo suficiente las ruedas.

Sonó una bocina detrás de nosotros.

Eché una mirada rápida al reloj y me volví hacia Grueman como un deportista esperando las instrucciones de última hora de su entrenador. Iba enfundado en un gabán largo de cachemir azul marino y guantes negros, con su bastón de empuñadura de plata apoyado en el asiento y un maltratado maletín sobre el regazo.

—Recuérdelo bien —prosiguió—: La decisión de quién sale y quién no sale al estrado le corresponde a su amigo el señor Patterson, de modo que dependemos de la intervención de los miembros del jurado, y eso es cosa suya. Tiene que conectar con ellos, Kay. Tiene que ganarse las simpatías de diez u once desconocidos desde el mismo instante en que entre en la sala. Si quieren hablar con usted de lo que sea, no levante murallas. Muéstrese accesible.

—Entendido —respondí.

—Nos lo jugamos todo. ¿Trato hecho?

—Trato hecho.

—Buena suerte, doctora. —Sonrió y me dio una palmadita en el brazo.

Ya en el interior del edificio, nos detuvo un alguacil con un detector de metales. Examinó mi bolso de mano y mi maletín como lo había hecho en centenares de ocasiones cuando yo acudía a declarar en calidad de forense. Pero esta vez no me dijo nada y evitó mirarme a los ojos. El bastón de Grueman hizo sonar el detector, y el abogado se mostró como un dechado de paciencia y cortesía al explicar que la contera y la empuñadura de plata no podían desmontarse y que en verdad no había nada oculto dentro de la vara de madera oscura.

—¿Qué se ha creído que llevo en el bastón? ¿Una cerbatana? —comentó mientras subíamos al ascensor.

Nada más abrirse las puertas en la tercera planta, los periodistas se abalanzaron con el previsto vigor predatorio. Mi consejero avanzó rápidamente —para ser un enfermo de gota—, con vivas zancadas puntuadas por el golpeteo del bastón. Me sentí extrañamente desapegada y remota hasta que nos hallamos en la casi desierta sala del tribunal, en la que vi a Benton Wesley sentado en un rincón junto a un joven delgado que sólo podía ser Charlie Hale. Una red de finas cicatrices rosadas le cubría el lado derecho de la cara como un mapa de carreteras. Cuando se incorporó y deslizó con aire cohibido la mano derecha en un bolsillo de la chaqueta, me di cuenta de que le faltaban varios dedos. Vestido con un traje oscuro mal cortado y una corbata, miró en derredor mientras yo me ocupaba en la mecánica de sentarme y revisar el contenido de mi maletín. No podía dirigirle la palabra, y los tres hombres tuvieron suficiente presencia de ánimo como para fingir que no advertían mi desasosiego.

—Hablemos un momento de lo que tienen ellos —sugirió Grueman—. Creo que podemos contar con que declaren Jason Story y el agente Lucero. Y por supuesto, Marino. No sé a quién más piensa incluir Patterson en su espectáculo.

—Quiero hacer constar —dijo Wesley, mirándome—, que he hablado con Patterson. Le he dicho que carece de base para abrir un proceso y que pienso declararlo así en el juicio.

—Partimos del supuesto de que no habrá juicio —señaló Grueman—. Y cuando salga a declarar, quiero que haga saber a los miembros del jurado que habló con Patterson y que le dijo que sus acusaciones eran insostenibles, pero que él insistió en llevar adelante el procedimiento. Cada vez que le haga una pregunta y usted responda refiriéndose a cualquier cuestión de la que ya ha hablado con él en privado, quiero que lo deje bien claro: «Como ya le dije en su despacho» o «Como señalé claramente cuando hablamos del asunto», etcétera, etcétera.

»Es importante que los miembros del jurado sepan que no sólo es usted un agente especial del FBI, sino también el jefe de la Unidad de Ciencias de la Conducta, en Quantico, cuya tarea consiste en analizar los crímenes violentos y elaborar el perfil psicológico de sus autores. Quizá le parezca conveniente declarar que la doctora Scarpetta no responde en modo alguno al perfil del autor del delito en cuestión, y que, de hecho, le parece una idea absurda. También es importante que haga saber a los miembros del jurado que fue usted profesor y amigo íntimo de Mark James. Ofrezca voluntariamente toda la información que pueda, porque puede estar bien seguro de que Patterson no va a preguntarle. Explique claramente a los miembros del jurado que Charlie Hale está aquí presente.

—¿Y si no me llaman a declarar? —preguntó Charlie Hale.

—En tal caso, tenemos las manos atadas —respondió Grueman—. Como ya le indiqué cuando hablamos en Londres, aquí lleva la batuta el fiscal. La doctora Scarpetta no tiene derecho a presentar ninguna evidencia, de manera que hemos de conseguir que al menos uno de los miembros del jurado nos invite a pasar por la puerta de atrás.

—Esto no es poco —comentó Hale.

—¿Ha traído copias del resguardo de ingreso y de los honorarios que ha pagado?

—Sí, señor.

—Muy bien. No espere a que se las pidan. Déjelas encima de la mesa mientras declara. El estado de su esposa, ¿es el mismo que en la última vez que hablamos?

—Sí, señor. Ha seguido un tratamiento de fertilización *in vitro*. De momento, todo va bien.

—No se olvide de decirlo así, si puede —le aconsejó Grueman.

Al cabo de unos minutos, fui llamada a la sala del jurado.

—Naturalmente. Quiere que sea usted la primera. —Grueman se levantó al mismo tiempo que yo—. Luego presentará a sus detractores, para dejarles mal sabor de boca a los miembros del jurado. —Me acompañó hasta la puerta—. Estaré aquí cuando me necesite.

Asentí con un gesto, entré y me acomodé en la silla vacía dispuesta en la cabecera de la mesa. Patterson no estaba en la sala, y comprendí que éste era otro de sus gambitos. Quería obligarme a soportar el escrutinio silencioso de aquellos diez desconocidos que tenían mi futuro en sus manos. Los miré a todos a los ojos e incluso crucé sonrisas con unos cuantos. Una joven de aspecto serio que llevaba los labios pintados de un rojo subido decidió no esperar al fiscal de la Commonwealth.

—¿Qué le impulsó a dedicarse a los muertos en lugar de a los vivos? —me preguntó—. Parece una elección extraña para un médico.

—Es mi intensa preocupación por los vivos la que me hace estudiar a los muertos —contesté—. Lo que aprendemos de los muertos es para beneficio de los vivos, y la justicia es para quienes quedan atrás.

—¿Y no le afecta? —preguntó un anciano de manos

grandes y ásperas. La expresión de su rostro era tan sincera que parecía estar sufriendo.

—Naturalmente que sí.

—¿Cuántos años tuvo que estudiar después de terminar la enseñanza secundaria? —preguntó una corpulenta mujer de raza negra.

—Diecisiete años, si contamos las residencias y el año que pasé de becaria.

—Dios nos valga.

—¿Y dónde fue? —dijo con marcado acento sureño un joven flaco que usaba gafas.

—¿Quiere decir dónde estudié?

—Sí, señora.

—En Saint Michael's, en la Academia de Nuestra Señora de Lourdes y en las Universidades de Cornell, Johns Hopkins y Georgetown.

—Su papá, ¿era médico?

—Mi padre tenía una pequeña verdulería en Miami.

—Bueno, pues lo que es a mí, no me habría gustado nada tener que pagar todos esos estudios.

Varios miembros del jurado se rieron por lo bajo.

—Tuve la suerte de recibir becas —expliqué—. Desde la escuela secundaria.

—Yo tengo un tío que trabaja en la Funeraria el Crepúsculo, en Norfolk —comentó otro de los presentes.

—Anda ya, Barry. No puede haber ninguna funeraria que se llame así.

—Vaya si no.

—Eso no es nada. En Fayetteville tenemos una que es propiedad de la familia Fiambre. A ver si adivinas cómo se llama.

—Prefiero no saberlo.

—Usted no es de por aquí.

—Soy natural de Miami —respondí.

—Entonces, ¿el apellido Scarpetta es español?

—Italiano, en realidad.

—Es curioso. Creía que todos los italianos eran morenos.

—Mis antepasados eran de Verona, en el norte de Italia, donde una parte considerable de la población lleva la misma sangre que saboyanos, austríacos y suizos —expliqué con paciencia—. Muchos de nosotros tenemos los ojos azules y el cabello rubio.

—Apuesto a que sabe usted cocinar de maravilla.

—Es una de mis aficiones favoritas.

—Doctora Scarpetta, no tengo muy claro cuál es su cargo —intervino un hombre bien vestido que parecía tener mi edad—. ¿Es usted la jefa de Medicina Forense de la ciudad de Richmond?

—De la Commonwealth. Tenemos cuatro oficinas de distrito. La Oficina Central aquí en Richmond, la de Tidewater en Norfolk, la Occidental en Roanoke y la del Norte en Alexandria.

—Y la sede de la jefatura está aquí, en Richmond.

—Sí. Resulta lo más lógico, puesto que la organización de Medicina Forense forma parte del gobierno del Estado, y la legislatura se reúne en Richmond —contesté, justo cuando se abría la puerta para dejar pasar a Roy Patterson.

El fiscal era un hombre fornido y apuesto, de raza negra, con una cabellera muy corta que empezaba a grisear. Vestía un traje cruzado de color azul marino y una camisa amarillo claro con sus iniciales bordadas en los puños. Patterson era célebre por sus corbatas, y la que llevaba en aquellos momentos parecía pintada a mano. Saludó a los miembros del jurado y se mostró más bien tibio conmigo.

Descubrí que la mujer de los labios pintados de rojo era la portavoz del jurado. Después de un carraspeo, me anunció que no estaba obligada a declarar y que todo lo que dijera podría utilizarse contra mí.

—He comprendido —respondí, y presté juramento.

Patterson se situó junto a mi silla y, tras ofrecer un mínimo de información acerca de quién era yo, empezó a hablar del poder que conllevaba mi cargo y de lo fácil que resultaba hacer un mal uso de dicho poder.

—¿Y quién estaría presente para ser testigo de ello?

—preguntó—. En muchas ocasiones, no había nadie que pudiera observar a la doctora Scarpetta en acción excepto la persona que estaba a su lado prácticamente todos los días. Susan Story. No podrán escuchar ustedes su declaración, señoras y caballeros, porque tanto ella como el hijo que llevaba en su seno están muertos. Pero hay otras personas a las que sí podrán escuchar aquí, y estas personas les pintarán el retrato escalofriante de una mujer fría y ambiciosa que cometía graves errores en su trabajo. Al principio, esta mujer compraba el silencio de Susan Story. Luego mató para obtenerlo.

»Y cuando oigan ustedes hablar del crimen perfecto, ¿quién mejor situado para cometerlo que una experta en resolver crímenes? Una experta sabría que, si se piensa disparar contra alguien dentro de un coche, conviene elegir un arma de pequeño calibre para evitar el riesgo de que reboten las balas. Una experta no dejaría pistas reveladoras en la escena del crimen, ni siquiera los casquillos vacíos. Una experta no utilizaría su propio revólver, la pistola o pistolas de que sus amigos y colegas la saben poseedora. Utilizaría un arma que no pudiera relacionarse con ella.

»De hecho, incluso habría podido "tomar prestado" un revólver del laboratorio, porque, señoras y caballeros, los tribunales confiscan cada año centenares de armas de fuego utilizadas para la comisión de crímenes, y algunas de ellas son donadas al laboratorio estatal de armas de fuego. Es perfectamente posible que el revólver calibre veintidós que fue aplicado contra la nuca de Susan Story se encuentre en este mismo instante colgado de un tablón en el Laboratorio de Armas de Fuego, o tal vez abajo, en la sala de tiro donde los examinadores realizan sus disparos de prueba y donde suele ir a practicar la doctora Scarpetta. Y, a propósito, su puntería es lo bastante buena como para ser admitida en cualquier departamento de policía de los Estados Unidos. Además, deben saber que ya ha matado antes, aunque, para ser justo, debo reconocer que en el caso al que me refiero se dictaminó que sus actos fueron en defensa propia.

Permanecí mirándome las manos entrelazadas sobre la mesa mientras la secretaria del tribunal pulsaba silenciosamente las teclas y Patterson seguía hablando. Su retórica siempre era elocuente, aunque por lo general nunca sabía cuándo detenerse. Tras pedirme que explicara cómo habían podido aparecer mis huellas digitales en el sobre encontrado en casa de Susan, se extendió tanto en señalar lo increíble que resultaba mi explicación que llegué a sospechar que algunos miembros del jurado empezaban a preguntarse por qué no podía ser cierta. Luego pasó a hablar del dinero.

—¿No es cierto, doctora Scarpetta, que el día doce de noviembre se presentó en la oficina central del Signet Bank y extendió un cheque para retirar la suma de diez mil dólares en efectivo?

—Es cierto.

Patterson vaciló durante un instante, visiblemente sorprendido. Esperaba que me acogiera a la Quinta Enmienda.

—¿Y es cierto que en dicha ocasión no depositó el dinero en ninguna de sus diversas cuentas?

—También es cierto —reconocí.

—De modo que, ¿varias semanas antes de que la supervisora de la morgue ingresara en su cuenta corriente tres mil quinientos dólares de procedencia desconocida, salió usted del Signet Bank llevando encima diez mil dólares en efectivo?

—No, señor, no fue así. Entre mis documentos financieros habría debido encontrar una copia de un cheque de ventanilla por importe de siete mil trescientas dieciocho libras esterlinas. Tengo aquí otra copia. —La saqué del maletín.

Patterson apenas le dedicó una mirada fugaz antes de pedirle a la secretaria del tribunal que lo registrara como prueba.

—Esto es muy interesante —me comentó—. Así que utilizó usted el dinero para adquirir un cheque de ventanilla extendido a nombre de un tal Charles Hale. ¿Se trataba acaso de un plan ideado por usted para disimular los pagos que le hacía a la supervisora de la morgue y acaso a otras personas? Este individuo llamado Charles Hale, ¿no entraría luego en algún banco para convertir las libras de nuevo en dólares y entregar el dinero a otra persona, quizás a Susan Story?

—No —repliqué—. Además, yo no le entregué el cheque a Charles Hale.

—¿Ah, no? —Patterson pareció confundido—. ¿Qué hizo con él, entonces?

—Se lo di a Benton Wesley, y él se encargó de que llegara a manos de Charles Hale. Benton Wesley...

—Su historia es cada vez más descabellada —me interrumpió.

—Señor Patterson...

—¿Quién es Charles Hale?

—Querría terminar mi anterior declaración —dije.

—¿Quién es Charles Hale?

—Me gustaría oír lo que intentaba decir —intervino un hombre con una chaqueta a cuadros escoceses.

—Por favor —concedió Patterson con una sonrisa fría.

—Le di el cheque de ventanilla a Benton Wesley, un agente especial del FBI que, entre otras cosas, se ocupa de elaborar los perfiles de los sospechosos en la Unidad de Ciencias de la Conducta, en Quantico.

Una mujer alzó tímidamente la mano.

—¿Es el que a veces sale en los periódicos? ¿El que suelen llamar cuando se producen esos horribles asesinatos como los que hubo en Gainesville?

—El mismo —asentí—. Es uno de mis colegas. También era el mejor amigo de un amigo mío, Mark James, que era también agente especial del FBI.

—Vamos a dejar las cosas claras, doctora Scarpetta —dijo Patterson, impaciente—. Mark James era algo más que un amigo de usted.

—¿Se trata de una pregunta, señor Patterson?

—Al margen del evidente conflicto de intereses que conlleva el hecho de que la jefa de Medicina Forense se acueste con un agente del FBI, la cuestión no viene al caso. Así que no voy a preguntarle...

Le interrumpí.

—Mis relaciones con Mark James se iniciaron en la Facultad de Derecho. No había ningún conflicto de intereses, y quiero que conste en acta mi objeción a la referencia del fiscal de la Commonwealth respecto a quién supuestamente se acostaba conmigo.

La secretaria del tribunal siguió tecleando.

Tenía las manos tan apretadas que los nudillos se me habían puesto blancos.

—¿Quién es Charles Hale y por qué motivos le entregó usted el equivalente a diez mil dólares? —volvió a preguntar Patterson.

Cicatrices rosadas destellaron en mi mente, y vi la imagen de dos dedos unidos a un muñón cubierto de reluciente tejido cicatricial.

—Era un taquillero de la estación Victoria de Londres.

—¿Era?

—Lo era el lunes dieciocho de febrero, el día en que estalló la bomba.

Nadie me lo dijo. Aunque había estado todo el día oyendo informes sobre la explosión, no supe lo ocurrido hasta que sonó mi teléfono a las dos y cuarenta y un minutos de la madrugada del diecinueve de febrero. En Londres eran las seis cuarenta y uno de la mañana, y Mark estaba muerto desde hacía casi un día.

Cuando Benton Wesley había tratado de explicármelo estaba tan aturdida que no pude encontrarle sentido a nada de lo que me decía.

«—Eso fue ayer, lo leí ayer en la prensa. ¿Quieres decir que ha vuelto a ocurrir?

»—El atentado se produjo ayer por la mañana, durante la hora punta. Pero acabo de saber lo de Mark. Nuestro agregado legal en la embajada de Londres acaba de notificármelo.

»—¿Estás seguro? ¿Estás absolutamente seguro?

»—Dios mío, Kay, lo siento muchísimo.

»—¿Lo han identificado con certeza?

»—Con plena certeza.

»—Estás seguro. Es decir...

»—Kay. Estoy en casa. Puedo estar ahí antes de una hora.

»—No, no.

»Temblaba de pies a cabeza, pero no podía llorar. Empecé a vagar por toda la casa, gimiendo suavemente y retorciéndome las manos.»

—Pero usted no conocía a ese Charles Hale antes de que resultara herido en el atentado, doctora Scarpetta. ¿Por qué tuvo que darle diez mil dólares? —Patterson se enjugó la frente con el pañuelo.

—Su esposa y él querían hijos, pero no podían tenerlos.

—¿Y cómo llegó a enterarse de un detalle tan personal acerca de unos desconocidos?

—Me lo dijo Benton Wesley, y le sugerí que acudieran a Bourne Hall, el principal laboratorio de investigación sobre cuestiones de fertilidad humana. La fertilización *in vitro* no está incluida en la seguridad social.

—Pero ha dicho antes que el atentado se produjo en febrero, y no extendió usted el cheque hasta noviembre.

—El problema de los Hale no llegó a mi conocimiento hasta el pasado otoño, cuando el FBI se puso en contacto con el señor Hale para que examinara unas fotografías y por alguna razón se enteró de sus dificultades. Tiempo atrás, le había pedido a Benton que me avisara si alguna vez yo podía hacer algo por el señor Hale.

—¿Y asumió usted la responsabilidad de financiar una fertilización *in vitro* para unos desconocidos? —preguntó Patterson como si acabara de decirle que creía en los duendes.

—Sí.

—¿Es usted una santa, doctora Scarpetta?

—No.

—Entonces, haga el favor de explicarnos sus auténticos motivos.

—Charles Hale intentó ayudar a Mark.

—¿Que intentó ayudarle? —Patterson se paseaba de un lado a otro—. ¿Intentó ayudarle a comprar un billete o a encontrar los aseos de caballeros? ¿A qué se refiere, exactamente?

—Mark permaneció consciente durante un breve tiempo, y Charles Hale yacía en el suelo a su lado, gravemente herido. Intentó quitarle los cascotes de encima. Le habló, se quitó la chaqueta y la usó para... Intentó, ah, cortar la hemorragia. Hizo todo lo que pudo. Nadie habría podido salvarle la vida, pero al menos no murió solo. Y le estoy muy agradecida por ello. Ahora habrá una vida nueva en el mundo, y me alegra haber podido hacer algo a cambio. Para mí es una ayuda. Ahora al menos hay algún sentido. No, no soy una santa. La necesidad también era mía. Al ayudar a los Hale, me ayudaba a mí misma.

La sala estaba tan silenciosa como si estuviera vacía.

La mujer de los labios pintados de rojo se inclinó un poco hacia delante para atraer la atención de Patterson.

—Supongo que Charles Hale debe de estar en Inglaterra, pero ¿no se podría mandar una citación a Benton Wesley?

—No será necesario mandar una citación —respondí—. Están los dos aquí.

Cuando la portavoz le anunció a Patterson que el gran jurado especial se negaba a entablar un proceso, yo no estaba allí para verlo. Tampoco estaba presente cuando se lo dijeron a Grueman. En cuanto terminé de declarar, empecé a buscar frenéticamente a Marino.

—Lo he visto salir de los servicios hará cosa de media hora —me informó un policía uniformado al que encontré fumándose un cigarrillo junto al surtidor de agua.

—¿Puede intentar localizarlo por radio? —le solicité.

El policía se encogió de hombros, desprendió la radio portátil que llevaba al cinto y le pidió a la centralita que localizara a Marino. Marino no respondió.

Bajé las escaleras y, cuando llegué a la calle, apreté el

paso. Una vez en mi coche, eché el seguro a las portezuelas y puse el motor en marcha. A continuación, cogí el teléfono y llamé a la jefatura de policía, situada justo enfrente de los tribunales. Mientras un inspector me comunicaba que Marino no estaba en el edificio, conduje hacia el aparcamiento de atrás para ver si encontraba su Ford LTD blanco. No estaba allí. Me detuve en una plaza reservada que en aquellos momentos se hallaba vacía y llamé a Neils Vander.

—¿Recuerdas el robo con fractura que hubo en Franklin? ¿Las huellas que comprobaste no hace mucho y que correspondían a Waddell? —le pregunté.

—¿El robo en que se llevaron un chaleco de plumón de eider?

—El mismo.

—Lo recuerdo.

—¿Se tomaron las huellas digitales al denunciante con fines de exclusión?

—No, yo no las recibí. Sólo las latentes encontradas en la escena.

—Gracias, Neils.

Acto seguido, llamé a la centralita.

—¿Podría decirme si el teniente Marino está de servicio? —le pregunté.

Me contestó casi de inmediato.

—Está de servicio.

—Escuche, trate de localizarlo, por favor, y pregúntele dónde está. Dígale que es la doctora Scarpetta y que es urgente.

Al cabo de un minuto, aproximadamente, volví a oír la voz del agente de la centralita.

—Está en la gasolinera municipal.

—Dígale que estoy a dos minutos de ahí y que ahora mismo salgo.

La estación de servicio utilizada por la policía de la ciudad estaba situada en un deprimente solar asfaltado rodeado por una cerca de malla metálica. El sistema era estrictamente de autoservicio. No había encargado, ni sala de reposo, ni máquinas de bebidas, y la única manera de limpiar el parabrisas era llevando uno mismo las toallas de papel y el limpiacristales. Cuando me detuve a su lado, Marino estaba metiendo la tarjeta para gasolina en la bolsa lateral de la portezuela donde la guardaba siempre. Al verme, bajó del coche y se acercó a mi ventanilla.

—Acabo de oír la noticia por la radio. —No podía reprimir la sonrisa—. ¿Dónde está Grueman? Quiero estrecharle la mano.

—Lo he dejado en los tribunales con Wesley. ¿Qué ha pasado? —De pronto, me sentí aturdida.

—¿No lo sabe? —preguntó con incredulidad—. Mierda, doctora. La dejan en paz, eso ha pasado. En toda mi carrera, sólo recuerdo dos ocasiones en que un gran jurado especial haya rechazado la acusación.

Respiré hondo y sacudí la cabeza.

—Supongo que debería ponerme a bailar una jiga, pero no tengo ganas.

—Seguramente yo tampoco las tendría.

—Marino, ¿cómo se llamaba el hombre que denunció que le habían robado un chaleco de plumón?

—Sullivan, Hilton Sullivan. ¿Por qué?

—Durante mi declaración, Patterson hizo la ofensiva acusación de que yo hubiera podido utilizar un revólver del Laboratorio de Armas de Fuego para asesinar a Susan. Dicho de otro modo, siempre es arriesgado usar la propia arma, porque si es examinada y se comprueba que disparó las balas hay que dar muchas explicaciones.

—¿Qué tiene eso que ver con Sullivan?

—¿Cuándo se instaló en su apartamento?

—No lo sé.

—Si yo quisiera matar a alguien con mi Ruger, sería muy astuto por mi parte acudir a la policía para denunciar que me la han robado antes de cometer ningún crimen con ella. Luego, si por la causa que sea acaban encontrándola, si me siento acosada, por ejemplo, y decido desprenderme de ella, la policía puede investigar el número de serie y descubrir que es mía, pero gracias a la denuncia que presenté yo puedo demostrar que no se hallaba en mi poder cuando fue cometido el crimen.

—¿Pretende sugerir que Sullivan presentó una denuncia falsa? ¿Que se inventó el robo?

—Sugiero que convendría tenerlo en cuenta —le respondí—. Es muy casual que no tenga alarma antirrobo y que se dejara una ventana mal cerrada. Es casual que se mostrara tan grosero con la policía. Estoy segura de que se alegraron de verlo marchar, y de que no iban a tomarse la molestia adicional de registrar sus huellas digitales a fin de excluirlo como sospechoso. Y menos aún si pensamos que iba vestido de blanco y que no paraba de quejarse porque le habían llenado la casa de polvo. La cuestión es: ¿cómo sabemos que las huellas encontradas en el apartamento de Sullivan no las dejó el propio Sullivan? Vive allí. Por fuerza la casa tenía que estar llena de huellas suyas.

—Según el AFIS correspondían a Waddell.

—Exactamente.

—De ser así, ¿por qué llamó Sullivan a la policía en respuesta a ese artículo que colamos en el periódico acerca del plumón?

—Como dijo Benton, a este tipo le encantan los juegos. Le encanta burlarse de la gente. Todo esto debe de resultarle emocionante.

—Mierda. Déjeme utilizar su teléfono.

Dio la vuelta al automóvil y se sentó a mi lado. Una llamada a Información le proporcionó el número del edificio en que vivía Sullivan. Cuando el conserje se puso al aparato, Marino le preguntó cuánto tiempo hacía que Sullivan había comprado el apartamento.

—¿De quién es, entonces? —preguntó Marino, y garrapateó algo en su libreta de notas—. ¿Qué número es y a qué calle da? De acuerdo. ¿Y el coche? Sí, si lo sabe.

Marino colgó y se volvió hacia mí.

—Por lo visto, Sullivan no es el propietario del puñetero apartamento. Pertenece a un hombre de negocios que lo tiene en alquiler, y Sullivan empezó a vivir allí en la primera semana de diciembre. Pagó el depósito el día seis, para ser exactos. —Abrió la portezuela y añadió—: Y conduce una camioneta Chevy azul oscuro. Una vieja, sin ventanas.

Marino me siguió hasta la jefatura de policía y dejamos mi coche en su plaza de aparcamiento. Luego salimos de estampida por la calle Broad en dirección a Franklin.

—Esperemos que el conserje no le haya avisado —refunfuñó Marino, alzando la voz sobre el ruido del motor.

Redujo la velocidad y se detuvo ante un edificio de ladrillo de ocho pisos de altura.

—Su apartamento da a la parte de atrás —me explicó mientras miraba en derredor—. Se supone que desde allí no puede vernos. —Hundió una mano debajo del asiento y sacó una pistola de nueve milímetros para complementar la 357 que llevaba en una sobaquera bajo el brazo izquierdo. Tras meterse el arma bajo el cinturón y un cargador de recambio en el bolsillo, abrió la portezuela de su lado.

—Si cree que va a haber guerra, no me molestaría esperar en el coche —comenté.

—Si hay guerra, le daré la tres cincuenta y siete y un par de cargadores rápidos, y más vale que sea tan buena tiradora como Patterson andaba diciendo. Quédese detrás de mí en todo momento. —Al llegar a lo alto de los peldaños, pulsó el timbre—. Seguramente no estará en casa.

Casi enseguida se oyó girar la cerradura y se abrió la puerta. Un hombre entrado en años con pobladas cejas grises se presentó como el conserje del edificio con el que Marino había hablado por teléfono poco antes.

—¿Sabe si está en casa? —preguntó Marino.

—Ni idea.

—Subiremos a comprobarlo.

—No subirán, porque está en esta misma planta. —El conserje señaló hacia un lado—. Sigan ese pasillo y tomen el primero a la izquierda. Es un apartamento que hace esquina, al final de todo. Número diecisiete.

El edificio poseía un lujo sobrio pero cansado, como el de los viejos hoteles en los que ya nadie siente especiales deseos de alojarse, porque las habitaciones son demasiado pequeñas y la decoración demasiado oscura y un tanto ajada. Vi que había quemaduras de cigarrillos en la gruesa alfombra roja, y los paneles de las paredes estaban ennegrecidos por el tiempo. Un 17 en pequeñas cifras de latón señalaba el apartamento de Hilton Sullivan. No había mirilla, y cuando Marino llamó oímos rumor de pasos.

—¿Quién es? —preguntó una voz.

—Mantenimiento —respondió Marino—. Vengo a cambiar el filtro del calentador.

Se abrió la puerta, y en el instante en que vi los penetrantes ojos azules y ellos me vieron, se me cortó el aliento. Hilton Sullivan intentó cerrar de un portazo, pero Marino se lo impidió introduciendo un pie en el hueco.

—¡Échese a un lado! —me gritó Marino, sacando el revólver y apartándose todo lo posible del vano de la puerta.

Me alejé por el pasillo mientras Marino abría por completo la puerta de una patada repentina que la hizo chocar contra la pared interior. Con el revólver a punto entró en el apartamento y yo esperé fuera temiendo oír ruidos de lucha o un tiroteo.

Pasaron varios minutos. Finalmente, oí hablar a Marino por su radio portátil. Reapareció sudoroso, con la cara roja de cólera.

—Es increíble. Se largó por la ventana como un maldito conejo y no se ve ni rastro de él. Maldito hijo de puta. Su camioneta sigue ahí plantada en el aparcamiento. Ahora mismo está andando por aquí cerca. He dado la alerta a todas las unidades de la zona. —Se enjugó el rostro con la manga y trató de recobrar el aliento.

—Creía que era una mujer —dije, aún aturdida.

—¿Eh? —Marino se me quedó mirando.

—Cuando fui a ver a Helen Grimes, estaba con ella. Se asomó un momento a la puerta mientras hablábamos en el porche. Creí que era una mujer.

—¿Sullivan estaba en casa de Helen la Bárbara? —exclamó Marino en voz alta.

—Estoy segura.

—Carajo. Eso no tiene el más mínimo sentido.

Pero empezó a cobrar sentido cuando examinamos el apartamento de Sullivan. Estaba amueblado de un modo elegante, con antigüedades y alfombras de calidad, que, según me dijo Marino que le había explicado el conserje, no pertenecían a Sullivan, sino al propietario.

Sonaba música de jazz en el dormitorio, donde encontramos la chaqueta azul de plumón de Hilton Sullivan extendida sobre la cama junto a una camisa de pana beige y unos tejanos descoloridos, pulcramente doblados. Los calcetines y las zapatillas deportivas estaban sobre la alfombra. Encima del tocador de caoba había una gorra verde y unas gafas de sol, y una camisa azul de uniforme que aún conservaba la placa con el nombre de Helen Grimes prendida sobre el bolsillo del pecho. Debajo había un sobre grande lleno de fotografías que Marino fue pasando una por una mientras yo miraba en silencio.

—Me cago en la puta —mascullaba Marino a cada momento.

En más de una docena de ellas, Hilton Sullivan aparecía desnudo y en poses de prisionero, y Helen Grimes era su sádica guardia.

Una de las escenas favoritas era, al parecer, la de Sullivan sentado en una silla mientras ella interpretaba el papel de interrogadora, apretándole el cuello por detrás o infligiéndole otros castigos. Sullivan era un joven rubio y exquisitamente hermoso, con un cuerpo esbelto que sospeché debía de ser sorprendentemente fuerte. Desde luego, era ágil. Encontramos también una fotografía del cuerpo ensangrentado de Robyn Naismith apoyado contra el televisor de su sala de estar, y otra en la que se veía su cadáver tendido sobre una mesa de acero en la morgue. Pero lo que más me afectó fue, sobre todo, el rostro de Sullivan. Estaba absolutamente desprovisto de expresión, y sus ojos tan fríos como imaginé que debían de estarlo cuando mataba.

—A lo mejor ya sabemos por qué a Donahue le caía tan bien —comentó Marino, volviendo a guardar las fotografías en el sobre—. Alguien tuvo que tomar estas fotos. La esposa de Donahue me dijo que el alcaide era aficionado a la fotografía.

—Helen Grimes debe saber de quién es realmente Hilton Sullivan —dije, mientras sonaba un gemido de sirenas.

Marino miró por la ventana.

—Bien. Ha venido Lucero.

Examiné la chaqueta de plumón que había sobre la cama y descubrí una algodonosa pluma blanca que asomaba por una minúscula rotura en una costura.

Se oyeron más motores. Puertas de automóviles se cerraron ruidosamente.

—Nosotros nos vamos de aquí —dijo Marino cuando llegó Lucero—. No te olvides de precintar la camioneta azul. —Se volvió hacia mí—. ¿Recuerda cómo se va a casa de Helen Grimes, doctora?

—Sí.

—Vamos a charlar con ella.

Helen Grimes no nos dijo gran cosa. Cuando llegamos a su domicilio, unos cuarenta y cinco minutos más tarde, encontramos la puerta de la calle abierta y entramos los dos. La calefacción estaba conectada al máximo, y en cualquier parte del mundo en que me hubiera hallado habría reconocido aquel olor.

—Santo Dios —exclamó Marino cuando entró en el dormitorio.

El cuerpo decapitado de la mujer estaba vestido de uniforme y sentado en una silla contra la pared. No fue hasta pasados tres días cuando un campesino que vivía al otro lado de la calle encontró lo que faltaba de ella. No comprendía por qué alguien había podido dejar una bolsa de jugar a los bolos en uno de sus campos.

Pero luego deseó no haberla abierto nunca.

EPÍLOGO

El patio que se abría tras la casa de mi madre en Miami estaba mitad en sombra, mitad bajo un sol suave, y un tumulto rojo de hibiscos crecía a los dos lados de la puerta mosquitera. El limero plantado junto a la cerca se hallaba cargado de frutas aunque prácticamente todos los demás que había en el barrio eran improductivos o estaban muertos. Era algo que escapaba a mi comprensión, pues nunca había sabido que se pudiera dar buena salud a las plantas a fuerza de críticas. Tenía entendido que había que hablarles con cariño.

—¡Katie! —gritó mi madre desde la ventana de la cocina. Oí tamborilear el agua en la pila. No valía la pena responder.

Lucy derribó mi reina con una torre.

—¿Sabes una cosa? —comenté—. No soporto jugar a ajedrez contigo.

—Entonces, ¿por qué me lo estás pidiendo constantemente?

—¿Que yo te lo pido? Eres tú quien me obliga, y nunca te basta con una partida.

—Eso es porque siempre quiero darte otra oportunidad. Pero tú las desaprovechas todas.

Estábamos sentadas a la mesa del patio. El hielo de nuestras limonadas se había disuelto, y empezaba a sentirme un poco asoleada.

—¡Katie! ¿Querrás ir con Lucy a buscar el vino, dentro de un rato? —preguntó mi madre desde la ventana.

Desde donde me hallaba podía ver la silueta de su cabeza y el contorno ovalado de su cara. Hubo un ruido de puertas de alacenas, y luego el teléfono emitió su zumbido agudo. Era para mí, y mi madre se asomó a la puerta de la cocina y me pasó el teléfono portátil.

—Soy Benton —dijo su conocida voz—. He visto en el periódico que ahí abajo hace un tiempo espléndido. Aquí está lloviendo, y tenemos la deliciosa temperatura de siete grados.

—Vas a hacer que sienta añoranza.

—Creo que tenemos una identificación, Kay. Y por lo visto alguien se tomó muchas molestias. Documentos falsos, pero de los buenos. Pudo comprar un arma y alquilar un apartamento sin que nadie le hiciera preguntas.

—¿De dónde sacó el dinero?

—De la familia. Seguramente tenía unos ahorros a su disposición. Sea como fuere, después de revisar los archivos de la cárcel y hablar con mucha gente, parece ser que Hilton Sullivan es el alias de un varón de treinta y un años de edad llamado Temple Brooks Gault, natural de Albany, Georgia. Su padre es dueño de una plantación de pacanas y tiene mucho dinero. Gault es típico en ciertos aspectos: interesado por las pistolas, los cuchillos, las artes marciales, la pornografía violenta. Es antisocial, etcétera.

—¿En qué aspectos es atípico? —pregunté.

—Su historial parece indicar que es completamente imprevisible. No encaja en ningún perfil, Kay. Este tipo no sigue ninguna pauta. Si le da el capricho de hacer algo, lo hace sin más. Es sumamente narcisista y vanidoso. El cabello, por ejemplo: se da reflejos él mismo. En el apartamento encontramos agua oxigenada, tintes y demás. Algunas de sus actitudes son, bueno, contradictorias.

—¿Por ejemplo?

—Conducía una camioneta vieja y destartalada que antes había pertenecido a un pintor de casas. A juzgar por su estado, no parece que Gault se molestara nunca en lavarla ni limpiarla por dentro, ni siquiera después de asesinar a Eddie

Heath en su interior. A propósito, tenemos unos cuantos residuos muy prometedores, y restos de sangre que concuerdan con el tipo de Eddie. Eso revela un comportamiento desorganizado. Por otra parte, Gault extirpó las marcas de mordiscos y se hizo cambiar las huellas digitales. Eso es altamente organizado.

—¿Qué antecedentes tiene, Benton?

—Una condena por homicidio. Hace dos años y medio, se enfadó con un hombre en un bar y le pegó una patada en la cabeza. Esto ocurrió en Abingdon, Virginia. Has de saber, Kay, que Gault es cinturón negro de kárate.

—¿Alguna pista nueva en cuanto a su paradero? —pregunté, mientras Lucy empezaba a disponer de nuevo las piezas.

—Ninguna. Pero para todos los que participamos en el caso, diré lo que ya dije antes: este tipo carece absolutamente de miedo. Actúa de un modo impulsivo, y por consiguiente resulta muy problemático conjeturar cuáles van a ser sus movimientos.

—Comprendo.

—Procura adoptar las precauciones adecuadas en todo momento.

No había precauciones adecuadas contra un individuo así, pensé.

—Hemos de estar todos en guardia.

—Comprendo —repetí.

—Donahue no se imaginaba lo que estaba poniendo en marcha. O mejor dicho, era Norring quien no se lo imaginaba. Aunque no creo que nuestro buen gobernador eligiera personalmente a este saco de mierda; él sólo quería su condenado maletín, y probablemente le dio a Donahue los fondos necesarios y le encargó que se ocupara del asunto. Pero no creo que podamos pasarle factura a Norring. Ha sido demasiado cuidadoso, y demasiada gente que habría podido hablar ya no vive para hacerlo. —Tras una pausa, añadió—: Naturalmente, estamos tu abogado y yo.

—¿Qué quieres decir?

—Le he dicho muy claramente, aunque de un modo sutil, por supuesto, que sería una verdadera lástima que llegara a divulgarse algo acerca del maletín robado de casa de Robyn Naismith. Grueman también tuvo un *tête à tête* con él, y dice que lo vio un poco intranquilo cuando mencionó que debió de ser una experiencia muy desagradable la de tener que ir corriendo a Urgencias la noche anterior a la muerte de Robyn. Repasando antiguos recortes de prensa y hablando con conocidos en diversos departamentos de Urgencias de toda la ciudad, yo había llegado a descubrir que la noche anterior al asesinato de Robyn, Norring había sido tratado en el departamento de Urgencias del Centro Médico de Henrico tras administrarse él mismo una inyección de epinefrina en el muslo izquierdo. Al parecer, había sufrido una grave reacción alérgica debida a la ingestión de comida china, y yo recordaba haber leído en los informes de la policía que se habían encontrado envases de comida china en la basura de Robyn Naismith. Mi teoría era que se había mezclado inadvertidamente una gamba o algún marisco entre los rollos primavera o cualquier otro plato de los que Robyn y él habían cenado aquella noche. Norring empezó a sufrir un shock anafiláctico y, después de utilizar uno de sus inyectables —quizás el que guardaba en casa de Robyn—, subió a su coche y se dirigió al hospital. En el nerviosismo del momento, se dejó olvidado el maletín.

—Sólo quiero que Norring esté lo más lejos posible de mí —repliqué.

—Bien, parece ser que desde hace algún tiempo viene padeciendo problemas de salud, y ha llegado a la conclusión de que le convendría dimitir y buscar un empleo en el sector privado que no conlleve tantas tensiones. En la Costa Oeste, a ser posible. Estoy completamente seguro de que no va a molestarte. Y tampoco Ben Stevens te molestará más. Para empezar, tanto él como Norring están demasiado ocupados cubriéndose las espaldas por si a Gault se le ocurre ir en su busca. Vamos a ver. Según mis últimas noticias, Stevens estaba en Detroit. ¿Lo sabías?

—¿También le has amenazado?

—Kay, yo nunca amenazo a nadie.

—Benton, eres una de las personas más amenazadoras que he conocido.

—¿Significa eso que no querrás trabajar conmigo?

Lucy estaba haciendo tamborilear los dedos sobre la mesa, con la mejilla apoyada contra un puño.

—¿Trabajar contigo? —pregunté.

—Por eso te he llamado, en realidad, aunque ya sé que tendrás que pensártelo. Pero nos gustaría tenerte a bordo en calidad de consejera de la Unidad de Ciencias de la Conducta. Sólo vendrían a ser un par de días al mes, por regla general. Naturalmente, habrá ocasiones en que las cosas se salgan un poco de madre. Te encargarás de revisar los aspectos médicos y forenses de los casos, con objeto de ayudarnos a elaborar los perfiles. Tus interpretaciones serían muy útiles. Además, seguramente ya sabes que el doctor Elsevier, que ha sido nuestro asesor en patología forense desde hace cinco años, se retira el día uno de junio.

Lucy derramó los restos de su limonada sobre la hierba, se levantó y empezó a desperezarse.

—Tendré que pensarlo, Benton. Para empezar, ya sabes el desbarajuste que tengo en la oficina. Dame un poco de tiempo para contratar a un par de personas que se ocupen de la administración y la supervisión y para ponerlo todo otra vez en marcha. ¿Cuándo necesitas saberlo?

—¿Te iría bien por marzo?

—Me parece justo. Lucy te manda un saludo.

Cuando colgué, Lucy me miró desafiantemente.

—¿Por qué dices eso, si no es verdad? Yo no le he mandado ningún saludo.

—Pero te morías de ganas. —Me puse en pie—. Se te nota.

—¡Katie! —Mi madre se asomó de nuevo a la ventana—. Creo que ya deberías entrar. Llevas toda la tarde al sol. ¿Te has acordado de ponerte la crema protectora?

—¡Estamos a la sombra, abuela! —gritó Lucy—. ¿Te acuerdas de ese ficus tan grande que tienes en el patio?

—¿A qué hora dijo tu madre que iba a volver? —le preguntó mi madre a su nieta.

—En cuanto termine de follar con el de turno vendrán los dos hacia aquí.

El rostro de mi madre desapareció de la ventana y volvió a oírse el tamborileo del agua en la pila.

—¡Lucy! —susurré.

Ella bostezó y se alejó hacia el borde del patio para aprovechar un esquivo rayo de sol. Una vez allí, alzó la cara hacia él y cerró los ojos.

—Vas a hacerlo, ¿verdad, tía Kay? —me preguntó.

—¿Qué voy a hacer?

—Lo que el señor Wesley te ha pedido que hicieras.

Empecé a meter las piezas de ajedrez en la caja.

—Tu silencio es una respuesta muy clara —prosiguió mi sobrina—. Te conozco. Lo vas a hacer.

—Anda —respondí—, vamos a buscar el vino.

—Sólo si puedo beber un poco.

—Sólo si no has de conducir esta noche.

Me pasó un brazo por la cintura y entramos las dos juntas en la casa.